ARNALDUR INDRIÐASON

Wand des Schweigens

Weitere Titel des Autors:

Die Kommissar-Erlendur-Reihe:

1. Menschensöhne
2. Todesrosen
3. Nordermoor
4. Todeshauch
5. Engelsstimme
6. Kältezone
7. Frostnacht
8. Kälteschlaf
9. Frevelopfer
10. Abgründe
11. Eiseskälte

Duell
Nacht über Reykjavík
Schattenwege
Tage der Schuld

Die Flóvent-Thorsson-Reihe:

Der Reisende
Graue Nächte

Thriller:

Gletschergrab
Tödliche Intrige
Codex Regius

Die Konráð-Reihe:

Verborgen im Gletscher
Das Mädchen an der Brücke
Tiefe Schluchten
Das dunkle Versteck

Titel in der Regel auch als Hörbuch erhältlich

ARNALDUR

INDRIÐASON

WAND DES SCHWEIGENS

ISLAND KRIMI

Übersetzung aus dem Isländischen
von Kristof Magnusson

Lübbe

NACHHALTIG PRODUZIERT

Die Bastei Lübbe AG verfolgt eine nachhaltige Buchproduktion. Wir verwenden Papiere aus nachhaltiger Forstwirtschaft und verzichten darauf, Bücher einzeln in Folie zu verpacken. Wir stellen unsere Bücher in Deutschland und Europa (EU) her und arbeiten mit den Druckereien kontinuierlich an einer positiven Ökobilanz.

FSC www.fsc.org MIX Papier | Fördert gute Waldnutzung FSC® C014496

Vollständige Taschenbuchausgabe
der bei Bastei Lübbe erschienenen Hardcoverausgabe

Titel der isländischen Originalausgabe:
»Þagnarmúr«

Umschlaggestaltung: Jeannine Schmelzer
Textredaktion: Anja Lademacher, Bonn
Einband-/Umschlagmotiv: © Grunge Creator/shutterstock |
© mauritius images/Af8images/Stockimo/Alamy |
© Bernulius/shutterstock
Satz: hanseatenSatz-bremen, Bremen
Gesetzt aus der DTL Documenta ST
Druck und Verarbeitung: GGP Media GmbH, Pößneck

Printed in Germany
ISBN 978-3-404-19307-3

2 4 5 3 1

Sie finden uns im Internet unter luebbe.de
Bitte beachten Sie auch: lesejury.de

Diese Geschichte ist fiktiv. Namen, Personen und Ereignisse sind frei erfunden.

Eins

Eygló hatte das Haus kaum betreten, da spürte sie augenblicklich dieselben Beklemmungen wie die Frau, die seit einiger Zeit hier wohnte.

Eygló wurde gelegentlich von Leuten um einen Hausbesuch gebeten, die sich ohne ersichtlichen Grund in ihren eigenen vier Wänden unwohl fühlten. Manche suchten Kontakt zu verstorbenen Verwandten, andere hörten sonderbare Geräusche. Eygló ließ sich nur in Ausnahmefällen auf diese Art von Gespenstersuche ein. Und auch diese Frau hatte sie eigentlich schon am Telefon abgewimmelt, doch der Friede war nur von kurzer Dauer gewesen.

Zwei Tage später stand eine Frau mittleren Alters bei ihr vor der Tür. Es war ein Abend im Herbst, es regnete in Strömen. Eygló hatte sie noch nie zuvor gesehen. Die Frau erzählte verlegen lächelnd, dass sie Eygló vor Kurzem angerufen habe, um über ihr Haus zu sprechen. Dann fügte sie eilig hinzu, sie wolle auf gar keinen Fall, dass Eygló eine spiritistische Sitzung abhielt oder wie man das auch immer nannte. Sie wollte nur, dass Eygló einmal durch ihr Haus ging. Vielleicht könnte sie ja eine Erklärung dafür finden, warum die Frau seit einiger Zeit so eine zermürbende, diffuse Angst verspürte. So etwas hatte sie noch nie erlebt, bevor sie in dieses Haus gezogen war.

Eygló brachte es nicht übers Herz, die Frau dort im Regen stehen zu lassen, und bat sie herein.

»Ich weiß, ich weiß. Es gibt keine Gespenster«, sagte die Frau und blieb im Vorflur stehen. »Aber irgendwas stimmt nicht mit diesem Haus. Irgendwas ... irgendwas ist da. Ich bin mir da so sicher, und ich würde so gern wissen, ob es dir ähnlich geht. Bitte entschuldige, aber ... das macht mich noch wahnsinnig.«

Eygló bot ihr einen Stuhl an. Es stellte sich heraus, dass Eyglós Freundin Málfríður der Frau empfohlen hatte, zu ihr zu kommen. Ursprünglich hatte sie sich hilfesuchend an die Spiritistische Gesellschaft gewendet, dort hatte Málfríður gesagt, dass ihr niemand besser helfen könne als Eygló – vorausgesetzt man könne sie dazu bringen, sich damit zu beschäftigen. Málfríður hatte schon öfter Leute an Eygló verwiesen, obwohl sie wusste, dass Eygló das nicht wollte – sie hatte nun wirklich oft genug gesagt, dass sie mit diesem spiritistischen Kram nichts mehr zu tun haben wollte.

Eygló fragte die Frau nach der Geschichte des Hauses. Ob andere Leute dort Ähnliches erlebten, doch davon wusste die Frau nichts. Sie hatte das Haus vor genau vier Jahren, im Herbst 1975, mit ihrem Mann gekauft. Sie waren mit ihren zwei Kindern im Teenageralter dort eingezogen, und schon nach wenigen Monaten war da dieses unerklärliche, beklemmende Gefühl gewesen. Der Rest der Familie spürte nichts.

»Hast du zu dieser Zeit irgendwelche persönlichen Krisen durchgemacht?«, fragte Eygló vorsichtig.

Sie musste wissen, ob es hier nicht eigentlich um etwas anderes ging, ob die Frau ein persönliches Unglück oder eine Unzufriedenheit auf etwas Übernatürliches projizierte, um sich nicht mit dem auseinandersetzen zu müssen, was sie wirklich plagte.

»Mein Mann glaubt, ich bin ... dass mit mir etwas nicht stimmt«, sagte die Frau. »Er hat mich zum Arzt geschickt. Er denkt, ich bilde mir das ein. Also, mein Mann. Und der Arzt denkt das auch, glaube ich. Er hat mir Pillen verschrieben, aber die will ich nicht. Ich spüle sie im Klo runter. Ich kann nachts nicht mehr richtig schlafen, höchstens zwei Stunden. Dann liege ich wach und achte darauf, was im Haus passiert.«

»Und was hörst du dann?«

»Manchmal ein Schluchzen. Als würde jemand weinen.«

»Der Wind macht manchmal die merkwürdigsten Geräusche. Oder kratzen Äste an der Hauswand? Ein Stromkabel? Eine Wäscheleine? Was ist mit Vögeln oder Katzen? Gibt es viele Vögel bei euch in der Nachbarschaft?«

»Nein. Und auch keine Bäume. Mein Mann hat auch so was gesagt. Für den ist das Wetter schuld, der Regen, der Wind, der durch den Schornstein pfeift, die Fernsehantenne.«

»Hörst du Stimmen?«

»Nein«, sagte die Frau. »Nichts dergleichen. Das habe ich dem Arzt auch gesagt. Ich höre nichts und sehe auch nichts. Mir geht es einfach nur schlecht. Mich lässt das Gefühl nicht los, dass in diesem Haus einmal etwas Furchtbares geschehen ist. Das lässt mich einfach nicht los. Hilfst du mir? Würdest du das tun? Ich will in diesem Haus wohnen, es ... ich will nicht ausziehen, aber mir geht es einfach nicht gut. Irgendwie herrscht in dem Haus kein guter Geist, und da dachte ich, du kannst mir vielleicht helfen.«

»Jetzt?«

»Jetzt wäre niemand zu Hause«, sagte die Frau. »Mein Mann ist mit den Kindern aufs Land gefahren, seine Mutter besuchen. Ich … wir verstehen uns nicht sonderlich gut, seine Mutter und ich.«

Eygló sah die Frau an. Sie wollte sie nicht allein nach Hause schicken. Es ging ihr ganz offensichtlich schlecht, das war eindeutig, dies war ein Hilfeschrei, wenn auch auf sehr zurückhaltende Weise vorgebracht. Eygló suchte nach einem Vorwand, um sie wegzuschicken, doch als ihr keiner einfiel, zog sie sich eine Jacke über und ging mit ihr zusammen los. Die Frau war mit dem Auto gekommen. Eygló beschloss, ihr mit ihrem Auto zu folgen, so fuhren sie hintereinanderher in die Reykjaviker Weststadt und parkten vor dem Haus der Frau.

Das Haus hatte zwei Etagen und war unterkellert. Es war unscheinbar, der Putz aus Muschelkalk hatte schon bessere Zeiten gesehen. Die Frau schloss auf, bat Eygló herein und schloss hinter ihnen die Tür. Im Eingangsbereich war rechter Hand eine Tür, von der die Frau sagte, sie führe hinunter in den Keller. Sie betraten die Diele, von der es links in die Küche ging, gegenüber lag die Tür zum Wohnzimmer und, ebenfalls auf der rechten Seite, führte eine Treppe ins Obergeschoss. In der Küche brannte Licht, aus dem Wohnzimmer drang der matte Schein einer Stehlampe.

Es dauerte nicht lange, da verstand Eygló, was die Frau meinte. Sie hatte ihr Unwohlsein nicht genauer beschreiben können, hatte lediglich gesagt, im Haus herrsche kein guter Geist. Das spürte auch Eygló sofort, ohne es besser beschreiben zu können.

Regen prasselte gegen die Fensterscheiben. Eygló

ging umher, sah sich erst im Erdgeschoss um, ging dann ins Obergeschoss, kam wieder herunter – die Frau beobachtete sie aufmerksam. Es war ein ordentlicher Mittelschichtshaushalt mit vielen Bücherregalen, Gemälden an den Wänden, Familienfotos und anderen Dekorationsstücken. Eygló fragte, ob es einen Ort im Haus gebe, an dem das beklemmende Gefühl besonders stark sei. Die Frau antwortete, sie sei sich zwar nicht sicher, aber am ehesten im Keller, in der Waschküche. Sie gingen gemeinsam hinunter. Eygló stellte sich mitten in die Waschküche und fragte die Frau, ob sie schon früher einmal Dinge wahrgenommen habe, die niemand außer ihr bemerkte, doch die Frau verneinte. So etwas passiere ihr hier zum ersten Mal.

»Spürst du etwas?«, fragte die Frau dann.

»Ich fühle mich wie eingesperrt«, sagte Eygló. »Als ob mich etwas zusammendrückt ... ich habe so etwas noch nie erlebt ... als bekäme ich ... keine Luft.«

»Genauso ist das bei mir«, sagte die Frau. Mir ist manchmal, als würde ich ersticken, und ich weiß nicht, warum. Letzte Nacht bin ich mit einer Atemnot aufgewacht, als würde ich ertrinken.

Sie gingen wieder ins Erdgeschoss und betraten ein kleines Arbeitszimmer, von dem die Frau erzählte, es sei einst ein Kinderzimmer gewesen. Eygló sah sich dort um, und ohne den Grund dafür zu kennen, kam ihr das Kirchenlied *Es blüht der Blumen eine* in den Sinn.

Sie wisse jetzt, was die Frau meinte, sagte Eygló. Doch was dieses beklemmende Gefühl verursache, sei auch ihr vollkommen unklar. Daher könne sie auch leider keinen Rat geben, was dagegen zu unternehmen sei. Und da ja offenbar niemand anders in der Familie dieses Gefühl wahrnehme, würden eventuelle neue Eigentümer es sehr wahrscheinlich auch nicht tun.

Die Frau hatte sich etwas beruhigt. Offenbar half es ihr allein schon, mit Eygló darüber zu reden.

»Neue Eigentümer?«, fragte sie dann.

»Falls ihr das Haus verkaufen würdet«, sagte Eygló. »Das wäre eine Lösung. Wahrscheinlich sogar die einfachste. Vielleicht besprichst du das mal mit deinem Mann.«

Ungefähr einen Monat später entdeckte Eygló eine Anzeige im Immobilienteil der Zeitung. Die Frau schien sich mit ihrem Mann geeinigt zu haben. Sie behelligte Eygló kein weiteres Mal, sodass Eygló ihren Besuch wahrscheinlich längst vergessen hätte – wenn nicht weiterhin ab und zu dieses sonderbar beklemmende Gefühl über sie gekommen wäre, das sie an jenem Abend in dem Haus zum ersten Mal gespürt hatte, während der Regen an die Fensterscheiben prasselte. Es fühlte sich wirklich an, als würde sie ersticken. Als würden die Mauern des Hauses immer näher kommen, über ihr zusammenstürzen und sie schließlich verschlingen.

Dann hörte sie fast vierzig Jahre nichts mehr von diesem Haus.

Zwei

Sie hatten der Polizei von Geräuschen berichtet, von denen sie nicht wussten, woher sie kamen. Anfangs hatten sie gedacht, die Geräusche kämen von einem Kellerfenster, das nicht mehr richtig schloss und im Wind klapperte. Also hatte der Mann es repariert. Zwei Wochen später hörten sie wieder Geräusche aus dem Keller, dieses Mal lauter als zuvor. Da hatte sich die Waschmaschine so weit über den Fußboden bewegt, dass fast der Schlauch abgerissen wäre, mit dem sie an den Wasserhahn in der Wand angeschlossen war. Die Waschmaschine war eingesteckt gewesen, aber sie war leer und nicht in Betrieb. Das Ehepaar hatte keine Kinder, außer ihnen war niemand im Haus. Die Frau hatte mit dem Handy Bilder davon gemacht und sie auf ihre Facebookseite gestellt.

Ungefähr einen Monat später gab es einen dritten Vorfall. Der Mann war im Keller, nahm gerade Wäsche aus der Maschine und hängte sie zum Trocknen auf einer Wäscheleine auf, da sprang plötzlich der Trockner an. Der Mann neigte ohnehin schon dazu, sich im Dunkeln zu fürchten, und bekam einen riesigen Schreck. Er war allein im Keller und starrte den Trockner an, sah zu, wie die Trommel hinter der Glasscheibe immer schneller rotierte, dann stoppte sie abrupt, und alles war wieder ruhig. Der Mann ging vorsichtig zu dem Trockner und versetzte ihm einen leichten Tritt. Dann öffnete er ihn und besah sich die Trommel, ohne etwas Ungewöhnliches festzustellen. Als er hochkam, sagte er seiner Frau, was passiert war. Sie vermutete einen Wackelkontakt am Stromanschluss in der Waschküche, doch der Mann hielt das für unwahrscheinlich, schließlich hatten die vorherigen Besitzer das Haus aufwändig renoviert und die ganze Elektrik erneuert.

Der Bruder des Mannes war Elektriker und fand keinen Fehler – ganz im Gegenteil, alle Leitungen seien in bester Ordnung.

Ein weiterer Monat verging, da ging die Frau eines Abends in den Keller, um aus dem Kühlschrank eine Flasche Weißwein zu holen. Für die Küche hatten sie sich einen neuen Kühlschrank gekauft und den alten, kleineren in den Keller gestellt, um dort Bier und Weißwein zu lagern. Als sie die Kellertreppe hinunterging, sah sie ein sonderbar flackerndes Licht. Das Deckenlicht ließ sich nicht anschalten, und zuerst dachte sie, die Glühbirne wäre kaputt, dann jedoch sah sie, dass das Flackern aus dem Kühlschrank kam, der weit offen stand. Eine Weißweinflasche war herausgefallen und zerbrochen, der Wein hatte eine Pfütze gebildet, fast wäre sie hineingetreten.

Das flackernde Licht wurde schwächer und erlosch schließlich ganz, sodass die Frau im Dunkeln stand und sich das ungute Gefühl einstellte, dass mit diesem Haus etwas nicht in Ordnung war. Nun postete sie keine Bilder mehr.

In der folgenden Zeit hörten sie immer wieder Geräusche aus dem Keller, ohne zu wissen, woher sie kamen. Es handelte sich um ein Steinhaus in der Weststadt, das kurz vor dem Zweiten Weltkrieg erbaut worden war und seitdem einige Male die Besitzer gewechselt hatte. Sie hatten es vor ungefähr einem Jahr von einem Ehepaar gekauft. Die Frau rief die Vorbesitzer an, erreichte den Mann und fragte ihn vorsichtig, ob es zu seiner Zeit in dem Haus ungewöhnliche Vorkommnisse im Keller gegeben habe, und beschrieb kurz, was ihr Mann und sie erlebt hatten. Der Vorbesitzer verneinte dies, doch die Frau hatte das Gefühl, als würde er ihr etwas verschweigen, fasste sich ein Herz und fragte, warum sie das Haus eigentlich verkauft hätten. Unter normalen Umständen wäre sie niemals so dreist gewesen, doch sie wusste, dass die Vorbesitzer mit ihren zwei Kindern vier Jahre damit verbracht hatten, das Haus aufwändig zu renovieren, um dann ziemlich schnell wieder auszuziehen. Der Vorbesitzer, der sich von dieser Frage offenbar überrumpelt fühlte, sagte, er hätte ihnen das Haus zu einem guten Preis verkauft, und beendete wenig später das Gespräch.

Zuvor hatte das Haus einem Mann gehört, der fast zwanzig Jahre darin gewohnt hatte. Er war kürzlich verstorben. Die Frau machte seine Tochter ausfindig, die sich über den Anruf wunderte und nie etwas davon gehört hatte, dass es in dem Haus spuken würde. Ganz im Gegenteil, in dem Haus herrschte ein guter Geist, sie habe sich dort immer wohlgefühlt. Als die Frau fragte, ob einmal jemand in dem Haus gestorben sei, erzählte die Tochter von ihrer Mutter. Sie sei nach langer Herzkrankheit an einem Infarkt gestorben, der Vater habe sie tot auf dem Wohnzimmerfußboden gefunden. Weitere Vorbesitzer oder Bewohner des Hauses konnte die Frau nicht ausfindig machen, wollte die Sache schon auf sich beruhen lassen, sah sich dann aber doch auf der Website des Bauamts die Baupläne des Hauses an. Irgendwo hatte sie sicher auch den Auszug, den sie beim Kauf des Hauses bekommen hatten, doch auf die Schnelle fand sie ihn nicht. Die Pläne bestätigten, was sie dunkel zu erinnern glaubte: Der Keller war einst ein Kohlenkeller gewesen, wo der Kohleofen gestanden hatte, der aber entfernt worden war, als man das Haus an die Fernwärme anschloss. Außerdem fand sich auf den Bauplänen ein Raum, der als Kammer bezeichnet war, wahrscheinlich früher einmal eine Speisekammer, der dann als Waschküche genutzt wurde. Daneben war früher ein noch kleinerer Raum gewesen, ein Dienstmädchenzimmer vielleicht, doch der war längst mit der Waschküche zu einem Raum zusammengelegt worden.

Einige Tage nachdem die Frau ihre Recherche abgeschlossen hatte, war sie abends vor dem Fernseher eingeschlafen. Als sie wieder aufwachte, stellte sie fest, dass sie allein im Fernsehzimmer war. Es war spät geworden, also vermutete sie, ihr Mann wäre bereits zu Bett gegangen. Sie schaltete den Fernseher aus, räumte noch etwas in der Küche herum, da hörte sie aus dem Keller einen dumpfen Schlag, gefolgt von etwas, das klang wie ein halb erstickter Schrei. Nach all dem, was zuvor passiert war, bekam sie verständlicherweise einen riesigen Schreck. Sie ging zur Küchentür und rief nach ihrem Mann, fragte, ob er das auch gehört habe, bekam aber keine Antwort.

Sie wollte ihn wecken. Das Geräusch kam eindeutig aus dem Keller, und es machte ihr Angst. Doch ihr Mann war nicht im Schlafzimmer. Das Bett war unberührt. Sie rief abermals nach ihm und überlegte, ob er einen Abendspaziergang machte. Das kam vor, wenn auch nicht sehr oft.

Sie hatte den Gedanken kaum zu Ende gedacht, da kam ihr die Idee, dass ihr Mann vielleicht gar nicht ausgegangen war. Dass er sich irgendwo im Haus befand, vielleicht sogar im Keller. Sie fasste sich ein Herz und ging hinunter, vorsichtig, Schritt für Schritt, und rief dabei seinen Namen, ob er da unten sei und was er da mache. Sie hatte den Fuß der Treppe erreicht, blickte in Richtung Waschküche, rief erneut, keine Reaktion. Die Tür zur Waschküche war geschlossen. Als sie sie öffnen wollte, verspürte sie einen Widerstand. Irgendetwas lag auf dem Fußboden auf der anderen Seite. Es war dunkel in der Waschküche, und als die Frau kräftiger drückte, konnte sie die Tür so weit öffnen, dass sie ihren Mann dort am Boden liegen sah. Sie zwängte sich durch den Türspalt in die Waschküche, wollte Licht machen, doch es blieb dunkel, so heftig sie auch auf den Lichtschalter schlug. Die Frau beugte sich über ihren Mann und sah in dem schwachen Lichtschein, der von der Lampe im Flur hereinfiel, dass er aus einer Platzwunde am Kopf blutete. Ein Stuhl lag umgekippt da. Eine zersprungene Glühbirne lag auf dem Boden. Sie rief seinen Namen, schüttelte ihn, prüfte, ob sein Herz schlug, ob er atmete. Sie nahm Lebenszeichen wahr.

Ihr Handy lag in der Küche. Sie eilte die Treppe hinauf, wählte den Notruf und beschrieb, während sie bereits wieder hinunterging, was vorgefallen war. Offenbar hatte ihr Mann die Glühbirne in der Waschküche auswechseln wollen, sei dabei vom Stuhl gefallen und liege nun bewusstlos auf dem Boden. Die Stimme am anderen Ende war die Ruhe selbst, sagte, ein Krankenwagen sei unterwegs, und bat um weitere Informationen. Als sie sich umsah, bemerkte sie, dass überall auf dem Boden blaue Wäscheleinen lagen. Sie waren eigentlich quer durch die

Waschküche von einer Wand zur anderen gespannt und an Haken befestigt, die in die Holzverkleidung geschraubt waren. Die Holzverkleidung wiederum war solide in der Steinwand verankert. Ihr Mann war offenbar mit solcher Wucht auf die Wäscheleinen gefallen, dass es die Holzverkleidung an einer Seite herausgerissen hatte und mit ihr ein großes Stück der Mauer. Putz und Mauerwerk lagen überall verstreut.

Durch das Loch in der Wand war ein Hohlraum zu sehen, in dem sie eine Art Leinensack entdeckte, und als sie näher heranging …

Die Frau hörte, wie ihr Mann ein Stöhnen von sich gab, und fuhr herum. Er kam zu sich. Sie kümmerte sich um ihn, so gut sie konnte, sprach mit ihm, doch er hörte sie offenbar nicht. Sie nahm ein trockenes Wäschestück und legte es ihm unter den Kopf, wollte ihn aber nicht bewegen. Der Mann von der Leitstelle des Rettungsdienstes hatte ihr gesagt, dass sie das auf keinen Fall tun dürfte.

Sie warf einen Seitenblick auf das Loch in der Wand. Irgendetwas war da, doch sie sah nicht, was. Ihr Mann öffnete die Augen. Draußen hörte man einen Krankenwagen näher kommen.

Sie lächelte ihren Mann an.

»Was ist passiert?«, stöhnte er.

»Du bist gefallen, Schatz«, flüsterte sie und hielt seine Hand.

Da hielt der Krankenwagen auch schon vor ihrem Haus. Sie erhob sich und tastete sich zu dem Loch vor, das sich in der Wand aufgetan hatte. Das Blaulicht beleuchtete die Waschküche. Sie tastete nach dem, was sie für einen Leinensack gehalten hatte, und atmete auf – es war wohl nur Isoliermaterial.

Sie zog an dem Stoff, da hörte sie, wie in dem Hohlraum hinter der Wand etwas ins Rutschen geriet, und aus dem Sack fiel ein dickes Büschel Haare.

Auf der Straße war es vollkommen still. Die Haustür stand weit offen, sodass die Sanitäter ohne Probleme an ihren Einsatzort gelangen konnten. Sie beeilten sich. Als sie gerade das Haus betreten hatten, hörten sie aus dem Keller einen durchdringenden Schrei.

Drei

Konráð konnte dem alten Vorarbeiter nur mühsam klarmachen, was er von ihm wollte. Der Mann war fast sein ganzes Leben in der Fleischverarbeitung tätig gewesen, und das unter anderem bei der Erzeugergenossenschaft, deren Schlachthof früher an der Skúlagata mitten in Reykjavik gelegen hatte.

Als die Genossenschaft später in Richtung Ost-Island umzog, wollte er den Großraum Reykjavik nicht mehr verlassen und fand einen neuen Job bei einem Freund, für den er in Hafnarfjörður einen fleischverarbeitenden Betrieb führte.

Konráð war schon eine Weile bei ihm und sprach mit ihm über den Mordfall auf der Skúlagata, dann erzählte er dem Vorarbeiter, in welcher Beziehung er zu dem Mann stand, der damals in der Einfahrt des Schlachthofs vor dem schwarzen verschlossenen Gittertor erstochen worden war.

»Ach, das war dein Vater?«, sagte der Vorarbeiter und sah Konráð mit einem ernsten Gesichtsausdruck an.

Konráð nickte.

»Ich erinnere mich gut daran«, sagte der alte Vorarbeiter. »Ich habe damals zwar noch gar nicht an der Skúlagata gearbeitet, aber das war ja überall in den Nachrichten. Wenn ich mich recht entsinne, war von den Räucherkammern damals nie die Rede gewesen. Warum interessieren sie dich, wenn ich fragen darf?«

»Der Mörder meines Vaters könnte sich bei den Räucherkammern versteckt haben«, sagte Konráð. »Man hat mir gesagt, dass ich am besten mit dir sprechen soll, wenn ich etwas über die damaligen Mitarbeiter erfahren will. Vielleicht weißt du ja sogar noch, wer an den Räucherkammern gearbeitet hat.«

Konráð hatte in den vergangenen Wochen versucht, Mitarbeiter des Schlachthofs aus den frühen Sechzigerjahren ausfindig zu machen. Er ging dabei behutsam vor. Da er die meisten Leute nicht kannte, verschwieg er den wahren Grund für seine Nachforschungen so gut es ging. Die Verwaltung der Erzeugergenossenschaft kontaktierte er unter dem Vorwand, er würde nach Männern suchen, die ihm etwas über die aussterbende Handwerkskunst des Räucherns von Fisch und Fleisch erzählen könnten. So bekam er einige Namen, führte das eine oder andere Telefongespräch, aber offenbar war niemand mehr am Leben, der um 1963 an den Räucherkammern gearbeitet hatte. Doch er bekam immerhin den Namen dieses Vorarbeiters genannt, besuchte ihn an diesem späten Vormittag und hoffte, er könnte ihm helfen. Dem Vorarbeiter erzählte Konráð ohne Umschweife, worum es ihm wirklich ging. Zuvor hatte er einiges von sich erzählen müssen, über seine Jahre bei der Kriminalpolizei und über seinen fehlgebildeten Arm. Das war der Tauschhandel, auf den Konráð sich einlassen musste, um von dem Vorarbeiter etwas zu erfahren.

»Und warum sollte er sich ausgerechnet da versteckt haben?«, fragte der Vorarbeiter.

Konráð holte eine Fotografie hervor und zeigte sie ihm.

Sie war an dem Abend des Mordes aufgenommen. Er hatte das Foto im Nachlass eines Pressefotografen aufgestöbert, der damals als Erster am Tatort gewesen war, nachdem er im Polizeifunk gehört hatte, dass vor dem Schlachthof ein Mann in seinem eigenen Blut lag. Dieser Mann war Konráðs Vater, jemand hatte ihm mit einem Messer zwei Stichwunden zugefügt. Er war noch am Leben gewesen, als eine Passantin ihn fand, ein junges Mädchen auf dem Rückweg von der Tanzstunde. Er hatte sogar noch versucht, etwas zu sagen, doch bevor es ihm gelang, war er vor ihren Augen gestorben. Konráð hatte erst vor Kurzem mit der Frau gesprochen. Nach seiner Pensionierung bei der Polizei hatte er angefangen, sich für den Mordfall zu interessieren, und schon bald war das Schicksal seines Vaters für ihn zu einer Art Freizeitbeschäftigung geworden. Sein Interesse für den Fall hatte verschiedene Gründe. Zum einen war der Mord nie aufgeklärt worden. Niemand wurde verhaftet, überführt und verurteilt. Die Fragen, die man sich 1963 nach der Tat stellte, waren heute noch genauso aktuell wie damals. Nichts hatte sich verändert. Bisher hatten Konráðs Nachforschungen ihm allerdings nur eine neue Erkenntnis gebracht, die er als gesichert ansah: Sein Vater hatte kurz vor seinem Tod erneut mit einem Mann namens Engilbert zusammengearbeitet, der sich als spiritistisches Medium ausgab. Gemeinsam mit ihm hatte Konráðs Vater leichtgläubige Menschen um ihr Geld betrogen.

»Siehst du das Fenster da?«, sagte Konráð und zeigte auf die Fotografie.

Das Fenster, das auf dem Foto zu sehen war, wies auf die Skúlagata hinaus, hinter ihm lagen die Räucherkammern des Schlachthofs. In der Räucherkammer waren drei Räucheröfen gewesen, rabenschwarze Ungetüme voller Ruß und Fett, denen ein Geruch von versengtem Fleisch entströmte. Sie wurden mit schweren Eisentüren verschlossen, die vom Fußboden bis zur Decke reichten. Konráð hatte vor Kurzem erfahren, dass diese Räucheröfen am Abend des Mordes in Betrieb gewesen waren.

Die Fotografie war schwarz-weiß. Es war zur Tatzeit bereits dunkel gewesen, und die Polizei hatte den Tatort nicht gut ausleuchten können. Der Vorarbeiter sah sie lange an, bevor er sie Konráð zurückgab.

»Meinst du, er ist durch dieses Fenster in den Schlachthof hineingekommen? Nachdem er deinen Vater erstochen hat? Wenn ich mich richtig erinnere, waren die vergittert.«

»Damals noch nicht«, sagte Konráð. »Das war wohl erst später so.«

Auf jeden Fall hatte der Täter nicht viel Zeit gehabt, sich vom Tatort zu entfernen. Konráðs Vater war damals von einem jungen Mädchen gefunden worden, die aber niemanden auf der Straße gesehen hatte. Als Konráð die Fotografien das erste Mal gesehen hatte, war ihm das Fenster sofort aufgefallen. Er erinnerte sich daran, dass er die Fenster noch aus der Zeit in Erinnerung hatte, als er als Jugendlicher in der Nähe des Schlachthofs gewohnt hatte. War der Mörder dort eingestiegen? Von dem Kommissar, der damals die Ermittlungen geleitet hatte, erfuhr Konráð, dass die Polizei die Räucherkammer durchsucht und nichts gefunden hatte. Er wollte aber auch nicht ausschließen, dass der Täter von dort auf den Hof des Schlachthofes gelangt und dann über die Lindargata entkommen war.

»Willst du damit sagen, einer der Arbeiter auf dem

Schlachthof hat deinen Vater umgebracht?«, fragte der Vorarbeiter, als wäre das die absurdeste Idee, die er jemals gehört hatte.

»Nein«, sagte Konráð rasch. »Darauf weist überhaupt nichts hin. Sie haben das damals sorgfältig überprüft.«

»Was?«

»Ob mein Vater irgendwelche dubiosen Geschäfte mit Mitarbeitern des Schlachthofs gemacht hat«, sagte Konráð. »Aber das hatte er nicht. Sie haben keine Verbindung gefunden.«

»Das wäre ja auch noch schöner!«, sagte der Vorarbeiter. Es missfiel ihm, dass Konráð ihn in seinem eigenen Zuhause nach so langer Zeit mit solch sonderbaren Dingen behelligte. »Warum kommst du eigentlich erst jetzt damit an? Ist ein bisschen spät, findest du nicht?«

Konráð merkte, dass er den Vorarbeiter vor den Kopf gestoßen hatte. Das war nicht seine Absicht gewesen. Der Mann schien sehr von sich überzeugt und sprach in einem herablassenden Tonfall mit Konráð, als ob er immer noch das Sagen hätte. Als Konráð ihm von dem tragischen Ende seines Vaters erzählte, hatte er kein Mitgefühl gezeigt. Auch ansonsten schien er keinerlei Verständnis für Konráð zu haben, der auf der Suche nach Antworten zu ihm gekommen war. Er war einfach nur beleidigt und genervt.

»Ich will deine Zeit nicht länger in Anspruch nehmen«, sagte Konráð und erhob sich. »Entschuldige die Störung.«

»Hast du nicht gesagt, du warst selbst mal bei der Polizei?«, sagte der Vorarbeiter. »Da hättest du doch genug Zeit gehabt, dich mit dem Fall zu beschäftigen.«

»Danke noch mal für deine Hilfe«, sagte Konráð, reichte dem Mann die Hand und verabschiedete sich.

Er stand noch im Treppenhaus und wartete auf den Fahrstuhl, da klingelte sein Telefon. Es war Eygló.

»Hast du schon gehört?«, fragte sie ohne Umschweife.

»Was?«

»Von dem Skelett? In der Weststadt? In dem Keller?«

»Skelett?«

»Liest du keine Nachrichten mehr? Das ganze Internet ist seit heute Morgen voll davon. In einer Kellerwand! Da waren Bilder von dem Haus ...«

»In einer Kellerwand?«

»Ich habe mich sofort an das Haus erinnert, als ich es gesehen habe«, sagte Eygló. Ich war da mal drin. Das ist lange her, die Frau, die damals dort gewohnt hat, hat sich in dem Haus nicht wohlgefühlt. Das ist jetzt bestimmt vierzig Jahre her. Sie dachte, es würde da spuken, und ich weiß noch genau, dass auch ich mich sofort unwohl in dem Haus gefühlt habe. Damals wusste ich natürlich nicht, warum. Das habe ich erst heute Morgen in den Nachrichten gesehen, es war wirklich genau das Haus, in dem ich damals ...«

Konráð spürte, wie aufgebracht Eygló war.

»So ein komisches Gefühl wie in diesem Haus habe ich selten gehabt«, fuhr sie fort. »Und dann stellt sich heraus ... die arme Frau hatte recht.«

Eygló schwieg.

»Wenn du von deinen Freunden bei der Polizei etwas über den Fall erfährst, sagst du mir dann Bescheid? Ich habe das damals nicht besonders ernst genommen, und doch habe ich dieses Haus nie vergessen. Dieses extrem beklemmende Gefühl. Wie schlecht es dieser Frau dort ging. Und wie wenig ich getan habe, um ihr zu helfen.«

Vier

Anfangs wusste Konráð nicht, was er von Eyglós Geschichte mit dem Skelett halten sollte, doch wenig später erfuhr er, dass alles den Tatsachen entsprach. Alle Medien berichteten von dem Skelett in der Kellerwand.

Er konnte Marta nicht erreichen. Als es ihm schließlich doch gelang, war sie nicht besonders gut gelaunt und wollte ihm keinerlei Informationen über den Fall geben. Ihre Vorgesetzten hatten sie wegen ihres engen Kontakts zu Konráð gewarnt. Sie sagte, sie sei es leid, dass er sich so aufführte, als wäre er noch immer im Dienst, obwohl er doch jetzt schon seit einiger Zeit in Rente sei. Ihre Laune war derart schlecht, dass Konráð seine Freundin Eygló und deren lange zurückliegenden Besuch in dem Haus erst gar nicht erwähnte. Marta hatte ihm schon oft genug gesagt, wie lächerlich sie diesen Spiritismus und angeblichen Sinn für übernatürliche Phänomene fand.

Die Kriminaltechnik habe ihre Untersuchung noch nicht abgeschlossen. Die Kollegen täten, was sie könnten, aber es brauche eben seine Zeit, nach einem so mysteriösen Fund alles umfassend zu dokumentieren. Die Spezialisten der Rechtsmedizin hätten die Gebeine noch nicht identifiziert, doch es sah so aus, als ob sie bereits vor langer Zeit dort eingemauert worden wären. Mehr wollte Marta nicht preisgeben. Sagte, sie habe nicht die Erlaubnis dazu, und als Konráð hartnäckig blieb und ihre alte Freundschaft ins Feld führte, legte sie einfach auf.

Die Medien beriefen sich bei den wenigen Informationen, die sie überhaupt lieferten, größtenteils auf anonyme Quellen. Man nahm an, dass es sich um die Gebeine einer Frau handelte, doch offiziell bestätigt war das nicht. Die Todesursache war ebenso unbekannt wie der Zeitpunkt, zu dem die Leiche dort eingemauert worden war. Es musste lange her sein, so viel war klar.

Immerhin hatten die Medien in Erfahrung gebracht, wer in dem Haus gewohnt hatte, seit es in den frühen Dreißigerjahren erbaut worden war, und veröffentlichten nun unter großen Schlagzeilen Namen und Bilder von vielen der Bewohnerinnen und Bewohner. Zuerst hatte das Haus einem stadtbekannten und angesehenen Kaufmannsehepaar gehört. Für damalige isländische Verhältnisse war das Haus fast mondän gewesen, sie hatten sogar ein Dienstmädchen gehabt. Als der Ehemann im besten Alter starb, verkaufte seine Witwe das Haus an einen Reeder, der dort nie selbst einzog, es aber für die nächsten fünfundzwanzig Jahre vermietete. Über seine Mieter ließ sich kaum noch etwas herausfinden. Dann ging das Haus an einen Großhändler, der es mit seiner Frau bezog. Sie blieben nur kurz, verkauften das Haus nach zwei Jahren. Auch die nächsten Eigentümer behielten das Haus nicht lange. Im Jahr 1979 wohnte dort ein Zahnarzt mit seiner Frau, die allerdings bald darauf starb. Eine Internet-Zeitung wollte in Erfahrung gebracht haben, dass sie in dem Haus einen Herzstillstand erlitten hatte. Erneut wurde das Haus an wechselnde Bewohner vermietet, bevor das arglose, kinderlose ältere Ehepaar es kaufte und die furchtbare Erfahrung machen musste, in ihrem Keller eine eingemauerte Leiche zu entdecken. So drückte es zumindest eine Internet-Zeitung aus. Über die Art und Weise, wie das Ehepaar auf die Leiche gestoßen war, hatten die Medien noch keine gesicherten Informationen, behaupteten aber, der Fund sei für den Ehemann ein solcher Schock gewesen, dass er nun im Krankenhaus liege. So zumindest eine nicht namentlich genannte Quelle.

Konráð las alles, was er über den Fall finden konnte. Alle bisherigen Hauseigentümer, Mieterinnen und Mieter waren zu Verdächtigen geworden – und trotzdem berichteten die Medien so ausführlich über einige von ihnen, veröffentlichten Bilder und persönliche Informationen. In seinen vielen Jahren bei der Polizei waren ihm viele unaufgeklärte Vermisstenfälle untergekommen, doch ihm fiel spontan keiner ein, der etwas mit diesem Fund zu tun haben könnte. Dazu hatte er nicht genug Informationen, und es sah auch nicht so aus, als würde er von Marta welche bekommen.

Am frühen Abend rief er Eygló an. Er erzählte ihr von dem Gespräch mit Marta. Immerhin hatte er von ihr erfahren, dass viele der angeblichen Informationen im Internet eher Spekulationen waren. Konráð spürte, dass die Nachricht von dem Leichenfund sie noch immer sehr aufregte. Eygló sagte auch, dass das unangenehm beklemmende Gefühl, das sie damals in dem Haus verspürt hatte, zurückgekommen sei. Stärker als jemals zuvor. Manchmal war ihr, als würde sie ersticken.

»Und dann finden sie so was in einem Hohlraum in der Wand«, sagte sie. »Man liest, es handelt sich um die Leiche einer Frau. Ist das schon bestätigt?«

»Nein, noch nicht«, sagte Konráð. »Die Polizei weiß das sicherlich inzwischen, aber sie sagen mir nichts. Auch nicht, ob es ein Mann oder eine Frau war. Aber wenn das, was du damals bei deinem Besuch dort gespürt hast, etwas mit dieser Sache zu tun hatte, dann muss die Leiche vor 1979 eingemauert worden sein, oder wann war das?«

»Ja. Genau.«

»Also, wenn man an solche Dinge glaubt.«

»Ich habe dich nicht darum gebeten, mir zu glauben. Ich beschreibe nur, was ich gespürt habe, als ich in dieses Haus gekommen bin.«

»Die Frau, die damals dort gewohnt hat. Die wollte, dass du kommst. Weißt du, ob sie noch lebt?«

»Sie hat mich heute angerufen«, sagte Eygló. »Sie hat sofort an mich gedacht, als sie von der Sache gehört hat. An meinen Besuch, damals, als es ihr so schlecht ging. Sie glaubt natürlich, dass sie jetzt endlich eine Erklärung für alles gefunden hat. Ihr geht es natürlich nicht besonders gut. Wer erfährt schon gern, dass er jahrelang über einer eingemauerten Leiche gewohnt hat. Sie will mich unbedingt treffen. Magst du vielleicht mitkommen? Du weißt natürlich sehr viel mehr über alte Kriminalfälle als wir.«

»Kriminalfälle?«

»Ist das kein Verbrechen? Mord?«

»Es sieht so aus. Aber Marta wollte darüber nichts sagen, und die Polizei hat auch noch nicht offiziell bekanntgegeben, wann dieser Mensch gestorben ist und woran. Oder was die Begleitumstände gewesen sein könnten von diesem entsetzlichen … Wann trefft ihr euch denn? Diese Frau und du?«

»Jetzt gleich.«

»Wird das eine spiritistische Sitzung oder so was in der Art?«

»Wenn du nicht willst, dann lass es«, sagte Eygló. »Ich

kenne ja deine Meinung … was diese Dinge angeht. Ich würde mich nur freuen, wenn du mitkämst, weil du dich mit solchen Dingen auskennst, aber wenn nicht, dann nicht.«

Sie hatten schon öfter Streit gehabt, wenn es um okkulte oder übernatürliche Phänomene ging. Am schlimmsten war es, wenn dabei die Beziehung zwischen ihren Vätern ins Spiel kam, deren Betrügereien mit spiritistischen Sitzungen. »Denkst du, es war vor dem Jahr 1979? Da warst du ja in dem Haus«, sagte Konráð in dem Versuch, Interesse zu zeigen. »Du gehst ja wahrscheinlich davon aus, dass die Leiche vor dieser Zeit dort eingemauert wurde.«

»Nicht unbedingt«, sagte Eygló. Der Unterton in Konráðs Stimme war ihr nicht entgangen. »Du weißt doch, wie das mit uns seherisch begabten Leuten ist. Wir können auch in die Zukunft blicken. Vielleicht habe ich mich auch deswegen damals in diesem Keller so unwohl gefühlt. Weil alles so kommen musste, wie es jetzt gekommen ist.«

Fünf

Die Polizei hatte die Frau bereits befragt, zwei bärtige Typen, die die ganze Zeit mit ihren Handys beschäftigt waren. So beschrieb es die Frau. Die Beamten seien nicht direkt unhöflich gewesen, hatten die Frau aber sofort gefragt, ob sie irgendwas über die Leiche im Keller wüsste. Sie waren so kurz angebunden gewesen, dass die Frau das Gefühl bekam, die Beamten würden sie verdächtigen. Am Schluss fragten sie sogar ganz direkt, ob sie das getan habe oder ob sie wüsste, wer. Da sei es der Frau zu bunt geworden und sie habe zurückgefragt, ob die Beamten allen Ernstes dächten, sie wäre zu so etwas in der Lage. Daraufhin hätten die beiden kurz von ihren Telefonen aufgeblickt, mit den Schultern gezuckt und gesagt, sie müssten diese Frage eben stellen, ob es den Leuten gefalle oder nicht.

»Diese Arroganz«, sagte sie. »Aber so ist das nun mal bei den jungen Leuten heutzutage«, fügte sie noch hinzu, als wäre das eine wissenschaftliche Tatsache.

Sie war verwitwet. Ihr Mann habe vor ungefähr zehn Jahren Krebs bekommen und sei innerhalb weniger Monate gestorben. Ihre Kinder seien natürlich längst erwachsen und meldeten sich nur noch selten, sagte sie, und Eygló und Konráð spürten, dass sie das schade fand. Enkelkinder hatte sie drei. Eygló spürte sofort, dass die Frau schwere Zeiten erlebt hatte. Sie waren vor vierzig Jahren nur für kurze Zeit gemeinsam in dem Haus gewesen, weil es der Frau dort so schlecht ging. Danach hatten sie nie wieder etwas voneinander gehört. Inzwischen war sie grau geworden, hatte ein Doppelkinn und müde Augen. Sie wohnte jetzt in einer Neubau-Wohnung. Sie hatte Eygló sofort wiedererkannt, Konráð hingegen warf sie einen misstrauischen Blick zu, der sich erst veränderte, als sie erfuhr, dass er ein pensionierter Polizeibeamter und guter Freund von Eygló war.

»Ich habe einen furchtbaren Schreck bekommen, als ich das im Internet gesehen habe«, sagte die Frau und zeigte auf einen Computerbildschirm, der in einer Ecke des Wohnzimmers stand. »Plötzlich war da dieses Bild von unserem alten Haus. Ich musste einfach mit irgendjemandem darüber reden, da dachte ich, ich melde mich mal bei dir. Ich hoffe, dass du das nicht für … dass ich dir damit nicht auf die Nerven gehe.«

Eygló verneinte sofort. Sie habe sich gefreut von der Frau zu hören, schließlich sei auch sie schockiert gewesen. Die Erinnerung an den damaligen Besuch sei wieder wach geworden, sobald ihr klar wurde, um welches Haus es sich handelte.

»Das hast du natürlich nicht ahnen können«, sagte die Frau. »Niemand hätte das ahnen können.«

»Nein«, sagte Eygló. »Das ist einfach zu unglaublich. Hat die Polizei dir mehr darüber erzählt? Es gibt so wenig gesicherte Informationen. Oder was haben sie sonst noch gefragt? Was wollten sie wissen?«

»Sie haben kaum etwas gesagt. Nicht einmal, ob es eine Frau oder ein Mann war, auch nicht, als ich danach gefragt habe. Weißt du da mehr?«, fragte die Frau und blickte Konráð an.

»Mir sagt man auch nichts. Die behalten alle Informationen für sich. Aber durch dich wissen wir jetzt zumindest, dass sie sofort angefangen haben, die früheren Bewohner des Hauses zu befragen. Die sind jetzt natürlich alle erst einmal verdächtig. Wer auch immer das getan hat, muss ja irgendeine Verbindung zu dem Haus haben, muss Zugang gehabt haben. Fällt dir irgendwas ein, an dem sie besonders interessiert waren?«

»Ja. Sie wollten ganz genau wissen, ob wir irgendwelche Renovierungsarbeiten durchgeführt haben, insbesondere im Keller«, sagte die Frau. »Das haben wir nicht, aber ich weiß, dass da im Keller mal ein Dienstmädchenzimmer gewesen ist. Und eine kleine Speisekammer, glaube ich. »Aber das war schon längst zu einem großen Raum zusammengelegt, als wir eingezogen sind.«

»Weißt du, wann diese Umbauten gemacht wurden?«

»Nein«, sagte die Frau. »Das ist alles über vierzig Jahre her. Die Polizei wollte wissen, warum wir das Haus nach so kurzer Zeit wieder verkauft haben. Das fanden sie irgendwie verdächtig. Ich habe dann wahrheitsgemäß gesagt, dass es mir dort so schlecht ging, dass ich sogar einmal ein Medium um Hilfe gebeten habe. Aber namentlich erwähnt habe ich dich nicht«, sagte sie und sah dabei Eygló an. »Die fanden das lustig. Sie wollten sich nichts anmerken lassen, aber ich habe es ihnen angesehen.«

Konráðs Handy klingelte und riss sie aus der Stille, die sich nach den letzten Worten der Frau im Raum ausgebreitet hatte. Konráð lächelte entschuldigend, erhob sich und nahm den Anruf an, sobald er das Zimmer verlassen hatte. Es war der Vorarbeiter aus dem Schlachthof. Konráð hatte ihm seine Nummer gegeben, falls ihm noch etwas einfallen würde, doch nach dem unfreundlichen

Empfang hätte Konráð nie damit gerechnet, noch einmal von ihm zu hören.

»Ist da … Hallo? Spreche ich mit Konráð?«, hörte er und erkannte die Stimme sofort.

»Ja, das tust du«, sagte er.

Der Mann druckste eine Weile herum, ohne dass Konráð wusste, was er wollte, dann konnte er sich zusammenreimen, dass der Vorarbeiter noch einmal über ihr Gespräch nachgedacht hatte. Und dass ihm in Bezug auf die Räucherkammern etwas eingefallen war. Der Vorarbeiter hatte ein paar Leute angerufen und erfahren, dass der Mitarbeiter, der wahrscheinlich zu der Zeit des Mordes an Konráðs Vater für die Räucheröfen zuständig war, nicht mehr lebte. Auch ein anderer, der vielleicht in Frage kam, sei verstorben. Aber der habe eine Tochter.

»Und als die gehört hat, worum es geht, ist sie ziemlich neugierig geworden«, sagte der Vorarbeiter nach einem kurzen Hustenanfall. »Sie hat zwar noch nie von deinem Vater gehört, aber sie würde dich gern treffen.«

»Weißt du, warum?«, fragte Konráð.

»Ich glaube, sie will dir irgendwas zeigen«, sagte der Vorarbeiter. »Etwas, das ihrem Vater gehört hat, glaube ich. Ich habe es nicht ganz verstanden …«

Es folgte ein erneuter Hustenanfall. Dann sagte der Vorarbeiter noch, wie Konráð die Frau erreichen könne, und verabschiedete sich dann. Konráð gab die Nummer in die Telefonbuch-App ein und fand einen Namen und eine Adresse. Sólveig Hannesdóttir, Maklerin. Sie wohnte im Stadtteil Árbær, genau wie Konráð.

»Ich habe gesehen, dass ihr das Haus direkt nach meinem Besuch verkauft habt«, hörte er Eygló sagen, als er wieder zurück ins Wohnzimmer kam.

Die Frau zuckte mit den Schultern, als ob sie am liebsten nie wieder an diese Zeit zurückdenken würde. Ihr Mann, Gott habe ihn selig, habe ihr nie geglaubt. Er sei wütend geworden, als sie von ihrem Unwohlsein erzählte, er habe sie sogar für paranoid gehalten. Doch sie sei hartnäckig geblieben. Ihr Ehemann habe lange gebraucht, um ihr die Strapazen und die Kosten zu verzeihen, die mit dem Umzug verbunden waren. Aber was hätte sie sonst tun sollen? Sie fühlte sich eben schlecht in dem Haus. Dann fügte sie noch hinzu, ihre Beschwerden seien durchaus vergleichbar mit dem, was Leute heutzutage berichteten, die in Häusern mit Schimmelbefall wohnten.

»Vielleicht war das auch wirklich nur Schimmel, und das mit der Leiche ist ein großer Zufall«, sagte sie und versuchte ein Lächeln. »Ich konnte die Beschwerden ja nicht einmal richtig beschreiben, als ich dich damals kontaktiert habe. Und woher sie kamen, wusste ich erst recht nicht. Wenn ich jetzt darüber nachdenke, weiß ich auch keine Antwort darauf. Aber nach dem Umzug sind alle Beschwerden verschwunden. Das muss doch irgendwas bedeuten, oder? Irgendetwas bedeutet das sicher.«

Eygló versuchte sie aufzumuntern und sagte, sie habe auf jeden Fall richtig gehandelt. Die Frau beruhigte das kaum.

Sie blieben noch eine geraume Zeit bei ihr, dann fuhren sie zurück zu Eygló nach Fossvogur. Eygló saß den großen Teil der Fahrt schweigend da. Konráð spürte, dass etwas sie beschäftigte, auch wenn es keine äußeren Anzeichen dafür gab. Irgendwann konnte sie nicht mehr an sich halten. Sie musste aussprechen, was ihr im Kopf herumging, seit sie von dem Leichenfund erfahren hatte.

»Es ist nur … es ist so blöd, das jetzt zu sagen, wo wir

wissen, was da im Keller war«, sagte Eygló. »Aber es läuft mir kalt den Rücken runter, wenn ich daran denke, was ich damals in dem Haus empfunden habe. So ein beklemmendes Gefühl habe ich seitdem nie wieder gespürt. Ich kann einfach nicht aufhören, daran zu denken. Was, wenn …«

Eygló brachte den Satz nicht zu Ende.

»Da kann ich dich zumindest erst einmal beruhigen«, sagte Konráð. »Hoffe ich zumindest.«

»Ja?«

»Ich habe Marta danach gefragt.«

»Und was hat sie gesagt?«

»Bis jetzt weist nichts darauf hin, dass der Mensch noch am Leben gewesen ist, als er dort eingemauert wurde.«

Sechs

Der Pastor war noch in einer Besprechung, also setzte Elísa sich mit einigen Mühen auf einen Stuhl und wartete. Sie war froh, etwas ausruhen zu können. Niemand sollte merken, dass sie humpelte. Der Bluterguss war über Nacht größer geworden und bedeckte jetzt fast ihren ganzen Oberschenkel. Als sie heute Morgen aufstehen wollte, konnte sie kaum auftreten. Die Schmerzen an der Stelle, wo sie den Tritt abbekommen hatte, waren in der Nacht so stark gewesen, dass sie zweimal aufgewacht war. Vor dem Einschlafen hatte sie zwei Aspirin genommen, die so wenig halfen, dass sie in der Nacht zwei weitere nahm. Sie hatte sogar überlegt, ein Taxi zu rufen und in die Unfallambulanz zu fahren, um sich untersuchen zu lassen, doch dann hatte sie sich nicht getraut.

Die Tür zu dem Büro des Pastors öffnete sich. Ein Mann kam heraus, setzte seinen Hut auf und ging grußlos an ihr vorbei. Nach einer Weile öffnete sich erneut die Tür. Der Pastor erschien und signalisierte ihr, dass er nun Zeit für sie habe. Sie erhob sich und gab ihm die Hand.

»Ist alles in Ordnung?«, fragte er, als er bemerkte, dass sie humpelte.

Das konnte sie nun wirklich nicht behaupten. Sie bat um Entschuldigung dafür, dass sie ihn abermals mit ihren Eheproblemen behelligte, aber sie wisse einfach nicht, an wen sie sich sonst wenden könnte. Das sei doch keine Angelegenheit für die Polizei, oder? Ihr Mann habe es wieder getan, habe sie wieder einmal verprügelt. Dieses Mal sei er angetrunken von einer Feier heimgekommen und habe einen Wutanfall bekommen, weil das Essen nicht schnell genug auf dem Tisch stand. Als sie ihn dann auch noch versehentlich ein wenig bekleckert hatte, trat er ohne Vorwarnung zu. Sein Tritt traf ihren Oberschenkel mit einer solchen Wucht, dass sie zu Boden ging und dachte, sie hätte sich das Bein gebrochen. Dann habe er sie beschimpft und ihren Kopf gegen die Wand geschlagen, bis ihre Tochter weinend aus ihrem Zimmer gelaufen kam.

»Oh nein«, sagte der Pastor, ein ernster Mann aus Ostisland, der seit fünf Jahren ihrer Gemeinde vorstand. Er war unter den Gemeindemitgliedern recht beliebt, trank nicht, war verheiratet, hatte vier Kinder und eine schöne Stimme. Seine Predigten hielt er in einem geradezu staatstragend-feierlichen Ton – man vermutete, er wollte in der Kirche Karriere machen.

Vor zwei Monaten war sie schon einmal aus demselben Anlasse bei ihm gewesen und hatte sich über ihren Mann beklagt. Nun war sie wieder hier und wusste keinen Rat mehr. Sie wusste nur, dass sie es nicht länger aushielt.

»Das ist mir so peinlich«, sagte Elísa und sah dem Pastor kaum in die Augen. Sie ging ja nicht einmal regelmäßig zum Gottesdienst. Noch nicht einmal das bekam sie hin.

»Ich rede noch mal mit ihm, wenn du meinst, dass das etwas bringt«, sagte der Pastor. Das hatte er getan, nachdem Elísa das letzte Mal bei ihm gewesen war. Ihr Mann war fuchsteufelswild geworden, weil sie dem Pastor von ihrem Eheleben erzählt hatte, und doch hatte es etwas genützt. Er wurde ruhiger, bat um Entschuldigung, gelobte Besserung. Doch auch das kannte sie inzwischen und wusste, dass es nur eine Frage der Zeit war, bis er sich wieder in ein wildes Tier verwandelte. Schon eine Kleinigkeit reichte. Ein falsches Wort, eine Geste, die ihn nervte – mehr brauchte es nicht, und er schlug ihr mit der Faust ins Gesicht. Er wollte alles bestimmen und kontrollieren. Sie traf nicht einmal mehr ihre Freundinnen, wenn er es nicht ausdrücklich erlaubte.

»Gibt es eigentlich andere Frauen, denen es ähnlich geht?«, fragte Elísa den Pastor. »Ich fühle mich so allein. Ich habe zwar schon mal davon gehört, dass auch andere solche Eheproblemen haben …, aber irgendwie spricht niemand darüber. Dabei würde ich so gern mal mit einer Frau reden, der das auch passiert.«

»Oft bekomme ich so etwas in der Tat nicht zu hören«, sagte der Pastor und kam näher. »Probleme gibt es natürlich in fast jeder Ehe. Und Ehen, in denen ähnliche Dinge geschehen wie bei dir, die gibt es selbstverständlich auch. Aber du sagst es ja selbst: Man hängt es nicht an die große Glocke. Das sind Privatangelegenheiten, das weißt du ja selbst und wahrscheinlich sogar besser als viele andere. Umso mehr danke ich dir für dein Vertrauen. Dass du dich mit deinen Sorgen an mich wendest. Es tut mir leid, dass es um eure Ehe nicht zum Besten steht, aber zu einer Scheidung kann ich dir natürlich nicht raten. Es ist nie gut, eine Familie auseinanderzubrechen. Außerdem …«

»Ja?«

»Seid ihr ja auch in einer besonderen Situation. Nicht

viele Frauen haben einen Soldaten von der Militärbasis geheiratet.«

Plötzlich hatte Elísa das Gefühl, der Pastor hätte ihr gar nicht zugehört. Sie hatte sich wegen des Beines nicht wieder hingesetzt, stand dort in seinem Büro. Er kam noch einmal näher, während er in seinem salbungsvollen Ton mit ihr sprach, doch für sie war das nur noch seelenloses Gerede. Als sie das erste Mal bei ihm gewesen war, hatte sie sich ähnlich gefühlt. Da hatte er sie betätschelt, sie zum Abschied in den Arm genommen und sie unangenehm fest an sich gedrückt, sich fast an ihr gerieben. Dieses Mal war es noch eindeutiger. Er hörte ihr überhaupt nicht zu. Empfand kein Mitgefühl. Und sah sie jetzt so an, als würde er an etwas ganz anderes denken.

»Das ist natürlich eine sehr delikate Angelegenheit«, sagte er.

»Es ist mir so unangenehm, darüber zu sprechen«, sagte sie.

»Natürlich.«

»Man schämt sich ja regelrecht dafür.«

»Für solche Dinge bin ich ja da«, sagte der Pastor. »Du kannst immer zu mir kommen, das weißt du, oder?«

Inzwischen stand er ganz nah bei ihr und sagte nun mit leiser Stimme etwas, das sie nicht verstand. Sie spürte nur, wie er seine Hand unter ihren Mantel schob und ihre Hüfte umfasste. Dann wanderte seine Hand weiter nach oben, und er berührte ihre Brust.

Für einen Moment war sie starr vor Schreck. Dann stieß sie ihn von sich.

»Ich möchte dir helfen«, flüsterte der Pastor und ließ sich nicht abweisen.

»Was machst du da? Was soll das?«, zischte sie.

»Ich will doch nur nett zu dir sein, komm schon«, sagte der Pastor, hielt sie fest und wollte sie zu dem Sofa schieben, das in seinem Büro stand. »Ich kann wirklich nett zu dir sein. Ja, ich werde sehr nett zu dir sein.«

»Hör endlich auf!«, rief sie.

Sie machte sich los und schaffte es zur Tür, öffnete sie und eilte aus seinem Büro. Sie warf einen Blick über die Schulter und stellte zu ihrer großen Erleichterung fest, dass der Pastor ihr nicht folgte. Er stand einfach dort, sah ihr hinterher, strich sich die Kleidung glatt und ordnete seine Frisur. Dann schloss er die Tür.

Auf dem Heimweg war Elísa völlig aufgelöst. Benóný stand an der Treppe, die außen an der Hauswand entlang in den Keller führte, zusammen mit einem Freund, den er Mikki nannte. Er rauchte. Es war stürmisch. Schnee wirbelte durch die Luft. Sie hatten sich an der Treppe in den Windschatten gestellt. Benóný fragte, ob alles in Ordnung sei. Sie wollte sich nichts anmerken lassen, auch wenn sie noch immer sehr aufgebracht und völlig außer Atem war. Sie sah sich sogar jetzt noch mehrfach um, als würde der Gottesmann sie vielleicht doch verfolgen. Sie konnte Benóný auf keinen Fall erzählen, was ihr in dem Büro des Pastors passiert war. Und als Benóný merkte, dass sie humpelte, erzählte sie ihm, sie habe sich unglücklich an einer Ecke des Esstisches gestoßen. Dann fragte sie die beiden, ob sie Lust auf eine Kaffeepause hätten, sie habe frisches Schmalzgebäck gemacht, wie versprochen. Und natürlich hatten sie Lust.

»In einer halben Stunde vielleicht?«, sagte Benóný und lächelte sein charmantes Lächeln. Sie mochte ihn.

Dann drückten sie die Zigaretten aus und gingen wieder in den Keller, wo sie damit beschäftigt waren, die Waschküche zu vergrößern und einen Hohlraum wieder zu verschließen, der sich in der Wand gebildet hatte, als sie beim Abriss des alten Dienstmädchenzimmers zu eifrig ans Werk gegangen waren.

Sieben

Konráð wusste nicht, ob er den nächsten Schritt wirklich tun sollte. Er wusste aber auch nicht, was ihn zurückhielt. Er saß unweit des Hauses in seinem Auto, rauchte Zigarillos und schnippte die Stummel in den nächsten Vorgarten – er hatte nicht das Gefühl, damit der Umwelt zu schaden, Tabak war schließlich auch eine Pflanze. Es war spät am Abend, dennoch war er hergefahren, nachdem er Eygló zu Hause abgesetzt hatte. Er hatte das schon längst tun wollen und doch immer wieder gezögert. Heute jedoch hatte er irgendwie das Gefühl, dass es gut gehen könnte. Doch sicher war er sich nicht.

Er strich über den Arm, in dem er von Geburt an deutlich weniger Kraft hatte als in dem anderen. Dann dachte er an das Zuhause seiner Kindheit. An seinen Vater. Auf Konráðs Esstisch im Árbær-Viertel lagen seit geraumer Zeit Papiere, die sein Vater ihm hinterlassen hatte, und einige Dinge aus dessen Besitz, die Konráð mitgenommen hatte, als er aus der ärmlichen Kellerwohnung ausgezogen war. Der Abschied aus dem »Schattenviertel« im unteren Teil der Reykjavíker Altstadt war ihm nicht besonders schwergefallen. Er hatte zwar auch gute Erinnerungen an die damalige Zeit, und doch wollte er auf gar keinen Fall in der Gegend wohnen bleiben, in der er bei seinem Vater aufgewachsen war. Dazu war zu viel passiert. Konráð hatte das wenige, was sein Vater ihm hinterlassen hatte, jahrelang wie Gerümpel auf den Speicher verbannt. Erst nachdem er in Rente gegangen war, hatte er die Sachen wieder hervorgeholt und entdeckt, dass sein Vater vor seinem Tod Schriften über okkulte Themen und spiritistische Sitzungen zusammengetragen hatte. Konráð hatte einige Nachfahren der Leute kontaktiert, die sein Vater damals betrogen hatte, und erfahren, wie er ihnen mit einfachsten Täuschungen und Tricks eine Menge Geld aus der Tasche gezogen hatte.

Zu erfahren, was sein Vater in der Zeit vor seinem Tod getrieben hatte, belastete Konráð sehr. Oft war er kurz davor gewesen, seine Nachforschungen einzustellen, denn je mehr er erfuhr, desto unsympathischer wurde ihm dieser Mensch. Doch daran war jetzt nichts mehr zu ändern. Wahrscheinlich war das auch der Hauptgrund dafür gewesen, dass er während seiner langen Zeit als Kriminalpolizist nicht das geringste Interesse an dem Mordfall gehabt hatte. Das Verhältnis zu seinem Vater war in den letzten Jahren nicht mehr gut gewesen. Konráð wollte so wenig wie möglich darüber wissen, was sein Vater den ganzen Tag trieb und wohin er ging. Sein Vater war ein Versager gewesen, er war gewalttätig, hatte seine Tochter sexuell missbraucht und ihre Mutter geschlagen. Von dem sexuellen Missbrauch hatte Konráð lange nichts gewusst, er erfuhr es erst an dem Tag, als sein Vater ermordet wurde. Seine Mutter war damals für einige Tage in der Stadt gewesen und hatte ihm davon erzählt. Konráð war direkt im Anschluss nach Hause gegangen, um seinen Vater zur Rede zu stellen. Es kam zu einem heftigen Streit zwischen ihnen, der mit einer Prügelei endete. Anschließend war Konráð rasend vor Wut aus der Wohnung gestürmt. Er hatte seinen Vater nie wiedergesehen. Als Konráð erfuhr, was an demselben Abend vor dem Schlachthof passiert war, wusste er nicht, wie ihm geschah. Er dachte sofort an seine Mutter. Am Tag darauf wurde sie verhört, wenige Tage später er selbst. Doch die Polizei ließ beide wieder gehen, sie hatten glaubwürdige Alibis. Allerdings waren weder Konráð noch seine Mutter völlig aufrichtig gewesen.

Konráð schnippte den dritten Zigarillo in den Vorgarten und fuhr die Fensterscheibe hoch. Seine elende Zögerlichkeit widerte ihn an. Er stieg aus, schloss das Auto ab, ging in Richtung des Hauses und sah im Wohnzimmer Licht brennen. Er war nicht zum ersten Mal hier. Seinerzeit war er so oft heimlich hergekommen, dass ihm der Grundriss des Hauses noch immer vertraut war, den Weg ins Schlafzimmer würde er noch heute mit geschlossenen Augen finden. Er stieg die drei Treppenstufen bis zur Eingangstür hinauf und klingelte. Dann sah er auf die Uhr und hoffte, sie bekäme keinen Schreck, weil so spät noch jemand bei ihr klingelte.

Vorsichtig öffnete sich die Tür zur Hälfte.

»Du?«, sagte Svanhildur und öffnete die Tür ganz, als sie sah, dass er es war.

»Tut mir leid, dass ich so spät noch vorbeikomme«, sagte Konráð.

Sie sah ihn an, als wollte sie herausfinden, ob er betrunken war. Früher war das durchaus vorgekommen.

»Ähm, willst du reinkommen?«

»Wenn ich darf«, sagte Konráð. »Wäre das okay?«

»Wenn du dir sicher bist«, sagte Svanhildur, als wäre sie selbst nicht ganz überzeugt.

Er nickte, sie bat ihn herein. Seit der Zeit, als er hier

heimlich ein und aus gegangen war, hatte sich nichts verändert. Weiches Licht kam aus dem Wohnzimmer. Der Fernseher war so leise eingestellt, dass man ihn kaum hörte. Auf dem Sofa lag ein Beutel mit Strickutensilien. Bei ihm zu Hause in Árbær hatten sie sich nur einmal getroffen. Da war Erna im Ausland gewesen.

»Ich hätte ja mit allem Möglichen gerechnet, aber nicht mit dir«, sagte Svanhildur. »Wenn ich das so ehrlich sagen darf.«

Nach Ernas Tod hatte Svanhildur einige Male versucht, mit ihm über das zu reden, was passiert war. Über ihre Affäre, die ihnen nach Ernas Tod noch schändlicher und schmutziger erschienen war als zuvor. Doch Konráð war so überwältigt von Ernas Krankheit, ihrem Tod und seiner Trauer, dass er das Gespräch beendete, sobald Svanhildur das Thema ansprach. Nur einmal hatte er ihr gesagt, wie sehr er darunter litt, Erna nie die Wahrheit gesagt zu haben. Wie er darunter litt, dass sie gestorben war, ohne zu wissen, dass er sie betrogen hatte. Svanhildur war mit ihnen beiden befreundet gewesen, sie war Ärztin, genau wie Erna, und nahm bei schweren Verbrechen manchmal die Obduktionen vor. Konráð und sie hatten eine Zeitlang ein Verhältnis, dann wurde Erna krank.

»Ich habe lange gebraucht, um darüber hinwegzukommen. Vielleicht bin ich es bis heute nicht«, sagte Konráð. »Ich träume dauernd von Erna, und das sind keine schönen Träume. Es hört einfach nicht auf. Ich ... ich will kein Mitleid, ich bitte eher um Verständnis. Ich hätte mich nicht so von dir abwenden dürfen.«

»Ich war nicht die Einzige«, sagte Svanhildur. »Das hast du selbst gesagt.«

»Nein«, sagte Konráð, der sich lange vor dem gefürchtet hatte, was jetzt bevorstand. »Aber du warst unsere Freundin. Erna hat dich gekannt.«

Svanhildur verzog das Gesicht. Sie schwiegen und standen sich gegenüber, in dem Haus, in dem alles passiert war. An der Einrichtung hatte sich nichts verändert, und doch war nichts mehr so, wie es einmal gewesen war, und es würde auch nie wieder so werden.

»Du hast mich nie gefragt, ob ich Erna von uns erzählt habe«, sagte Svanhildur.

»Hast du?«

Svanhildur schüttelte den Kopf.

»Ich dachte, du würdest mit Erna reden. Ihr von uns erzählen. Ich wäre bereit gewesen, wenn du es gewollt hättest. Aber ...«

»... ich habe es nie gemacht«, sagte Konráð.

»Vielleicht war es ja auch gut so«, sagte Svanhildur vorsichtig. »Sie hat ja nie etwas geahnt.«

»Genau das ist es, was mich so belastet«, sagte Konráð.

»Was ist mit Húgó?«, fragte Svanhildur. »Hast du deinem Sohn von uns erzählt?«

»Nein, das ... das habe ich nicht.«

»Ist dir das nicht wichtig? Dass er von uns weiß? Von mir? Wo du doch solch große Gewissensbisse hast?«

»Das ist etwas anderes«, sagte Konráð.

»Inwiefern?«

»Ich will nicht, dass er ...«

Konráð brachte den Satz nicht zu Ende. Das Gespräch hatte eine Richtung genommen, die ihm nicht gefiel.

»Soll ich mit ihm reden?«, sagte Svanhildur.

»Du?«

»Warum nicht? Hat er nicht ein Recht darauf, es zu

erfahren? Mir würde es zumindest besser gehen. Und zu Húgó hatte ich doch immer einen guten Draht.«

»Das mit Húgó überlässt du bitte mir«, sagte Konráð. »Ich wüsste nicht, was ihm das bringen sollte. Das ist jetzt schon so lange her, es spielt keine Rolle mehr, außer man will sich endlos damit quälen.«

»Dann solltest du auch endlich damit aufhören!«, sagte Svanhildur. »Solche Dinge passieren eben. Sie passieren andauernd. Wir haben uns ab und zu getroffen, mehr ist daraus nicht geworden. Erledigt. Hör auf, dich damit zu quälen.«

Konráð schüttelte den Kopf. Beide hatten auf ihre Weise recht. Das entspannte sie.

»Möchtest du über Nacht bleiben?«, fragte sie und machte einen Schritt auf ihn zu.

»Wäre das okay?«, fragte Konráð.

Sie küsste ihn.

»Es ist lange her, dass wir …«

Sie küsste ihn intensiver. Er dachte daran, wie oft sie die Initiative ergriffen hatte. Er nahm sie in den Arm, drückte sie an sich, küsste ihr den Hals und spürte, wie sie seinen Gürtel löste, dann spürte er ihre Hand in seiner Hose. Sie gingen ins Schlafzimmer. Sie setzte sich auf die Bettkante und öffnete seinen Reißverschluss, er beugte sich zu ihr herunter und küsste sie auf den halb geöffneten Mund.

Später lagen sie eng beieinander. Er strich ihr durch das Haar und dachte schon, sie wäre eingeschlafen, da öffnete sie die Augen. Und er küsste sie auf die Stirn.

»Bist du eigentlich noch in dieser Expertengruppe? Die die unbekannten Leichen identifiziert?«, fragte er.

»Nein. Schon seit drei Jahren oder so nicht mehr.«

»Weißt du etwas über diese Sache in der Weststadt? Die Leiche, die sie da gefunden haben. Oder vielmehr das Skelett?«

»Ich arbeite nicht mehr als Rechtsmedizinerin«, sagte sie. »Und im Krankenhaus höre ich auch bald auf.«

»Ach so. Also hast du nichts gehört?«

»Nein. Ich habe nichts gehört.«

»Marta will mir nichts erzählen«, seufzte Konráð.

»Das ist ungewöhnlich, oder? Sie sagt dir doch sonst alles.«

»Normalerweise schon. Aber jetzt ist alles irgendwie anders. Sie findet wohl, ich bin zu neugierig. Ich gehe ihr auf die Nerven. Und dann sind da diese ganzen Berichte über undichte Stellen im Polizeipräsidium. Ich glaube, sie will dagegen etwas unternehmen.«

Svanhildur sah Konráð an und überlegte, welches Ziel er mit seinem Besuch verfolgte. Allmählich kam ihr der Gedanke, dass ihre verbotene Verbindung nicht der Hauptgrund dafür war und dass seine Traurigkeit vielleicht nicht ganz aufrichtig war.

»Du bist unglaublich«, sagte sie, als ihr das klar wurde. »Bist du etwa deswegen gekommen und stehst zerknirscht bei mir vor der Tür?! Um zu erfahren, was ich weiß?«

»Natürlich nicht«, sagte Konráð. »Wir hätten schon längst einmal miteinander reden müssen. Das hast du selbst gesagt. Und du hattest recht. Es tut gut, mit dir über diese Dinge zu reden. Das hätte ich schon viel früher tun sollen.«

»Wann hörst du endlich damit auf?«, sagte Svanhildur. »Du bist kein Polizist mehr. Das geht dich nichts an.«

»Weißt du, ob es ein Mann oder eine Frau war? Weißt du etwas?«

»Ich weiß nichts über diesen Leichenfund. Da kannst du fragen, solange du willst.«

»Auch nicht, ob …?«

»Verdammt noch mal, Konráð! Du gehst jetzt besser«, sagte Svanhildur, verließ das Bett und zog sich rasch einen Bademantel über.

Konráð merkte, dass er zu weit gegangen war.

»Du solltest jetzt besser nach Hause fahren«, sagte sie wütend. »Das geht so nicht.«

»Ich habe das ernst gemeint, vorhin. Ich hätte mich anders verhalten sollen«, sagte Konráð, während er sich anzog. »Ich hätte längst mit dir reden müssen. Es tut mir leid, dass ich mich so von dir abgewendet …«

»Raus!«, rief Svanhildur, die nun richtig wütend war. Sie folgte ihm zur Eingangstür und knallte sie hinter ihm zu.

Zurück bei sich zu Hause in Árbær, sah er noch bis in die Nacht hinein die Papiere durch, die sein Vater ihm hinterlassen hatte, ohne sich richtig konzentrieren zu können. Er fand noch eine halbleere Flasche Rotwein im Kühlschrank, schenkte sich ein, doch der Wein war ihm zu kalt. Er erwärmte ihn in der Mikrowelle. Konráð wusste, dass das einem Rotwein nicht gerade zuträglich war. Aber der Wein war ohnehin nicht besonders gut. Etwas, was sie gemeinsam hatten.

Acht

Kein Problem, hatte Sólveig gut gelaunt gesagt, als er sie am nächsten Morgen angerufen hatte. Na klar, sie sei eh den ganzen Tag zu Hause und ah, er lebe auch im Árbær-Viertel, dann habe er es ja nicht weit, natürlich, es geht um deinen Vater, irgendwann am Nachmittag, perfekt, ich freue mich darauf, ja, tschüss.

Obwohl sie wirklich nicht weit von ihm entfernt wohnte, nahm Konráð das Auto, er hatte keine Lust zu laufen. Er hatte kaum geklingelt, da flog auch schon die Tür auf. Ihr Mann sei nicht zu Hause, er spiele Golf, immer diese Golferei, sagte Sólveig fröhlich und lächelte – genauso hatte Konráð sie sich nach ihrem Telefongespräch vorgestellt. Sie war Maklerin bei einer großen Immobilienfirma und strahlte, als hätte sie gerade eine besonders gute Provision bekommen.

Er hingegen war nicht gut in Form. Der Besuch bei Svanhildur am Vorabend steckte ihm ebenso in den Knochen wie der billige Rotwein. Er hatte noch eine zweite Flasche geöffnet und ganz allein ausgetrunken, alte isländische Schlager gehört und sich um den Verstand geraucht. Dann hatte er sich irgendwann ins Bett gelegt und sich vor dem Einschlafen vorgenommen, unbedingt noch einmal mit Svanhildur zu reden, bevor sie etwas Unüberlegtes tat.

Die Nacht hatte ihm keine Erholung gebracht. Als er an diesem Samstagnachmittag bei Sólveig vor der Tür stand, gab er jedenfalls ein ziemlich jämmerliches Bild ab. Sie war überrascht von seinem zerknitterten Auftreten, das merkte er sofort. Doch dann tat sie einfach so, als ob nichts wäre. Sie fragte ihn, ob er nicht in dem Fall mit der Leiche auf dem Langjökull ermittelt habe, der erst nach dreißig Jahren aufgeklärt worden sei. Konráð bestätigte das und ahnte, dass der Vorarbeiter ihr einiges von ihm erzählt hatte. Der Fall hatte damals ziemliches Aufsehen erregt.

»Unglaublich«, sagte sie lächelnd. »Und dann ist er einfach in einen Fluss gesprungen. Also, der Täter.«

»Nein, er ist eher reingefallen«, sagte Konráð.

»Ach so. Und du hast versucht, ihn zu retten?«

»Ich habe es versucht«, sagte Konráð und spürte, wie sein Kater schlimmer wurde. Er wollte unbedingt das Thema wechseln und beschloss, direkt zur Sache zu kommen. »Er hat mir gesagt, er hat mit dir gesprochen. Also, der alte Vorarbeiter. Er meinte, du möchtest mir etwas zeigen.«

»Ich wusste nicht, dass dein Vater … dass er das war, da, vor dem Schlachthof. Das ist einfach schrecklich. Und jetzt willst du rausfinden, was passiert ist?«

»Ich sammele Informationen«, sagte Konráð. »Mehr nicht. Ich arbeite nicht mehr bei der Polizei und sehe mir manchmal alte ungelöste Fälle an. Und das ist einer davon. Hat sich so ergeben.«

»Mein Vater hat oft an den Räucheröfen gearbeitet«, sagte Sólveig. »Dann hat er wie ein Hammelschinken gerochen, wenn er nach Hause kam. Er hat gern da gearbeitet, es hat ihm Spaß gemacht. Manchmal habe ich ihn mit meiner Schwester besucht und zugeschaut, wie er die Öfen befüllt.«

Sie hatte ein gutes Gedächtnis und erzählte gern. Sie erinnerte sich mühelos an die damalige Zeit, als sie mit ihrer Schwester den Vater im Schlachthof an der Skúlagata besucht hatte, manchmal ein paar Öre zugesteckt bekam, ihm manchmal aber auch nur bei der Arbeit zusah. Sie wuchsen in der Nähe des Schlachthofs auf. Ihr Vater machte keinen Hehl daraus, wie stolz er auf seine Töchter war. Er zeigte ihnen, wie er Salzlake anrührte und in das Fleisch spritzte, in Lammkeulen und Schweinehälften. Und wie dann alles zusammen in große Wannen kam und zu den Öfen gerollt wurde, über eine Gasse, die durch ein großes Eisentor von der Skúlagata getrennt war. Dann wurde das Fleisch auf Rosten befestigt und kam in die drei Öfen. Hinter den Öfen war ein weiterer Raum. Dort war es in ihrer Erinnerung immer dunkel gewesen und voller Ruß und Dreck. Hier zog ihr Vater die langen Glutkästen unter den Öfen hervor und befüllte sie mit Stroh, Reisig, Torfkohle und Holzkohle und zündete alles an, bevor er die Schubladen wieder unter die Öfen schob. Am nächsten Tag holte er die Roste heraus, an denen nun köstliche Hammelschinken und Schweinespeckschwarten hingen.

»Und manchmal auch Forellen oder Lachse«, sagte Sólveig. »Papi hat uns manchmal einen Bissen zum Probieren gegeben, das fanden wir immer unglaublich lecker. Es war eine ganz schön schmutzige Arbeit, aber mein Vater war ein reinlicher Mensch, und wir hatten Spaß daran, ihm zuzusehen. Irgendwann hat er im Schlachthof aufgehört und in einem der Läden des Schlachterverbands an der Fleischtheke verkauft. Und dann ist er vor dreißig Jahren gestorben, Gott hab ihn selig.«

»Hat er irgendwann mal über den Mord vor dem Schlachthof gesprochen?«

»Ja, das kam vor«, sagte Sólveig. »Er wusste natürlich von dem Mord und hat sich erzählen lassen, wie das war, als die Polizei die Mitarbeiter verhört hat. Wie schlimm das für alle war. Aber angefangen hat er dort erst einige Jahre später. Er kannte das also nur vom Hörensagen.

»Seine Kollegen haben doch bestimmt darüber spekuliert, ob der Mord etwas mit dem Schlachthof zu tun hatte«, sagte Konráð.

»Das haben die gar nicht in Betracht gezogen, glaube ich. Glaubst du etwa, das könnte sein? Gibt es da neue Erkenntnisse?«

»Nein«, sagte Konráð. »Nichts dergleichen. Ich wollte nur mal fragen. Und du wolltest mir etwas zeigen.«

»Ach so, ja, klar. Mein Vater hat da mal etwas gefunden«, sagte Sólveig, erhob sich und verschwand im Flur. Konráð wartete eine Weile, dann kam sie zurück.

»Mein Vater fand das irgendwie interessant«, sagte Sólveig. »Normalerweise würde ich so etwas gar nicht aufheben, aber es erinnert mich halt an ihn und an die Zeit, als er bei den Räucheröfen gearbeitet hat.

Sie gab Konráð einen kleinen runden Gegenstand. Er legte ihn in die Handfläche und betrachtete ihn gründlich. Seine erste Vermutung war, dass es sich um eines dieser Abzeichen handelte, die man sich ans Revers heftete, wobei hier allerdings die Nadel fehlte, um es zu befestigen. Obwohl es bereits sehr abgewetzt war, erkannte er, dass es sich um ein Abzeichen der Freimaurerloge handelte.

»Es ist sicher nichts Besonderes«, sagte Sólveig, als Konráð sie fragend ansah. »Aber ich wollte es dir trotzdem zeigen. Mein Vater hat das beim Saubermachen in einem der Glutkästen gefunden und es aufgehoben, weil er es merkwürdig fand. Ein Freimaurerabzeichen im Glutkasten eines Räucherofens, weißt du?«

»Das kann ich gut nachvollziehen. Schwer zu sagen, aber es ist vielleicht ein Teil von einer Anstecknadel«, sagte Konráð. »Wann hat dein Vater das denn gefunden?«

»Kurz nachdem er dort angefangen hat«, sagte Sólveig. »Die Nadel war da schon abgebrochen und das Abzeichen so abgewetzt, dass er vermutete, es hätte schon lange dort gelegen. Sonderbar, nicht wahr? Das kann doch eigentlich nur bedeuten, dass jemand in dem Ofen gewesen ist und es da verloren hat. Anders ist es ja kaum möglich.«

»Es könnte auch mit dem Stroh, dem Reisig oder der Kohle dort hineingelangt sein.«

»Das fand mein Vater noch unwahrscheinlicher.«

»Hat denn manchmal jemand einen der Öfen betreten?«

»Eigentlich gab es keinen Grund dafür. Außer wenn jemand unbedingt einen Ofen von innen sehen wollte, keine Ahnung. Mein Vater hat darüber Witze gemacht. Der Mord war ja direkt vor den Räucheröfen passiert. Er hat mir von dem Abzeichen ja erst viele Jahre später erzählt, er muss also immer mal wieder daran gedacht haben, auch wegen des Mordes, weißt du?

»Worüber hat er Witze gemacht?«

»Dass sich da wohl ein feiner Herr im Ofen versteckt hat, während der Mord passiert ist.«

»Aber das wäre ja gar nicht gegangen«, sagte Konráð und besah sich das Abzeichen erneut. »Die waren doch an dem Abend in Betrieb.«

»Nein, eben nicht. Das haben alle gedacht, aber mein Vater hat einmal den Mann getroffen, der vor ihm an den

Räucheröfen gearbeitet hat, also zur Zeit des Mordes. Da haben sie darüber geredet, und der hat ihm gesagt, dass an dem Abend nur einer der Räucheröfen in Betrieb war. Nicht alle drei.«

»Wirklich?«

»Er hat das so gesagt.«

»Kam das öfter vor?«

»Hin und wieder. Der Vorgänger meines Vaters hat das offenbar sonst niemandem gesagt. Es hat ihn wohl auch keiner danach gefragt. Deswegen hat mein Vater so gern darüber nachgedacht. Er wusste, dass das nicht besonders wahrscheinlich war, aber trotzdem … er hatte eben Spaß daran, sich das vorzustellen, also hat er dieses Abzeichen immer sorgfältig aufbewahrt.«

»Sich was vorzustellen?«

»Dass der Mörder sich vielleicht in einem der Öfen versteckt und da etwas verloren hat.«

Neun

Sie wusste nicht, was sie aufgeweckt hatte. Ihr Schlaf war traumlos gewesen und so ruhig wie lange nicht mehr. Sie hatte sich einfach ins Bett gelegt und war sofort eingeschlafen, konnte nicht einmal mehr ihr Nachtgebet beenden. Elísa betete jeden Abend. Sie bat Gott darum, dass all dies vorbeigehen und ihr Mann sich ändern, sich bessern würde. Er hatte ja auch seine guten Seiten, das wusste sie. Sie betete auch für ihre Tochter, dass der neue Tag schön für sie werden würde, und sie bat Gott um die Vergebung unserer Schuld, wie auch wir vergeben unseren Schuldigern. Ein guter Schlaf war für sie so kostbar, wie er selten war.

Und dann war sie plötzlich aufgewacht. Sie hatte noch nicht die Augen geöffnet, da kam auch schon die Angst, dass sie nicht mehr einschlafen könnte und den Rest der Nacht schlaflos daliegen würde, unruhig und voller Angst. Wie oft hatte sie das schon erlebt. Sie starrte an die Decke und lauschte. War da ein Geräusch? Hatte dieses Geräusch sie geweckt? Dann hörte sie es jetzt nicht mehr. Sie lauschte auf die Atemgeräusche ihres Mannes, doch da waren keine. Offenbar schlief er sehr ruhig. In der Dunkelheit war nichts zu sehen. Es war mitten im Winter, die Nächte waren so schwarz wie Pech.

Elísa legte sich auf die Seite und wäre fast wieder eingeschlafen, da musste sie an den Pastor denken. Wut ließ ihr Herz schneller schlagen. Sie versuchte an etwas anderes zu denken, etwas Schöneres, und das Bild des Pastors wurde verdrängt von Gedanken an die Bauarbeiten in ihrem Keller. Die Benóný für sie machte. So ein guter Junge, so fleißig, wie er ihre Waschküche vergrößerte, sodass sie mehr Stauraum hatten. Er war ganz anders als ihr Mann Stan. Benóný war jünger und immer guter Laune, hatte immer einen lustigen Spruch auf den Lippen und hörte ihr dennoch aufmerksam zu. Sie lächelte. Er machte eine Ausbildung zum Schmied und hatte einen Freund mitgebracht, der ihm bei den Arbeiten half und ebenso fleißig und geschickt war wie er. Sie hörten Musik bei der Arbeit, den amerikanischen Sender, und kamen in den Kaffeepausen zu ihr herauf. Mittags kochte sie ihnen etwas Leckeres. Sie wusste nicht, was Stan ihnen zahlte, aber viel konnte es nicht sein, da wollte sie zumindest dafür sorgen, dass sie nicht auch noch hungrig an die Arbeit gingen.

Stan hatte einmal gesagt, dass Benóný nicht unbedingt den besten Umgang pflegte. Sie wusste nicht, ob sie etwas darauf geben sollte, schließlich redete Stan öfter mal schlecht über seine Freunde. Er behauptete, einige von Benónýs Bekannten seien mit dem Gesetz in Konflikt geraten, weil sie illegal Schnaps gebrannt und Alkohol ins Land geschmuggelt hatten, um damit Tanzlokale zu beliefern. Oder Zigaretten aus der amerikanischen Militärbasis bei Keflavík herausgeschmuggelt hatten. Stan kannte sich da aus, er war dort zwei Jahre als Soldat stationiert gewesen und hatte in dieser Zeit auch das eine oder andere gemacht, über das er jetzt nur noch wenige Worte verlor. Er behauptete, einer von Benónýs Freunden wäre deswegen sogar im Gefängnis gewesen, aber das glaubte sie nun wirklich nicht. Mit solchem Gesindel würde Benóný sich nie abgeben. Stan sprach von Einbrüchen und Urkundenfälschung und ähnlichen Machenschaften. Stan hatte Benóný angeblich gesagt, er solle sich nicht mit zwielichtigem Gesindel abgeben, doch Benóný habe nur gelacht. Und als Stan seine Kritik sehr freundlich noch einmal wiederholt habe, sagte Benóný nur, es sei seine Sache, mit wem er Umgang habe. Stan hatte ihn angeheuert, um den Keller auszubauen. Stan und Elísa wohnten zur Miete und hatten sich mit dem Hausbesitzer darauf geeinigt, dass die Kosten für den Ausbau auf die Miete umgelegt werden würden. Mit der Unterstützung von Benóný und seinem Freund würde es sie nicht zu teuer kommen.

Elísa schüttelte den Kopf. Dass gerade Stan sich erlaubte, das Verhalten von Benónýs Freunden zu kritisieren – wo er selber kein Problem damit hatte, jederzeit ohne jeden Grund auf sie loszugehen.

Sie drehte sich vorsichtig auf die andere Seite. Eigentlich konnte sie ihren Mann immer atmen hören, manchmal waren es auch Schnarchgeräusche, auf die jedes Mal eine lange Stille folgte. Gerade jedoch schien er völlig ruhig zu schlafen.

Ihr Bein tat ihr noch immer weh, der Bluterguss wurde immer größer. Stan konnte sich wirklich ohne jegliche Vorwarnung in ein wildes Tier verwandeln, fluchen, zutreten und Schlimmeres. Manchmal, wie neulich, wenn er besonders brutal auf sie losging, fürchtete sie regelrecht um ihr Leben. In der darauffolgenden Nacht hatte sie geträumt, sie würde ertrinken. Sie schwamm auf einen ruhigen See hinaus, dann verdunkelte sich auf einmal die Sonne und etwas zog sie in die Tiefe, alles war plötzlich ganz finster, sie wollte atmen, doch sie konnte es nicht, überall war nur noch Wasser. Dann war sie aufgewacht und stellte fest, dass etwas auf ihrem Gesicht lag, dass sie wirklich keine Luft bekam, und erst als sie um sich schlug, hatte Stan das Kissen von ihrem Gesicht genommen. Während sie noch panisch nach Luft schnappte, stand er über ihr, sah sie an wie ein Versuchstier und sagte dann, er würde sie umbringen, wenn sie ihn verlassen würde.

Elísa starrte in die Dunkelheit. Ihr Herz klopfte schon wieder wie wild. Jetzt wusste sie, dass sie vorerst keinen Schlaf mehr finden würde. Sie hatte sich nicht getraut, Benóný von den Taten ihres Mannes zu erzählen. Niemandem hatte sie je davon erzählt, abgesehen von dem verfluchten Pastor, der das prompt als Einladung angesehen hatte, sie zu begrapschen. Wohin konnte sie sich wenden? Stan würde sie umbringen, wenn sie ihn verließ, was blieb ihr da noch übrig? Ganz abgesehen davon müsste sie dann auch sagen, was passiert war, aber davor hatte sie Angst und sie schämte sich dafür, schämte sich für ihren Mann. Aber auch für sich selbst – warum ließ sie das mit sich machen? Warum fand sie immer wieder neue Entschuldigungen für sein Verhalten? Sie schämte sich für ihre Wunden und Blutergüsse und dafür, dass sie niemals frei sein würde, immer damit rechnen musste, dass er sie beschimpfte und schlug.

Sie versuchte, sich auf etwas Schönes zu konzentrieren, und dachte an ihre Tochter. Elísa schützte sie, so gut es ging. Doch nicht immer gelang es ihr. Lóla hatte Dinge gesehen, die sie nie hätte sehen sollen, die kein Kind sehen sollte, sie hatte geweint und bei ihrer Mutter Trost gesucht. Sie konnte nicht verstehen, wie ihr Vater zu so etwas in der Lage war. Elísa musste ihrer Tochter einschärfen, niemandem davon zu erzählen. Dass das ihr Geheimnis sei, dass nun alles besser werden, dass so etwas nicht wieder vorkommen würde. Alles Lügen. Immer dieselben verdammten Lügen.

Sie lauschte immer aufmerksamer auf die Atemgeräusche ihres Mannes, und als sie sich im Bett aufsetzte und nachsah, wurde ihr klar, warum sie ihren Mann nicht hörte: Er lag gar nicht im Bett. Er musste aufgestanden sein. Sie wartete noch einen Moment und lauschte, dann stand auch sie auf, ging auf den Flur und machte etwas Licht, bevor sie die Treppe hinunterschlich. Sie flüsterte seinen Namen, sie wollte ihre Tochter nicht aufwecken, doch er war nirgendwo zu sehen.

Als sie sich dem Kinderzimmer näherte, hörte sie von dort ein Geräusch. Die Tür war nur angelehnt. Sie drückte sie auf. Im matten Lichtschimmer von der oberen Etage sah sie, dass ihre Tochter hellwach im Bett lag, sie hatte die Decke von sich gestrampelt und sah ihre Mutter reglos und angsterfüllt an.

»Bist du wach, Lóla?«, sagte sie, beugte sich zu dem Bett hinab und strich ihrer Tochter durch das Haar. »Hast du schlecht geträumt?«

Das kleine Mädchen schüttelte den Kopf.

»Was ist denn los?«

Es war, als hätte das Kind die Sprache verloren.

»Weißt du, wo dein Vater ist?«

Ihre Tochter schüttelte den Kopf und fixierte dabei mit weit aufgerissenen Augen den großen Kleiderschrank in der Zimmerecke. Auch Elísa blickte hinüber. Erst konnte sie in der Dunkelheit kaum etwas ausmachen, dann erkannte sie die Umrisse ihres Mannes, der sich dort verborgen hielt und sich die Pyjamahose hochzog.

»Was machst du da?«, fragte Elísa.

Und wusste plötzlich alles über die Angst in den Augen ihrer Tochter.

Zehn

Benóný parkte in einer wenig befahrenen Straße einer Wohngegend in der Oststadt, in der hauptsächlich Einfamilienhäuser und Reihenhäuser standen. Sie blieben einen Moment im Auto sitzen und sprachen den Plan noch einmal durch. Kompliziert war es nicht. Eine Freundin von Mikki war vor zwei Wochen in einem der Häuser dort auf einer Party gewesen und hatte ihnen gesagt, wie man dort einsteigen könnte. Man müsse nur ein kleines Fenster aufbrechen. Benóný hatte das Auto organisiert und saß am Steuer. Er sollte aufpassen und jederzeit zur Flucht bereitstehen. Mikki und Tommi wollten einbrechen, nach Wertsachen suchen und so schnell wie möglich wieder herauskommen. Falls ein Nachbar sie sah und die Polizei anrückte, sollte Benóný ihnen sofort ein Zeichen geben.

Die Freundin kannte den Sohn der Familie, die dort wohnte. Der Vater war Arzt, sie hatte auf der Party erfahren, dass er mit seiner Familie für gut zwei Wochen auf dem Passagierdampfer *Gullfoss* ins Ausland reiste. Das Haus stand währenddessen leer. Mehrere Leute hatten das bestätigt. Angesichts der Einrichtung vermutete die Freundin, dass die Familie wohlhabend war, vielleicht sogar richtig reich.

Mikki war ihr Anführer. Er hatte einen Hammer dabei und ein Stück Stoff, um die Geräusche zu dämpfen, und fand hinter dem Haus eine Tür, die in den Garten hinausführte. Durch die Tür gelangte man in die Waschküche und von dort über die Küche ins Wohnzimmer. Das kleine Fenster, von dem die Freundin erzählt hatte, befand sich direkt neben der Tür. Als der Hammer auf die Scheibe traf, war kaum ein Laut zu hören. Mikki entfernte einige Glasstücke, die noch am Fensterrahmen hingen, und steckte die Hand hindurch. Die Tür war mit einem Riegel gesichert, doch er musste sich nur ein wenig strecken, dann hatte er ihn gelöst.

Sie holten Taschenlampen heraus und machten sich sofort auf die Suche nach Wertsachen, zogen Schubladen auf, leerten sie aus, nahmen Silberlöffel und einen silbernen Flachmann mit, warfen Servietten zu Boden, zerschlugen Gläser. Mikki und Tommi hatten Stoffsäcke dabei, in die sie alles stopften, was sie für stehlenswert hielten.

Tommi durchsuchte das Schlafzimmer. Blusen und Hemden flogen aus dem Kleiderschrank, er wühlte sich durch alle Schubladen und fand schließlich, in der hintersten Ecke, eine prunkvolle Schmuckschatulle. Er öffnete sie und sah Goldringe, die zum Teil sogar mit Steinen besetzt waren, prächtige Ohrringe und edle Ketten aus Gold und Silber. Er steckte die ganze Schatulle in seinen Sack.

Mikki hatte währenddessen das Arbeitszimmer des Hausherrn gefunden, riss auf der Suche nach Wertsachen Band um Band aus einem großem Bücherschrank und leerte die Schubladen des Mahagoni-Schreibtisches auf den Boden aus. Er fand zwei Armbanduhren und einen Brieföffner aus Silber, mit einem springenden Lachs als

Griff. Und eine noch verschlossene Flasche Cognac. Ein Scheckheft verschwand in seinem Beutel und Papiere, die er für Aktien hielt. Bargeld hatte er auch gefunden: Beim Auskippen einer Schublade war ihm aufgefallen, dass auf deren Unterseite ein Briefumschlag festgeklebt war. Er hatte ihn sofort abgerissen, aufgemacht und darin sowohl Dollar- als auch Pfundnoten gefunden. Devisen!

Tommi erschien in der Tür und hielt einen nagelneuen Plattenspieler in den Händen.

»Den behalte ich selbst«, sagte er.

Mikki wedelte triumphierend mit dem Umschlag.

»Money, money, money«, flüsterte er, so laut er sich traute. Tommi trieb ihn zur Eile an. Er warf einen Blick auf die Bücherschränke und nahm ein paar der darin noch verbliebenen Bücher heraus und öffnete sie auf der Suche nach weiterem Bargeld, dann ließ er sie auf den Boden fallen.

Mikki fand noch drei Flaschen Wein. Dann hörten sie eine Autohupe. Zwei kurze Töne. Das war das Zeichen, das sie mit Benóný verabredet hatten, und ohne auch nur einen Moment zu zögern, liefen sie durch das Haus, genau den Weg zurück, den sie gekommen waren, hinaus in den Garten, schlichen von dort zu dem mit Benóný verabredeten Treffpunkt und sprangen in den wartenden Wagen. Benóný wollte sofort losfahren, aber er ließ die Kupplung zu schnell kommen und würgte den Motor ab. Hektisch trat er die Kupplung wieder durch, startete den Motor erneut und gab so heftig Gas, dass der Motor aufheulte, das Auto sich mit einem Ruck in Bewegung setzte und mit ihm und seinen Komplizen verschwand.

»Was war denn los?!«, rief Mikki.

»Warum hast du gehupt?«, fragte Tommi und sah sich nervös um.

»Da war ein Polizeiwagen«, sagte Benóný entschuldigend. »Wahrscheinlich nur eine Streife, aber sie sind an mir vorbeigefahren und haben mich vielleicht gesehen. Da dachte ich, ich muss euch warnen. Für den Fall, dass die wiederkommen. Ihr habt euch ganz schön Zeit gelassen. Hat es sich wenigstens gelohnt? Habt ihr was gefunden?«

»Aber Hallo«, sagte Tommi.

»Eine ganze Menge«, rief Mikki und strahlte über das ganze Gesicht. »Das war eine Goldmine.«

»Goldmine«, echote Tommi, dann brachen sie in Gelächter aus.

Benóný war froh, dass sie nicht weiter nachfragten, warum genau er gehupt hatte. Da war nämlich gar kein Polizeiauto gewesen – er hatte einfach kalte Füße bekommen, weil Mikki und Tommi so lange in dem Haus geblieben waren, dass er sich fragte, was sie da eigentlich taten. Sie waren viel länger dort gewesen als abgesprochen, und er hatte es plötzlich bereut, sich überhaupt auf diese Sache eingelassen zu haben. Er wollte das Auto einfach so schnell wie möglich wieder loswerden. Bald konnte er sich kaum noch beruhigen, blickte nervös die Straße hinauf und hinab, zuckte bei jedem Geräusch zusammen und kaute sich die Nägel klein. Irgendwann hielt er es einfach nicht mehr aus, hupte und atmete erst auf, als er die beiden mit ihrem Diebesgut durch die Dunkelheit auf sich zulaufen sah und sie wenig später im Auto saßen.

Er hatte sich nur widerwillig auf diese Aktion eingelassen. Noch nie zuvor war er an einem Einbruch beteiligt gewesen und auch an keinem anderen echten Verbrechen.

Mikki und Tommi hatten ihn gefragt, ob er ein Auto organisieren und aufpassen könnte. Mehr müsse er nicht tun. Und ehe Benóný sich's versah, hatte er auch schon ja gesagt. Er hatte zwar eigentlich keine Lust, aber er war immer knapp bei Kasse. Und außerdem hatte er das Gefühl, dass die anderen ihn wirklich brauchten. Als ob das Gelingen der ganzen Aktion von ihm abhinge. Das war ihm irgendwie unangenehm, aber er fühlte sich auch geschmeichelt. Sie hatten sich an ihn gewandt. Sie hielten ihn für fähig, solche Dinge zu regeln, das gab ihm ein gutes Gefühl.

Benóný fuhr ins Zentrum von Reykjavík, wo seine beiden Freunde eine Kellerwohnung hatten. Dann sagte er, er müsse so schnell wie möglich das Auto zurückbringen, und versprach, am Abend wiederzukommen. Sie stimmten zu und kündigten an, in der Zwischenzeit das Diebesgut in drei gleiche Teile aufzuteilen – wie vorher verabredet. Benóný wusste, dass er ihnen da nicht vollauf vertrauen konnte, doch es kümmerte ihn nicht. Rückblickend war sein Beitrag ja auch gar nicht so groß gewesen.

Er fuhr in die Weststadt und parkte das Auto so leise wie möglich vor dem Haus, wo er es kurz nach Mitternacht geholt hatte. Genau auf demselben Platz. Er wusste, dass der Ersatzschlüssel in der Diele des Hauses in einer Schublade lag, hatte sich nach Feierabend dorthin geschlichen und ihn an sich genommen. Stan hatte ihm sein Auto bereits ein- oder zweimal geliehen, doch heimlich hatte er es noch nie genommen, und er gedachte auch nicht, es noch einmal zu tun. Er wusste, dass nur Stan das Auto fuhr, er hatte ihn irgendwann einmal sagen hören, dass Frauen nicht Auto fahren sollten, das sei Männersache.

Benóný steckte den Autoschlüssel in die Tasche, um ihn wieder in die Schublade zu legen, wenn er am nächsten Tag zur Arbeit kam. Bevor er davonging, sah er noch einmal an dem Haus hinauf – dort war alles ganz still.

Elf

Konráð war sich nicht sicher, ob der Gegenstand aus dem Glutkasten, den Sólveig ihm gezeigt hatte, von Bedeutung für den Fall war oder nicht. Wichtiger erschien ihm die überraschende Neuigkeit, dass laut Sólveig offenbar nur einer der drei Räucheröfen in Betrieb gewesen war, als sein Vater ermordet wurde. Der Täter hätte sich also doch in einem der nicht genutzten Öfen verstecken können, auch wenn Konráð sich das noch immer nicht recht vorstellen konnte: die Räucherkammer, die Öfen, der Raum zur Befüllung der Glutkästen, die Hitze, der Rauch.

Im Anschluss an das Treffen mit Sólveig fuhr er hinaus aus der Stadt, um den Kollegen von der Kriminalpolizei zu besuchen, der damals die Ermittlungen geleitet hatte. Sie standen in gutem Kontakt, seit Konráð sich mit der Sache beschäftigte. Er hieß Pálmi, empfing ihn freundlich und war immer hilfsbereit – als hoffte er, Konráð würde die Antworten finden, die er selbst nicht hatte finden können. Er war nach der Tat nicht auf die Idee gekommen, in den Räucheröfen nach dem Mörder zu suchen. Ihm sei zwar klar gewesen, dass der Mörder durch das Fenster in den Schlachthof gelangt sein könnte, aber die Öfen seien ja in der Nacht in Betrieb gewesen, heiß und voller Rauch – niemand hätte sich da verstecken können.

Pálmi wohnte ganz alleine in der Nähe von Keflavík

am Meer. Als Konráð sich dem Haus näherte, sah er ihn vom Strand heraufkommen. Er hatte Treibholz gesammelt, um damit den alten Kamin anzufeuern, an dem er sich oft wärmte. Sie begrüßten sich. Konráð half ihm, das Treibholz ins Haus zu bringen und vor den Kamin zu legen. Dann sprachen sie über das Skelett in der Weststadt.

»Marta schweigt noch immer wie ein Grab«, sagte Konráð über seine Versuche, von ihr etwas zu erfahren.

Falls die Polizei die Gebeine nicht identifizieren konnte, würden sie wahrscheinlich eine lange Zeit damit zubringen, alle Besitzer und Mieter des Hauses ausfindig zu machen und zu befragen. Da Konráð wusste, dass Pálmi sich für übernatürliche Phänomene interessierte, erzählte er ihm auch von seiner Freundin Eygló, der das zweifelhafte Glück zuteilgeworden war, mit diesen sogenannten seherischen Fähigkeiten geboren zu werden. Konráð erzählte, wie sie vor vielen Jahren einmal in diesem Keller gewesen war, weil die damalige Bewohnerin des Hauses sich dort unwohl fühlte. Pálmi wurde hellhörig. Er glaubte an Gespenster, kannte unzählige Geistergeschichten und berichtete ab und zu sogar von eigenen Erlebnissen mit Gespenstern aus der Zeit, als er noch Reisegruppen durch das isländische Hochland führte und in Schutz- und Hirtenhütten übernachtete.

Bald jedoch hielt Pálmi es vor Neugier nicht länger aus. Konráð kam nur vorbei, wenn er ein bestimmtes Anliegen hatte, das wusste Pálmi und fragte schließlich, welchem Anlass er den Besuch verdankte. Konráð antwortete, er habe Neuigkeiten zum Mord an seinem Vater: Er habe gehört, dass in der Tatnacht nur einer der drei Räucheröfen des Schlachthofs in Betrieb gewesen sei.

»Und was macht das für einen Unterschied?«, fragte Pálmi. Er wollte hilfsbereit sein, wie immer. »Wenn die nicht alle in Betrieb waren?«

Er hatte Kaffee gekocht, und sie saßen in einem kleinen Wintergarten mit Blick auf den Strand und das Meer, zwei pensionierte Kriminalbeamte unterschiedlicher Generationen, von den Schicksalsgöttinnen zusammengeführt. Bei ihrer ersten Begegnung hatte Konráð gerade erfahren, dass sein Vater ermordet worden war. Einige Zeit später hatte Pálmi ihn und seine Mutter als Tatverdächtige verhört.

»Ihr habt euch die Öfen nicht von innen angesehen, oder?«, fragte Konráð.

»Nein. Wie gesagt«, antwortete Pálmi geduldig. Er hatte schon einige Male mit Konráð zusammengesessen und versucht, sich an Details aus dieser schicksalhaften Nacht zu erinnern.

»Wer auch immer meinen Vater erstochen hat, hätte sich also in einem der nicht genutzten Öfen verstecken können und von dort später unbemerkt entkommen können«, sagte Konráð. »Durch das Fenster an der Skúlagata wäre man in den Raum gekommen, in dem die Glutkästen befüllt wurden. Man hätte sich dort in einem der ungenutzten Öfen verstecken können, um sich dann über die kleine Gasse auf den Innenhof des Schlachthofs aus dem Staub zu machen. Es sei denn, ihn hätte irgendetwas aufgehalten, dafür gesorgt, dass er sich nicht mehr weitertraute. Vielleicht war der Zugang zu den Öfen auch abgeschlossen, dann hätte er sich ein anderes Versteck suchen müssen.

»Vielleicht hat er auch einfach zugestochen und ist dann auf der dunklen Straße davongelaufen«, sagte Pálmi.

»Wäre das nicht viel naheliegender? Man muss ja nicht jedes Mal nach Brasilien fahren, wenn man einen Kaffee möchte.«

Konráð antwortete nicht sofort.

»Ach, ich weiß auch nicht, warum mich der Fall plötzlich so interessiert«, sagte er dann. »Früher habe ich nie darüber nachgedacht.«

»Weil du es nicht wolltest?«

»So ist es wahrscheinlich.«

»Du hast die Sache gescheut wie der Teufel das Weihwasser.«

»Ja, kann sein.«

»Vielleicht ist es das Alter«, sagte Pálmi, steckte sich einen Zuckerwürfel in den Mund und sog tiefschwarzen Kaffee durch ihn hindurch. »Bestimmte Dinge will man klären, bevor es zu spät ist.«

»Ich weiß nicht«, sagte Konráð nachdenklich.

»Warum quälst du dich so damit? In deinem Alter? Was versprichst du dir davon?«

»Wovon?«

»Na, von diesen Grübeleien«, sagte Pálmi. »Wer auch immer das getan hat, ist entkommen, wurde nie gefunden und ist wohl inzwischen längst tot. Wen interessiert es denn, wie er es genau gemacht hat? Willst du die Sache nicht auf sich beruhen lassen und ein bisschen das Leben genießen? Oder es zumindest versuchen?«

Konráð sah ihn an. Dann holte er das Abzeichen hervor, das Sólveig ihm ausgeliehen hatte, und reichte es Pálmi, der es sich aufmerksam besah.

»Das war in einem der Glutkästen«, sagte Konráð. »Es wurde erst später gefunden, aber es hat lange da gelegen, wie du siehst.«

»Was ist das?«

»Ein Abzeichen der Freimaurerloge, glaube ich. Ich werde mal mit Óliver von der Kriminaltechnik reden, vielleicht fällt ihm dazu etwas ein.«

»Die Freimaurerloge? Und wo soll es da eine Verbindung zu dem Mörder geben?«

»Keine Ahnung«, sagte Konráð. »Ist ja nur eine Idee.«

Pálmi gab ihm das Abzeichen zurück.

»Du greifst wirklich nach jedem Strohhalm.«

»Das kann gut sein.«

»Aber ist es das wert?«, fragte Pálmi. »Ich weiß ja, was dich antreibt, ich kann das verstehen, aber vielleicht solltest du einfach akzeptieren, dass du diesen Fall nie aufklären wirst.«

Konráð sah ihn fragend an.

»Sag nicht, du hast darüber noch nicht nachgedacht«, sagte Pálmi. »Über die schlechteste Alternative von allen.«

Konráð antwortete nicht.

»Machst du deswegen immer weiter?«, fragte Pálmi und zeigte auf das Abzeichen. »Um zumindest ausschließen zu können, wovor du dich am meisten fürchtest?«

»Ich will das verstehen, mehr nicht.«

»Ich hatte damals das Gefühl, dass deine Mutter nie ganz ehrlich zu mir gewesen ist«, sagte Pálmi. »Und du übrigens auch nicht. Sigurlaug hat mir die Wahrheit über deinen Vater gesagt. Mir erzählt, dass er sie misshandelt und geschlagen hat und sie ihn deswegen hasst, und das seit vielen Jahren. Aber das war's dann auch. Sie hat immer bestritten, dass sie ihn umgebracht hat.«

»Sie hatte ein Alibi für den Abend«, sagte Konráð.

»Ja. Von ihrer Schwester und deren Mann. Die haben Stein und Bein geschworen, dass sie bei ihnen war, als dein Vater erstochen wurde. Aber, na ja … sie standen sich schon sehr nahe, deine Mutter und ihre Schwester.«

»Na und?«

»Würdest du nicht für deine Schwester lügen?«, fragte Pálmi.

Auf diese Worte folgte ein langes Schweigen. Das Rauschen der Wellen drang bis in den Wintergarten hinein, regelmäßig wie ein ruhiger tiefer Atem. Der Tag neigte sich seinem Ende zu, Konráð fiel ein, einmal gelesen zu haben, dass das Meer die Lunge des Planeten sei.

»Das ist es doch, oder?«, fragte Pálmi. »Deswegen lässt dieser Fall dich nicht los. Du willst dir beweisen, dass deine Mutter unschuldig ist. Bevor es zu spät ist. Für dich.«

»Keine Ahnung. Vielleicht«, sagte Konráð. »Ich glaube einfach nicht, dass sie zu so was fähig gewesen wäre.«

»Aber ausschließen kann man es nicht«, sagte Pálmi. »Auch du hast das in Betracht gezogen, das weiß ich. Anders geht es ja auch gar nicht. Sie war in der Stadt. Motive für die Tat hatte sie nun wirklich genug. Und sie hat am nächsten Morgen gleich den ersten Bus zurück aufs Land genommen. Sie hat seine Gewalttätigkeit lange Zeit ertragen, und dann hat er ihre Tochter missbraucht. Das hat sie bei dem Verhör gesagt. Deine Mutter war eine sehr selbstbewusste Frau. Das merkt man sofort, wenn man die Verhörprotokolle liest. Ruhig. Besonnen. Und sicherlich zu vielem fähig.«

Konráð schüttelte den Kopf.

»Wir haben sie hart verhört«, sagte Pálmi. »Und doch hat sie nie etwas gestanden. Ihre Aussagen waren die ganze Zeit über konsistent, aber ich denke trotzdem, dass sie es war. Je mehr Zeit vergeht, desto sicherer bin ich mir.

Ich denke oft an diesen Fall, das kannst du mir glauben. Und weißt du, was ich noch denke? Dass du zu demselben Ergebnis kommen wirst.«

Konráð antwortete ihm nicht.

»Liege ich da richtig?«, fragte Pálmi.

»Ich weiß nicht, was richtig ist«, sagte Konráð.

»Hast du sie mal gefragt? Wo wir gerade von Geistern der Vergangenheit sprechen.«

»Nein.«

»Warum nicht?«

»Das weiß ich nicht.«

»Angst vor der Wahrheit?«

»Vielleicht wollte ich nicht, dass sie denkt, ich könnte denken … Aber du hast schon recht«, Konráð sprach jetzt ganz leise. »Irgendwann habe ich das mal zu meiner Frau gesagt: Manchmal kann ich mir einfach nicht vorstellen, wer es sonst gewesen sein sollte.«

Zwölf

Gleich am Montagvormittag machte Konráð sich auf den Weg nach Grafarvogur, um Óliver von der Kriminaltechnik das Abzeichen aus dem Glutkasten zu zeigen. Er hatte es mit seiner Lupe untersucht, doch das hatte ihm kaum weitere Erkenntnisse gebracht. Er erkannte ansonsten nur einen Zirkel, einen Winkel und in der Mitte des Abzeichens den Buchstaben G. Genaueres konnte er nicht erkennen, dafür war das Abzeichen zu abgewetzt.

Óliver wunderte sich über den spontanen Besuch. Die Kriminaltechnik hatte alle Hände voll damit zu tun, die Spuren im Zusammenhang mit dem Skelett in der Weststadt auszuwerten. Óliver sagte, er dürfe eigentlich gar nicht mit ihm reden, wofür Konráð Verständnis zeigte.

»Wisst ihr denn schon etwas über diese Gebeine?«, fragte er nur beiläufig.

»Da musst du die Kollegen im Präsidium in der Hverfisgata fragen. Da laufen alle Fäden zusammen«, sagte Óliver.

»Weißt du vielleicht, ob …?«

»Es gibt zu viele undichte Stellen bei der Polizei. Eine vertrauliche Information nach der anderen gerät an die Öffentlichkeit. Doch damit soll jetzt endgültig Schluss sein. Die sind fest entschlossen, jedes Leck zu stopfen. Mit allen Konsequenzen.«

»Verstehe«, sagte Konráð und sprach weiter, als ob nichts gewesen wäre. »Wann ist diese Leiche da eigentlich eingemauert worden?«

»Präsidium. Hverfisgata«, sagte Óliver bestimmt. »Hast du nicht gehört, was ich gesagt habe?«

Óliver hatte südeuropäische Wurzeln. Sein Großvater war ein Katalane, der vor dem Krieg in Island gestrandet war, eine isländische Frau kennengelernt und dann den größten Teil seines Lebens in den Westfjorden in Ísafjörður geblieben war. Óliver hatte das sonnige Gemüt seines Großvaters geerbt, konnte aber – ebenso wie sein Großvater – die dunklen Winter kaum aushalten. Also hatte er sich südlich von Barcelona ein kleines Haus gebaut, in dem er Jahr für Jahr zumindest die Wochen verbrachte, in denen sich der isländische Winter von seiner härtesten und dunkelsten Seite zeigte. Er war gerade erst von dort zurückgekehrt. Óliver war ein gastfreundlicher Mensch. All seine Freunde und Bekannten waren jederzeit willkommen, ihn zu besuchen, und konnten auch in seinem Haus wohnen, wenn er selbst nicht dort war. Konráð hatte dieses Angebot nie angenommen, dachte jedoch jetzt manchmal darüber nach, wenn der isländische Winter wieder einmal kein Ende nahm.

Dann reichte er Óliver den Gegenstand aus dem Glutkasten und fragte, was ihm dazu einfiele. Als Óliver fragte, was es damit auf sich habe, sagte Konráð nur, er beschäftige sich mit einem alten ungelösten Fall.

»Geht es um deinen Vater?«, fragte Óliver.

Konráð gab es zu.

»Ich habe gehört, dass du da dran bist«, sagte der Kriminaltechniker. »Ich habe es eigentlich für ein Gerücht gehalten. Hast du denn irgendwas Neues?«

»Nein«, sagte Konráð. »Könnte das so ein Abzeichen sein, das man sich mit einer Nadel ans Revers steckt, bevor man sich den Zylinder aufsetzt und von seinem Chauffeur zur Freimaurerloge kutschieren lässt?«

Óliver seufzte. Er hatte nun wirklich Wichtigeres zu tun, als sich mit der Freizeitbeschäftigung eines pensionierten Kollegen herumzuschlagen. Dennoch bat er Konráð, ihm zu folgen, legte das Abzeichen in eine Reinigungsflüssigkeit und ließ es für einen Moment dort. Dann nahm er es heraus, tauchte es in eine andere Flüssigkeit, trocknete und säuberte es vorsichtig und legte es dann unter ein Mikroskop, woraufhin ein vielfach vergrößertes Bild des Abzeichens auf einem Computerbildschirm erschien.

Während Óliver durch das Mikroskop sah, blickte Konráð auf den Computerbildschirm. Der Zirkel und der Winkel waren nun viel deutlicher zu erkennen.

»Also, ein Freimaurerabzeichen ist es auf jeden Fall«, sagte Óliver.

»Und was kannst du noch erkennen? Irgendeinen Rang? Der Name einer Loge? Ich weiß ehrlich gesagt kaum etwas darüber.«

»Davon sehe ich hier nichts«, sagte Óliver. »Ich glaube auch gar nicht, dass das ein Abzeichen ist. Wenn du mich fragst, ist das ein Manschettenknopf.«

»Ein Manschettenknopf?«, sagte Konráð und sah konzentriert auf den Bildschirm. Er erinnerte sich dunkel, einmal gelesen zu haben, dass der Buchstabe G in der Mitte des Freimaurersymbols für Gott den Allmächtigen stand.

»Wo hast du das eigentlich her?«, fragte Óliver und sah erneut durch das Mikroskop. Sein Interesse war geweckt.

»Das hat jemand in einem der Räucheröfen im Schlachthof an der Skúlagata gefunden. Vor ungefähr einem halben Jahrhundert«, sagte Konráð, obwohl er wusste, dass diese Zeitangabe weder ihm noch Óliver irgendwie half.

Auf dem Heimweg aus Grafarvogur dachte er an seinen Vater. Er hatte nie etwas über eine Verbindung zu den Freimaurern mitbekommen, doch das musste nichts bedeuten.

Dann dachte er an die vielen Kleinkriminellen, mit denen sein Vater seine dubiosen Geschäfte gemacht hatte. Nicht wenige hatten sich dabei eine blutige Nase geholt und hätten sich gern an ihm gerächt, so reizbar und gewalttätig, wie sein Vater oft sein konnte, der immer erst richtig zufrieden war, wenn er anderen einen Schaden zugefügt hatte. Konráð konnte sich seinen Vater einfach nicht im zeremoniellen Maurerschurz bei einer Versammlung der Loge vorstellen. Das waren doch viel zu feine Leute.

Kurz bevor er wieder zu Hause in Árbær war, klingelte Konráðs Telefon. Es war Eygló. Sie erzählte ihm, dass sie mit einer Freundin gesprochen habe, die wiederum eine Freundin hatte, die in der West-Stadt gegenüber von dem Haus wohnte, in dem das Skelett gefunden worden war. Dann fragte sie Konráð, ob er Lust hätte, sie zu treffen.

»Was sollen wir denn da?«, fragte Konráð.

»Weiß ich auch nicht, aber ich fahre auf jeden Fall hin«, sagte Eygló. »Ich bin neugierig. Außerdem geht es mir nicht aus dem Kopf, dass ich einmal in diesem Keller war. Das fühlt sich nicht gut an.«

»Willst du dich der Sache jetzt richtig annehmen?«

Konráð hörte, wie Eygló am anderen Ende aufstöhnte, und fragte sie, ob alles in Ordnung sei.

»Mir tut das Bein weh. Ich versuche schon die ganze Zeit mich zu erinnern, wie das passiert ist, aber ich komme nicht darauf«, sagte sie.

»Wirklich?«

»Ich habe mich wohl gestern irgendwo gestoßen. Ich weiß zwar nicht wo, aber als ich heute Morgen aufgewacht bin, hatte ich am Oberschenkel einen riesigen Bluterguss.«

Dreizehn

Als Benóný abends zu seinen Freunden zurückkam, gab es bereits Streit um den Plattenspieler. Tommi meinte, er habe noch im Haus gesagt, er wolle ihn behalten, und Mikki habe nicht protestiert. Mikki erwiderte, er habe das überhaupt nicht mitbekommen, und meldete daher ebenfalls Ansprüche auf den Plattenspieler an. Er schlug vor, sie könnten losen, wer ihn bekommen sollte, doch Tommi schüttelte nur den Kopf und ließ sich nicht darauf ein.

»Alles andere ist ungerecht, oder?«, sagte Mikki und wandte sich an Benóný.

»Ich will den Plattenspieler eh nicht haben«, sagte Benóný, der nicht in den Streit hineingezogen werden wollte. »Ihr könnt euch darum streiten, solange ihr wollt.«

Das andere Diebesgut lag größtenteils vor ihnen: Silberlöffel, Armbanduhren und das Bargeld, die isländischen Kronen und die Devisen. So viel hatten Benónýs Freunde noch nie erbeutet. Sie waren sichtlich stolz und gaben sich plötzlich wie echte Meisterdiebe. Beratschlagten, wie viel Zeit sie verstreichen lassen müssten, bevor sie die Sachen wieder in Umlauf bringen könnten. Die Polizei würde sich bei einem Einbruch dieser Größenordnung einige Mühe geben, um das Diebesgut wiederzubekommen, und sich umhören, ob jemand von den üblichen Verdächtigen etwas gesehen oder gehört hätte. Daher müssten sie absolute Verschwiegenheit bewahren und viel Geduld haben. Nach einer Weile kamen sie auf die Idee, dass am besten Benóný das gesamte Diebesgut verwahren sollte – schließlich war er der Einzige, der noch nie polizeilich in Erscheinung getreten war. Nur so zur Sicherheit. Falls die Polizei eine Hausdurchsuchung bei Mikki und Tommi machte. Beide waren bereits wegen Diebstahls und Einbrüchen verurteilt worden – da wäre es nur eine Frage der Zeit, bis die Polizei bei ihnen vor der Tür stünde.

Offenbar hatten sie darüber bisher nicht nachgedacht. Benóný wohnte nicht weit von ihnen in einem großen Zimmer zur Miete. Je länger Mikki und Tommi darüber sprachen, umso nervöser wurden sie, als könnte die Polizei jeden Moment ihre Wohnung stürmen. Schließlich rafften sie alles Diebesgut zusammen. Die Nacht war schon fast vorbei, als sie losgingen und alles, was sie in dem Haus des Arztes erbeutet hatten, zu Benóný brachten – inklusive Plattenspieler.

Ihre Befürchtungen erwiesen sich als unbegründet. Die Polizei kam nie zu Benónýs Freunden und auch zu keinem anderen polizeibekannten Einbrecher. Offenbar wurde auch nirgendwo von dem Einbruch berichtet. Tag für Tag verging, sie lasen die Zeitungen, hörten die Nachrichten im Radio, doch es passierte gar nichts. Eines Tages traf Mikki die Freundin, die ihnen den Tipp gegeben hatte. Sie sagte, der Arzt, seine Frau und die beiden Söhne seien längst aus dem Urlaub zurück.

»Und?«, fragte Mikki.

»Nichts und«, sagte die Freundin, die von dem Einbruch wusste. »Sie sind wieder zu Hause, mehr weiß ich auch nicht.«

»Wirklich?«, sagte Mikki. Er konnte es kaum glauben. »Wir haben das ganze Haus verwüstet. Und alles mitgenommen, was wir tragen konnten. Das müssen die doch angezeigt haben. Aber dann hätte man doch etwas davon gehört. Von solchen Einbrüchen berichten sie doch immer irgendwo in den Nachrichten.«

Schließlich bat Mikki sogar einen Bekannten mit Verbindungen zur Polizei, sich umzuhören, ob in der letzten Zeit in Reykjavík ein großer Einbruch angezeigt worden sei. Das war nicht der Fall. Sein Bekannter berichtete nur von zwei, drei kleineren Einbrüchen, bei denen die Täter bereits festgenommen waren.

»Ich fasse es einfach nicht«, rief Mikki, als er das hörte. »Die wollen ums Verrecken nicht, dass sich herumspricht, dass bei ihnen eingebrochen wurde. Warum?«

»Heißt das, wir können die Sachen jetzt verkaufen?«, fragte Tommi.

Noch an demselben Abend trafen sie sich bei Benóný. Jeder nahm das, was ihm zustand, Mikki setzte sich durch und bekam den Plattenspieler. Nachdem sie die isländischen Kronen untereinander aufgeteilt hatten, öffnete Mikki den braunen Umschlag mit den Dollarnoten und leerte den Inhalt auf Benónýs Bett aus. Zwischen den Banknoten kam ein anderer, kleinerer Umschlag zum Vorschein, von dem sie dachten, auch er würde Bargeld enthalten, doch so war es nicht. In dem Umschlag waren Fotografien.

»Was ist denn das jetzt?«, sagte Mikki, nahm die Bilder und sah sie an. »Irgend so ein Pornokram aus dem Ausland«, vermutete er dann und gab die Bilder an Tommi weiter, der sie auch nur kurz ansah und dann Benóný reichte. Auch der legte sie sofort zur Seite, als er sah, was es war.

»Vielleicht kann Seppi die gebrauchen«, sagte Mikki und steckte die Bilder ein. »Mit dem wollte ich eh sprechen, wegen dem Silber und dem Fernglas und der Uhr«, sagte er und hielt eine Armbanduhr hoch, die ihm zugefallen war. »Ich kann auch für euch was verkaufen, wenn ihr wollt«, sagte er dann.

Tommi und Benóný lehnten dankend ab. Dann überlegten die drei, wie lange sie noch warten sollten, bevor sie den Schmuck verkauften. Er schien einiges wert zu sein, also mussten sie vorsichtig sein. Mikki kannte einen Goldschmied, der Gold und Silber einschmolz und die Diamanten für neue Schmuckstücke benutzte. Ihm könnten sie den gesamten Schmuck zeigen. Der sei diskret. Da könne nichts schiefgehen.

So sprachen sie noch eine Weile über das Diebesgut. Tommi wollte den Plattenspieler noch immer so gerne haben, dass er einen letzten Versuch machte, ihn Mikki abzuschwatzen. Irgendwann fiel ihnen auf, dass Benóný sehr schweigsam war. Mikki sagte ihm, er solle sich keine Gedanken um diese Bonzen machen, die seien bis über beide Ohren versichert und bekämen alles ersetzt.

»Hast du jetzt ein schlechtes Gewissen, oder was? Diese Kerle verlieren doch keine Krone«, sagte er.

»Das ist es nicht. Aber diese Bilder. Die sind echt … Wer zum Teufel bewahrt so etwas bei sich auf?«

»Das ist halt ein Perverser«, sagte Mikki. »Umso weniger musst du ein schlechtes Gewissen haben, wenn wir ihn beklauen.«

Am Abend darauf traf Mikki sich mit dem Mann, den er Seppi nannte. Er war schon einige Male mit ähnlichen Anliegen bei ihm gewesen, zuletzt, als ihm zwanzig Liter Selbstgebrannter in die Hände gefallen waren und er nicht wusste, was er damit machen sollte. Seppi kaufte Diebesgut und stellte kaum Fragen, das wusste Mikki. Und er wusste auch, dass Seppi im Prinzip fair war, auch wenn er gern feilschte. Mikki hatte schon vor Jahren gehört, dass Seppi mit Schmuggel- und Hehlerware handelte. Er hieß eigentlich Jósep, wurde aber Seppi genannt. Mikki wusste, dass er den Spitznamen hasste, und verwendete ihn in seiner Gegenwart nie.

»Ist das aus einem Einbruch?«, fragte Seppi, nachdem Mikki ihm das Fernglas, die Armbanduhr und die Silberlöffel gezeigt hatte.

Mikki hatte keinen Grund, ihn anzulügen. Im Gegenteil, er war so stolz, dass er Seppis Frage sofort bejahte. Seppi sagte, er habe in letzter Zeit nichts von einem Einbruch gehört. Er war genauso überrascht wie Mikki, dass niemand etwas davon mitbekommen hatte.

»Haben sie nicht die Polizei geholt?«, fragte Seppi verwundert.

»Offenbar nicht«, sagte Mikki.

»Und auch sonst weiß niemand davon?«

»Nein. Nur der, dem das Zeug gehört hat«, sagte Mikki und nannte den Namen des Arztes.

»Da seid ihr also eingestiegen«, sagte Seppi, als ob ihm der Name etwas sagte.

»Weißt du, wer das ist?«, fragte Mikki.

»Nein«, sagte Seppi sofort. »Kenne ich nicht. War da kein Schmuck? Ihr habt doch bestimmt auch Schmuck gefunden.«

»Nein«, sagte Mikki. Seppi brauchte nicht zu wissen, dass ihm nur der Kleinkram angeboten wurde und jemand anders den Schmuck bekam.

»Was willst du für die Uhr?«, fragte Seppi.

Sie begannen zu feilschen. Mikki fand Seppis erstes Angebot viel zu niedrig, doch schließlich wechselte ein Gegenstand nach dem anderen von Mikki zu Seppi. Irgendwann ging es um ein hübsches Zigaretten-Etui aus Silber, in dem sogar noch einige Camel lagen.

»Und das?«, fragte Seppi und besah sich das Etui. In den Deckel waren die Initialen des Hausherrn eingraviert, wahrscheinlich ein Geschenk zu einem runden Geburtstag, dachte Seppi. »Mit der Gravur kann ich das schwer verkaufen. Was willst du dafür haben?«

Mikki nannte einen Betrag, den Seppi viel zu hoch fand. Er nannte einen niedrigeren, den nun wiederum Mikki als völlig unzumutbar zurückwies. So ging es eine Weile, bis Mikki beschloss, den Preisverhandlungen neuen Schwung zu verleihen:

»Ich gebe dir noch ein paar Fotos gratis dazu«, sagte er und holte die pornografischen Aufnahmen hervor.

»Fotos?«, sagte Seppi und sah ihn mit seinen dunklen, durchdringenden Augen an.

»Ausländischer Porno«, sagte Mikki und reichte ihm die Bilder.

Seppi betrachtete eins nach dem anderen.

»Wie kommst du darauf, dass die aus dem Ausland kommen?«, fragte er nach einer kurzen Pause.

»Die waren in einem Umschlag mit ausländischem Bargeld«, sagte Mikki, »da ... haben wir gedacht ... glaubst du, die sind in Island aufgenommen?«

»Nein, nein«, sagte Seppi nachdenklich und akzeptierte Mikkis Preis für das Zigaretten-Etui. Und bevor er die Bilder einsteckte, sagte er noch, wie zu sich selbst:

»Und der Einbruch wurde also nie angezeigt?«

»Nein«, sagte Mikki. »Nicht dass wir wüssten. Es ist, als wäre das alles nie passiert.«

Vierzehn

Elísa hörte, dass Benóný mit der Arbeit im Keller begonnen hatte. Nicht nur die Hammerschläge waren bis oben zu hören, auch die Musik aus dem Radio. Als er draußen die erste Zigarettenpause machte, sah sie auch seinen Freund Mikki. Sie schaute durch das Küchenfenster und winkte Benóný zu, er lächelte sie an. Wenig später brachte sie ihnen Kaffee und Schmalzgebäck nach unten. Sie plauderten eine Weile, Elísa erkundigte sich nach dem Loch in der Wand, und sie sagten, sie würden es bald zumauern und dann alles neu verputzen und streichen.

Sie hoffte, dass man ihr nicht ansah, wie traurig und erschöpft sie war. Es ging ihr furchtbar schlecht. Ihr ganzer Körper schmerzte von den Schlägen, und doch versuchte sie nach Kräften, das Geheimnis dieses Hauses hinter Lächeln und Smalltalk zu verbergen. Wie immer.

Ihr Mann hatte sich aus der Sache herausgeredet. Er habe doch nur nach dem Mädchen sehen wollen, weil er dachte, sie würde schlecht träumen. Als Elísa auch nur andeutete, er hätte etwas anderes getan, hatte er seine Scham bereits wieder so weit überwunden, dass er wilde Drohungen ausstieß. Sie solle bloß nicht versuchen, ihm irgendwas anzuhängen, das würde sie bitter bereuen! Elísa hatte ihrer Tochter gesagt, sie solle sich anziehen und mit ihr kommen, doch Stan befahl ihr, wieder schlafen zu gehen, schubste Elísa aus dem Zimmer und drückte sie gegen eine Wand. Er achtete darauf, ihr nicht ins Gesicht zu schlagen, traktierte jedoch ihren Körper mit heftigen Hieben und Tritten. Dann warf er sie zu Boden und sagte, er würde sie und ihre Tochter umbringen, falls Elísa Ärger machen sollte. Falls sie auch nur mit einer Menschenseele darüber redete.

»Ich habe nichts gemacht«, schrie er. »Nichts!« Ihre Tochter kam weinend zur Tür. Sie flehte ihren Vater an, er solle aufhören, und sagte der Mutter, alles würde gut werden, doch er scheuchte sie zurück, schloss die Tür zum Kinderzimmer und herrschte Elísa an, wenn sie nicht sofort ins Schlafzimmer ginge, würde sie es noch bereuen.

Elísa schlief nicht mehr in dieser Nacht. Am nächsten Morgen, nachdem Stan zur Arbeit gegangen war, packte sie ihrer Tochter einen Koffer und führte drei Telefongespräche: Erst rief sie am Busbahnhof an, dann bei ihren Verwandten, die auf dem Land bei Vík í Mýrdal wohnten, und schließlich in der Schule, wo sie sagte, ihre Tochter sei krank und könne nicht zum Unterricht kommen.

Als sie ihre Tochter fragte, ob Stan schon öfter nachts bei ihr gewesen sei, erzählte das Mädchen, sie sei schon mehrmals davon aufgewacht, dass er sie berührt habe. Dieses Mal habe Elísa ihn unterbrochen, bevor er anfangen konnte.

Sie gingen so schnell wie möglich zum Busbahnhof am Kalkofnsvegur. Von dort sollte um zehn Uhr ein Bus in Richtung Vík í Mýrdal fahren. Elísa war sofort klar gewesen, dass sie ihre Tochter aufs Land schicken musste. Das Mädchen hatte den Sommer dort verbracht und sich in der Natur mit all den Tieren so wohl gefühlt, dass sie sich bereits jetzt darauf freute, im nächsten Sommer wieder hinzufahren. Doch nun war es mitten im Winter. Gegenüber ihren Verwandten benutzte sie dieselbe Ausrede wie bei ihrem Anruf in der Schule, sie täuschte eine Krankheit vor und fragte, ob sie ihre Tochter aufnehmen könnten, bis Ostern vielleicht. Sie habe sonst niemanden, an den sie sich wenden könne.

Am Busbahnhof sprach Elísa mit dem Fahrer des Reisebusses und nannte ihm den Namen des Bauernhofs, an dem er halten sollte, dort würde man ihre Tochter erwarten. Er versprach, dafür zu sorgen, dass sie gut bei ihren Verwandten ankäme.

Sie verabschiedeten sich am Bus. Elísa sah ihrer Tochter hinterher, wie sie ganz allein den Kalkofnsvegur hinunterfuhr und hinaus aus der Stadt.

Sie war erst acht Jahre alt.

Elísa setzte sich in die Küche und wartete. Als ihr Mann nach Hause kam, sagte sie ihm, sie habe ihre Tochter aufs Land geschickt. Das halte sie für das Beste. Stan ging ins Kinderzimmer, und als er sah, dass sie wirklich weg war, beschimpfte er Elísa aufs Heftigste.

»Was ... was soll das? Ich ... ich könnte ...«, zischte er in seiner Muttersprache, und sie dachte schon, er würde auf sie losgehen. Doch stattdessen stürmte er fluchend zur Tür hinaus.

Elísa ließ sich völlig entkräftet auf einen Küchenstuhl fallen. Stans Drohungen machten ihr so viel Angst wie nie zuvor. So brutal, wie er in der letzten Zeit auf sie losgegangen war, hielt sie es durchaus für möglich, dass er auch seine schlimmsten Drohungen in die Tat umsetzen könnte. Neulich, nachdem er sie wieder einmal ohne jeden ersichtlichen Grund geschlagen hatte, sagte sie ihm, er solle sich Hilfe suchen. Er solle zu einem Arzt gehen oder zu jemand anderem, der sich mit so etwas auskannte. Er hatte sie nur ausgelacht. »Zum Arzt!«, rief er höhnisch. »Geh du doch zum Arzt!« Er fand, mit ihm sei alles in Ordnung. Wenn hier mit jemandem etwas nicht stimmte, dann mit ihr!

So war es nicht immer gewesen. In den ersten zwei, drei Jahren, nachdem sie in Reykjavík zusammengezogen waren, hielt er sich zurück, wenngleich er sie auch damals schon manchmal so anblaffte, dass sich erahnen ließ, wie es tief in ihm brodelte. Sie hatte ihn auf der amerikanischen Militärbasis in Keflavík kennengelernt. Elísa arbeitete dort, und so lernten sie sich im Offizierskasino kennen. Er hatte Humor, war immer gut gelaunt und sagte ihr viele liebe Dinge. Er war ein Freund von Benóný, den sie bereits durch eine Freundin kannte. Er sagte, er heiße Stanley und sei aus dem Stahlstaat Pennsylvania. Er zeltete gern und ging gern angeln. Alle nannten ihn Stan. Sie verliebte sich in seine freundliche, lockere Art, die ihr sehr amerikanisch vorkam. Er sprach sogar etwas Isländisch, als sie sich kennenlernten. Das konnte sonst kaum ein Soldat.

Elías Familie und ihre Freundinnen waren nicht gerade begeistert, dass sie sich mit einem amerikanischen Soldaten einließ. Die Abneigung gegen die amerikanische Militärpräsenz war auf Island überall zu spüren. Elísa wurde immer einsamer und hatte bald mit so vielen Vorurteilen zu kämpfen, dass Stan und sie sogar überlegten, in die USA zu gehen. Doch sie bekam immer nur sehr knappe Antworten, wenn sie Stan etwas über seine Familie fragte. Seine Mutter sei tot, sagte er, sein Vater arbeite in einem Stahlwerk. Sie glaubte aus seinen Antworten eine gewisse Bitterkeit herauszuhören, wusste aber nicht, woher diese rührte. Mehr erzählte Stan nie über seine Familie, und er schien keinen Kontakt zu Leuten aus seiner Heimat zu haben.

In diesen ersten Jahren hatte er noch oft um Entschuldigung gebeten, doch das sollte sich ändern. Im Laufe der Zeit schien sich immer mehr Groll in ihm aufzustauen, der jederzeit in offene Wut münden konnte, die Elísa dann zu spüren bekam. Die selbstverständlichsten Dinge konnten ihn aufregen. Sie brauchte nur eine Meinung zu äußern oder einen Gesichtsausdruck zu machen, der ihm nicht gefiel. Als er ihr das erste Mal ins Gesicht schlug, war ihre Tochter gerade zur Welt gekommen. Er hatte sofort gesagt, dass er nicht wisse, was über ihn gekommen sei. Versprach hoch und heilig, es käme nie wieder vor. Und schlug ihr schon wenige Monate später mit dem Ellenbogen eine blutige Nase und sagte dann, es sei keine Absicht gewesen.

Im Laufe der Jahre wurde es immer schlimmer. Anstatt sich zu entschuldigen, gab er nun immer öfter ihr die Schuld. Warf ihr vor, absichtlich die schlechtesten Seiten seines Charakters zum Vorschein zu bringen. Eines Tages sagte Elísa, dass sie es nicht mehr aushalte und mit ihrer Tochter ausziehen würde. Als er merkte, wie ernst es ihr war, gelobte er Besserung und versprach, sich Hilfe zu suchen. Sie könne doch nicht einfach ausziehen, so schlimm sei es doch auch wieder nicht. So ernst. Probleme gebe es in jeder Ehe, das könne man lösen. Elísa sagte, sie habe schon vor langer Zeit die Geduld verloren. Er habe ihr schon so viel versprochen, ohne dass sich jemals etwas verbessert hätte, nun sei das Maß voll. Er wütete so schlimm wie nie zuvor. Brüllte. Zerschlug Dinge. Drohte ihr, er würde nie zulassen, dass sie ihre gemeinsame Tochter bekäme. Eher würde er zurück in die USA gehen und das Mädchen einfach mitnehmen, und dann sähe sie sie niemals wieder. Er würde nie in eine Scheidung einwilligen, und wenn sie noch einmal davon spräche, würde sie es bitter bereuen. Leere Drohungen waren das nicht.

»Bald sind wir fertig. Das wird wirklich schön«, sagte Benóný, nachdem er die Kaffeetasse abgestellt hatte und sich im Keller umsah. Dann lächelte er sie an.

Mikki stimmte ihm zu. Elísa sagte, sie freue sich auf die neue Waschküche, doch ihre Worte klangen so wenig überzeugend, dass Benóný sie überrascht ansah und bemerkte, wie matt und ausdruckslos ihr Gesicht war. Als wäre sie ganz woanders.

»Ist alles okay? Können wir sonst noch etwas für dich tun?«, fragte Benóný.

Elísa lächelte matt und setzte ihr Versteckspiel fort, auch wenn sie nicht mehr recht wusste, aus welchem Grund. Warum sagte sie Benóný nicht die Wahrheit über Stan? Bevor ihre Tochter vom Land zurückkäme, musste sie eine Lösung gefunden haben. Sie durften nie wieder unter einem Dach mit Stan leben, ihre Tochter wäre in viel zu großer Gefahr. Und sie auch. Seine Drohungen hallten noch immer in ihren Ohren nach. Sie wusste, dass er dazu fähig war, sie wahrzumachen.

Fünfzehn

Die Frau sagte, sie sei gerade auf dem Weg ins Bett gewesen, da habe sie gesehen, wie der Krankenwagen vor dem Haus vorfuhr. Sie habe einen Schreck bekommen, Krankenwagen kämen nur selten in ihre Straße, erst recht nicht mit Blaulicht. Noch unwohler wurde ihr, als auch ein Polizeiwagen kam und dann sogar noch ein zweiter. Sie hatte alles beobachtet: Wie die Sanitäter den Mann auf der Trage aus dem Haus brachten, wie seine Frau sich über ihn beugte und auch in den Krankenwagen stieg, der dann mit großer Geschwindigkeit losgefahren war. Und wie sich dann einige Leute weiße Overalls anzogen und Masken aufsetzten, bevor sie das Haus betraten. Ihr war, als wären sie alle im Keller zugange, zumindest drang durch die Kellerfenster das Licht starker Neonröhren, die gespenstische Schatten warfen. Die Polizei habe die ganze Nacht im Haus gearbeitet und sei auch jetzt noch da.

Sie hieß Milla und fragte, ob sie Eygló Kaffee nachschenken dürfe. Dann sahen sie aus dem Fenster auf die Straße und auf das kleine Haus, vor dem noch immer ein Wagen der Kriminaltechnik der Reykjavíker Polizei stand. Milla glaubte, das Skelett sei noch im Haus. Sie konnte es zwar nicht mit Sicherheit sagen, aber sie hatte zumindest nicht gesehen, wie etwas abtransportiert wurde, obwohl sie eigentlich die ganze Zeit durch ihr Fenster die Arbeit der Polizei verfolgt hatte.

Eygló fragte, ob sie die Bewohner des Hauses gekannt habe, aber nein, mit denen habe sie kaum Kontakt gehabt. Man habe sich auf der Straße gegrüßt und manchmal ein paar Worte gewechselt, nette Leute seien das gewesen. Sie seien ja auch erst vor einem Jahr eingezogen. Milla sagte, es gebe generell nicht viel Kontakt zwischen den Nachbarn hier. Man grüße sich, und das war es dann. So habe sie es am liebsten.

Eygló nahm einen Schluck Kaffee.

»Das ist natürlich alles furchtbar«, fuhr Milla fort. »Zu erfahren, dass man in einem Haus gelebt hat, wo im Keller ein Skelett eingemauert ist.«

Eygló nickte.

»Halt, da fällt mir doch noch etwas ein«, sagte Milla. »Sie hatte Herzprobleme. Hebba, so haben sie hier alle genannt. Die habe ich ganz gut gekannt. Die ist dann gestorben, lag eines Tages tot auf dem Fußboden in ihrem Wohnzimmer, die Arme. Aber das ist lange her. Die hat da jahrelang gewohnt, ohne irgendwas zu ahnen, stell dir das mal vor.«

Eygló lächelte. Konráð hatte nicht mitkommen wollen zu dem Besuch bei Milla, was Eygló schade fand. Sie hätte es gern ihm überlassen, Milla über den Abend auszufragen, an dem das Skelett gefunden worden war. Sie bewunderte immer wieder seine Geschicklichkeit in diesen Dingen – es war fast so, als würde es eine Art Jagdinstinkt in ihm wecken. Er witterte dann jede Chance, etwas Neues, Überraschendes in Erfahrung bringen zu können.

Milla wusste, dass Eygló als Medium gearbeitet hatte. Das war Eyglós Eintrittskarte. Eygló hatte ihr verraten, dass sie vor vielen Jahren einmal in dem Haus gewesen war, weil die damaligen Besitzer sich dort unwohl fühlten. Und das Haus letztendlich nach wenigen Jahren wieder verkauft hatten. Milla erinnerte sich nicht an die Leute, hörte aber aufmerksam zu, als Eygló von ihrem damaligen Besuch erzählte. Dann sagte Milla ihr, dass sie sich im Dunkeln fürchte, berichtete von der großen Angst, die man in ihrer Familie vor Gespenstern hatte, und ehe Eygló sich's versah, wurde aus dem Gespräch über das Haus eine Fragerunde über ihre seherischen Fähigkeiten.

»Arbeitest du gar nicht mehr als Medium?«, fragte Milla, als hoffte sie, Eygló könnte eine spontane spiritistische Sitzung in ihrem Wohnzimmer abhalten. Dass sie dreimal auf solchen Sitzungen gewesen war und ihr das immer ›großen Spaß‹ gemacht habe, hatte sie bereits erwähnt.

»Nein«, antwortete Eygló, »schon seit vielen Jahren nicht mehr. Jahrzehnten.«

»Und warum nicht?«

»Ich habe mich anders orientiert«, sagte Eygló.

»Aus einem bestimmten Grund?«, hakte Milla sofort nach. Sie schämte sich ganz offenbar überhaupt nicht für ihre Neugier. Eygló war ja schließlich zu ihr gekommen.

»Nein«, sagte Eygló, die ihr nicht ihre ganze Lebensgeschichte erzählen wollte. »Das hat sich einfach so ergeben.«

»Hast du denn deine seherischen Fähigkeiten noch?«

»Ich weiß es nicht«, sagte Eygló. »Ich habe das auch nie als Fähigkeit oder Gabe empfunden. Mich hat das eher beeinträchtigt.«

»Hast du in dem Haus irgendwas gespürt? Als du damals dort warst?«

»Ich habe mich sehr unwohl gefühlt«, gab Eygló zu.

»Bist du im Keller gewesen?«

»Ja.«

»Jetzt daran zu denken ist sicherlich nicht schön.«

»Da hast du recht.«

»Du hast bestimmt einen Schreck gekriegt, als du davon gelesen hast, oder?«

»Ja. Das war sonderbar. Sehr sogar«, sagte Eygló.

Bevor Eygló zu Milla gegangen war, hatte sie eine Weile vor dem Haus gestanden und an jenen lange zurückliegenden Abend gedacht, an dem sie dort hineingegangen war. Sie hatte darauf geachtet, nicht aufzufallen. Niemand sollte sehen, wie lange sie das Haus betrachtete. Es waren ohnehin nicht viele Leute unterwegs, milder Nieselregen fiel. Das Kellerfenster zur Waschküche war mit einer Holzplatte zugenagelt worden, der Bereich vor dem Haus war mit gelbem Polizei-Absperrband umgeben.

Obwohl es so lange her war, erinnerte sie sich noch genau an ihren Besuch. An die Beharrlichkeit, mit der die Hausbesitzerin darum gebeten hatte. Daran, wie schlecht es ihr ging. Sie hatten darüber gesprochen, dass schöne, helle Häuser im positiven Sinn eine Seele besaßen und ein Gefühl der Geborgenheit vermittelten. Und dass die Frau schon bald nach ihrem Einzug gemerkt hatte, dass das hier nicht der Fall war – ganz im Gegenteil, die Atmosphäre in diesem Haus hatte etwas Finsteres. Drückendes. Erdrückendes. Und auch Eygló hatte diese Schwere sofort gespürt, als sie das Haus betreten hatte. Am stärksten war das Gefühl im Keller gewesen, aber auch in dem Zimmer an der Treppe, das die damaligen Bewohner als Arbeitszimmer nutzten. Zuvor war es das Kinderzimmer gewesen.

Millas Stimme riss Eygló aus ihren Gedanken. Offenbar hatte Milla etwas gefragt.

»Entschuldige, was hast du gesagt?«, fragte Eygló.

»Ich habe überlegt, ob du vielleicht eine Séance abhalten willst. Vielleicht erfährst du so ja etwas. Das muss doch verlockend sein.«

»So was mache ich nicht«, sagte Eygló entschieden.

»Weißt du, es ist nämlich so«, sagte Milla, und die Enttäuschung in ihrer Stimme war deutlich zu hören. »Du musst doch …, wenn du daran denkst …«

»Ja?«

»Du musst doch neugierig sein. Man kann doch gar nicht anders, oder?«

Eygló wusste nicht, was sie antworten sollte. Das Bein tat ihr noch immer weh, sie rieb möglichst unauffällig über die Stelle, an der sich der große Bluterguss gebildet hatte. Noch immer hatte sie keine Ahnung, woher er kam. Hatte sie sich wirklich so heftig irgendwo gestoßen, ohne es zu merken? Es kam ihr unwahrscheinlich vor.

»Natürlich«, sagte Eygló. »Das ist ein ziemliches Rätsel.«

»Heutzutage ist das ja eine sehr ruhige Gegend hier«, sagte Milla und sah aus dem Fenster. »Aber das war nicht immer so. Früher hat hier manchmal ein ziemliches Gesindel gehaust. Auch da in dem Haus. Ich weiß noch … einmal hatten wir den Eindruck, als würden da irgendwelche Satanisten wohnen. Das ist schon viele Jahre her. So Hippies, die sich für allen möglichen okkulten Kram interessiert haben. Die hatten in der Waschküche ein schwarzes Kreuz verkehrt herum an die Wand gemalt. Das hat zumindest meine Freundin Lauga gesagt. Die ist jetzt auch schon viele Jahre tot, die Arme. Und sie hat so etwas wie Blutflecken an den Wänden gesehen. Als hätten die da Tiere geopfert.

»Hippies?«

»Na, so Gesindel halt. Lumpenpack, hat meine Freundin immer gesagt. Ungewaschenes Lumpenpack.«

Sechzehn

Alles sah noch genauso aus, wie Konráð es in Erinnerung hatte. Die Wollpantoffeln, der Hausnotruf-Knopf am Handgelenk, die kleinen schlurfenden Schritte, mit denen der Mann sich durch seine schlecht gelüftete Wohnung bewegte. Konráð hatte ihn schon einmal zu seinem Vater befragt, und obwohl das noch nicht allzu lang her war, hatte der Mann einige Mühe, sich daran zu erinnern. Doch dann fiel ihm wieder ein, wer vor ihm stand, und auch, was Konráð von ihm wollte, sodass er sich schlurfend in Richtung Wohnzimmer bewegte und Konráð einen Platz auf einem der Sessel anbot. Er selbst ließ sich auf ein weiches Sofa fallen, als wäre der Weg zur Wohnungstür und zurück Schwerstarbeit gewesen.

Sein Name war Henning. Man sah es ihm nicht mehr an, doch er war einmal eine imposante Erscheinung gewesen. Er hatte Konráðs Vater in seiner Kellerwohnung bedroht, nachdem der eine Witwe mit vorgetäuschten spiritistischen Sitzungen um ihr Erspartes gebracht hatte. Die Witwe hatte an Verbindungen zum Jenseits geglaubt, und Konráðs Vater hatte das schamlos ausgenutzt. Ein Verwandter der gutgläubigen Witwe verlangte das Geld zurück, das Konráðs Vater ihr abgenommen hatte, und Henning hatte ihn damals begleitet. Als sie das Geld nicht bekamen, waren sie mit den Worten aus der Wohnung gestürmt, dass sie nicht so leicht aufgeben würden.

Konráð erzählte das so ausführlich wie möglich, weil er hoffte, Hennings Gedächtnis so auf die Sprünge zu helfen. Und der alte Mann versuchte auch wirklich, sich zu erinnern, so gut das nach der langen Zeit noch möglich war. Der Verwandte der Witwe lebte schon seit Jahren nicht mehr, doch Henning erinnerte sich an diesen Besuch in der Kellerwohnung von Konráðs Vater. Sie sprachen über die vorgetäuschten spiritistischen Sitzungen, die Konráðs Vater mit seinem Komplizen Engilbert damals abgehalten hatte. Meist waren trauernde, leichtgläubige Frauen ihre Opfer gewesen, die den Ehemann oder einen anderen geliebten Menschen verloren hatten und hofften, auf diese Weise ihren Seelenfrieden zu finden. Konráðs Vater hatte meist problemlos ein paar persönliche Dinge über die Frauen herausgefunden und spielte skrupellos mit ihren Gefühlen. Wenn Musik im Leben eines verstorbenen Angehörigen eine Rolle spielte, gab das Klavier im Wohnzimmer plötzlich Töne von sich, ohne dass es berührt wurde. Kein Trick war ihm zu bösartig, um den angeblichen Séancen, die sein Kumpan Engilbert als Medium durchführte, eine größere Glaubwürdigkeit zu verleihen. Nicht selten hatten die beiden damit so viel Erfolg, dass die Frauen ihnen sogar ihr Erspartes anvertrauten, da die beiden vorgaben, es für wohltätige Zwecke zu verwenden.

»Das waren so richtige Scheißkerle«, sagte Henning, als er sich wieder erinnerte. Er kratzte sich unter dem Notfallknopf am Handgelenk. »Sei mir nicht böse, wenn ich das über deinen Vater sage, aber …«

»Das regt mich schon lange nicht mehr auf«, sagte Konráð wie schon so oft. »Dieser Haukur. Also der Mann, der dich gebeten hat, mit ihm zu meinem Vater zu gehen. Du hast mir gesagt, dass er gedroht hat, er würde meinen Vater umbringen, wenn er das Geld nicht zurückbekäme. Und Haukur hat dir später erzählt, dass mein Vater ihm das Geld versprochen hatte.«

»Das stimmt.«

»Weil mein Vater offenbar eine größere Einnahme erwartete?«

»Ja. So hat das zumindest auf Haukur gewirkt.«

»Aber er wusste nicht, woher dieses Geld kommen sollte.«

»Nein, das wusste Haukur nicht. Vielleicht hat dein Vater auch nur gelogen, um ihn loszuwerden. Aber er hat gesagt, dass ihm jemand Geld schuldet. Oder einen Gefallen, irgendwie so was.«

»Und ungefähr ein Jahr später wird mein Vater ermordet?«

»Ja.«

»Dieser Haukur hat geglaubt, das wäre ein Arzt, oder? Der meinem Vater etwas geschuldet hat. Ich glaube, du hattest letztes Mal so etwas erwähnt.«

»Ja. Ich weiß auch nicht, woher er das wusste. Vielleicht hat dein Vater sich verplappert. Aber ja, das hat er gesagt. Haukur hat gedacht, dein Vater hat gegen diesen Arzt irgendwas in der Hand. Um ihn zu erpressen.«

»Etwas gegen ihn in der Hand?«

»Ja«, sagte Henning.

»Und dann wurde offenbar nichts daraus?«

»Das weiß ich nicht«, sagte Henning. »Ich weiß nur, dass Haukur nie auch nur eine Krone von dem Geld wiedergesehen hat, das dein Vater dieser Witwe abgeknöpft hat. Keine einzige.«

Konráð wollte den alten Mann nicht überanstrengen und holte stattdessen einen Anstecker hervor, den er in einem der sogenannten »Papageientaucher-Läden« im Zentrum von Reykjavík besorgt hatte, die Souvenirs an Touristen verkauften und auch sonst jede Menge Ramsch im Angebot hatten, darunter auch immer häufiger Abzeichen und Anstecker aus aller Welt. Er beugte sich vor, zeigte Henning den Anstecker und fragte, ob er ihm bekannt vorkomme.

Henning hatte zwei Brillen, die ihm an Ketten um den Hals hingen. Er setzte eine davon auf und wollte sich den Anstecker ansehen, stellte dann jedoch fest, dass es die falsche Brille war. Immer sei es zuerst die falsche, sagte er, die eine wäre zum Fernsehen, die andere zum Lesen. Er tauschte die Brille und betrachtete den Anstecker ausgiebig, bevor er ihn Konráð zurückgab.

»Was ist das?«, fragte er.

»Es kommt dir also nicht bekannt vor?«, fragte Konráð zurück.

»Ich habe keinen Schimmer.«

»Das ist ein Abzeichen der Freimaurer-Loge«, sagte Konráð. »Warst du mal bei den Freimaurern, Henning?«

»Nein. Nie.«

»Bist du dir sicher?«

»Natürlich bin ich das.«

»Und Haukur?«

»Nein.«

»Nie?«

Henning dachte nach und schien plötzlich zu zögern.

»Die Freimaurer? Jetzt, wo du es sagst.« Er legte die Stirn in Falten, als versuchte er, eine lange zurückliegende Erinnerung auszugraben. »Kann sein, dass er da mal war.

Aber wenn, dann nicht für lange. Aber ich will das nicht beschwören, da musst du seine Familie fragen.«

»War das vielleicht damals, Anfang der Sechzigerjahre?«

»Das weiß ich nicht mehr. Da musst du seine Familie fragen«, wiederholte Henning.

»Oder weißt du, ob Leute aus seinem Umfeld in der Loge waren? Freunde? Bekannte? Verwandte?«

»Nee«, sagte Henning rasch. Die ewige Fragerei über seinen lange verstorbenen Freund ging ihm sichtbar auf die Nerven. »Glaubst du, Haukur hat deinem Vater etwas angetan?«

»Ich weiß nicht«, sagte Konráð. »Was glaubst du?«

»Ich? Willst du jetzt mir etwas anhängen?«

»Aber nein. Ich …«

»Vielleicht solltest du nicht so viel über Dinge reden, von denen du keine Ahnung hast.«

»Ich hoffe sehr, dass ich das nicht getan habe«, antwortete Konráð höflich. »Ich will nur die wenigen Informationen, sammeln, an die man heute noch rankommt.«

»Ich glaube nur, dass ich dir da nicht helfen kann.«

Konráð wurde klar, dass er hier nicht weiterkam. Er erhob sich und wollte sich schon von Henning verabschieden, als der fragte:

»Ich überlege schon die ganze Zeit, wie Haukur ihn genannt hat.«

»Wen?«

»Deinen Vater. Hieß der nicht Jakob?«

»Nein. Er hieß Jósep«, sagte Konráð. »Jósep P. Grímsson«, fügte er hinzu, um sicherzugehen, dass sie über denselben Mann sprachen.

»Ach, ja. Jetzt erinnere ich mich. Aber genannt haben

sie ihn anders, oder?«, sagte Henning. »So, wie man sonst oft Hunde nennt. War das nicht … hat man ihn nicht Snati genannt, oder so?«

»Seppi«, sagte Konráð. »Sein Spitzname war Seppi.«

Siebzehn

Sie warteten an einem der Trockendocks im Hafen, das überragt wurde von einem gespenstisch wirkenden Fischkutter aus Grindavík, der auf eine Generalüberholung wartete. Mikki und Benóný standen unter der Schiffsschraube, rauchten und schützten sich vor dem Regen, so gut es ging. Es tropfte von dem Seetang, der noch hier und da am Rumpf hing. Ab und zu fuhr ein Auto vorbei, ansonsten war kaum jemand unterwegs, es war ein Abend im Februar, es war kalt und es wurde langsam spät. Sie warteten schon lange.

»Kommt der jetzt bald mal?«, maulte Benóný, sah sich um und hüllte sich in seine Jacke, so gut es ging.

»Was hat der noch mal gesagt? Bist du sicher, dass er gesagt hat, er kommt heute?«

»Entspann dich«, sagte Mikki, ließ seine aufgerauchte Zigarette auf den Boden fallen und trat sie aus. »Er hat gesagt, heute Abend. Der kommt bestimmt. Dafür interessiert ihn die Sache viel zu sehr. Hab einfach noch ein bisschen Geduld.«

Also harrten sie unter dem Fischkutter aus, spähten hinaus in die Dunkelheit und wechselten das ein oder andere Wort über Fußball und Kinofilme, doch die meiste Zeit schwiegen sie. Dann erzählte Mikki, auch Tommi habe – abgesehen von dem Schmuck – seinen Anteil an dem Diebesgut verkauft und dafür einen guten Preis erzielt. Nur Benóný hatte seine Sachen noch, er hatte sie nicht einmal jemandem gezeigt. Mikki hatte ihm angeboten, alles gegen eine gewisse Provision für ihn zu verkaufen, doch Benóný wollte warten. Mikki ging es immer nur ums Geld.

Benóný schnorrte noch eine Zigarette von ihm. Er hatte den ganzen Tag im Keller gearbeitet und dachte an Elísa. Warum war sie nur so niedergeschlagen und abwesend gewesen, als sie ihnen am Morgen Kaffee brachte? Er machte sich Sorgen um sie, und das nicht zum ersten Mal. Sie wirkte oft so abgelenkt, als wäre sie gar nicht da. Früher war sie lebhaft gewesen, hatte immer gute Laune gehabt, doch nun zog sie sich immer mehr in sich selbst zurück und war extrem vorsichtig geworden, bei allem, was sie sagte und tat – besonders, wenn Stan in der Nähe war. Benóný überlegte manchmal, ob er die Ursache war. Er wusste, wie rücksichtslos Stan sein konnte. Manchmal hatte Benóný den Eindruck, die Gefühle anderer Menschen wären Stan vollkommen egal. In dieser Hinsicht war Benóný ganz anders – auch wenn er mit seinen Verbindungen ins kriminelle Milieu nicht gerade ein Vorzeigebürger war. Er überlegte, wie die Ehe zwischen Elísa und Stan wohl war. Ob es vielleicht schwer war, mit Stan zusammenzuleben. Er hatte sie schon oft danach fragen wollen, hatte sich aber nie getraut. Bis jetzt. Benóný hatte Elísa am Nachmittag noch einmal gesehen. Er wollte gerade Feierabend machen, da kam sie mit Milch, Brot und einigen Kleinigkeiten vom Einkaufen zurück. Sie begegneten sich auf der Straße vor dem Haus, und auch da machte Elísa auf Benóný wieder so einen niedergeschlagenen Eindruck, dass er sich endlich ein Herz fasste und sie fragte, ob alles in Ordnung sei.

»Ach, ich weiß nicht«, sagte Elísa. »Ich habe Lóla gestern Morgen aufs Land geschickt, und jetzt vermisse ich sie.«

»Aufs Land?«, fragte Benóný.

»Ja«, sagte Elísa. »Stanley ... Stan ...«

»Was ist mit ihm?«

Benóný sah sie fragend an. Es war eindeutig, dass sie etwas bedrückte. Doch der Moment ging vorbei. Sie versuchte zu lächeln, doch es sah aus, als verzöge sie vor Schmerzen das Gesicht.

»Was ist los, Elísa?«, fragte er und berührte ihren Arm.

»Nichts«, sagte sie so leise, dass er es kaum hörte, und machte sich daran, die Milch und das Brot ins Haus zu bringen. »Wir sehen uns dann ... morgen früh.«

Doch er stellte sich ihr in den Weg.

»Ist es wegen ihm? Wegen Stan?«

Sie sahen sich in die Augen, dann ging sie ohne ein weiteres Wort an ihm vorbei, und er wusste, dass seine Vermutung richtig war.

Benóný trat seine Zigarette aus und war drauf und dran, die Geduld zu verlieren, da hörten sie Schritte und sahen, wie jemand sich ihnen durch die Dunkelheit näherte. Es war ein wohlgenährter Mann um die vierzig mit einem eindrucksvollen goldenen Ring am Ringfinger. Er sah Benóný misstrauisch an.

»Wer ist das?«, fragte er Mikki. »Ich dachte, du kommst allein.«

»Das ist mein Freund Benóný«, sagte Mikki. »Ihm gehört auch ein Teil. Er wollte unbedingt dabei sein.«

Letzteres war eine Lüge. Benóný hatte überhaupt nicht mitkommen wollen. Mikki hatte ihn darum gebeten. Zur Sicherheit, wie Mikki sagte, ohne das näher auszuführen.

»Na gut. Was hast du für mich?«, fragte der Mann kurz angebunden und blickte sich um, als hätte er Angst, beobachtet zu werden.

Mikki holte die Tasche hervor, in der er den Schmuck aus dem Haus des Arztes aufbewahrte, nahm zwei Diamantringe heraus und gab sie dem Mann.

»Wo habt ihr das her?«, fragte er.

»Aus einem Einbruch«, antwortete Mikki. Offenbar sah er keinen Grund, das zu verheimlichen.

»Ich habe nichts von einem Einbruch gehört«, sagte der Mann, während er die Ringe ausgiebig betrachtete.

»Spielt das eine Rolle?«, fragte Mikki.

»Eigentlich nicht.«

»Vielleicht wollen die nicht, dass jemand davon erfährt«, sagte Mikki.

»Und warum?«, fragte der Mann.

Mikki zuckte mit den Schultern wie ein Prediger, der weiß, wie unergründlich die Wege des Herrn sind, und reichte dem Mann noch zwei Halsketten, eine aus Silber, die andere aus Gold mit einem blauen Safir. Der Mann betrachtete auch diese Schmuckstücke ausgiebig und konnte sein Interesse kaum verbergen.

»Wem gehören die?«, fragte er schließlich.

»Uns«, sagte Mikki.

»Nein. Ich meine, wo das herkommt?«, fragte der Mann.

»Ich weiß echt nicht, was das für eine Rolle spielen sollte.«

Der Mann sah Mikki an und grinste.

»In Ordnung. Was willst du haben? Für alles zusammen?«

Mikki hatte sich einen Betrag zurechtgelegt, der allerdings ziemlich aus der Luft gegriffen war. Doch nun, da der Mann Interesse an den Schmuckstücken zeigte, erhöhte er ihn noch einmal.

Der Mann zögerte.

»Das ist zu viel«, sagte er dann, doch der Ton seiner Stimme ließ erahnen, dass die Summe nicht so absurd hoch war, wie von Mikki angenommen.

»Du bist nicht der Einzige, der sich für diese Klunker interessiert«, sagte Mikki. Benóný, der schweigend dabeistand, wusste, dass das nicht stimmte. Sie hatten keinen anderen Interessenten für den gestohlenen Schmuck. Als Mikki diesen schwindelerregend hohen Betrag nannte, hätte Benóný fast laut aufgestöhnt.

»Aha?«, sagte der Mann. »Und wer mag das sein?«

»Jemanden, den ich kenne«, sagte Mikki ohne Zögern.

»Jemand, den du kennst?«

»Ja.«

Benóný konnte nur schwer die Fassung bewahren. Mikki war ein guter Lügner, das musste man ihm lassen. Der Mann sah erst Mikki an, dann Benóný, dann wieder Mikki und drehte an dem Goldring an seinem Finger. Benóný wusste über ihn nur das, was Mikki ihm erzählt hatte. Er war Goldschmied und Schmuckhändler und hatte schon einige Male mit Mikki Geschäfte gemacht. Benóný wusste nicht einmal, wie der Mann hieß.

»Der Einbruch ist also nie angezeigt worden?«, fragte er. »Ganz sicher?«

»Wir haben zumindest nie etwas gehört«, sagte Mikki und grinste.

»Seid ihr selber eingebrochen?«

»Nein«, sagte Mikki prompt.

»Wer dann?«

»Ist doch egal.«

»Wenn es egal ist, kannst du es mir ja sagen.«

»Und was hast du davon? Ich habe keine Ahnung, wer das war. Kaufst du den Kram jetzt oder nicht?«

»Von wem hast du den Kram?«

»Willst du es haben oder nicht?«, fragte Mikki erneut. Benóný spürte, dass der Mann ihm mit seiner Fragerei langsam auf die Nerven ging. Mikkis Geduldsfaden war noch nie besonders lang gewesen.

»Ich muss darüber nachdenken«, sagte der Mann. »Und wenn ich die Sachen kaufe, brauche ich Zeit, um das Geld aufzutreiben. Die kosten doch etwas mehr, als ich ... Wollen wir uns in zwei Tagen noch mal treffen und ich sage euch dann Bescheid? Aber ihr sprecht in der Zwischenzeit mit niemandem sonst, das müsst ihr mir versprechen. Ihr sprecht mit keinem, bis ich mich melde, ja?«

Mikki sah Benóný fragend an, als ob es plötzlich irgendeine Rolle spielte, wie er darüber dachte.

Dann nickte er.

»Gut. Zwei Tage. Und wenn das nicht klappt, gehen wir zu dem anderen Typen.«

Achtzehn

Elísa hörte, dass er eingeschlafen war, lag reglos neben ihm, starrte in die Dunkelheit und überlegte, was für Messer sie im Haus hatten. Da gab es natürlich die Messer, mit denen sie kochte. Die Messer, mit denen sie aßen. Aber es gab auch einige besonders scharfe Messer mit langen Klingen und einem griffigen Schaft. Spontan musste sie da besonders an ein Filetiermesser denken, das so scharf war, dass es ihr immer ein bisschen Angst machte.

Ihr Mann ging im Sommer oft angeln und verarbeitete die Fische bei ihnen in der Küche, sobald er nach Hause gekommen war. Er trennte die Köpfe ab, nahm die Fische aus, entschuppte und filetierte sie, dann ließ er einige räuchern, andere kamen in ein Gefrierfach, das er im Kühlhaus gemietet hatte. Er fing oft ziemlich viel. Elísa sah ihm manchmal zu, wie er so geschickt mit dem Messer hantierte, es schliff und säuberte, bevor er es nach getaner Arbeit in die Schublade zurücklegte, in der auch die beiden Fleischmesser und die kleine Fleischeraxt waren und die scharfe Schere, mit der er Geflügel tranchierte.

Stan war nicht nur ein leidenschaftlicher Angler, er ging auch gern auf die Jagd. Schoss Gänse und Schneehühner, die er ebenfalls selbst verarbeitete, rupfte, ausnahm und häutete, bevor er auch dieses Fleisch ins Kühlhaus brachte. Manchmal, wenn er von der Jagd kam, richtete er in der Küche ein regelrechtes Blutbad an. Das war auch einer der Gründe dafür, dass er die Waschküche vergrößern wollte. Er brauchte dort Platz für einen Tisch und ein Waschbecken, um seinen Fang einfacher verarbeiten zu können.

In einem Verschlag im Keller bewahrte er seine Schrotflinte und ein Jagdgewehr auf, doch mit solchen Waffen konnte sie nicht umgehen. Sie konnte sie weder laden noch entsichern und wusste erst recht nicht, wie man damit sicher schoss – schließlich war sie nie mit ihm zum Jagen gefahren und interessierte sich auch nicht dafür. Er fuhr meist mit Arbeitskollegen oder gern auch ganz allein. Eigentlich war er eh ein Einzelgänger. Viel Gesellschaft brauchte er nicht.

Das Filetiermesser war wahrscheinlich am besten. Als Elísa es für sicher hielt, stand sie leise aus dem Bett auf, schlich auf den Gang und die Treppe hinunter in die Küche. Sie machte so wenig Geräusche, wie es ihr in der Dunkelheit möglich war, blieb immer wieder stehen und horchte, ob er nicht aufgewacht war.

Sie zog die Schublade auf, nahm die Schere und die Fleischeraxt und legte sie vorsichtig auf den Tisch, tastete sich weiter durch die Dunkelheit, bis sie schließlich das Filetiermesser fand. Sie umfasste vorsichtig den Schaft, hielt das Messer hoch und betrachtete es im matten Schein der Straßenlaterne, der von draußen in die Küche fiel. Sie hatte das richtige Messer gefunden. Dann tat sie die anderen Dinge wieder an ihren Platz, schloss lautlos die Schublade und stieg die Treppe langsam wieder hinauf. Da war ihr plötzlich, als würde ihr Mann sich im Bett bewegen. Sie erstarrte.

Er hatte sie auch an diesem Abend wieder beschimpft

und damit gedroht, sie umzubringen. Dumme Schlampe! Genau das würde er tun. Darauf könne sie Gift nehmen. Er würde einfach das Gewehr holen, während sie schlief, und sie abknallen wie einen räudigen Hund. Sie würde es nicht einmal merken. Oder er würde ihr ein Kissen aufs Gesicht drücken. Vielleicht schon heute Nacht, hatte er gesagt. Oder in drei Tagen. Oder in einer Woche. In einem Monat. Er hatte sie an diesem Abend nicht geschlagen und sich lieber einen Spaß daraus gemacht, sie zu beschimpfen, zu demütigen und ihr zu drohen, dann befahl er ihr ins Bett zu gehen. Er war so rasend vor Wut, dass sie nicht einmal versuchte, sich zu widersetzen, sie gehorchte ohne nachzudenken, wie automatisch. Etwas später hörte sie, wie auch er nach oben kam, hustend und schnaufend. Er hatte den ganzen Abend getrunken und schlief sofort ein. Sie jedoch fand keinen Schlaf.

Elísa hatte schon gedacht, er hätte sich damit abgefunden, dass sie ihre Tochter aufs Land geschickt hatte. Sie hatte sogar gehofft, noch einmal mit ihm reden zu können. Ihn dazu bringen zu können, sich Hilfe zu suchen. Und nach der ersten Aufregung hatte er sich auch wirklich beruhigt. Er war ganz sanft geworden und räumte ein, dass mit ihm etwas nicht stimmte, ohne das näher zu erläutern. Er sagte, er wisse auch nicht, was in ihn fahre, und auch wenn er nicht zugab, seiner Tochter etwas angetan zu haben, hatte sie das Gefühl, er wollte endlich etwas unternehmen. Sie hielt es nicht einmal mehr für ausgeschlossen, dass er einer Scheidung zustimmte und sie mit Lóla ausziehen ließ. Sie hatte das ganz vorsichtig angedeutet. Er war darauf zwar nicht richtig eingegangen, hatte es aber auch nicht kategorisch abgelehnt, dass sie das Ganze einfach beendeten.

Auch an diesem Abend hatte sie noch einmal vorsichtig angedeutet, dass sie über ihre Ehe und ihre Zukunft reden sollten, ruhig und vernünftig, wie erwachsene Menschen. Stan jedoch schlug an diesem Abend einen anderen Ton an. Er sprach davon, wie gern er aus Island fortziehen würde, am liebsten zurück nach Pennsylvania. Er habe sogar schon mit den Arbeitskollegen darüber gesprochen. Es sagte das alles nicht zum ersten Mal. Es kam immer wieder vor, dass er ankündigte, dieses beschissene Land endlich zu verlassen und zurück in seine Heimat zu gehen, um da endlich eine anständige Frau zu finden.

»Zustand unserer Ehe? Wie meinst du das?«, fragte er. Er sprach Englisch, wie meist in ihren eigenen vier Wänden.

»Das, was wir hier ertragen müssen. Ich. Und unsere Tochter.«

»Was ist denn mit euch?«

»So geht das nicht weiter«, sagte sie. »Schon lange nicht mehr. Das muss dir doch auch klar sein. Du musst damit aufhören. Mit dieser Gewalt.«

»Jetzt komm mir bloß nicht wieder mit Scheidung!«, sagte er. »Ich habe die Kleine nicht angefasst. Willst du das nicht verstehen oder kannst du nicht? Nicht angefasst!«

»Ja, schon gut«, sagte sie, um ihn zu beruhigen, fügte dann jedoch hinzu: »Ich habe mit dem Pastor gesprochen. Über uns. Ich habe ihm erzählt, dass du mich wieder schlägst.«

Stan starrte sie an.

»Ich will nicht zur Polizei gehen«, sagte sie dann. »Aber wenn das so weitergeht, bleibt mir vielleicht keine andere Wahl.«

»Willst du mir etwa drohen?«

»Nein«, sagte sie. »Ich kann nur nicht mehr mit dieser Gewalt leben. Und Lóla auch nicht. Das muss aufhören.«

»Ich habe sie nicht angefasst!«, brüllte er und kam ihr bedrohlich nahe. »Du hinterhältige Schlampe!«

Nachdem sie eine Weile bewegungslos dagestanden und gehorcht hatte, stieg sie die Treppe weiter hinauf und betrat ihr Schlafzimmer. Sie musste sich verhört haben. Sie trug das Messer mit der Schneide nach unten und schlich zu ihrem Ehebett, doch anstatt sich hinzulegen, ging sie auf die Seite ihres Mannes, der auf dem Rücken lag und tief und fest schlief. Sie sah ihn an, dann das Messer, dann wieder ihn. Schließlich erhob sie das Messer, und die Klinge blitzte auf im Dunkel der Nacht.

Neunzehn

Das Restaurant war gut besucht. Viele der Gäste waren Touristen. Besonders um die Mittagszeit war dieses Lokal sehr beliebt, es gab Salate und Suppen, die ebenso einfach wie lecker und günstig waren.

Konráðs Sohn hatte es sich zur Gewohnheit gemacht, mit seinem Vater alle zwei Wochen in einem der vielen Restaurants zu Mittag zu essen, die seit dem Tourismus-Boom überall wie Pilze aus dem Boden schossen. Dieses Mal hatte er seinen Vater per Textnachricht darum gebeten, ihr nächstes Treffen auf heute vorzuverlegen. Konráð machte das nichts aus.

Húgó war Arzt, genau wie seine Mutter es gewesen war. Er arbeitete in Fossvogur im Landspítali und hatte außerdem noch eine Praxis. Konráð wusste, dass er inzwischen ziemlich wohlhabend war, auch wenn sie nie über Geld sprachen. Húgó und seine Frau waren oft im Ausland, auf Kongressen oder im Urlaub, und Konráð passte währenddessen manchmal auf ihre beiden Jungs auf, aufgeweckte Zwillinge, die ihren Opa schätzten, auch weil er sie – zumindest nach Ansicht ihrer Eltern – viel zu sehr verwöhnte. Alles, was zu Hause verboten war, war bei ihrem Opa erlaubt. Sie mussten ihn nicht einmal überreden, damit er ihnen Süßigkeiten und Fastfood kaufte, sie blutige Videospiele spielen oder streng verbotene Filme schauen ließ. Manchmal sogar alles am selben Wochenende.

Húgó hatte zu seiner Mutter immer ein engeres Verhältnis gehabt als zu Konráð. Ihr Tod hatte Húgó daher besonders hart getroffen. Seit sie nicht mehr da war, hatte er sich öfter als zuvor bemüht, seinen Vater zu treffen – als würde ihm das helfen, die Erinnerung an seine Mutter wachzuhalten, an ihre gemeinsamen Jahre als Familie im Árbær-Viertel. Konráð und er konnten über fast alle Themen offen und ungeschminkt miteinander reden, über Persönliches ebenso wie über Allgemeines. Sie konnten auch miteinander streiten, ohne sich richtig zu verletzen.

Doch heute war Húgó irgendwie anders als sonst. Sein Blick schweifte immer wieder durch den Raum, als wollte er vermeiden, seinem Vater in die Augen zu sehen. Als er seinen Vater dann doch einmal länger ansah, glaubte Konráð, Wut in den Augen seines Sohnes aufblitzen zu sehen. Er überlegte, ob Húgó sich vielleicht mit seiner Frau gestritten hatte, wollte aber nicht danach fragen. Das erschien Konráð als der wahrscheinlichste Grund, er wusste, dass sie sich manchmal auf die Nerven gingen.

Sie redeten über Gott und die Welt, während sie ihre Suppe schlürften und Rote-Bete-Salat mit frisch gebackenem Brot aßen, umgeben vom Stimmengewirr der anderen Gäste. Das Skelett aus dem Keller kam zur Sprache. Konráð musste zugeben, dass er kaum Insider-Informationen über den Fall hatte, weil Marta schwieg wie ein Grab und für ihn nicht zu erreichen war. Und dass auch andere, die Konráð in seiner Neugier manchmal kontaktierte, ihm nichts sagten, aus Angst vor dem neuen harten Vorgehen der Polizei gegen undichte Stellen in den eigenen Reihen. Alle schienen sich in die Hosen zu machen vor

Angst und trauten sich nicht, auch nur ein Wort zu sagen, nicht einmal im privaten Gespräch. Marta befürchtete, dass die Medien eventuelle Verdächtige schneller kontaktieren könnten, als das der Polizei gelang. Dem wollte die Polizeiführung nun ein für alle Mal ein Ende setzen, und Konráð war der Leidtragende.

Sie sprachen auch über seine privaten Ermittlungen. Húgó kannte die Geschichte seines Großvaters. Er wusste, dass Konráð sich in letzter Zeit wieder mit dem Fall beschäftigte, und erkundigte sich regelmäßig nach dem Fortgang. Konráð erzählte ihm von seinen neuen Erkenntnissen, räumte aber ein, eigentlich heute auch nicht viel mehr zu wissen, als er bereits als junger Mann 1963 gewusst hatte. Das einzig wirklich Neue, was seine Nachforschungen bisher erbracht hatten, war die Bestätigung, dass sein Vater wirklich einen ziemlichen Aufwand betrieben hatte, um anderen Menschen zu schaden. Aber auch das hatte er eigentlich schon vorher gewusst.

»Das habe ich dann wohl von ihm«, sagte Konráð und stellte die Suppentasse ab.

»Es kann nicht einfach gewesen sein, bei so einem Mann aufzuwachsen«, sagte Húgó und ließ den Blick wieder einmal durch den Raum schweifen.

»Natürlich nicht. Aber man kann das auch nicht als Entschuldigung für alles benutzen, was man tut.«

»Nein, das nicht. Das kennst du ja. Mich hat gestern übrigens jemand angerufen«, sagte Húgó dann plötzlich.

»Aha?«

»Das war total komisch. Es ging um dich. Ich weiß ehrlich gesagt gar nicht … ich glaube, die war ein bisschen angetrunken. Aber trotzdem sehr nett. Sie hat sicher gedacht, sie tut dir einen Gefallen. Oder uns beiden.«

Húgó trank einen Schluck Wasser und wischte sich die Lippen ab.

»Einen Gefallen?«, fragte Konráð. »Wer war es denn?«

»Svanhildur. Die damalige Kollegin von Mama.«

Konráð schwieg.

»Eine Freundin von Mama!!«, zischte Húgó seinen Vater an.

»Húgó ...«

»Ich fasse es einfach nicht. Wie ... wie ... konntest du das nur tun?«

»Ich ...«

Konráð war sprachlos.

»Was ist eigentlich mit dir los?!«

»Ich kann dir das ...«

»Und Mama hast du nie etwas davon gesagt? Echt jetzt? Stimmt das, was sie sagt?!«

»Húgó ... ich bin nicht ...«

»Mit Svanhildur?!«, fragte Húgó, noch immer sehr aufgebracht.

»Was hat sie dir denn erzählt?«

»Das kannst du dir doch denken. Soll ich das jetzt etwa alles wiederholen? Dass du Mama mit ihr betrogen hast? Dich in irgendwelchen Absteigen mit ihr getroffen hast?!«

»Ich wollte Erna nicht verletzen«, sagte Konráð. »Das habe ich nie gewollt.«

»Dann hast du aber einiges unternommen, um genau das zu tun! Oder was hast du gedacht, wo das hinführt, Papi? Was sollte das werden? Sag es mir!«

»Ich bin da alles andere als stolz drauf. Glaub mir das bitte, Húgó«, sagte Konráð. »Ich habe einen schlimmen Fehler gemacht, damit muss ich leben. Aber ich will nicht ...«

»Warum seid ihr euch eigentlich so sicher, dass Mama nicht davon gewusst hat?«, fiel Húgó seinem Vater ins Wort. »Sie war doch nicht blöd, da wird sie doch zumindest einen Verdacht gehabt haben. Hat sie dich etwa nie gefragt, wo du gewesen bist? Warum du plötzlich irgendwie anders riechst? Wer weiß, vielleicht hat sie ja auch nur die ganze Zeit drauf gewartet, dass du ihr endlich die Wahrheit sagst. Und du hast sie lieber verarscht!«

»Das ist eine der Sachen, mit denen ich leben muss«, sagte Konráð. Dann schwiegen sie lange.

»Gab es noch andere?«, fragte Húgó dann.

Konráð antwortete ihm nicht.

»Hattest du etwa noch andere?!«

»Das hatte alles nichts zu bedeuten«, sagte Konráð.

»Verdammte …«, seufzte Húgó.

»Mit Svanhildur, das war ernst. Und als ob das nicht schlimm genug wäre, habe ich es nie geschafft, deiner Mutter davon zu erzählen. Ja, ich habe ihr nie reinen Wein eingeschenkt, obwohl mir klar war, dass ich das hätte tun müssen. Als ich endlich so weit war, oder mir das zumindest im Nachhinein einbilde, war es zu spät. Da habe ich mich nicht mehr getraut, so krank, wie sie da schon war. So habe ich das zumindest vor mir selbst gerechtfertigt.«

Konráð merkte, wie wenig diese Worte seinen Sohn beeindruckten.

»Ich denke jeden Tag an Erna. Sie war mir wichtiger als alles andere im Leben«, sagte Konráð. »Und ich denke, sie hat das auch gewusst.«

»Und trotzdem hast du das getan. Trotzdem hast du sie betrogen.«

»Ja.«

»Und dann soll ich dir glauben, dass sie für dich so wichtig war?«

»Das musst du selbst entscheiden. Aber so war es.«

»Und dass Svanhildur eine von Mamas Freundinnen war, das war dir egal?«

»Ich ... man kann das alles nur schwer erklären«, sagte Konráð.

»Man kann das auch nicht verstehen. Zumindest ich verstehe das nicht«, sagte Húgó.

»Ich wollte ja ... ich ...«

Konráð gingen die Worte aus.

»Wie lange ging das so?«

»Einige Jahre. Bis Erna krank wurde.«

»Einige Jahre? Ich fasse es einfach nicht. Du bist echt unglaublich! Wie konntest du ihr das antun?!«

»Das ... frage ich mich auch manchmal ... wir haben beide viel gearbeitet damals ...«

»Und wer waren diese anderen? Waren es viele?«

»Nein. Zufallsbekanntschaften. Beim Ausgehen. Wenn ich betrunken war.«

»Dann war das bekannt. Dass du so einer warst.«

»Ich glaube nicht. Das spricht sich ja nicht immer sofort herum«, sagte Konráð. Er hatte es immer vermieden, darüber nachzudenken, welchen Ruf er in dieser Hinsicht genoss.

»Du hattest diesen Ruf. Den Ruf eines Mannes, der seine Frau betrügt.«

»Von Svanhildur und mir wusste niemand«, sagte Konráð. »Und das andere hat kein großes Aufsehen erregt. Glaube ich. Aber man erfährt natürlich erst als Letzter, was die anderen über einen reden.«

»Und trotzdem bist du dir sicher, dass Mama nichts von all diesen Betrügereien mitgekriegt hat?«

»Ja.«

»Du hast sie echt ganz schön verarscht«, sagte Húgó.

»Das wollte ich nicht.«

»Aber nein, natürlich nicht. Was denn dann? Was wolltest du dann?!«

Konráð spürte, wie Húgó immer wütender wurde, je länger sie miteinander sprachen, und er wusste nicht, wie er ihn beruhigen sollte.

»Und jetzt?«, fragte Húgó. »Was ist jetzt?«

Konráð antwortete ihm nicht sofort.

»Triffst du sie immer noch?«, fragte Húgó in einem Versuch, das Zögern seines Vaters zu deuten.

»Das ist lange vorbei«, antwortete Konráð. »Aber ich weiß nicht, ob das so bleibt, muss ich dir ganz ehrlich sagen. Ich weiß es einfach nicht. Ich habe sie vor Kurzem besucht. Und habe sie verärgert, glaube ich. Wahrscheinlich hat sie dich deswegen angerufen. Ich habe auch Svanhildur nicht gut behandelt. Ich habe das alles verbockt, Húgó. Genauso wie das hier, zwischen uns.«

»Das kannst du wohl sagen«, schnaubte Húgó und erhob sich vom Tisch.

»Húgó ... ich ...«

Konráð schüttelte den Kopf.

»Was hast du dir bloß dabei gedacht? Was? Wie konntest du Mama das antun?!«, zischte sein Sohn noch, dann stürmte er aus dem Lokal.

Konráð blieb allein sitzen und wusste nicht, was er tun sollte. Die Zeit verging, das Restaurant leerte sich, das Stimmengewirr wurde leiser, irgendwann war er fast der einzige Gast. Er hatte immer befürchtet, dass Húgó heftig reagieren würde, falls er einmal von der Sache erfuhr. Nun hatten sich seine schlimmsten Befürchtungen bestätigt. Konráð hatte nichts zu seiner Verteidigung vorzubringen. Er verstand Húgós Aufregung und seine Wut. Er hoffte nur, dass sie irgendwann besser darüber reden konnten, mit etwas Abstand vielleicht. Hoffentlich.

Schließlich erhob auch Konráð sich und zahlte. Er stieg in sein Auto und blieb noch eine Weile sitzen, bevor er den Motor startete, ziellos durch die Stadt kurvte und irgendwann im Vorort Seltjarnarnes landete. Dort parkte er und ging auf einem Schotterweg am Meer entlang in Richtung des dortigen Golfplatzes, bis zu einer kleinen Erhebung, von der man einen guten Blick auf das graue Meer hatte. Er hatte immer gedacht, ihm wäre mehr Zeit geblieben, als er an einem kalten Dezembermorgen mit Erna hierhergekommen war. Da war eine Mondfinsternis, und sie hatten zugesehen, wie der Schatten der Erde langsam den Mond verdunkelte. Sie war damals schon sehr geschwächt gewesen. Und noch bevor sie es wieder zurück nach Hause nach Árbær geschafft hatten, war Erna von dieser Welt gegangen, obwohl zwischen ihnen so viel ungesagt geblieben war.

Zwanzig

Konráð fühlte sich schlecht, er fand nach dem desaströsen Treffen mit Húgó keine Ruhe. Als es schon Abend geworden war, raffte er sich noch einmal auf, um endlich mit einem alten Freund und Arbeitskollegen zu reden. Er hatte sofort an ihn gedacht, nachdem ihm der Manschettenknopf in die Hände gefallen war, es aber immer wieder hinausgezögert, sich auch wirklich bei ihm zu melden. Sie waren keine Freunde mehr, ganz im Gegenteil, eigentlich mied Konráð jeden Kontakt mit ihm. Er sah auf die Uhr. Konráð ahnte, wo er ihn finden konnte. Der heutige Tag war eh ruiniert, er konnte sich nicht vorstellen, dass ein Treffen mit ihm es noch schlimmer machen könnte. Obwohl, sicher war er sich da nicht.

Konráð wusste, dass er gern Bowling spielte. Dieser amerikanische Sport passte seines Erachtens besonders gut zu Island, da man ihn drinnen ausüben konnte und nicht vom Wetter abhängig war. Er fuhr einfach zum Bowling-Center, ohne sich anzukündigen, blieb dann aber davor im Auto sitzen und überlegte lange, ob er wirklich das Richtige tat. Sollte er es nicht erst einmal anders versuchen? Sein Selbstverstrauen hatte an diesem Tag sehr gelitten. Doch irgendwann hatte er von seiner eigenen Zögerlichkeit die Nase voll. Er stieg aus dem Auto, betrat festen Schritts das Bowling-Center Egilshöll und sah ihn wenig später mit einigen anderen an einer der Bahnen stehen.

Konráð stand eine Weile da und sah zu, wie sie Pin um Pin zu Fall brachten. Sie waren immer noch ganz gut darin. Er kannte die meisten von ihnen. Es war eine Gruppe von Polizisten unterschiedlichen Alters, von denen allerdings die meisten inzwischen in Rente waren. Sie trafen sich dort regelmäßig und nahmen auch an Wettkämpfen teil. Konráð hatte auch eine Zeitlang mitgemacht, dann aber das Interesse verloren, und schließlich war er einfach nicht mehr hingegangen. Sie riefen ihn immer noch ab und zu an, wenn für einen Wettkampf jemand in der Mannschaft fehlte, doch Konráð ließ sich nicht überreden.

Der Mann, den er treffen wollte, war die Stimmungskanone in der Gruppe. Er redete laut und feierte jeden Treffer, trank Bier, erzählte Witze. Er war eines der Gründungsmitglieder dieser kleinen Mannschaft. Und er war der einzige Mensch, den Konráð kannte, der irgendwas mit den Freimaurern zu tun hatte. Der Mann hieß Leó.

Konráð hatte eine Weile dort gestanden, da wurde er von einem der Polizisten bemerkt. Er winkte Konráð sofort zu. Konráð tat so, als wäre er gerade erst hereingekommen, ging hinüber, grüßte sie und nickte Leó zu. Sie fragten gleich, ob er mitspielen wolle, doch er lehnte ab, er sei einfach in der Nähe gewesen und habe kurz Hallo sagen wollen, aber natürlich nur, weil er nichts Besseres vorgehabt hätte. Sie lachten. Sie hatten seine ironische Art immer gemocht.

Er bemerkte aber auch, dass Leó sich sehr zurückhielt. Er hatte ihn nicht gegrüßt und verschwand rasch in Richtung Bar. Konráð machte noch ein paar Sprüche über die

Bowlingfähigkeiten der anderen, dann meinte er, er wolle sich etwas zu trinken holen, und ging dorthin, wo Leó mit seinem Glas Bier saß.

»Was willst du denn hier?«, fragte Leó, dessen gute Laune in dem Moment verflogen war, in dem er Konráð gesehen hatte.

»Eigentlich bin ich hier, um mit dir zu reden«, sagte Konráð.

»Ich habe nichts mit dir zu bereden«, sagte Leó.

»Was muss ich tun, um in diese Freimaurerloge zu kommen, in der du da bist?«, fragte Konráð.

»Du musst aufhören, ein Idiot zu sein«, sagte Leó.

»Und dich haben sie trotzdem genommen?«, fragte Konráð und gab dem Kellner ein Zeichen, dass er dasselbe wollte, was Leó trank.

Sie hatten zusammen auf der amerikanischen Militärbasis das Bowlen gelernt, als zwischen ihnen noch alles gut gewesen war. Zusammen mit Ríkharður, den alle Rikki nannten. Sie traten gegen die amerikanischen Soldaten an und tranken deren Bier, bis sie betrunken waren. Leó hatte gute Beziehungen zu einem der Soldaten, sodass sie Zugang zum Offizierskasino hatten, wo es eine Bowlingbahn gab. Manchmal spielten dort auch Bands aus dem benachbarten Keflavík. Rikki lernte das Bowlen von ihnen. Und bald war er richtig gut. Er lernte generell schnell und hatte auch im Polizeidienst rasch einen ziemlichen Erfolg – dann wurde er entlassen.

Leó wandte sich an Konráð.

»Was willst du von mir?«

»Ich brauche ein Mitgliederverzeichnis der Freimaurerloge von 1963 oder den Jahren davor«, sagte Konráð.

»Dreiundsechzig?«, murmelte Leó. »Dreiundsechzig?

Warum …? War das nicht das Jahr, in dem Seppi erstochen wurde?«

»Doch«, sagte Konráð.

»Und was hat das mit den Freimaurern zu tun?«

»Wahrscheinlich gar nichts. Ich möchte nur eine Sache ausschließen. Eine Sache, die mir schon länger im Kopf herumspukt. Du weißt ja, wie das ist.«

»Glaubst du, ein Freimaurer hat deinen Vater ermordet?«, fragte Leó.

»Ich weiß es nicht«, sagte Konráð, nahm sein Bier in Empfang und bezahlte mit der Kreditkarte. »Ich verfolge eine bestimmte Spur und muss wissen, wer damals in der Loge war. Und da dachte ich, ich rede mal mit dir.«

»Hast du es schon mal direkt bei denen versucht?«

»Die haben mich hochkant wieder rausgeschmissen«, sagte Konráð, der sich in der Tat bereits bei den Freimaurern erkundigt hatte, ob er das Mitgliederverzeichnis einsehen dürfte.

»Dann sag mir doch mal, wie du ausgerechnet auf die Freimaurer kommst?«

»Dazu ist das alles noch zu unkonkret«, sagte Konráð. »Wenn ich die Informationen bekomme, kann ich dir mehr dazu sagen.«

»Ich habe keinen Zugang zu diesen Unterlagen«, sagte Leó.

»Keine Chance?«

»Nein, Konni. Gar keine.«

»Und du kennst auch niemanden, der dir ein paar Namen zutragen könnte?«

»Auch wenn das so wäre, würde ich denjenigen nicht darum bitten. Nicht für dich, Konni. Für jeden anderen wahrscheinlich schon. Aber für dich: nein.«

Konráð lächelte.

»Schmeckt das Bier?«, fragte er, obwohl er wusste, dass er Leó damit an einer empfindlichen Stelle traf. Doch es war ein langer, harter Tag gewesen. Und die Zeit, zu der Konráð und Leó Freunde waren und sogar, zusammen mit ihren Frauen, gemeinsam in den Urlaub fuhren, war lange vorbei.

»Wir haben doch alle unsere Dämonen«, sagte Leó. »Du vielleicht sogar noch mehr als die meisten anderen, oder?«

»Das letzte Mal, als ich was von dir gehört habe, warst du gerade dabei, einen Entzug zu machen«, fuhr Konráð fort. »Oder du hattest gerade einen hinter dir. Das weiß ich nie so genau bei dir. Wie sieht es im Moment aus? Machst du demnächst wieder einen oder hast du gerade einen hinter dir? Dieses Bier wird uns ganz schön was kosten. Also, die Allgemeinheit, meine ich. Was kostet eine Nacht im Entzugshotel noch mal?«

»Was ist damals eigentlich auf dem Felsvorsprung passiert, Konni?«, fragte Leó und nahm ganz in Ruhe einen Schluck Bier.

»Felsvorsprung?«

»Hast du diesen Lúkas da runtergestoßen?«, fragte Leó. »Hast du ihn einfach dem Fluss überlassen? War das nicht ganz schön schwer für dich? Mit deinem verkrüppelten Arm?«

»Bereitet dir das schlaflose Nächte?«, fragte Konráð und schaffte es gerade noch, seine Verwunderung zu verbergen. Niemand hatte ihn je wieder auf Lúkas angesprochen, seit diese Sache damals passiert war.

»Der Kerl hat dich dreißig Jahre lang zum Narren gehalten«, sagte Leó. »Da hätte ich an deiner Stelle auch dafür gesorgt, dass er im Fluss landet. Was hast du getan?«

Konráð hatte sich schnell wieder unter Kontrolle.

»Da hast du wohl recht«, sagte er. Er hatte genug von diesem Gespräch, er hätte nicht herkommen dürfen.

»Was?«, sagte Leó.

»Du hättest das bestimmt getan.«

Und damit war der Tag noch nicht vorbei.

Wenig später ging Konráð auf ein Haus zu und klopfte an die Tür. Er hatte bereits versucht zu klingeln, doch die Klingel schien nicht zu funktionieren, zumindest hörte er aus dem Haus keinen Laut.

Er hatte das Auto an demselben Ort geparkt wie zuletzt auch. Zwei Zigarillos geraucht und die Kippen in den Vorgarten geworfen. Ist auch Dünger, lautete seine Rechtfertigung. Da öffnete sich die Tür und Svanhildur erschien im Türspalt. Sie sah ihn lange an. Er sah den Schmerz in ihren Augen.

»Musstest du ihm das unbedingt sagen?«, fragte Konráð.

Sie antwortete nicht, ließ die Tür einfach wieder zufallen, bis sie sich mit einem leisen Geräusch vor ihm schloss.

Konráð stand eine Weile schweigend dort, dann verschwand er auf demselben Weg, auf dem er gekommen war.

Einundzwanzig

Benóný arbeitete allein im Keller. Mikki hatte gesagt, er müsse etwas anderes erledigen, ohne zu verraten, was das war. Von Tommi hatten sie nichts gehört und nahmen an, er würde saufen. Tommi unternahm manchmal lange Zechtouren, er war dann überall in der Stadt unterwegs, zusammen mit anderen Trinkern, manchmal hing er auch unter der Statue am Arnarhóll-Hügel herum, wie ein Penner. Tommi konnte seinen Alkoholkonsum schwer kontrollieren. Hatte er einmal angefangen, konnte er nicht aufhören und trank immer weiter, er war Alkoholiker und kippte Unmengen Brennivín in sich hinein, obwohl er ihn eigentlich gar nicht vertrug. Benóný konnte nicht nachvollziehen, warum Tommi seinen Brennivín-Konsum so schlecht unter Kontrolle hatte und ständig auf diese Zechtouren ging. Er wusste nur, dass Tommi eine schwere Kindheit gehabt hatte. Tommi selbst sprach nur selten davon, und auch die Jahre, die er in einem Heim auf dem Land verbracht hatte, erwähnte er kaum.

Benóný hatte alle möglichen Sachen weggeschmissen und wollte sich gerade daranmachen, das Loch in der Wand zuzumauern, da war ihm plötzlich, als wäre er nicht mehr allein im Keller. Er drehte sich um und sah Elísa in der Tür zur Waschküche stehen. Er hatte keine

Ahnung, wie lange sie da schon gestanden und ihm zugesehen hatte.

»Ach, du?«, sagte er dann. »Ich habe dich gar nicht bemerkt.«

Sie versuchte zu lächeln, doch es gelang ihr so schlecht, dass Benóný sofort wieder das Gefühl bekam, etwas würde nicht stimmen.

»Verzeih, ich wollte dich nicht erschrecken«, sagte sie.

Er sah, dass sie geweint hatte.

»Was ist denn los?«, fragte er. »Hast du geweint? Ist was passiert?«

Sie antwortete nicht. Stand einfach da, in der Tür, sah zu Boden und nestelte an einem Knopf ihrer Strickjacke herum, die sie über ihrem alten Kleid trug. Benóný ging zu ihr und fragte erneut, was los sei.

»Ich ... ich ... ich wollte ihn erstechen. Heute Nacht«, brach es unter Schluchzen aus ihr heraus. »Ich ... ich habe ein Messer aus der Küche geholt, bin damit nach oben gegangen und ... ich ...«

Sie brach in Tränen aus.

»Du hast ein Messer geholt?«

»Ich wollte ihn erstechen«, sagte sie und nickte. »Gott, ich wollte es wirklich tun und hätte es auch fast ... fast ...«

Sie wusste nicht, was sie letztendlich davon abgehalten hatte. Das Messer in der Hand, stand sie über ihren Mann gebeugt und war fest entschlossen, ihn zu erstechen. Doch dann war es, als würde ihr irgendjemand oder irgendetwas zuflüstern, sie solle das Messer fortlegen. Es nicht tun. Dass das keine Lösung sei. Was das für eine verrückte Idee sei. Sie wich zurück, tastete sich zu ihrer Hälfte des Ehebettes vor, hob die Matratze an und verbarg das Messer vorsichtig darunter. Dann legte sie sich ins

Bett und dachte mit Schrecken daran, dass sie eben fast ihren Mann umgebracht hätte. Es hatte nicht viel gefehlt, und sie hätte ihn einfach erstochen, wehrlos, im Schlaf, in ihrem gemeinsamen Schlafzimmer.

»Was redest du denn da, Elísa? Was ... du wolltest ihn umbringen? Wen? Stan?!«

»Er ist schlimm«, flüsterte sie, als wären sie dort unten nicht allein. »Ein ganz schlimmer Mensch.«

»Warum? Was hat er denn getan?«

»Er ist grausam. Was er mir angetan hat«, flüsterte Elísa. »Einfach nur grausam ... mir ist, als wäre ich eingesperrt, eingemauert ... ich kriege keine Luft mehr ...«

»Wo ist er? Wo ist er jetzt?«

»Er ist heute Morgen zur Arbeit gegangen. Fast wäre er ..., wenn ich ...«

Elísa brach erneut in Tränen aus. Benóný versuchte sie zu trösten, dort in der Waschküche, sie klammerte sich an ihn, als wäre er ihre einzige Rettung, und schluchzte und schluchzte. Er wusste zwar nicht, was sie so aus der Fassung gebracht hatte, aber er wusste, dass sein Freund daran schuld war. Und dass sie ihn fast erstochen hätte. Mehr wollte sie im Moment nicht erzählen. Stattdessen bat sie ihn wortreich darum, auf keinen Fall gegenüber Stan zu erwähnen, dass sie miteinander gesprochen hatten. Sie hatte furchtbare Angst vor ihm, so viel war klar.

Benóný sprach beruhigend auf Elísa ein. Er sagte, er wolle ihr helfen, und ermutigte sie, ihm genauer zu erzählen, was los war. Es dauerte nicht lange, da fasste sie sich ein Herz und vertraute ihm an, dass sie so schnell wie möglich ausziehen wolle, weil Stan ihr Gewalt antat, und das schon seit Jahren. Sie sei fest entschlossen, sich von ihm scheiden zu lassen, bevor wieder so etwas passieren würde wie in der letzten Nacht, und sagte wieder und wieder, dass sie ihre Tochter mitnehmen müsse. Sie erzählte, es habe bald nach der Hochzeit mit kleinen Aggressionen begonnen, doch in letzter Zeit sei die Gewalt so schlimm geworden, dass sie unmöglich weiter mit Stan zusammenleben könne. Und dass sie manchmal Angst um ihr Leben habe. Sie habe das viel zu lange geduldet, doch nun sei Schluss. Ihre Tochter habe das alles mitansehen müssen und sie ... sie ... das arme, arme Kind ... Lóla sei jetzt auch sein Opfer geworden ...

Benóný empfand unglaubliches Mitleid mit ihr. Er hatte immer gedacht, er würde Stan einigermaßen kennen. Sicher, er hatte sich in letzter Zeit manchmal gefragt, ob es in ihrer Ehe kriselte – aber er hätte nie gedacht, dass Stan Elísa misshandelte. Es gab keinen Grund, ihr nicht zu glauben. Er hatte ja gesehen, wie sie sich in den letzten Jahren verändert hatte – nun wusste er auch, warum. Obwohl sie nach Kräften versucht hatte, es zu verbergen, hatte er bemerkt, wie niedergeschlagen und abwesend sie immer öfter war. Außerdem fielen ihm die Verletzungen ein, die ihm in der letzten Zeit immer wieder an ihr aufgefallen waren. Sie hatte gesagt, sie sei die Treppe heruntergefallen, mit dem Stuhl umgekippt oder hätte sich die Hand in einer Schranktür eingeklemmt. Als sie sich neulich vor dem Haus begegnet waren, humpelte sie, doch als Benóný sie darauf ansprach, ging sie nicht darauf ein.

»Und was ist mit Lóla?«, fragte er dann. »Sie ist auch sein Opfer geworden? Wie meinst du das?«

»Ich ... ich habe gesehen, wie Stan nachts bei ihr am Bett war ... sie sagte, das war nicht das erste Mal. Er schleicht sich nachts in ihr Zimmer. Als ich kam, hat er sich schnell die Hose hochgezogen.«

Benóný starrte sie an.

»Meinst du etwa …«

»Er schleicht sich nachts in ihr Zimmer.«

»Stan?«

»Ja.«

»Hast du sie deswegen aufs Land geschickt?«

Elísa nickte.

»Dieser Scheißkerl«, zischte Benóný. »Wie …? Wie kann er nur …? Bist du dir da sicher?«

»Er ist ein Monster«, flüsterte Elísa. »Und heute Nacht hätte ich ihn fast … ich hätte wirklich … Ich will so nicht leben. Das geht nicht mehr. Ich kann nicht mehr. Ich kann nicht mehr.«

Zweiundzwanzig

Elísa hatte den Satz kaum beendet, als sie hörten, wie jemand mit schnellen Schritten die Treppe herunterkam, die außen an der Hauswand entlang zum Keller führte. Sie warfen sich einen panischen Blick zu und rechneten schon damit, dass Stan im nächsten Moment in der Tür erscheinen würde. Elísa wich sofort von Benóný zurück, schaffte es jedoch nicht mehr, ins Erdgeschoss zu verschwinden. Dann stand Mikki in der Kellertür und fragte, wie es vorangehe. Sie atmeten auf. Mikki merkte sofort, dass er störte, und sah sie fragend an, bis Elísa sagte, sie müsse zurück in die Küche. Sie lächelte Mikki zum Abschied an und ging dann schnell hinauf.

»Hab ich euch bei irgendwas unterbrochen?«, fragte Mikki. »Läuft da was?«

»Nein«, sagte Benóný und suchte fieberhaft nach einer guten Antwort. »Nichts läuft da. Wir haben nur darüber gesprochen, was hier noch zu tun ist. Wie man dieses Loch in der Wand am besten zumauert und so.«

»Ach so. Na dann …«, sagte Mikki. An seiner Miene konnte man deutlich erkennen, wie wenig Benónýs Antwort ihn überzeugte. »Dann ist also nichts, zwischen dir und ihr?«, fragte er und zeigte in Richtung Decke.

»Mit Elísa?«, sagte Benóný und tat so empört, wie er konnte. »Bist du wahnsinnig?«

»Das würde dem Ami auch sicher gar nicht gefallen«, sagte Mikki und lachte. »Aber wer weiß, er ist nie zu Hause, du bist hier im Keller, sie den ganzen Tag allein ...«

»Lass den Quatsch.«

»Ist doch so.«

»Er muss sich um mich keine Gedanken machen«, sagte Benóný. »Was machst du eigentlich hier?«, fragte er dann, um das Thema zu wechseln. »Ich dachte, du kannst heute nicht.«

»Hast du immer noch nichts von Tommi gehört?«

»Nein. Ich wollte ihn eigentlich bitten, mir hier zu helfen, aber ich weiß nicht, wo er steckt«, sagte Benóný.

»Dieser Idiot. Der versäuft bestimmt das ganze Geld«, sagte Mikki. »Ich habe ihn auf jeden Fall nicht gesehen. Ich hoffe nur, der erzählt nicht überall herum, was wir gemacht haben. Hast du übrigens schon gehört, dass bei uns jemand eingebrochen ist?«

»Was?«

»Das ist kein Witz.«

»Jemand ist bei euch eingebrochen?!«

»Absurd, oder?«, sagte Mikki und erzählte Benóný, dass er gestern Abend spät nach Hause gekommen sei und gesehen habe, dass jemand die Tür aufgebrochen und die Wohnung verwüstet habe, die er sich mit Tommi teilte. Ihre Sachen seien in der ganzen Wohnung verstreut gewesen, und das wenige Wertvolle, das sie besaßen, sei verschwunden, darunter auch der eben erst gestohlene Plattenspieler, den Tommi unbedingt behalten wollte.

»Hast du irgendjemandem von unserem Einbruch erzählt?«, fragte Mikki.

Benóný verneinte entschieden. Er habe kein Wort über ihren Einbruch verloren. Warum sollte er sich auch damit brüsten? Er würde das Ganze ja eigentlich am liebsten vergessen. Auch Mikki behauptete, niemandem etwas erzählt zu haben – ebenso wenig wie die Freundin, die ihnen den Tipp geben hatte.

»Wir haben dem Goldschmied davon erzählt«, sagte Benóný.

»Aber der macht so was nicht«, sagte Mikki. »Ich kenne ihn. Der bricht doch nicht bei uns ein, wo er auch so das Beste bekommt.«

Also lief es auf Tommi hinaus. Man wusste nie, was er auf seinen Zechtouren von sich gab. Sie hatten ihn seit zwei Tagen nicht mehr gesehen und keine Ahnung, wo er war.

»Wir müssen ihn finden«, sagte Mikki. »Ihm sagen, er soll den Mund halten.«

»Bist du dir denn sicher, dass dieser Einbruch etwas mit unserer Aktion neulich zu tun hat?«, fragte Benóný, während er weiterhin an Elísa dachte und an Stan und an das, was sie über ihn gesagt hatte. Benóný wusste, dass er ihn mit diesen Anschuldigungen konfrontieren musste, aber wie?

»Das könnte doch jemand gewesen sein, der denkt, dass wir jetzt im Geld schwimmen«, sagte Mikki. »Hoffentlich liege ich da falsch. Ist der Schmuck noch bei dir zu Hause? Ich treffe den Typen heute Abend.«

»Nein, nicht mehr«, sagte Benóný.

»Nicht?«, sagte Mikki. »Wo denn dann?«

Benóný zögerte.

»Wo ist der Schmuck, Benni?!«

Benóný zeigte auf das Loch in der Wand.

»Hier?«, rief Mikki und machte einen Schritt auf das Loch zu.

»Was soll denn das?«

»Alles andere bin ich losgeworden«, sagte Benóný und signalisierte Mikki, er solle leise sein. »Da wollte ich auch den Schmuck nicht mehr zu Hause haben. Das ist doch ein gutes Versteck. Darauf kommt nun wirklich keiner.«

Benóný griff in das Loch, holte den Beutel mit dem Schmuck und gab ihn Mikki, damit er sehen konnte, dass alles noch da war. Mikki sagte, er wolle den Goldschmied an der Nauthólsvík treffen. Doch dieses Mal müsse er wirklich allein hingehen, darauf hatte der Goldschmied bestanden – er käme schließlich auch allein. Es durfte sich auf keinen Fall herumsprechen, dass er mit Diebesgut handelte, er hatte Mikki die Hölle heiß gemacht, weil er Benóný zu ihrem ersten Treffen mitgebracht hatte. Jetzt würden sie die Sache zu zweit abwickeln, und das wäre dann auch das letzte Mal, dass er sich auf so etwas einließ.

»Glaubst du, dass es klappt?«, fragte Benóný.

»Ich verkaufe ihm ja nicht zum ersten Mal was«, sagte Mikki und steckte den Beutel ein. »Der ist immer so gestresst und komisch. Aber das klappt schon, verlass dich auf mich. Ich kriege das hin, keine Sorge.«

Dreiundzwanzig

Wenig später stand Mikki an der Nauthólsvík und versuchte, sich an einer verlassenen Armeebaracke vor dem Nordwind zu schützen, der über die kleine Bucht hinwegfegte. Er hielt sich so versteckt wie möglich, drückte seine Zigarette aus und spähte in die Dunkelheit. Die Baracken waren ein Überbleibsel des Zweiten Weltkrieges. Die britische Royal Air Force hatte sie auf dem Höhepunkt des Krieges errichtet. Man erzählte sich, Winston Churchill habe an einer von ihnen eine Zigarre ausgedrückt. Damals waren Hunderte solcher Baracken im Großraum Reykjavík gebaut worden. Mikki waren sie sehr vertraut, schließlich war er in einer von ihnen aufgewachsen. Viele dieser Baracken waren nach dem Krieg von armen Leuten als Wohnraum genutzt worden, darunter auch von Mikkis Mutter und seinem Stiefvater, die viele lange Winter hindurch in diesen wellblechverkleideten Pappkartons gesessen und mit ihren fünf Kindern vor Kälte gezittert hatten. So eine Baracke hielt weder Wind noch Regen ab, vom nackten Boden stieg die Kälte auf, und der Kohleofen blieb meist leer, weil der Stiefvater mit irgendwelchen Kumpels seinen Lohn versoff, wenn er denn überhaupt mal Arbeit hatte.

Mikki zündete die nächste Zigarette an und hielt Ausschau nach Autoscheinwerfern, sah jedoch nichts. Er war kurz davor, einfach wieder zu gehen. Er hatte in der Altstadt aus einem Hinterhof ein Fahrrad geklaut und war damit hergefahren. Nun lag es zu seinen Füßen im Gras, er überlegte, ob er es nachher wieder zurückbringen sollte. Ihm war kalt, er fühlte sich unwohl in diesem Niemandsland, und er bereute es, dass er keinen seiner Freunde mitgebracht hatte, Benóný oder Tommi, wo auch immer der gerade war und sich besoff.

Er trat gegen den Sattel des Fahrrades. Es schien noch fast neu zu sein. Vielleicht sollte er es doch besser verkaufen. Dann hörte er ein Auto. Er sah erneut hinter der Baracke hervor und sah ein Scheinwerferpaar, das sich langsam auf dem schmalen Schotterweg den Baracken näherte. Für einen Moment blieb das Auto ganz stehen, als wären dem Fahrer Zweifel gekommen, dann setzte das Auto sich erneut in Gang und hielt weiter auf die Baracken zu. Dort hielt es. Der Fahrer machte den Motor aus, die Scheinwerfer erloschen im selben Moment.

Mikki warf die Zigarette fort und tastete nach dem Beutel in einer seiner Innentaschen. Er hoffte, dass nun alles schnell ging. Dass der Goldschmied keine Probleme machte und ihn zu sehr runterhandeln wollte. Mikki würde sich nicht darauf einlassen. Er hatte seinen Preis genannt, und dabei wollte er bleiben.

Mikki wurde aus seinen Gedanken gerissen, als der Goldschmied um die Ecke kam. Er stand nun direkt vor Mikki. Und hatte zwei andere Männer dabei. Mikki hatte sie noch nie zuvor gesehen und nicht damit gerechnet. Einer von ihnen schien kaum merklich zu hinken. Der andere war jünger, sehr kräftig und sah Mikki an, als wollte er ihn am liebsten sofort krankenhausreif schlagen.

»Du wolltest allein kommen«, sagte Mikki und wich unwillkürlich zurück.

»Ich dachte, ich bringe ein paar Freunde mit«, sagte der Goldschmied. »Für den Fall, dass du Ärger machst.«

»Wenn hier jemand Ärger macht, dann du«, sagte Mikki.

»Jetzt beruhige dich doch erst mal.«

»Dann lass uns das hier schnell erledigen«, sagte Mikki und sah im Wechsel den Goldschmied und die beiden Männer an. »Hast du das Geld?«

»Nun ja, da gibt es noch etwas. Ich habe das Geld vergessen.«

Mikki sah ihn an, dann wieder die beiden Männer und wusste, dass er ein Problem hatte. Sie standen im Halbkreis vor ihm und drängten ihn immer weiter an die Barackenwand zurück.

»Warum stehen wir dann hier herum?«, sagte Mikki. »Fahr wieder nach Hause und hol es.«

»Erst gibst du mir bitte die Ware«, sagte der Mann und lächelte. »Du gibst sie mir und wir vergessen die ganze Sache, was hältst du davon?«

Mikki lächelte zurück.

»Hast du deswegen Dick und Doof mitgebracht?«, sagte er.

Der Goldschmied lachte.

»Ich denke, das ist die beste Lösung für uns alle«, sagte er. »Du bist da eingebrochen, oder? Ich weiß, wem dieser Schmuck gehört. Einiges davon habe ich selbst in meiner eigenen Werkstatt hergestellt. Der rechtmäßige Besitzer und ich kennen uns ganz gut. Das hier ist übrigens Luther, ein Freund von ihm, der dir gern ein paar Fragen zu dem Einbruch stellen würde. Wer dabei war, was ihr gestohlen habt, das Übliche. Wer der junge Typ ist, weiß ich nicht. Luther sagt, er ist ein bisschen verrückt. Es tut mir leid, dass das jetzt so laufen muss. Ich habe nichts gegen dich, Mikki, und ich hoffe, dass das unsere Geschäftsbeziehung nicht auf Dauer belastet. Du kannst mich weiterhin gern kontaktieren, wie immer. Ich habe mich nur verpflichtet gefühlt, meinem Bekannten von dieser Sache zu erzählen. Auch er hat ein gewisses Verständnis für das, was ihr getan habt. Diebe wird es immer geben. Er will nur seine Sachen zurück, und ich empfehle dir, dich diesen Herren gegenüber hilfsbereit zu zeigen. Mir ist jedenfalls ganz schön kalt. Ich warte im Auto, und ihr unterhaltet euch in aller Ruhe.«

Der Jüngere der beiden Männer sah Mikki noch immer hasserfüllt an. Der, der offenbar Luther hieß, grinste die ganze Zeit. Der Goldschmied streckte die Hand aus, um den Beutel mit dem Schmuck entgegenzunehmen. Mikki zögerte.

»Warum weiß niemand von diesem Einbruch?«, fragte er und ließ den Beutel nicht los. »Die tun ja so, als wäre nie etwas passiert.«

»Mein Bekannter löst solche Dinge lieber diskret«, sagte der Goldschmied. »Er mag keine Aufmerksamkeit. Er ist nicht hinter euch her und findet es unnötig, die Polizei in die Sache reinzuziehen. Er will nur zurück, was ihr gestohlen habt.«

»Das haben wir schon verkauft«, sagte Mikki. »Ist alles weg.«

»Dann sagst du diesen Herren halt, an wen. Wie gesagt, sei hilfsbereit, dann brauchst du dir keine Sorgen zu machen.«

Er streckte noch immer die Hand aus, um den Schmuck zu nehmen.

»Verdammtes Arschloch«, sagte Mikki.

»Ja, das ist leider …«

»Lügner!«

»Das hilft dir jetzt auch nichts mehr«, sagte der Mann. »Du bist schließlich selber nicht gerade ein Heiliger.«

»Aber auch nicht so ein Wichser wie du!«

Mikki hielt den Beutel mit dem Schmuck weiterhin fest umklammert. Seine Lage war hoffnungslos. Selbst wenn er sich gegen diese Typen im Kampf behaupten würde und sich aus dieser misslichen Lage befreien könnte, müsste er jederzeit damit rechnen, dass sie ihm wieder auflauerten. Also holte er den Beutel aus seiner Jacke hervor und gab ihn widerstrebend dem Mann.

»Steck sie dir sonst wohin«, zischte er.

Der Goldschmied nahm den Beutel und warf einen kurzen Blick hinein, um sicherzustellen, dass der Schmuck darin war. Dann ging er zu seinem Auto, ohne ein weiteres Wort zu verlieren.

»Er will nicht alles zurück«, sagte der Dauergrinser, den sie Luther nannten.

»Wer?«

»Der Mann, den ihr bestohlen habt. Der will nicht alles zurück. Den ganzen Kram, den ihr mitgenommen habt, könnt ihr behalten. Das will er alles gar nicht wiederhaben, aber er will sein Geld zurück. Und noch nicht mal alles. Nur die Devisen. Er ist ein fairer Mensch.«

»Die Devisen?«

»Die waren in einem Umschlag. Und den will er zurück.«

Mikki dachte nach. Sie hatten die Pfund- und Dollarnoten unter sich aufgeteilt, er hatte seinen Teil bereits ausgegeben. Und Tommi versoff gerade irgendwo sein letztes Geld. Nur Benóný hatte seinen Anteil vielleicht noch.

»Hast du bei mir eingebrochen?«, fragte Mikki. Luther nickte.

»Wegen diesem Umschlag?«

»Er muss diesen Umschlag unbedingt wiederhaben. Den Rest könnt ihr behalten. Wir fahren einfach zu dir und holen ihn, ja? Damit wäre die Sache erledigt.«

»Ich weiß nicht, ob das geht«, sagte Mikki.

»Warum nicht?«

»Da ist kein Geld mehr drin. Ich habe meinen Teil schon umgetauscht. Die anderen vielleicht auch. Das kriege ich nicht mehr zurück, das ist weg. Alles weg.«

Luther sah den jungen Mann an.

»Und der Umschlag?«, fragte er.

»Was ist mit dem?«

»Hast du den noch?«

»Wie meinst du das?«, fragte Mikki. Er wusste wirklich nicht, worauf der Mann hinauswollte. »Den haben wir weggeschmissen. Was willst du denn mit diesem verdammten Umschlag?«

Sobald Mikki den Satz beendet hatte, fiel ihm ein, dass sie noch einen anderen Umschlag gefunden hatten, in dem kein Geld, sondern Fotos gewesen waren.

»Meinst du die Pornobilder?«, platzte es aus ihm heraus.

»Hast du die?«, fragte Luther.

»Die Bilder von dem armen Mädchen? Irgend so ein ausländischer Porno. Willst du die zurück?«

»Was habt ihr damit gemacht?«

»Wir haben sie weggeschmissen«, sagte Mikki, ohne nachzudenken. »Mit dem Umschlag. Diesen perversen Kram wollte niemand haben.«

Luther sah ihn lange an. Nun grinste er nicht mehr.

Mikki versuchte, keine Miene zu verziehen, als ihm langsam klar wurde, dass diese Bilder vielleicht doch nicht aus dem Ausland stammten. Und dass sie offenbar das Wertvollste von all dem waren, was sie bei dem Arzt gestohlen hatten.

»Bist du dir sicher, dass du sie weggeschmissen hast?«, fragte Luther. Mikki sah, dass er plötzlich ein Messer in der Hand hatte.

»Das war doch Müll«, sagte Mikki. »Wieso hätte ich die behalten sollen? Und was soll das mit dem Messer?«

Luther schwieg.

»Muss das wirklich sein?«, sagte Mikki und zeigte auf das Messer. Luthers Blick ruhte noch immer auf ihm, er sagte kein Wort, hielt das Messer mit der Klinge nach unten. Der andere Mann verfolgte ihren Wortwechsel mit einem dümmlichen Gesichtsausdruck – auch sein Blick ruhte auf Mikki, während er sehnsüchtig darauf wartete, ihn angreifen zu dürfen.

»Ich glaube, du lügst«, sagte Luther.

»Und mir ist scheißegal, was du glaubst«, sagte Mikki. Die erhobene Faust bemerkte er erst, als es bereits zu spät war.

Vierundzwanzig

Konráð saß allein bei sich zu Hause im Stadtteil Árbær. Er hatte die Sachen aus dem Nachlass seines Vaters auf den Boden geworfen, einiges an Wein getrunken und es irgendwie geschafft, ein weiteres Brandloch in den Teppich zu brennen, während er überlegte, wann eigentlich alles dermaßen aus dem Ruder gelaufen war. Er dachte an seinen Vater. An Svanhildur. Leó. Erna. Seine alten Freunde bei der Polizei, zu denen er den Kontakt verloren hatte. Er dachte an die lange Zeit, in der er Erna betrogen hatte. Und zur Krönung des Ganzen war es ihm jetzt auch noch gelungen, Húgó gegen sich aufzubringen. All das schwirrte in seinem Kopf herum, bis dort nichts mehr war außer einem nebulösen Durcheinander von Schuldgefühlen, Wut und Reue. Er versuchte die Gedanken zu verdrängen, doch stattdessen kamen immer mehr aufwühlende Erinnerungen hinzu. An Rikki. An Lúkas auf dem Felsvorsprung am Ufer der tosenden Ölfusá. An das letzte Mal, als er seine Mutter Sigurlaug gesehen hatte, an die Fragen, die er ihr nie gestellt hatte.

Er konnte noch heute die Stimme seiner Schwester Beta hören, wie sie ihm am Telefon gesagt hatte, dass ihre Mutter im Landspítal im Sterben lag. Es war ein harter Winter gewesen. Sie hatte vor ihrem Haus in Ost-Island Schnee geschaufelt und plötzlich einen stechenden Schmerz in der Brust verspürt. Kurz darauf hatte sie einen Herzinfarkt gehabt und war zusammengebrochen. Eine Passantin hatte es gesehen und einen Rettungswagen gerufen. Sie wurde ins Krankenhaus von Egilsstaðir gebracht und dort in ein künstliches Koma versetzt. Bald darauf verlegte man sie nach Reykjavík, um sie dort zu operieren, auch wenn niemand wusste, ob sie den Eingriff überstehen würde. Ob sie allein schon den Transport überleben würde.

Als Konráð sie nach der Operation im Krankenhaus besuchte, war ihr Zustand bereits sehr schlecht. Sie lag allein in einem Zimmer, schlief und hatte einen sonderbar friedlichen Gesichtsausdruck. Sie hatte einmal gesagt, wie sehr sie es bereute, ihn nicht mitgenommen zu haben, als sie mit Beta bei Seppi ausgezogen war. Seppi hatte es kategorisch abgelehnt, dass sie beide Kinder mitnahm, und Sigurlaug wollte vor allem Beta außer Gefahr bringen. Später hatte sie versucht, auch Konráð zu sich zu nehmen, fuhr immer wieder nach Reykjavík und redete mit Seppi – doch Konráðs Vater gab seinen Sohn nicht frei. Wahrscheinlich wollte er sich auf diese Weise an ihr rächen. Es dauerte viele Jahre, bis sie überhaupt mit Konráð über diese Zeit sprechen konnte. Da sagte sie, dass Seppi offenbar Spaß daran hatte, sie leiden zu sehen.

Konráð setzte sich zu ihr, hielt ihre Hand und spürte, wie sich in dem Krankenzimmer eine große Stille ausbreitete. Draußen fiel Schnee, schon den ganzen Tag, man kam selbst in der Stadt kaum noch voran. Irgendwann bewegte seine Mutter sich etwas, und als sie sah, wer zu Besuch gekommen war, hellte ihre Miene sich auf.

»Na, mein Lieber? Wie geht es dir?«, fragte sie – wie immer, wenn sie sich trafen. Das war mehr als eine inhaltsleere Grußformel. Sie wollte wirklich immer wissen, ob es ihm gut ging. Ob sie etwas für ihn tun konnte.

»Mir geht es gut«, sagte Konráð aufmunternd.

»Und Húgó?«

»Dem erst recht. Erna lässt dich grüßen. Sie kommt gleich auch noch und sieht nach dir.«

»Ich mache euch viel zu viele Umstände.«

»Das macht doch nichts. Kam das völlig ohne Vorwarnung? Oder ging es dir schon länger nicht gut?«

»Ich war in letzter Zeit immer so müde«, sagte sie. »Die ganze Zeit müde. Besonders nach dem Tod von Raggi.«

Raggi war ihr zweiter Mann. Sie hatte ihn kennengelernt, nachdem sie nach Ost-Island gezogen war, um dort ein neues Leben zu beginnen. Konráð kannte ihn kaum, wusste aber, dass Raggi ein guter Mann war und seinen Anteil daran hatte, dass seine Mutter sich nach der langen Zeit mit dem gewalttätigen Seppi einigermaßen erholen konnte. Er war im Jahr zuvor gestorben.

»Du solltest auf jeden Fall nicht mehr Schnee schaufeln«, sagte Konráð. »Das muss jetzt jemand anders machen.«

Dann lächelte er. Seine Mutter war eine echte Kämpfernatur und ließ sich durch nichts entmutigen. Sie hatte ihm einmal gesagt, wie sehr sie es freute, dass er zur Polizei gegangen war und Kriminalbeamter geworden war. Sie wusste, wie pflichtbewusst er war, und schärfte ihm ein, alle Menschen, die ihm im Laufe seiner Arbeit begegnen würden, mit demselben Respekt zu behandeln, so grundverschieden sie auch sein mochten. Alle konnten auf die schiefe Bahn geraten. Das sagte sie, die mit einem Mann wie Seppi zusammengelebt hatte! Ihr sei lange Zeit nicht klar gewesen, wie schlimm er wirklich war. So hatte sie das immer entschuldigt. Dass sie erst allmählich erahnt hatte, wozu er fähig war, nachdem Konráð auf der Welt war und Beta bereits unterwegs.

»Ich hätte so gern mehr Erinnerungen an unsere gemeinsame Zeit«, flüsterte Sigurlaug, als könnte sie seine Gedanken lesen.

Konráð wusste nicht, was er sagen sollte.

»Ich wünschte, es wäre anders gekommen«, fuhr sie fort.

»Du hast getan, was du konntest«, sagte Konráð.

»Kannst du mir verzeihen?«

»Es gibt nichts zu verzeihen«, sagte Konráð. »Ich habe gut verstanden, dass du gehen musstest.«

Ihr fielen die Augen zu. Er wollte sie nicht belasten.

»Behandele deine Erna gut«, flüsterte seine Mutter noch.

»Ich gebe mein Bestes.«

»Das weiß ich, mein Lieber. Du gibst dein Bestes. Du hast immer versucht, dein Bestes zu geben.«

Dann öffnete sie noch einmal die Augen und sah ihren Sohn an. Sie hatte noch etwas auf dem Herzen, das merkte er sofort. Sie wollte noch etwas sagen, doch dann zögerte sie.

»Was ist?«, fragte er.

»Sind die Ermittlungen zum Tod deines Vaters endgültig eingestellt?«, fragte sie.

»Es hat sich zumindest seit Jahren nichts mehr getan«, sagte Konráð etwas verwundert. Seine Mutter hatte noch nie von sich aus den Mord an Seppi angesprochen. Und immer, wenn er es versucht hatte, wechselte sie sofort das Thema. Sie sprach ungern darüber. Selbst Beta, die ihr von allen Menschen am nächsten stand, hatte kaum mehr aus ihr herausbekommen, als dass es bei einem Mann wie Seppi ja früher oder später so kommen musste.

»Misch dich da bloß nicht ein«, sagte sie.

»Das habe ich auch nicht vor.«

»Gut«, sagte seine Mutter. »Am besten, du denkst gar nicht mehr an ihn. Er war ein furchtbarer Mensch, er soll dein Leben nicht noch mehr vergiften. Bitte, tu mir den Gefallen.«

»Okay«, sagte Konráð.

»Ich hätte so gern mehr Erinnerungen an unsere gemeinsame Zeit«, wiederholte sie und hielt seine Hand noch fester. »Ich denke so oft daran, wie das war, als wir noch in Reykjavík zusammengewohnt haben. Ich habe dir vorgelesen, bis du eingeschlafen bist. Du hast mir Gute-Nacht-Küsse gegeben. Du warst so ein liebes Kind.«

»Mach dir nicht so viele Gedanken«, sagte Konráð. »Du musst jetzt erst mal gesund werden, dann können wir noch ganz viel reden.«

»Und das müssen wir auch«, sagte seine Mutter. »Wir müssen über alles reden, was passiert ist, das müssen wir irgendwie hinbekommen. Wir haben das nie getan, und ich bereue das wirklich. Dass ich nie richtig mit dir darüber geredet habe.«

»Das kann ich verstehen«, sagte Konráð.

»Wir müssen reden«, flüsterte sie vollkommen erschöpft und sah aus dem Fenster. »Der Schnee. Wie schön«, sagte sie noch leise, dann war sie eingeschlafen.

Viele Jahre zuvor hatte seine Mutter sich einmal Sorgen gemacht, die Polizei könnte Konráð ins Zentrum ihrer Ermittlungen stellen. Hoffentlich wollen die das jetzt nicht dir anhängen, hatte sie gesagt, als sie sich einige Tage nach dem Mord am Busbahnhof voneinander verabschiedeten und sie zurück nach Ost-Island fuhr, nachdem sie stundenlang verhört worden war. Sie hatte noch einmal wissen wollen, ob er an dem Abend der Tat auch wirklich bei seinen Freunden gewesen war, als traute sie seinen Worten nicht. Konráð gab dieselbe Antwort wie zuvor. Später musste er darüber nachdenken, ob sie ihn das immer wieder fragte, weil sie von sich selbst ablenken wollte. Er wusste nicht, woher dieser Gedanke kam, und verscheuchte ihn schnell. Konráð gab eigentlich nicht viel auf solche Grübeleien, und doch wurde er den Gedanken nie richtig los. Zurück blieb eine stille Übereinkunft zwischen seiner Mutter und ihm: Sie fragte ihn nie nach Details über den fraglichen Abend. Und Konráð fragte nie, ob sie wirklich den ganzen Abend bei ihrer Schwester gewesen war.

Beta löste ihn im Krankenhaus ab. Konráð war gerade wieder zu Hause durch die Tür getreten, da klingelte das Telefon und sie sagt ihm, dass ihre Mutter gestorben sei. Das Herz habe versagt, alle Wiederbelebungsversuche seien erfolglos gewesen. Er nahm die Nachricht mit Fassung auf. Später am Abend kam Beta zu Erna und ihm, sie saßen bis tief in die Nacht hinein zusammen, erinnerten sich an früher und versuchten, sich dabei nicht von Gedanken an Seppi stören zu lassen. Beta erzählte viel von der Zeit nach ihrem Umzug nach Ost-Island, Konráð freute sich zu hören, wie gut es ihnen gelungen war, sich dort ein neues Leben aufzubauen. Schließlich räumte Beta zögerlich ein, dass die Gedanken an Konráð ihrer Mutter zu Lebzeiten immer den größten Kummer bereitet hatten. Sie hatte die Verbindung zu ihm verloren und bereute das sehr. Und als er erwachsen war, dachte sie, er hätte kein Interesse mehr an ihr. Das hatte Beta ihrem Bruder aber nie erzählen dürfen.

Zehn Tage später traf Konráð bei der Beerdigung die Schwester seiner Mutter. Beim anschließenden Kaffeetrinken hielt sie sich abseits und rauchte, wie immer, ihre Camel. Ihr Gesicht war faltig und grau geworden, sie war so abgemagert, dass sie fast aussah, als würde sie an Magersucht leiden. Er ging zu ihr, und sie umarmte ihn, wie sie es in der Kirche bereits getan hatte, und fragte erneut, wie es ihm gehe. Er sagte, er könne nicht klagen, und sie erzählte ihm, wie glücklich ihre Schwester darüber gewesen sei, wie sein Leben verlaufen ist und dass er es bis zur Kriminalpolizei geschafft habe.

Er lächelte. Sie sprachen über die Beerdigung und den Gesang des kleinen Kirchenchors, wie schön das alles gewesen sei, wie gut der Pastor gesprochen habe, obwohl er die Verstorbene gar nicht gekannt hatte.

»Beta hat ihm ein bisschen was erzählt«, sagte Konráð zu seiner Tante, die Addý genannt wurde. Sie zündete sich eine weitere Camel an. Da niemand in ihrer Nähe war, lenkte er das Gespräch behutsam erst auf seinen Vater und den damaligen Abend. Und dann auf seine Mutter.

»Sie hat ja immer bei euch gewohnt, wenn sie in die Stadt gekommen ist«, sagte er beiläufig, als wüsste er nicht, was er sonst sagen sollte. Er stand Addý und ihrer Familie nicht besonders nah, dafür hatte sein Vater gesorgt.

»Ja«, sagte Addý. Ihre Stimme war vom vielen Rauchen rau geworden.

»Und an dem Abend auch.«

»Ja«, sagte Addý. »Natürlich … natürlich war sie bei uns.«

»Den ganzen Abend?«

Addý zog an ihrer Camel und sah ihn an, als könnte sie nicht mehr gut hören.

»Ist das eine Frage?«, sagte sie.

»Weißt du noch, wie ihr davon erfahren habt? Wie euch zumute war?«

»Und das fragst du jetzt?«, sagte Addý. »Findest du wirklich, das ist der richtige Moment dafür, mein lieber Junge? Ich sage das nicht gern, aber dein Vater war ein Kotzbrocken. Ein richtiger Kotzbrocken.«

»Ich meine ja nur ... ich denke manchmal an das, was damals passiert ist.«

»Da standen plötzlich zwei Polizisten bei uns vor der Tür. Ich glaube, du hast denen damals gesagt, dass Sigurlaug bei uns übernachtet. Das war natürlich ein ganz schöner Schock.«

»Natürlich.«

»Warum willst du unbedingt jetzt darüber sprechen?«, fragte Addý. »Das ist doch alles längst vorbei.«

»Natürlich.«

»Ich hätte alles für sie getan.«

»Ja, natürlich.«

Konráð zögerte einen Moment, dann sprach er weiter.

»Alles für sie getan? Das verstehe ich nicht ...«

»Das musst du auch nicht«, sagte Addý. »Wenn du nur verstehst, dass deine Mama ein Engel war. Ein unschuldiger Engel. Bei allem, was sie erleiden musste, hat sie nie auch nur einer Fliege etwas zuleide getan.«

Sie drückte ihre Camel aus und schwieg. Über den Abend, an dem Seppi ermordet worden war, verlor sie nie wieder ein Wort.

Konráð besah sich das neueste Brandloch in seinem Teppich und dachte an seine Mutter und den Grund dafür, dass er sich während seiner aktiven Zeit bei der Kriminalpolizei nie mit dem Fall beschäftigt hatte. Er rief Húgó an, doch der ging nicht ran. Er hätte auch gern Svanhildur angerufen, entschied sich aber letztendlich dagegen und schleppte sich schließlich ins Bett, wo ihm eine lange schlaflose Nacht bevorstand.

Fünfundzwanzig

Der Steuerberater erinnerte sich an ihn. Konráð sah es ihm an, als er von seinem Computerbildschirm aufblickte. Nach einem kurzen Moment der Verwunderung verfinsterte sich seine Miene, und er blickte Konráð verärgert an. Er hatte noch immer dasselbe breite Gesicht, dieselben wulstigen Lippen.

Konráð hatte ihn bereits einmal belästigt. Er war mit Eygló zu ihm gekommen, um etwas über die betrügerischen Aktionen ihrer Väter zu erfahren. Die Tante des Steuerberaters war eines ihrer Opfer gewesen. Konráð und Eygló waren ihm bei ihrem Besuch ziemlich auf die Nerven gegangen. Er hatte nicht die geringste Lust gehabt, ihnen zu erzählen, wie Seppi und Engilbert seiner Tante die Ersparnisse abgeknöpft hatten. Die Tante des Steuerberaters hatte sowohl ihren Sohn als auch ihren Ehemann verloren. Seppi hatte einiges über die beiden Verstorbenen in Erfahrung gebracht und mit billigen Tricks dafür gesorgt, dass ihr trauerndes Opfer schließlich jedes Wort glaubte, das Engilbert in seinen vorgetäuschten spiritistischen Sitzungen von sich gab.

Der Name der Tante war Stella. Ihre Vertrauensseligkeit brachte Seppi dazu, besonders gemein und rücksichtslos vorzugehen – bei Menschen, die ihm als leichte Beute erschienen, richtete er den größten Schaden an. Für

Stella und ihre Familie war das eine derart peinliche Angelegenheit, dass sie nie die Polizei eingeschaltet hatten: ihre Naivität, Séancen und Gespräche mit dem Jenseits. Nicht einmal in der Familie wurde offen darüber gesprochen – man tat so, als wäre es nie passiert.

Der Steuerberater war der Sohn von Haukur, der damals erfolglos versucht hatte, Stellas Geld von Seppi zurückzubekommen. Dementsprechend wenig freute es den Mann, dass Konráð erneut in seinem Büro auftauchte, und er gab sich auch keine Mühe, sein Missfallen zu verbergen.

»Was willst du hier?«, fragte er schroff. »Ich habe zu tun. Ich kann jetzt nicht mit dir reden.«

»Nur eine kurze Frage zu deinem Vater, dann bin ich auch schon wieder weg«, sagte Konráð.

»Eine kurze …«

»Hatte er Kontakt zu den Freimaurern?«

»Was …?«

»War er Freimaurer?«

»Freimaurer? Was soll der Quatsch?«, sagte der Steuerberater. »Das geht dich überhaupt nichts an. Ich bin dir keine Antwort schuldig. Und jetzt lass mich in Ruhe. Gleich kommt ein Mandant von mir.«

»Es würde mir wirklich sehr helfen, wenn ich das wüsste«, sagte Konráð. »Sein Freund Henning hat zumindest nicht bestritten, dass er um 1960 in der Loge war. Könnte das vielleicht passen?«

Der Steuerberater hatte sich erhoben und wollte Konráð die Tür weisen. Er betrieb sein Büro allein und hatte offenbar viel zu tun. Mehrere Computerbildschirme warfen ihren Lichtschein auf seinen Schreibtisch. Akten und Papiere stapelten sich überall, in der Luft hing auch dieses Mal ein leichter Schweißgeruch, den sein billiges Aftershave nicht verbergen konnte.

Der Mann antwortete nicht mehr. Er baute sich direkt vor Konráð auf und wartete darauf, dass er ging. Doch Konráð gab nicht nach und versuchte es noch einmal anders.

»Ich störe dich wirklich ungern«, sagte er, »und unsere Väter waren nun einmal keine Freunde. Aber nach allem, was ich weiß, sind sie sich aufgrund der Sache mit Stella zumindest zweimal begegnet. Und kurze Zeit später wird mein Vater ermordet. Ich denke natürlich nicht, dass dein Vater etwas damit zu tun hat, aber er hat vielleicht mehr über meinen Vater gewusst als bisher angenommen. Zum Beispiel, dass mein Vater damit gerechnet hat, von irgendwoher Geld zu bekommen. Dass er jemanden erpresst hatte, gegen irgendjemanden etwas in der Hand gehabt hat. Und mit dessen Geld wollte er zurückzahlen, was er Stella abgenommen hat. Kannst du damit irgendwas anfangen?«

Der Steuerberater sah Konráð ebenso abweisend an wie zuvor.

»Das war vielleicht ein Arzt«, sagte Konráð. »Dieser Mann, den mein Vater erpresst hat. Das zumindest dachte dein Vater, nachdem er mit meinem Vater gesprochen hatte. Laut Henning.«

»Davon weiß ich nichts«, sagte der Steuerberater nun. »Ich weiß wirklich nicht, wovon du sprichst. Und jetzt geh bitte. Oder muss ich die Polizei rufen?«

»Das ist dir unangenehm, ich weiß. Haukur wollte ja auch nie darüber reden«, sagte Konráð. »Das hast du mir ja selbst gesagt. Auf der anderen Seite … hat er ja angeblich geäußert, dass er meinen Vater am liebsten abstechen wollte wie einen tollwütigen Hund. Das kann ich natürlich nicht einfach ignorieren.«

»Hat Henning dir das gesagt?«, fragte der Steuerberater.

»Mit dem habe ich gesprochen. Ja. Aber auch mit anderen.«

»Hat Henning dir auch erzählt, dass er selbst bei den Freimaurern war?«

»Das war er nicht«, antwortete Konráð. »Ich habe ihn gefragt.«

»Na, dann …«, sagte der Steuerberater höhnisch. »Dann muss das ja stimmen. Wenn er das so sagt.«

»War er in der Loge?«

»Sie sind zusammen der Loge beigetreten. Mein Vater und er. Ich weiß auch nicht, warum er dir da nicht die Wahrheit sagt. Ich würde nur an deiner Stelle nicht so viel auf das geben, was er sagt. Die Freundschaft zwischen meinem Vater und Henning war … sehr wechselhaft. Und das auch schon vor dem Unfall.«

»Was für ein Unfall?«

»Ich weiß davon auch nur aus Erzählungen, Henning hat meinem Vater die Schuld daran gegeben. Irgendetwas mit einer schweren Verbrennung.«

Sie hörten Schritte auf dem Flur. Wenig später erschien ein Mann in der Tür zum Büro. Offenbar kannte er sich hier aus.

»Bitte sehr«, rief der Steuerberater ihm zu. »Komm rein.«

»Störe ich?«, fragte der Mann und fügte mit einem Blick auf seine Armbanduhr hinzu: »Du meintest, ich soll um zwei kommen.«

»Nein, nein«, sagte der Steuerberater und warf Konráð einen letzten finsteren Blick zu. »Wir sind hier fertig.«

Plötzlich hatte sie das Gefühl, als würde sie ersticken. Sie bekam kaum noch Luft, riss den Mund auf, um überhaupt noch etwas Sauerstoff einsaugen zu können, was nur dazu führte, dass ihre Luftnot noch größer wurde, immer größer, dann wurde ihr schwarz vor Augen. Sie krallte erst die Finger in ihr Bettlaken, dann riss sie die Hände hoch, als wollte sie irgendetwas packen, sich an irgendetwas festhalten, doch da war nichts als Luft. Sie wollte den Kopf heben. Wollte schreien. Wollte Luft, um jeden Preis, um alles in der Welt, doch es gelang ihr nicht. Sie schlug wild um sich, aber auch das machte ihre Luftnot nur noch schlimmer, je mehr sie kämpfte, desto schlimmer wurde das Gefühl, zu ersticken. Ein schweres Gewicht schien auf ihren Atemwegen zu lasten, sie konnte nicht einmal den Kopf bewegen, und als sie schließlich um Hilfe schreien wollte, brachte sie keinen Laut hervor.

Sie spürte, wie das Leben aus ihr wich …

Da sprang sie aus dem Bett und sog mit weit aufgerissenen Augen Luft ein, als könnte sie davon nicht genug bekommen. Sie war schweißgebadet. Füllte die Lungen Zug um Zug mit Sauerstoff, bis sie sich schließlich beruhigte und ihr Atem sich langsam normalisierte.

Dann legte Eygló sich wieder hin und schlief tief und fest bis zum nächsten Morgen.

Sechsundzwanzig

Es dämmerte bereits, als Benóný leise die Treppe hinaufstieg und Elísa allein in der Küche sitzen sah. Im Radio spielte die Musik des Nachmittagsprogramms. Als sie ihn bemerkte, sah sie auf, versuchte zu lächeln und fragte, ob er für heute fertig sei. Es war, als hätte sie sämtliche Lebensenergie verloren. Sie hatten am Vormittag noch einmal miteinander gesprochen, da hatte sie ihn gebeten, sich gegenüber Stan nichts anmerken zu lassen, solange sie noch nicht wusste, was sie unternehmen würde.

Benóný spürte die große Angst, die Elísa vor ihrem Mann empfand. Stan hatte ihr Stück für Stück das Selbstvertrauen und die Willenskraft genommen. Und er spürte, wie sehr Elísa darauf bedacht war, dass man nicht über sie redete. Es sollte sich auf keinen Fall herumsprechen, dass in ihrer Familie nicht alles zum Besten stand. Als würde sie denken, sie hätte ebenso versagt wie ihr Mann. Benóný konnte diesen Gedankengang nur schwer nachvollziehen. Damals, als sie mit einem Soldaten von der amerikanischen Militärbasis zusammengezogen war, hatte sie doch auch keine Angst vor Gerede gehabt. Oder sie hatte diese Angst damals unter großem Kraftaufwand verdrängen können, was ihr jetzt nicht mehr gelang und sie umso mehr verunsicherte. Doch eines verstand er überhaupt nicht: Dass sie sich selbst dafür verantwortlich machte, was Stan ihr antat.

Egal, was er sagte, egal, was er vorschlug, um ihr zu helfen – sie hatte vor allem Angst. Als er nur kurz erwähnte, sie könnte zur Polizei gehen, er würde sie sogar begleiten, brach sie sofort wieder in Tränen aus und sagte, über diese Probleme könne sie mit der Polizei nicht reden. Sie könne überhaupt nicht mit irgendjemandem reden. Wie sollte sie denn auch einem fremden Menschen erklären, dass sie mit einem Messer in der Hand vor ihrem schlafenden Ehemann gestanden hatte, um ihn zu erstechen? Wie redete man über so etwas? Sie hatte ja versucht, dem Pastor zu erzählen, was vor sich ging. Mit den bekannten Folgen. Und als Benóný sagte, sie könne auch sofort ausziehen und sein Zimmer haben, fand sie das vollkommen abwegig.

»Danke fürs Zuhören«, sagte sie, als Benóný nun zu ihr in die Küche kam und fragte, ob er noch etwas für sie tun könne. Ob er bleiben solle, bis Stan nach Hause kam.

Sie schüttelte den Kopf.

»Ich rede mit ihm. Vielleicht kann ich ihm ja klarmachen, dass es so nicht weitergeht«, sagte sie. »Das muss er doch einsehen. Er muss doch verstehen, dass wir uns scheiden lassen müssen und jeder sein eigenes Leben lebt. Ihm muss doch klar sein, dass unsere Ehe am Ende ist.«

»Komm lieber mit mir«, sagte Benóný. »Ich rede mit ihm und sage, dass es vorbei ist.«

»Nein, ich … ich hätte dich da nicht reinziehen dürfen. Ich will nicht, dass ihr meinetwegen Streit habt. Das will ich am allerwenigsten.«

»Das ist nun wirklich das kleinste Problem«, sagte Benóný und wollte darauf bestehen, da sagte sie:

»Nein. Ich rede mit ihm. Das letzte Mal hat er mir ganz

gut zugehört. Ich glaube, er will letztendlich auch eine Lösung finden. Er muss doch sehen, dass das am besten für alle ist. Lass es mich ein letztes Mal versuchen, dann sehen wir weiter.«

Sie wiederholte das noch mehrere Male. Benóný versuchte immer wieder, sie von ihrem Plan abzubringen, doch letztendlich musste er unverrichteter Dinge gehen. Zum Abschied sagte er ihr, sie könne sich jederzeit bei ihm melden. Er packte in der Waschküche seine Sachen zusammen. Dann jedoch ging er nicht, wie sonst, nach Hause. Stattdessen wartete er draußen darauf, dass Stan nach Hause kam.

Bald war es komplett dunkel. Benóný hielt sich an der Seite des Hauses versteckt, bis er hörte, wie ein Auto die Straße entlangkam und vor dem Haus hielt. Dann trat er hervor.

»Du bist noch hier?«, sagte Stan, als Benóný aus dem Vorgarten auf die Straße trat. »Sag mal, nimmst du dir mein Auto, ohne mich zu fragen?«, fragte er sofort, während er die Tür des Wagens abschloss.

»Nein«, antwortete Benóný. »Wie kommst du denn darauf?«

»Nur so eine Idee. Der Tank war neulich so schnell leer. Und Elísa kann es nicht gewesen sein. Sie kann nicht Auto fahren.«

»Vielleicht sollte sie einen Führerschein machen.«

Stan schnaubte nur.

»Das gehört sich nicht für sie.«

»Warum nicht?«, sagte Benóný. »Warum sollte sie nicht ebenso fahren dürfen wie du?«.

Die Wut in Benónýs Stimme blieb dem Freund nicht verborgen.

»Alles okay, Ben?«, fragte er. »Hast du ein Problem?«

»Alles bestens. Ich habe nicht das geringste Problem.«

»Ach ja? Das klingt aber gar nicht so.«

»Ist denn bei dir alles okay?«, fragte Benóný zurück. »Oder hast du ein Problem?«

»Was ... was ist denn ...?«

»Elísa hat mir gesagt, wie du sie behandelst«, sagte Benóný. »Sie sitzt weinend in der Küche und traut sich kaum zu atmen, solche Angst hat sie vor dir. Ist das etwa kein Problem?«

»Was ...?«

»Findest du das etwa okay?!«

»Hey, wir sind doch Freunde ...«

»Und deine Tochter!«, zischte Benóný. Er achtete darauf, dass ihn auf der Straße niemand hörte. »Deine eigene Tochter! Findest du das etwa auch okay?«

Sein Freund starrte ihn an.

»Was ist los mit dir? Was hat die Alte dir eigentlich erzählt? Das ist doch erstunken und erlogen.«

»Sie hat mir gesagt, wie du wirklich bist. Und wie du sie behandelst.«

»Wie ich bin? Bist du verrückt geworden? Es geht dich einen Scheißdreck an, wie ich bin!«

»Du darfst sie nicht so behandeln. Und deine Tochter auch nicht!«

»Jetzt mach aber mal einen Punkt! Du solltest ...«

»Du lässt Elísa in Ruhe«, sagte Benóný und packte ihn am Arm. »Wenn ihr irgendwas passiert, gehe ich zur Polizei und zeige dich an.«

Stan riss sich los und starrte Benóný an.

»Man könnte ja fast denken ... Läuft da was zwischen dir und meiner Frau?«, fragte er.

Die Frage brachte Benóný aus dem Konzept.

»Spielst du dich hier deswegen so auf?«, fragte Stan drohend. »Glaubst du deswegen all die Lügen, die sie dir auftischt?! Hast du was mit ihr? Du bist ja die ganze Zeit allein mit ihr. In meinem Haus!«

»Wenn du sie nicht in Ruhe lässt … Elísa und die Kleine … dann werde ich das erfahren und …«

»Jetzt lässt du erst mal meine Frau in Ruhe und verschwindest von hier«, zischte Stan. »Ich will dich hier nie wieder sehen. Du hast hier nichts mehr zu suchen. Hau ab! Hau ab und lass dich nie wieder hier blicken! Hast du das verstanden?! Wenn ich dich noch einmal hier sehe, dann …«

»Ich behalte dich im Auge«, sagte Benóný. »Fass sie nicht an!«

»Schluss jetzt! Du sagst mir nicht, was ich tun und lassen soll. Glaub einfach nicht alles, was man dir sagt. Die lügt dich doch an.«

Sie starrten einander noch einen Moment lang in die Augen, dann schubste Stanley Benóný voller Verachtung zurück, stieg die Treppenstufen zur Tür hinauf und verschwand im Haus. Benóný blieb draußen stehen und wusste nicht, was er tun sollte. Er lauschte, doch aus dem Haus drang nicht das leiseste Geräusch. Er wünschte sich sehnlichst, dass seine Worte so viel Eindruck auf Stan gemacht hatten, dass er Elísa in Ruhe ließ. Was in ihren vier Wänden vorging, war jetzt kein Geheimnis mehr – hoffentlich hielt Stan sich nun so lange zurück, bis Elísa ihren Plan in die Tat umsetzen konnte. Bis sie ihn so weit zur Vernunft bringen konnte, dass er einer Scheidung zustimmte.

Siebenundzwanzig

Als Mikki endlich wieder aufstehen konnte, waren die Männer, die ihn angegriffen hatten, längst verschwunden. Zwei ihrer härtesten Schläge hatten ihn am Kopf getroffen. Der Schmerz war kaum auszuhalten. Sie hatten ihm in den Rücken getreten – und in den Bauch. Bevor er zu Boden ging, hatte er sich noch einigermaßen verteidigen können. Er hatte Luther einen Kinnhaken verpasst und auch den anderen Mann im Gesicht erwischt, sodass ihm Blut aus der Nase spritzte – doch das hatte ihn nur noch rasender gemacht. Wahrscheinlich hätte er Mikki da hinter der Baracke umgebracht, wenn Luther nicht eingeschritten wäre und ihn weggezogen hätte. Mikki hörte, wie sie erst laut miteinander stritten, dann stieß Luther den anderen Mann von sich und ging neben Mikki in die Hocke.

»Wir sehen uns bald wieder«, sagte er und blickte dabei in Mikkis blutiges Gesicht. »Wir wollen diesen Umschlag. Spricht mit deinen Freunden. Finde ihn. Das könnte sich sogar lohnen für dich. Wir geben dir Geld dafür, wenn du das schnell und ohne Probleme erledigst. Verstehst du, was ich sage?«

»Halt die Schnauze …«, stöhnte Mikki.

»Wir meinen es ernst, du Idiot! Wir wollen diese Bilder. Und je schneller wir sie bekommen, umso besser ist das für alle. Hast du verstanden?!«

Luther erhob sich, sah sich um und entdeckte das gestohlene Fahrrad im Gras. Er hob es hoch in die Luft und ließ es auf Mikki fallen, der vor Schmerzen aufschrie, als es auf ihm landete. Der andere Mann stand abseits und sah zu. Er lachte, als er Mikkis Schmerzensschrei hörte, und äffte ihn nach, da ging Luther zu ihm hin, schubste ihn erneut, und im nächsten Moment waren beide verschwunden.

Mikki wusste nicht, wie viel Zeit verging, bis er endlich wieder auf den Beinen stand. Sie hatten ihn übel zugerichtet. Alles tat weh. Er stützte sich an der Barackenwand ab, fischte mühevoll eine Zigarette aus seiner Packung, zündete sie an und stieß den Rauch aus. Er spürte einen brennenden Schmerz auf den Lippen. Eines seiner Augen war so geschwollen, dass er damit kaum noch etwas sah. Die Nase war blutig, am Ohr hatte er eine Platzwunde. So stand er eine Weile dort. Er war noch immer zu benommen, um zu entscheiden, was er tun sollte. Soweit er es sagen konnte, waren die Knochen heil geblieben. Arme und Beine konnte er ganz normal bewegen – es tat nur unglaublich weh. Und obwohl auch seine Wunden unglaublich schmerzten, ahnte er schon jetzt, dass sie nicht besonders tief waren.

Er rauchte eine zweite Zigarette, dann bückte er sich, um das Fahrrad aufzuheben. Es schien nicht beschädigt zu sein. Unter großen Mühen setzte er sich auf den Sattel und rollte die ersten Meter in Richtung des Schotterweges, dann fand er sein Gleichgewicht und fuhr sehr langsam in Richtung der Reykjavíker Innenstadt.

Zum Arzt zu gehen kam nicht in Frage. Mikki versorgte die Wunden selbst, nachdem er es endlich nach Hause geschafft hatte, reinigte sie und verband sie, wo es nötig war. Dann legte er sich vorsichtig ins Bett. Tommi war nirgendwo zu sehen, genau wie am Tag zuvor. Mikki fragte sich langsam, was der Kerl eigentlich die ganze Zeit tat. Der Angriff hinter der Baracke war ungewöhnlich brutal gewesen. Er hatte keinen der beiden Männer gekannt, nicht einmal vom Sehen. Sie verkehrten ganz offenbar nicht mit den stadtbekannten Kleinkriminellen, von denen Mikki die meisten kannte.

Dann dachte er an die Bilder, die er Seppi einfach so dazugegeben hatte, weil er sie für wertlos hielt. Sie waren im Besitz des Arztes gewesen, bei dem sie eingebrochen waren – jetzt wollte er sie zurück und ging dafür überraschend weit. Mikki hatte sich die Schwarz-Weiß-Fotos nur flüchtig angesehen. Ihn und seine Komplizen hatten diese Bilder einfach nur angeekelt. Sie waren scheinbar in einer Arztpraxis aufgenommen, zeigten aber alles andere als eine normale Untersuchung. Das Mädchen war vielleicht zwölf Jahre alt. Auf einem Bild war unscharf das halbe Gesicht eines Mannes zu erkennen, und auf einem anderen sah man, dass er nackt war. Wieder auf einem anderen lag das Mädchen nackt vor ihm auf einer Untersuchungsliege. Andere Personen waren nicht zu sehen. Mikki nahm an, der Mann hatte die Bilder selber gemacht. Die Qualität war recht gut und die Perspektive so, dass er ohne Probleme selbst die Kamera halten konnte, während er sich an ihr verging.

»Verdammtes Schwein«, sagte Mikki leise zu sich selbst und spürte sofort wieder, wie ihm das Gesicht schmerzte. »Verdammtes, dreckiges Schwein.«

Am nächsten Tag hatte Mikki sich so weit erholt, dass er sich vor die Tür traute und zu Seppi ging. Seppi war nicht zu Hause, Mikki wartete im Schutz einer Hauswand auf ihn und rauchte einige Zigaretten, da sah er Jósep die Straße herunterkommen. Mikki rief nach ihm. Seppi blickte auf und verlangsamte seinen Schritt, sobald er Mikki sah. Es schien fast so, als wollte er umdrehen, doch dann entschloss er sich offenbar dagegen, marschierte direkt auf Mikki zu, grüßte ihn und fragte ihn in nicht allzu freundlichem Ton, was er hier zu suchen habe. Mikki sagte, er solle sich nicht aufregen. Er müsse mit ihm reden, und das am besten nicht auf der Straße.

»Was ist denn mit dir passiert?«, fragte Seppi und besah sich das blaue Auge, die geschwollenen Lippen, die Wunde am Ohr. »Autounfall?«

»Kleine Auseinandersetzung«, sagte Mikki. »Nicht der Rede wert. Du solltest mal den anderen sehen«, sagte er und verspürte einen stechenden Schmerz im ganzen Gesicht, als er versuchte zu lächeln.

Nach einigem Hin und Her ließ Seppi ihn endlich in seine Kellerwohnung, wobei er allerdings beteuerte, dass er auf dem Sprung sei und eigentlich gar keine Zeit habe.

»Hast du die Fotos noch, die ich dir gegeben habe?«, fragte Mikki, als sie drinnen waren. »Weißt du? Die aus dem Einbruch?«

Seppi sah ihn ratlos an.

»Was für Fotos?«, fragte er, als ob er dieses Wort noch nie gehört hätte.

»Von dem Mädchen?«, sagte Mikki. »Die Fotos, die ich dir gegeben habe. Die Bilder! Von dem Mann mit dem Mädchen!«

Seppi schien noch immer keine Ahnung zu haben, wovon Mikki sprach.

»Von dem nackten Mädchen«, sagte Mikki aufgebracht.

»Wo ich dachte, das wären irgendwelche ausländischen Pornobilder. Die Fotos! Die ich dir gegeben habe!«

»Ach, die«, sagte Seppi gleichgültig und ahnte endlich, worum es Mikki ging.

»Hast du die?«

»Nein, nicht mehr«, sagte Seppi.

»Und wo sind sie dann?«

»Ich habe sie weggeschmissen«, sagte Seppi kühl.

»Weggeschmissen? Wo? Wohin?«

»Na, in den Müll. Die liegen längst auf der Halde, denke ich mal«, sagte Seppi.

»Du lügst doch«, sagte Mikki, der vor Kurzem Luther gegenüber noch selbst behauptet hatte, er hätte die Bilder weggeschmissen.

»Willst du mich beleidigen?«

»Warum solltest du die wegschmeißen?«

»Das war doch nur Müll. Das hast du selbst gesagt. Perverser Mist.«

»Scheiße«, entfuhr es Mikki.

»Was interessieren dich denn plötzlich diese Bilder?«, sagte Seppi. »Ist das ... hat dich deswegen jemand so zugerichtet?«

»Kennst du einen Mann namens Luther?«, fragte Mikki.

Seppi dachte nach.

»Der hinkt ein bisschen«, sagte Mikki. »Er hatte so einen brutalen Schlägertyp bei sich, aber von dem weiß ich den Namen nicht.«

»Hinkt?«

»Der kennt offenbar den Mann, bei dem wir eingebrochen sind«, sagte Mikki. »Diesen Arzt. Der will den Einbruch nicht anzeigen und alles so diskret behandeln wie möglich. Wir dürfen alles behalten, was wir mitgenommen haben. Das Einzige, was er zurückhaben will, sind diese Bilder. Dieser Luther ist bei Tommi und mir eingebrochen. Das hat er selbst zugegeben. Um diese Bilder zu finden.«

»Und keine Polizei im Spiel?«, fragte Seppi.

»Er will keine Polizei. Der Arzt. Ich glaube, das liegt an diesen Bildern. Er will nicht, dass die jemand sieht.«

»Und dann sind die bei euch eingebrochen?«

»Ja. Diese Typen meinen das echt ernst. Bist du dir sicher, dass du sie weggeschmissen hast?«

»Kurz nachdem du damals gegangen bist«, sagte Seppi und machte ein besorgtes Gesicht. »Hast du denen gesagt, dass ich sie habe? Dass du sie mir gegeben hast?«

»Nein. Ich habe ihnen gesagt, dass ich sie in den Müll geschmissen habe, aber die glauben mir nicht. Zumindest dieser Luther nicht. Der andere ist strunzdumm. Die kommen bestimmt wieder, aber dann werde ich vorbereitet sein. Denen werde ich's zeigen, diesen beschissenen …«

In diesem Moment öffnete sich die Tür, und ein Junge im Teenageralter betrat die Wohnung. Er warf dem Gast einen kurzen, abweisenden Blick zu, sah dann Seppi an und grüßte beide nicht. Er hatte einige Lebensmittel aus dem Milchladen dabei und stellte Milch, Skyr und ein paar andere Dinge in den Kühlschrank, ohne ein Wort zu sagen.

»Ich sollte dann mal los«, sagte Mikki. »Du behältst das für dich«, schärfte er Seppi zum Abschied ein.

»Na klar«, sagte Seppi. »Sag Bescheid, wenn du die Typen noch mal triffst. Und wo warst du den ganzen Tag, Konni?«, herrschte er dann den Jungen an.

»Du hast mir gesagt, ich soll Skyr kaufen?«, sagte der

Junge, ohne die Frage zu beantworten. Dann warf er Mikki noch einen flüchtigen Blick zu, verschwand in einer Kammer, die von der Küche abging, und knallte die Tür hinter sich zu.

Achtundzwanzig

Konráð fühlte sich nicht gut, als er am nächsten Morgen aufwachte. Fetzen eines schlechten Traumes hingen ihm auch im Wachzustand noch eine Weile nach, unscharfe Bilder von sich selbst, auf dem Felsvorsprung über der Ölfusá. Hilfeschreie und die Worte von Leó, wie er sagte, der Mann hätte ihn dreißig Jahre lang zum Narren gehalten. Schlechte Erinnerungen hatten ihren Weg in seine Träume gefunden. Einen Moment war ihm, als müsste er sich übergeben. Er blieb bewegungslos stehen und atmete langsam, bis das Gefühl vorbeiging. Auf dem Weg in die Küche sah er wieder das neue Brandloch im Teppich – er hatte es schon vergessen. Er starrte es eine Weile lang an, konnte sich jedoch nicht daran erinnern, wie es zustande gekommen war. Dann schüttelte er den Kopf und kochte sich einen starken Kaffee.

Es ging um einen Kriminalfall, der ihn jahrzehntelang beschäftigt hatte, bevor er ihn endlich lösen konnte. Doch seitdem er ihn gelöst hatte, suchten ihn immer wieder diese schlechten Erinnerungen heim. Das Ende der Ermittlungen hatte ihn nach Selfoss geführt. Dort hatte er einen schweren Fehler gemacht. Der Täter hatte sich auf einen Felsvorsprung über der tosenden Ölfusá gesetzt, und Konráð war einfach zu ihm gegangen, um dort mit ihm zu reden. Konráð dachte, das wäre in Ordnung, schließlich zeigte der Täter sich kooperativ und hatte sich diesen Ort mit seiner beeindruckenden Aussicht offenbar ausgesucht, um dort sein Geständnis abzulegen. Nachdem er gestanden hatte, erhoben sie sich, Konráð wollte ihn verhaften, da stürzte der Mann in den Fluss und ertrank. Er war auf dem nassen Gestein ausgerutscht und hatte noch verzweifelt versucht, sich an dem Felsvorsprung festzuhalten. Konráð wollte ihn retten, bekam ihn aber nur mit seiner von Geburt an kraftlosen Hand zu fassen und konnte ihn nicht lange halten. Der Mann hieß Lúkas. Konráð hatte sofort bereut, nicht besser reagiert zu haben, und mit der Zeit wurde dieses Gefühl der Reue immer stärker. Das schlechte Gewissen biss sich in ihm fest, es brauchte nur den kleinsten Anlass, und die Erinnerungen kamen zurück, egal ob er wachte oder schlief.

Irgendwo im Haus klingelte sein Handy. Konráð sprang auf und eilte ins Wohnzimmer, in der Hoffnung, es wäre Húgó. Er sah das Telefon nirgendwo, das Klingeln verstummte. Als er es fand, sah er, dass Eygló angerufen hatte. Konráð rief zurück.

»Hast du angerufen?«, fragte er, als sie sich meldete.

»Alles okay bei dir?«, fragte Eygló. Sie hatte sofort gemerkt, dass bei ihm etwas nicht stimmte. »Habe ich dich gestört?«

»Nein, nicht der Rede wert«, sagte Konráð.

»Was ist denn?«

»Nichts, Eygló. Nichts ist. Ich habe nur gestern ein bisschen zu viel Rotwein getrunken und zu viele Zigarillos geraucht. Aber sag mal«, fügte er hinzu, um das Thema zu wechseln. »Hatte dein Vater Engilbert etwas mit den Freimaurern zu tun? Kannst du dich an so etwas erinnern?«

Schweigen. Er hatte sie das schon länger fragen wollen, doch dann hatte er es immer wieder vergessen. Vielleicht hatte er es auch absichtlich auf die lange Bank geschoben, weil er nicht mit ihr aneinandergeraten wollte. Er hatte einmal angedeutet, Engilbert könnte etwas mit dem Mord an seinem Vater zu tun haben. Er hatte zwar keinen konkreten Hinweis darauf, aber ihre Väter hatten immerhin gemeinsam Leute um ihr Geld betrogen, und danach war Engilbert nicht mehr gut auf Seppi zu sprechen. Wäre es da nicht zumindest denkbar, dass zwischen ihnen etwas vorgefallen war, für das Engilbert sich rächen wollte? Eygló hatte es ihm sehr übelgenommen, dass er überhaupt darüber nachdachte. Ihr Vater hatte zwar viele Fehler gehabt, doch sie ließ nichts auf ihn kommen.

»Warum hast du denn getrunken?«, fragte sie. »Ist irgendwas?«

Konráð zögerte. Er mochte Eygló. Sie war direkt und kam ohne Umwege zur Sache. Die gemeinsame Geschichte ihrer Väter war ihnen in den letzten Jahren immer klarer geworden. Ein Anlass zur Freude war sie nicht. Das Schicksal hatte die beiden auf eine sonderbare Weise aneinandergebunden. Ihre unrühmlichen Betrügereien hätten eigentlich in der Gosse vor dem Schlachthof ihr Ende finden sollen, doch seit Konráð sich mit dem Schicksal seines Vaters beschäftigte, waren sie so präsent wie nie.

»Eine Frauengeschichte«, sagte er nach einigem Überlegen. »Eine alte Frauengeschichte. Und eine alte Polizeigeschichte, wenn du die ganze Wahrheit wissen willst.«

»Was für eine Polizeigeschichte?«

»Ich habe an Lúkas gedacht.«

»Der Mann, der in den Fluss gefallen ist?«

»Ja, an den. Und an andere. Aber darüber will ich eigentlich gar nicht reden. Es ist nicht so wichtig.«

»Das hört sich aber anders an«, sagte Eygló. »Was ist da eigentlich passiert, damals, an dem Fluss?«

Sie hatte ihn das schon einmal gefragt. Sie spürte, wie sehr ihn die damaligen Ereignisse noch immer bewegten. Als er nicht darauf eingegangen war, wollte sie die Sache auf sich beruhen lassen. Doch so einfach war es offenbar nicht.

»Der Mann ist gefallen«, sagte Konráð.

»Und du hast dein Bestes getan?«

»Das versuche ich immer«, sagte Konráð. Er wusste, dass Eygló merkte, wie ausweichend er antwortete.

»Und warum jetzt diese Freimaurer-Frage?«

»Hatte Engilbert mal was mit denen zu tun?«

»Bildest du dir immer noch ein, dass mein Vater Seppi umgebracht hat?«, fragte sie.

»Ich beschäftige mich ganz generell noch mal mit der Frage, wie der Täter entkommen konnte«, sagte Konráð. »Ich habe da etwas erfahren. Wahrscheinlich ist das alles nicht besonders wichtig, aber ich habe auch nicht viele andere Spuren, denen ich nachgehen kann. Die Räucheröfen und der Manschettenknopf. Das ist alles, was ich derzeit habe.«

»Manschettenknopf?«

»Wahrscheinlich werde ich einfach verrückt«, räumte Konráð ein. Dann erzählte er ihr von dem Manschettenknopf mit dem Emblem der Freimaurerloge, der lange nach dem Mord in einem der Glutkästen gefunden wurde, und davon, dass sich der Mörder von Seppi dort versteckt haben könnte, weil in der Mordnacht nicht alle Räucheröfen in Betrieb gewesen waren. Er gab selbst zu, wie weit hergeholt das klang. Wie unwahrscheinlich es war, dass da ein Zusammenhang bestand.

»Und worauf willst du dann hinaus?«, sagte Eygló. »Mein Vater war nie Freimaurer. Das hätte ich gewusst. Und ich weiß auch, dass er nie jemanden hätte erstechen können. Das ist völlig ausgeschlossen, das habe ich dir schon mal gesagt und möchte es ungern noch einmal wiederholen müssen.«

»Aber irgendwie muss dieser Manschettenknopf ja da hingekommen sein«, sagte Konráð, während er sich suchend nach seinen Zigarillos umsah, bevor ihm einfiel, dass er gestern alle aufgeraucht hatte. »Der lag da inmitten von Kohle und Reisig und Ruß und Asche. Warum? Ein Räucherofen ist keine Schmuckschatulle.«

»Und die Frauengeschichte?«, fragte Eygló. »Was ist da los?«

»Nichts, was …«

Konráð fand nicht die richtigen Worte. Am liebsten hätte er gesagt, das gehe sie nichts an, aber er wollte nicht unfreundlich zu Eygló sein. Das hatte sie nicht verdient.

»… nichts, was mich etwas angeht?«, fragte sie zurück.

»Ach, da gibt es so ein, zwei Sachen«, sagte Konráð. »Erzähle ich dir später.«

»Wie du willst«, sagte Eygló. »Ich platze auch nicht gerade vor Neugier. Aber mal was ganz anderes: Weißt du etwas über Schlafapnoe?«

Die Frage überraschte Konráð.

»Sind das nicht diese Atembeschwerden beim Schlafen?«, sagte er. »Hast du so was?«

»Ich weiß auch nicht genau, was das ist«, sagte Eygló. »Aber neulich habe ich nachts so was gehabt, glaube ich. Ich war vollkommen erschöpft, als ich am Morgen aufgewacht bin. Ich hatte das Gefühl, als bekäme ich keine Luft. Und das ziemlich lange. Aber nur in dieser einen Nacht.«

»Was kann das denn sein?«

»Es hat sich angefühlt, als ob ich kurz davor wäre zu ersticken. Als ob mir jemand Mund und Nase zuhält. Aber auch, als ob das eigentlich gar nicht ich bin, dem das passiert.«

»Aha?«

»Ich kann das nicht besser erklären. Das war ein sonderbares Gefühl. Aber es hat sich sehr, sehr echt angefühlt.«

»Inwiefern?«

»Das war nicht ich, die da erstickt ist«, sagte Eygló. »Das war jemand anderes.«

Neunundzwanzig

Konráð war noch immer ziemlich verkatert und zerzaust, als er gegen Mittag das Haus verließ, um Henning einen erneuten Besuch abzustatten. Vor Ort angekommen, erfuhr er allerdings, dass der Notfallknopf inzwischen seine Aufgabe erfüllt hatte. Der alte Mann hatte am Morgen halbbekleidet im Badezimmer einen Schwächeanfall erlitten, war gestürzt und mit dem Kopf so heftig an die Kante des Waschbeckens gestoßen, dass es jetzt einen Sprung hatte. Obwohl er nach dem Sturz sehr benommen war, hatte er noch den Notfallknopf drücken können. Bald darauf war Hilfe gekommen und schließlich ein Krankenwagen, der ihn eilig ins Landspítali gebracht hatte.

Konráð erfuhr dies größtenteils von der Nachbarin, die währenddessen ein Kleinkind in einen Buggy setzte. Sie hatte bemerkt, dass er eine Weile vor Hennings Tür gestanden hatte, und erzählte ihm, was passiert war. Man hatte Henning den Kopf verbunden, aber er sei ansprechbar gewesen, als er zum Krankenwagen heruntergetragen wurde.

Der alte Mann staunte nicht schlecht, als Konráð noch am selben Tag vor seinem Krankenbett stand. Er schien gut orientiert und sagte, er warte noch auf einen Arzt und wisse nicht, wie lange er noch bleiben müsse. Doch bester Laune war Henning nicht. Konráð merkte schnell, wie wenig ihm sein Besuch willkommen war. Vielleicht war es ihm unangenehm oder peinlich, in diesem Zustand mit ihm zu reden. Vielleicht hatte er aber auch generell keine Lust mehr auf Konráðs Fragen zu einem Ereignis, das Jahrzehnte zurücklag und an das er sich nicht besonders gut erinnerte. Das Pflegepersonal hatte ihn ausgezogen, unter der Decke sah man den Zipfel eines dünnen Krankenhaushemds.

»Ich kann dir bei deinen Nachforschungen nicht weiterhelfen, glaube ich«, sagte Henning erschöpft. »Und ich möchte auch … keinen Besuch. Ich finde es … gehört sich nicht, dass du … mich nicht in Ruhe lässt.«

»Da hast du vollkommen recht, ich verstehe dich sehr gut«, sagte Konráð und bat Henning um Entschuldigung für die erneute Störung. Aber da sei nun mal noch diese eine Sache, die Henning ihm hoffentlich erklären könne. Und nur er. Er versprach ihm, dass dies sein letzter Besuch sei, und dankte ihm für seine Hilfsbereitschaft bei den bisherigen. Dann kam er gleich zur Sache, wobei ein Teil von ihm bereute, Henning dort im Krankenhaus zu behelligen. Man konnte durchaus sagen, dass er den alten Mann nötigte. Und dass es langsam krankhafte Züge annahm, mit welcher Beharrlichkeit er sich mit dem Mord an Seppi beschäftigte, nachdem dieser Fall ihn so lange Zeit überhaupt nicht interessiert hatte.

»Kannst du mir noch etwas mehr über diesen Arzt sagen, den du letztes Mal erwähnt hast?«

»Muss das jetzt sein?«, fragte Henning, ohne den Ärger in seiner Stimme zu verbergen.

»Wenn ich einen Namen hätte oder irgendwelche näheren Informationen …«

»Ich weiß nicht, wie er hieß, das habe ich dir doch

schon gesagt. Ich bin mir noch nicht mal sicher, ob er Arzt war. So hat Haukur sich das halt zusammengereimt nach dem, was dein Vater gesagt und getan hat. Ich weiß nichts über diesen Mann. Und ich glaube, Haukur hat auch nicht mehr gewusst.«

»Okay. Dann vielleicht noch kurz zu den Freimaurern, dann bin ich auch schon wieder weg«, sagte Konráð. »Ich habe mit Haukurs Sohn geredet. Der hat mir gesagt, dass Haukur und du damals zusammen bei den Freimauern wart. Als ich dich danach gefragt habe, da hast du gesagt, ihr wart nie Mitglieder der Loge. Da scheint also irgendwas nicht ganz zu stimmen.«

»Haukurs Sohn? Was weiß der denn schon?«

»Er hat es mir gegenüber eindeutig so gesagt«, sagte Konráð.

»Dann lügt er entweder«, sagte Henning, »oder er hat keine Ahnung.«

»Bist du dir sicher? Auf mich hat er einen recht glaubwürdigen Eindruck gemacht.«

»Natürlich bin ich mir sicher. Was soll der Quatsch? Und jetzt lass mich bitte in Ruhe. Weiter kann ich dir nicht helfen. Ich muss mich jetzt ausruhen, das ist einfach zu viel für mich, tut mir leid.«

»Natürlich«, sagte Konráð, »das verstehe ich sehr gut. Er hat auch gesagt, dass die Freundschaft zwischen Haukur und dir auseinandergebrochen ist, nachdem du einen Unfall hattest.«

»Unfall?«

»Er meinte, du hast dich mal schwer verbrannt und Haukur die Schuld daran gegeben.«

Henning starrte Konráð an, erst voller Verwunderung, doch schon im nächsten Augenblick voller Zorn.

»Ihr redet hinter meinem Rücken über mich?«, fragte er. »Was fällt euch eigentlich ein?«

»Irgendwas verstehe ich an der ganzen Sache nicht«, sagte Konráð so freundlich, wie er konnte. »Und da dachte ich, wir können das vielleicht klären. Dann gehe ich und du siehst mich nie wieder.«

»Du solltest besser sofort gehen«, sagte Henning. »Ich brauche meine Ruhe.«

»Dann hast du nie eine schwere Verbrennung gehabt?«

»Das geht dich nichts an«, sagte Henning.

»Darf ich mich davon überzeugen?«

»Was fällt dir ein!«

Konráð hob die Bettdecke gerade weit genug an, um die Füße des Mannes zu sehen. Er hatte deutlich sichtbare Narben an beiden Füßen, die bis zu den Knöcheln reichten und von kaum etwas anderem herrühren konnten als von einer alten Verbrennung. Konráð legte die Decke sofort wieder über Hennings Füße. Es hatte nur einige Sekunden gedauert.

»Verschwinde!«, schrie Henning. »Was fällt dir ein ...?«

»Was ist passiert?«, fragte Konráð. »Woher hast du die?«

»Hau bloß ab!«

»Wo hast du dich so verbrannt?«

»Raus mit dir!«, rief Henning. Er streckte sich nach dem Knopf, mit dem er das Pflegepersonal rufen konnte, und drückte ihn immer wieder, während er Konráð wütend ansah.

»Im Schlachthof vielleicht?«

»Halt den Mund!«

»In einem der Räucheröfen?«, fragte Konráð. »Hast du Glut in die Hosenbeine gekriegt?«

»Verdammter Dreckskerl!«, rief Henning und ließ nicht von dem Rufknopf ab. »Wie kannst du es wagen, mich so zu behandeln?! Ich habe versucht, dir zu helfen … ich habe versucht, alle deine Fragen …«

»Ja, das hast du. Du hast mir nur nicht die Wahrheit gesagt«, sagte Konráð. »Ich glaube das …«

In diesem Moment erschien eine Krankenschwester in der Tür und fragte, ob sie helfen könne. Sie sah sofort, wie aufgebracht der alte Mann war, da beschwerte Henning sich auch schon darüber, dass Konráð ihn belästige, und forderte, man möge ihn des Hauses verweisen. Die Krankenschwester warf Konráð einen fragenden Blick zu. So etwas kam offenbar nicht jeden Tag vor.

»Familienangelegenheit«, sagte Konráð wie zur Erklärung, bat Henning um Verzeihung und verabschiedete sich. Er verließ das Zimmer und ging eilig, fast fluchtartig den Gang hinunter, wie ein Dieb, der im Krankenhaus etwas gestohlen hatte.

Dreißig

Obwohl sie sich alle Mühe gegeben hatten, nicht laut zu werden, bemerkte Elísa den Streit von Benóný und Stan vor ihrem Haus. Sie dachte, Benóný wäre längst nach Hause gegangen, und wunderte sich umso mehr, als sie aus dem Küchenfenster blickte und sah, wie er dort stand. Darauf bedacht, dass die beiden sie nicht bemerkten, versuchte sie zu verstehen, was sie sagten, doch es gelang ihr nicht. Sie sah nur, wie wütend Benóný war und wie sehr er sich ins Zeug legte – ihr Mann hingegen, der nicht damit gerechnet hatte, seinen Freund so aufgebracht anzutreffen, wusste kaum, wie ihm geschah.

Dann schubste er Benóný weg, kam ins Haus und knallte die Tür hinter sich zu. Sie hörte einen unterdrückten Fluch aus der Diele, im nächsten Moment standen sie sich auch schon direkt gegenüber. Die Tür zum Kinderzimmer stand offen, man sah das leere Bett ihrer Tochter. Elísa war den Tag über niedergeschlagen und ausgelaugt gewesen, auch als Benóný in der Küche mit ihr gesprochen hatte. Nun jedoch nahm sie all ihren Mut zusammen und trat dem Mann entgegen, der ihr Leben schon viel zu lange vergiftete. Sie wusste nicht, wie er reagieren würde, bekam kaum Luft und zitterte fast vor Angst. Doch Elísa hoffte, dass man ihr die Angst nicht ansah, die Aufregung, die sie kaum noch kontrollieren konnte. Sie wollte Stan nicht zeigen, wie es in ihr aussah.

»Was für ein Vollidiot«, schimpfte ihr Mann. »Was für ein beschissener Vollidiot!«

»Meinst du Benóný?«, fragte sie und atmete so ruhig sie konnte. »Ich habe euch da draußen gesehen.«

»Was läuft da eigentlich zwischen euch?«, fragte er. »Was will dieser Kerl von dir? Was geht den unsere Ehe an?! Für wen hält der sich? Und was für Lügengeschichten erzählst du ihm über uns? Das geht den einen Scheißdreck an, was wir hier machen!«

»Ich habe Benóný gesagt, dass ich dich fast umgebracht hätte, während du schlafend in unserem Ehebett lagst«, gestand Elísa und spürte, wie es ihr immer schwerer fiel, die Fassung zu bewahren. »Ich habe ihm erzählt, dass ich mitten in der Nacht in die Küche geschlichen bin, eins von deinen Messern geholt habe und damit zu deiner Seite des Bettes gegangen bin und … und kurz davor war, es dir in die Brust zu rammen. Das habe ich Benóný erzählt. Ich musste mir das einfach von der Seele reden, wem hätte ich es denn sonst erzählen sollen? Ich habe ihm gesagt, dass ich so nicht mehr leben will. Ich habe ihm von Lóla erzählt und dass ich nicht mehr will, dass ihr unter einem Dach wohnt. Dass ich versucht habe, mit dir zu sprechen und dass das nichts gebracht hat. Ich habe ihm erzählt, wie du mich behandelst. Von den Schlägen. Wie du mit mir sprichst, und das schon seit Jahren. Ich habe ihm erzählt, dass ich fast eine Verzweiflungstat begangen hätte, weil ich so nicht mehr leben kann. Und dass ich eigentlich gar nicht weiß, warum ich es nicht getan habe.«

Während Elísa sich selbst zuhörte, wie sie ihrem Mann gestand, dass ihre Verzweiflung sie bis zur Messerschublade in der Küche geführt hatte, wurde sie auf merkwürdige Weise ruhiger. Sie spürte, wie ihre Worte Stan beeindruckten und ihr Atem ruhiger wurde. Er hörte zu. Unterbrach sie nicht. Sie hatte ihn ganz offensichtlich schockiert, als sie ihm erzählte, sie wäre fast mit einem Messer auf ihn losgegangen, während er schlief. Und diese Reaktion zeigte ihr, dass sie nicht mehr ganz wehrlos war. Es hatte sie ja selbst überrascht, wie weit sie gegangen war – aber allein die Tatsache, dass sie sich eine solche Tat zutraute, wirkte auf eine sonderbare Weise befreiend. Endlich war sie bereit, dieselben Mittel anzuwenden wie er.

Seine Gesichtszüge verhärteten sich. Er erhob die Hand, als wollte er sie schlagen, doch anstatt sich wegzuducken wie sonst, blieb Elísa ruhig stehen. Sie sah ihn an. Seine Zähne, die er ihr zeigte, die dunklen Ringe unter seinen Augen, die ihm das Aussehen einer Hyäne verliehen.

»Wenn ich das nächste Mal nachts mit einem Messer über deinem Bett stehe, vielleicht gebe ich dann ja diesem Wunsch nach?«

Das Nächste, was sie spürte, war ein Schlag auf die Schläfe. Sie taumelte gegen das Treppengeländer und stürzte zu Boden. Er trat nach ihr, dann riss er sie an den Haaren hoch und erhob erneut die Faust, und sie blickte ihm in die Augen und fürchtete ihn nicht mehr. Im Gegenteil, es war fast so, als ermutigte sie ihn, auf sie einzuprügeln, wusste er doch jetzt, dass auch sie eines Tages an der Reihe wäre. Wieder schlug er ihr mit der Faust ins Gesicht. Ihr Kopf knallte auf den Boden, er riss abermals an ihren Haaren, sie sah ihm in die Augen, noch immer mit demselben furchtlosen Blick.

Für einen Augenblick schien es, als würde er erneut zuschlagen, doch dann nahm er die Faust herunter und ließ sie los, stand einfach nur über ihr und sah zu, wie sie sich aufrappelte.

»So redest du nie wieder mit mir«, sagte er und trat noch einmal zu, sodass sie wieder zu Boden ging.

Dieses Mal blieb sie einen Moment reglos liegen, dann erhob sie sich und stand ihm ganz ruhig gegenüber. Sie spürte die Schmerzen im Gesicht, doch gleichzeitig spürte sie auch, dass sie stärker war. Sie hatte sich ihm entgegengestellt, anstatt sich wegzuducken. Sie schmeckte Blut und mochte den Geschmack.

»Wenn ich du wäre, würde ich heute Nacht nicht hier schlafen«, sagte sie so leise, dass man es kaum hörte, und befühlte ihre aufgeplatzte Lippe.

»Was hast du gesagt?«

»Wenn ich du wäre, würde ich heute Nacht nicht hier schlafen«, wiederholte Elísa etwas lauter.

»Willst du mir etwa drohen, du dumme Schlampe?! Willst du das?«

»Es ist wahrscheinlich besser für dich«, sagte sie. »Ich habe ein Messer unter meiner Matratze. Du kannst gern nachsehen. Das gibt mir ein Gefühl der Sicherheit. In der Schublade in der Küche sind viele Messer. Und im Keller auch. Vielleicht habe ich ja im ganzen Haus welche versteckt?«

Stan sah sie schweigend an, dann lief er die Treppe hinauf in ihr Schlafzimmer und kam im nächsten Moment mit dem Filetiermesser die Treppe herunter. Elísa stand völlig ruhig in der Diele und sah ihm zu. Sie lief nicht mehr vor ihm weg.

»Dieses Spielchen kann ich auch spielen«, sagte er und

besah sich die Messerklinge. Er tat so, als ob nichts wäre, doch sie sah ihm an, wie sehr sie ihn erschreckt hatte.

»Bring mich doch um«, sagte Elísa. »Das kann auch nicht schlimmer sein als das, womit ich hier jeden Tag leben muss.«

Er baute sich ganz nah vor ihr auf und legte ihr das Messer an den Hals. Sie spürte ein Brennen, als die Klinge ihre Haut anritzte.

»Das lässt sich machen«, sagte er.

Sie sahen sich in die Augen. Und anstatt vor der Messerklinge zurückzuweichen drückte Elísa ihren Hals dagegen.

»Dann mach«, sagte sie.

Ungefähr eine halbe Stunde später öffnete sich die Haustür und ein Mann erschien. Er stellte einen großen Koffer und zwei Paar Schuhe heraus, dann zog er die Haustür wieder zu und bugsierte den Koffer mühsam die wenigen Treppenstufen hinab und zum Auto. Er schloss den Kofferraum auf, hob den Koffer hinein, warf die Schuhe hinterher und knallte den Deckel zu. Dann blickte er noch einmal in Richtung Haus, bevor er in das Auto stieg und den Motor startete, den Gang einlegte und rasch davonfuhr.

Die Haustür öffnete sich erneut. Elísa erschien in der Türöffnung und sah dem Auto hinterher. Sie blickte sich um, doch auf der Straße war niemand, der gesehen haben könnte, was passiert war. Auch die Fenster der Nachbarhäuser waren dunkel. Überall herrschte vollkommene Ruhe, als wäre nichts passiert. Dann richtete sie ihr Haar, strich die Bluse glatt und bemerkte zwei Blutflecken darauf von den Verletzungen, die er ihr eben zugefügt hatte. Sie sah noch einmal auf die Straße, um sicherzugehen, dass er fort war, dann ging sie leise ins Haus zurück.

Einunddreißig

Mikki hielt sich zwischen zwei Häusern verborgen. Die Leute auf der Straße erledigten eilig ihre Einkäufe und bemerkten ihn kaum. Gelegentlich streckte er den Kopf hinaus und sah zu dem Schmuckgeschäft hinüber, das sich einige Häuser weiter befand. Auch dort war alles ruhig. Gelegentlich kam und ging ein Kunde, eine Kundin. Andere wurden kurz langsamer und besahen sich die Auslage im Fenster. Das Geschäft war nicht sonderlich groß, aber alles glänzte vor Gold und Diamanten, schönem Silberschmuck, Ketten und Ohrringen und Uhren, die teilweise astronomische Summen kosteten. Mikki war auch schon einmal im Laden gewesen und hatte die Schmuckstücke bewundert, die in geschmackvoll ausgeleuchteten Glasvitrinen auf weichen Baumwollpolstern lagen, als wäre das Beste für sie gerade gut genug.

Der Goldschmied war offenbar allein in seinem Geschäft. Er trug einen grauen Arbeitskittel. Seine Werkstatt befand sich hinter dem Verkaufsraum, dort saß er die meiste Zeit des Tages und kam nur nach vorn, wenn er Kundschaft hatte. Dann stellte er sich hinter den Ladentisch, die Brille mit der integrierten Lupe noch auf der Nase, die ihm ermöglichte, auf den Schmuckstücken in seiner Werkstatt auch das kleinste Detail zu erkennen.

Als Mikki zum ersten Mal in diesen Laden gekommen

war, hatte er einen Ring gestohlen, von einem Mann in einem Tanzlokal. Die Gelegenheit war einfach zu günstig gewesen, der Mann war betrunken, hatte einigen Ärger mit anderen Gästen gehabt und war dann in einer dunklen Ecke auf einer Bank eingeschlafen. Mikki hatte sich zu ihm gesetzt, ihm die Brieftasche gestohlen und ihm einen Ring vom Finger gezogen, niemandem fiel etwas auf. Es war ein goldener Ring mit einem schwarzen viereckigen Stein. Da Mikki ihn für ziemlich wertvoll hielt, wollte er ihn den Goldschmieden in der Stadt zeigen und fragen, ob jemand Interesse daran hätte.

Diesem Goldschmied zeigte er den Ring zuerst.

Er nahm ihn, ging nach hinten in die Werkstatt, wog ihn, betrachtete ihn durch seine Lupenbrille und gab sich mit seinem Arbeitskittel wie ein Wissenschaftler. Als er ihn fragte, warum Mikki den Ring verkaufen wolle und woher er ihn habe, erzählte er dem Goldschmied eine vorher zurechtgelegte Lügengeschichte, irgendwas vom Erbe seines Vaters. Der Goldschmied sagte, dass der Goldgehalt des Rings nicht besonders hoch sei – der Stein hingegen sei interessant.

»Mein Beileid«, sagte er dann plötzlich und nahm die Brille ab.

»Danke«, sagte Mikki und fragte sich, warum der Mann das gesagt hatte. Er hatte gehofft, die Sache ließe sich schnell und problemlos erledigen.

»Ist er kürzlich gestorben?«

Mikki nickte.

»Da hast du ihm aber damals ein schönes Geschenk gemacht. Oder du und deine Familie.«

Mikki hatte keine Ahnung, wovon der Mann sprach. Er nickte einfach.

»Ihr habt ihn gravieren lassen«, sagte der Goldschmied, als er merkte, wie sein Kunde zögerte.

Mikki sagte nichts.

Da zeigte ihm der Goldschmied die Gravur auf der Innenseite des Rings.

Mikki hatte die Gravur überhaupt nicht bemerkt. *Für Papi, zum 50.*

»Ja, das haben wir«, sagte Mikki träge. »Das war … er war fünfzig als …«

»Du weißt gar nichts über diesen Ring, oder?«, sagte der Goldschmied. Mikki antwortete ihm nicht.

»Ist er gestohlen?«

Mikki wusste noch immer nicht, was er sagen sollte. Und nun errötete er auch noch.

»Das heißt nicht, dass wir nicht miteinander ins Gespräch kommen können«, sagte der Goldschmied.

Mikki brauchte einen Moment, bevor er begriff, dass der Mann soeben seine Bereitschaft signalisiert hatte, ihm sein Diebesgut abzukaufen. Er versuchte es mit einer noch einfacheren Lüge und sagte, er habe den Ring gefunden. Doch der Goldschmied glaubte auch das nicht, aber es schien ihm auch egal zu sein. Er sagte, es sei ihm nicht wichtig, wie der Ring in Mikkis Hände gelangt sei. Und er habe auch schon einen Preis im Kopf, sagte der Goldschmied dann und nannte eine Summe. Mikki überlegte, fand die Summe eigentlich angemessen, forderte aber dennoch ein paar Kronen mehr. Der Goldschmied nahm an. Sie besiegelten das Geschäft mit Handschlag. Der Goldschmied lächelte und sagte, Mikki könne gern wiederkommen, wenn er noch mal etwas Ähnliches anzubieten habe, sie würden bestimmt einen Weg finden, der zu ihrer beider Vorteil wäre.

Seitdem war Mikki immer zu dem Goldschmied gegangen, wenn ihm wertvoller Schmuck in die Hände fiel – was zugegebenermaßen nicht oft vorkam. Aber ab und zu hatte er eben doch Glück bei einem der Betrunkenen in den Tanzlokalen. Der Goldschmied empfing ihn immer freundlich. Stellte keine Fragen. Zahlte anständig. Daher war Mikki dieser Goldschmied auch als Erstes eingefallen, als sie die Schmuckstücke aus dem Haus des Arztes verkaufen wollten.

Mikki war die Warterei langsam leid, und als er den Eindruck bekam, dass auf der Einkaufsstraße allmählich Ruhe einkehrte, überquerte er eilig die Straße und betrat das Schmuckgeschäft. Der Goldschmied war in seiner Werkstatt, die durch einen Vorhang vom Verkaufsraum abgetrennt war, die Glocke über der Ladentür ging und verkündete ihm, dass jemand hereingekommen war. Mikki schloss die Tür und drehte das Schild herum, das in der Tür hing, sodass die Aufschrift GESCHLOSSEN draußen zu lesen war. Dann baute er sich breitbeinig mitten im Laden auf, und der Goldschmied trat hinter dem Vorhang hervor. Er erkannte Mikki sofort, bekam einen riesigen Schreck und verschwand gleich wieder in der Werkstatt. Mikki folgte ihm und packte den Goldschmied, sodass er auf den Stuhl an seinem Arbeitstisch plumpste.

»Hast du wirklich gedacht, ich komme nicht vorbei, um zumindest mal Hallo zu sagen?«, fragte Mikki ruhig und völlig unaufgeregt. »Hast du gedacht, mit dem Treffen an der Nauthólsvík wäre das erledigt? Hast du wirklich gedacht, das ist schon in Ordnung so?«

»Was willst du von mir? Warum bist du hier?«

»Nur mal gucken, wie es dir geht«, sagte Mikki. »Ob du vielleicht auch zu Brei geschlagen wurdest, so wie ich.«

Man sah ihm immer noch an, wie übel Luther und der andere ihn zugerichtet hatten – auch dem Goldschmied konnte das nicht entgangen sein.

»Waren das … waren die das?«, fragte er.

»Was denkst du denn?!«

»Ich hätte nie geglaubt, dass sie so weit gehen. Die haben gesagt, sie müssten nur mit dir reden. Ich konnte doch nicht wissen … ich dachte, die wollten dich nur ein bisschen …«

»Ja. Schon klar. Was waren das eigentlich für Typen?«

»Keine Ahnung. Die … die standen auf einmal hier im Laden, nachdem ich mich bei dem Mann gemeldet habe, bei dem ihr eingebrochen seid. Sie haben gesagt, sie müssen mit dir reden. Ich sollte das organisieren und ich … die haben mir mit sonst was gedroht … Sagten, sie wollten sicher sein, dass du auch wirklich den ganzen Schmuck zurückgibst.«

»Der eine hieß Luther. Weißt du, wie der andere hieß?«

»Nein, wirklich nicht. Ich weiß nicht, was das für Typen waren. Ich habe sie noch nie zuvor gesehen. Ganz ehrlich, ich habe keine Ahnung, wer sie sind.«

»Der Schmuck war denen egal«, sagte Mikki.

»Den haben sie mir auf dem Rückweg aber trotzdem abgenommen«, sagte der Goldschmied. »Bis auf das letzte Stück. Die haben mich mit dem Auto abgeholt und mich dann zu Hause wieder abgesetzt, ohne sich zu verabschieden oder gar zu bedanken. Die haben kein Wort gesagt, auf dem Hinweg nicht und auf dem Rückweg auch nicht. Das sind keine Freunde von mir, das musst du mir glauben.«

»Und der Arzt? Hast du von dem was gehört?«

Der Goldschmied spuckte längst nicht so große Töne wie bei ihrem letzten Treffen an der Nauthólsvík. Er hatte Angst, schließlich war es offensichtlich, dass Mikki sich rächen wollte, also versuchte er, die Schuld auf andere abzuwälzen, so gut es ging.

»Der ... der hat mir ein gewisses Honorar gezahlt«, räumte der Goldschmied ein. »Das war es dann aber auch. Er ist ein guter Kunde. Ich habe mich verpflichtet gefühlt, ihn zu informieren, als ich gesehen habe, dass ihr seinen ganzen Schmuck habt. Er ist wirklich ein sehr guter Kunde. Ich hätte einfach den Mund halten und die Sachen kaufen sollen. Das weiß ich jetzt auch. Ich hätte ihm nie etwas davon erzählen dürfen.«

»Die haben gesagt, sie interessieren sich gar nicht für den Schmuck, sondern nur für ein paar Fotos, die wir auch aus dem Haus mitgenommen haben«, sagte Mikki. »Nach denen haben sie immer wieder gefragt. Weißt du darüber etwas?«

»Fotos?«

»Dein Freund da, dein Kunde, ist ein Perverser, wenn er sich solche Bilder besorgt. Das sind Porno-Fotos von Kindern. Oder zumindest von einem Kind.«

»Davon weiß ich nichts.«

»Wir haben zuerst gedacht, die Fotos kommen aus dem Ausland ...«

Da entdeckte Mikki einen schönen Goldring mit einem kleinen Diamanten, an dem der Goldschmied gerade in seiner Werkstatt arbeitete. Er nahm den Ring, betrachtete ihn eine Weile, dann steckte er ihn ein.

»Du kannst dir ja überlegen, ob du den Diebstahl anzeigst«, sagte er. »Ich könnte der Polizei dann von unseren anderen Geschäften erzählen.«

Der Goldschmied verzog das Gesicht.

»Muss das wirklich sein?«, sagte er.

»Wir waren uns sicher, dass die Fotos aus dem Ausland kommen«, fuhr Mikki fort, als ob nichts passiert wäre. »Sie waren in einem ausländischen Briefumschlag. Wir konnten uns auch einfach nicht vorstellen, dass man in Island solche Fotos macht. Doch dann kommt dieser Luther und redet von nichts anderem, und die schlagen mich zusammen. Da ist mir klar geworden, dass diese Bilder wohl mehr mit Island zu tun haben, als ich dachte. Dieses arme Mädchen. Der Perverse auf den Bildern. Die Arztpraxis.«

»Von Bildern weiß ich nichts«, wiederholte der Goldschmied. »Ich habe keine Ahnung, wovon du sprichst.«

»Haben deine Freunde nichts von irgendwelchen Bildern gesagt? Oder von dem Mädchen, das da zu sehen ist?«

»Das sind nicht meine Freunde«, sagte der Goldschmied. »Die haben überhaupt nichts gesagt, und ich werde sie hoffentlich niemals wiedersehen. Ich halte mich ab jetzt aus der Sache raus. Ich hätte ihm nie Bescheid sagen sollen … diesem verdammten Kerl …«

Mikka hätte den Goldschmied am liebsten zusammengeschlagen. Er brannte darauf, es ihm heimzuzahlen, dass er einfach diese beiden Männer zu dem Treffen an der Nauthólsvík mitgenommen hatte, obwohl er wissen musste, dass sie nichts Gutes im Schilde führten. Auch der Goldschmied spürte offenbar, wonach Mikki zumute war, und sagte noch einmal, er hätte keine Ahnung gehabt, was die Männer vorgehabt hätten, und wäre deswegen für nichts verantwortlich. Dann wiederholte er, dass die Männer nicht seine Freunde seien.

»Nur eine Sache habe ich gehört. Vielleicht. Ich bin mir nicht sicher«, fügte er dann vor Angst stotternd hinzu. »Als ich ... also, als ich da im Auto saß und sie waren vorn, ich hinten, da hat einer von denen etwas von einer Baracke gesagt. Glaube ich.«

»Baracke?«

»Das haben sie gesagt, glaube ich.«

»Was für eine Baracke?«

»Das weiß ich nicht. Vielleicht habe ich mich auch verhört.«

»Und was haben die damit gemeint?«

»Mehr habe ich nicht gehört, ganz ehrlich nicht. Vielleicht habe ich mir das auch nur eingebildet, aber ich glaube, das habe ich gehört.«

Wenig später klingelte die Glocke über der Tür zum Laden des Goldschmieds erneut. Mikki trat nach draußen. Er schloss sorgfältig die Tür, ging die Straße hinab und massierte dabei seine rechte Hand, als ob sie ihm wehtun würde.

Zweiunddreißig

Während Konráð noch durch das Krankenhaus in Richtung Ausgang eilte, klingelte sein Telefon. Es war Pálmi. Er sagte, er habe in der Stadt zu tun, und fragte, ob sie spontan einen Kaffee trinken sollten. Konráð war überrascht. Pálmi war eigentlich nicht der Typ für Plaudereien in Cafés. Doch nun schlug Pálmi ein Treffen in einem Café in der Reykjavíker Innenstadt vor, das Konráð gut kannte. Er überlegte kurz, dann sagte er, er könne in zwanzig Minuten da sein.

Er ließ das Auto am Krankenhaus stehen und ging zu Fuß. Das Wetter war in Ordnung, und er musste sich mehr bewegen. Er war immer schlank gewesen, in letzter Zeit hatte er jedoch das Gefühl, er würde zunehmen. Eigentlich kümmerte ihn das nicht, Konráð trieb keinen Sport und hatte noch nie ein Fitnessstudio von innen gesehen. Doch zu Fuß ging er eigentlich ganz gern, er machte oft Spaziergänge in seinem Stadtteil Árbær, besonders durch den Naturpark an der Elliðaá, dort war es am schönsten. Ansonsten bewegte er sich kaum. Manchmal saß er vor dem Radio und hörte sich die Morgengymnastik an, doch an seine Gesundheit hatte er eigentlich nie gedacht und auch nie etwas Nennenswertes für seinen Körper getan. Er nahm alles zu sich, was zu viel Zucker und Fett enthielt, rauchte weiterhin seine Zigarillos und war dennoch ziemlich gesund, wurde nur selten krank und wenn, dann erholte er sich rasch.

Auf dem Weg in die Innenstadt versuchte er ein weiteres Mal, Húgó anzurufen, doch sein Sohn ging wieder einmal nicht ran, genau wie am Tag zuvor. Konráð überlegte, wie lange dieser Zustand wohl noch anhalten würde. Er konnte verstehen, warum sein Sohn so wütend auf ihn war, dass er sich regelrecht feindselig verhielt. Konráð hatte gegenüber seinem eigenen Vater oft ähnlich empfunden. Auch wenn das natürlich nur schwer zu vergleichen war. Konráð hatte sich immer Mühe gegeben, ein gutes Verhältnis zu seinem Sohn zu haben. Er hatte ja kaum einmal richtig mit ihm geschimpft, egal was passiert war. Seppi hingegen hatte Konráð erbarmungslos niedergemacht und mit Beschimpfungen überhäuft, und auf diese Beschimpfungen waren nicht selten Schläge gefolgt.

Die körperliche Gewalt hörte erst auf, als Konráð sich einigermaßen wehren konnte. Sechzehn Jahre alt war er gewesen, als er seinem Vater zum ersten Mal die Stirn geboten hatte – wovon er selbst mindestens so überrascht gewesen war wie sein Vater. Seppi hatte Konráð verdächtigt, ihn beklaut zu haben. Er hatte Konráð losgeschickt, um von einem Restaurantbesitzer das Geld für 25 Liter Wodka einzutreiben, die Seppi auf dem Schwarzmarkt organisiert hatte. Konráð nahm das Geld in Empfang, und als er es seinem Vater übergab, warf dieser ihm sofort vor, es würde etwas fehlen.

»Ist das alles, du mieser kleiner Dieb?!«, brüllte Seppi und wedelte mit dem Geldbündel vor Konráðs Nase.

Konráð sagte, das müsse er mit dem Mann klären, der die Schwarzmarktware von ihm gekauft hatte. Er habe nur in Empfang genommen, was der Mann ihm gegeben habe, und es in die Tasche gesteckt, ohne es zu zählen. Seppi hatte schlechte Laune an jenem Tag. Er hatte in der Nacht zuvor mit einigen Männer getrunken und gespielt und Konráð damit den größten Teil der Nacht wachgehalten. So war es kein Wunder, dass Konráð ihm nun wütend widersprach. Als er seiner Widerrede auch noch einige Flüche folgen ließ, schlug Seppi seinem Jungen ohne Vorwarnung mit der Faust auf die Brust und im nächsten Moment auch schon ins Gesicht. Als Seppi erneut zu einem Schlag ausholte, war für Konráð das Maß voll. Er fing den Schlag seines Vaters mit dem Ellenbogen ab und stieß ihn zurück. Seppi, der damit nicht gerechnet hatte, ging zu Boden. Konráð verlor die Kontrolle, trat seinen Vater, packte ihn am Hals, schlug Seppis Kopf immer wieder auf den Fußboden und prügelte auf ihn ein.

»Ich habe keine einzige Krone genommen«, schrie er seinen Vater an.

Dann sah Konráð, dass unter dem Tisch Seppis Werkzeugkasten stand. Er ging hin und nahm eine Rohrzange heraus, die er als Junge einmal benutzt hatte, als er in der Schule gehänselt wurde. Dann ging er zu seinem Vater zurück, der noch immer am Boden lag, erhob die Rohrzange und wollte gerade zuschlagen, da sah sein Vater zu ihm auf und bat um Gnade. Einige Augenblicke vergingen. Konráð hielt die Rohrzange weiterhin hoch über seinem Vater erhoben, dann begann seine Hand zu zittern, er ließ sie sinken und schmiss das Werkzeug schließlich zu Boden.

Seppi stand regelrecht unter Schock. Er blutete aus einer Wunde am Hinterkopf. Als er sich endlich aufgerappelt hatte, war Konráð bereits auf und davon.

Seit diesem Tag griff Seppi seinen Sohn nicht mehr

körperlich an. Verbal jedoch ließ er seine schlechte Laune weiterhin an Konráð aus, überschüttete ihn oft mit erniedrigenden Beschimpfungen, was bei ihm eine erstaunliche Kreativität freisetzte. Und doch hatte an diesem Tag ein neues Kapitel in ihrer konfliktreichen Beziehung begonnen. Sie prügelten sich nicht mehr – bis zu dem Tag, an dem Konráð von seiner Mutter erfuhr, wie seine Schwester Beta von Seppi missbraucht worden war, damals, bevor ihre Mutter mit Beta nach Ost-Island zog, so weit weg von Seppi wie möglich.

Es stellte sich heraus, dass Pálmi ihn genau wegen dieser Sache in dem Café treffen wollte. Konráð kam ein wenig zu spät. Als er das Café betrat, hatte Pálmi bereits ein Stück Kuchen vor sich und gab ihm ein Zeichen, er möge Platz nehmen. Konráð überlegte kurz und bestellte ein Bier. Sie sprachen über das Wetter, die Touristen in der Innenstadt, das Skelett in der Wand und das beharrliche Schweigen, in das sich ihre Kollegen hüllten, sobald es um diesen Fall ging. Dann war für Pálmi die Zeit gekommen, um anzusprechen, was er wirklich auf dem Herzen hatte.

»Es geht um den Streit, den du angeblich mit deinem Vater gehabt hast, an dem Tag, an dem er erstochen wurde.«

Konráð sagte nichts. Damit hatte er nun wirklich nicht gerechnet. Er hatte keine Ahnung, warum Pálmi ausgerechnet jetzt wieder davon anfing. Und ganz abgesehen davon hatte Konráð nie bestätigt, an dem Tag mit seinem Vater aneinandergeraten zu sein, obwohl die Nachbarn ausgesagt hatten, sie hätten einen heftigen Streit gehört.

»Ich habe mich noch mal ein bisschen mit dem Fall von deinem Vater beschäftigt«, sagte Pálmi, als von Konráð keine Antwort kam. »Da kommen ja doch einige

Erinnerungen hoch. Eigentlich ist das alles deine Schuld. Nachdem du in der letzten Zeit immer mal wieder bei mir warst, ist ehrlich gesagt auch bei mir das Interesse an dem Fall wieder erwacht. Wer hätte das gedacht?«

»Ich hoffe, du nimmst es mir nicht übel. Ich wollte dich nicht in deiner Ruhe stören«, sagte Konráð.

»Hast du nicht genau hier das letzte Mal mit deiner Mutter gesprochen, bevor dein Vater ermordet wurde?«, fragte Pálmi und sah sich um. »Ich habe es noch mal in den Akten nachgelesen.«

Konráð lächelte. Das Café hatte sich unglaublich verändert. Damals gingen hier Dichter und Künstler und Journalisten ein und aus. Jetzt war das Café eigentlich mehr eine Art Bar, in der abends sogar DJs auflegten, es war sehr beliebt bei den Touristen. Die Geschichte dieses Ortes war nicht einmal mehr zu erahnen. Nichts erinnerte an das, wofür dieses Café einst berühmt gewesen war. Es war immer wieder renoviert worden. Niemand hatte sich darum gekümmert, etwas von der alten Einrichtung zu bewahren.

»Ja, so war es«, sagte Konráð und nahm einen großen Schluck von seinem Bier. Eigentlich hatte er gar nichts trinken wollen, doch nun ließ er diesen Vorsatz nur allzu gern sausen.

»Und danach bist du nach Hause und hast deinen Vater zum letzten Mal gesehen?«

»Ja«, sagte Konráð.

»Das war der Abend, über den die Nachbarn ausgesagt haben, sie hätten einen Streit gehört, oder? Du hast das immer bestritten.

»Worauf willst du hinaus, Pálmi. Das weißt du doch alles.«

»Deine Mutter hat uns von Seppi erzählt und von deiner Schwester Elísabet. Dass sie deinen Vater sofort verlassen hat, nachdem ihr klar war, dass er sie missbrauchte. Das steht alles in den Ermittlungsakten. Deine Mutter hat mir das gesagt, als wir sie verhört haben. Es ist ihr sehr schwergefallen, darüber zu reden, wie du ja weißt. Wahrscheinlich hat sie vor unseren Verhören kaum jemandem davon erzählt.«

»Ja, das hat sie sehr getroffen«, sagte Konráð. »Das, was mein Vater getan hat.«

»So sehr, dass sie sich an ihm rächen wollte?«

»Sie hat ein Alibi.«

»Ja, schon. Aber du weißt ja, von ihrer Schwester und ihrem Schwager …«

»Außerdem haben sie da schon Jahre nicht mehr zusammengelebt.«

»So was vergisst man nicht so schnell.«

»Das war dein Fall«, sagte Konráð. »Du weißt das besser als ich, schließlich hast du sie ja verhört. Du hast ihr gegenübergesessen. Ich habe nur eine Kopie von dem Protokoll gelesen und kann dem nichts weiter hinzufügen.«

»Ich will auch gar nicht behaupten, dass du aus den Verhörprotokollen etwas Neues erfahren hast«, sagte Pálmi. »Als du damals verhört worden bist, hast du ja gesagt, dass Seppi und du euch manchmal gestritten habt. Aber nicht, dass das auch an jenem Tag so war.«

»Ja, eben. Das habe ich dir doch schon so oft gesagt. Es gab immer Spannungen zwischen uns. Aber damals hatte ich es längst aufgegeben zu streiten und war schon halb ausgezogen.«

Pálmi sah Konráð schweigend an.

»Worum ging es da eigentlich genau?«, fragte Pálmi.

»Wenn ihr euch gestritten habt, was war der Grund dafür?«

»Meistens hat er mich beschuldigt, irgendwas falsch gemacht zu haben«, sagte Konráð. »Hat gesagt, ich würde ihn bestehlen. Manchmal hat er auch nur behauptet, ich hätte getrödelt. Zum Beispiel, wenn ich für ihn Tabak kaufen sollte. Oder Brennivín von irgendeinem seiner Freunde holen. Solche Sachen.«

»Wann hast du erfahren, was Seppi mit deiner Schwester gemacht hat?«, fragte Pálmi.

»Erst im Laufe der Ermittlungen«, sagte Konráð. »Worauf willst du hinaus?«

»Nicht, als deine Mutter mit deiner Schwester so plötzlich nach Ost-Island gegangen ist?«

»Sie hat es vor mir verheimlicht. Ich war ja noch ein kleiner Junge, ich habe mir damals nur gedacht, dass Seppi eben gemein zu ihr war. Sie geschlagen hat. Mehr hätte ich damals wohl auch noch gar nicht verstanden.«

»Wann hast du denn genau von der Sache mit Elísabet gehört?«

Konráð nahm einen weiteren Schluck Bier und tat so, als würde er nachdenken.

»Also, wann genau?«, fragte Pálmi, als er keine Antwort bekam.

»Was soll das werden? Ist das jetzt ein Verhör?«, sagte Konráð. »Ich beschäftige mich doch selbst mit dem Fall, denkst du, ich ermittele gegen mich selbst?«

Pálmi lächelte.

»Ich will nur das Bild vervollständigen«, sagte er. »Du weißt ja, wie das ist. Ich bin das doch auch schon tausende Male durchgegangen, und jetzt fällt mir auf, dass mir diese eine Info fehlt. Dass dich nie jemand richtig danach gefragt hat. Ich weiß auch nicht, warum. Vielleicht hatten wir Mitleid mit dir. Mit deiner Mutter und dir. Und unsere Verhörtechnik war damals auch sicher noch nicht so professionell wie heute.«

»Ich glaube, meine Mutter hat mir von dem Missbrauch erzählt, nachdem sie verhört worden war«, sagte Konráð. »Sie hat mir erzählt, dass die Sache in den Verhören zur Sprache gekommen war.«

»Also nicht, als du sie hier getroffen hast?«, fragte Pálmi. »An dem Tag, an dem Seppi umgebracht wurde?«

Konráð schüttelte den Kopf.

»Wäre das denn ein Grund gewesen, dich mit ihm zu schlagen?«, fuhr Pálmi fort. »Wenn sie dir das hier schon gesagt hätte? Ihr habt euch doch hier getroffen, in diesem Café.«

»Worauf willst du hinaus, Pálmi?«

»Ich habe viel über euch nachgedacht, nachdem du mit deinen Fragen zu mir gekommen bist. Ob ich damals nach dem Mord zu viel Verständnis hatte. Für deine Situation. Für eure Familie. Ob ich da einen Fehler gemacht habe.«

»Für meine Situation?«

»Du hast mich früher nie etwas zu den Ermittlungen gefragt«, sagte Pálmi. »Das ist mir jetzt erst so richtig bewusst geworden. Du hast nie gefragt, ob wir eine heiße Spur hätten. Als wolltest du gar nicht wissen, wer deinen Vater ermordet hat.«

»Natürlich habe ich gefragt.«

»Nein, Konráð. Nicht ein einziges Mal.«

»Ich habe mich nicht mit ihm geschlagen«, sagte Konráð. »Und es hat auch niemand an seiner Leiche Verletzungen entdeckt, die darauf hingewiesen haben, dass er sich vor seinem Tod geprügelt hat.«

»Man kann sich auch streiten und schlagen, ohne dass man davon viel sieht. Und die eigentliche Frage ist ja auch, ob du wütend auf deinen Vater warst, nachdem du dich hier mit deiner Mutter getroffen hast. Könnte da etwas dran sein? Hat sie dir erzählt, was Seppi mit deiner Schwester gemacht hat, als ihr euch an dem Tag getroffen habt?«

Konráð antwortete ihm nicht.

»Wie ging es dir eigentlich, nachdem sie dir davon erzählt hat?«, fragte Pálmi.

»Ich wusste ja, dass er zu allem fähig war.«

»Bist du wütend geworden?«

»Natürlich.«

»Wütend genug, um ihn umbringen zu wollen?«, fragte Pálmi.

»Sie hat es mir ja erst gesagt, als er schon tot war.«

»Und wenn sie dir von seinem Missbrauch erzählt hätte, als er noch am Leben war?«

»Pálmi …«

»Wenn sie es dir damals gesagt hätte? Genau hier? Bevor du zu ihm gegangen bist?«

Konráð zögerte erneut.

»Du kannst es mir ruhig sagen. Du kannst mir sagen, was du getan hättest. Wenn dir klar gewesen wäre, was er mit deiner Schwester gemacht hat, bevor du ihn das letzte Mal gesehen hast.«

Dreiunddreißig

Konráð sah Pálmi eine lange Zeit an. Jetzt war er sicher, dass er diesen Treffpunkt nicht zufällig gewählt hatte. Er warf einen Blick in die Ecke, in der einst die Schriftsteller und Künstler gesessen und debattiert hatten. Einer der damaligen Stammgäste war der Lieblingsdichter seiner Mutter gewesen. Er hatte einen fehlgebildeten Arm, ebenso wie Konráð. Seine Mutter war überzeugt davon, dass er es mit diesem Handicap im Leben nicht immer leicht gehabt hatte. Aber dass es ihn vielleicht auch zu so einem guten Dichter gemacht hatte, zu einem Fürsprecher der Außenseiter und der Schwachen.

»Worüber hast du dich mit Seppi an dem Tag gestritten?«, fragte Pálmi.

»Wir haben uns nicht gestritten.«

»Wann hast du das mit deiner Schwester erfahren?«

»Pálmi, ich weiß echt nicht, was du willst. Ich suche doch auch nach seinem Mörder. Denkst du, das ist ein Ablenkungsmanöver? Denkst du, ich spiele dir etwas vor?«

»Ich hab das Gefühl, da ist irgendwas faul«, sagte Pálmi. »Irgendetwas verschweigst du mir.«

Konráð antwortete ihm nicht.

»Viele Kollegen haben damals gedacht, dass du es warst. Selbst nachdem du bei der Kriminalpolizei angefangen hast. Viele haben sogar gedacht, du hast das mit deiner Mutter zusammen geplant. Mit Sigurlaug. Sie hätte am liebsten gar nicht über den Missbrauch geredet. Das ist doch alles längst vorbei, hat sie immer wieder gesagt. Und dass du gar nichts davon gewusst hast. Nicht, als es passiert ist, und auch nicht in den Jahren danach.«

»Damit hat sich die Sache doch erledigt, oder?«

»Ich will das wissen«, sagte Pálmi. »Wut ist eine gefährliche Waffe. Das weiß vielleicht niemand so gut wie du.«

»Was willst du damit sagen?«

»Wollte sie dich schützen? Hat Sigurlaug gedacht, sie muss dich schützen?«

»Keine Ahnung.«

»Hat sie befürchtet, dass du das deinem Vater angetan hast? Hat sie so etwas mal gesagt?«

»Soweit ich mich erinnere, nicht«, sagte Konráð. Es kostete ihn immer mehr Mühe, sich zu beherrschen.

»Du hast einen Sohn«, sagte Pálmi. »Enkelkinder.«

»Und?«

»Versteht ihr euch gut?«

»Im Moment nicht«, gab Konráð zu. »Aber ich wüsste nicht, was das hiermit zu tun hat.«

»Meinst du, dein Sohn denkt manchmal darüber nach, ob du deinen Vater umgebracht hast?«

»Nein«, sagte Konráð. »Langsam gehst du mir auf die Nerven, Pálmi. Was soll das?«

»Vielleicht machst du das ja für ihn. Tust so, als ob du nach all den Jahren endlich versuchst, diesen Fall zu lösen. Und dann kommst du zu einem Ergebnis, das sich zufälligerweise bestens dafür eignet, um seine Zweifel an seinem Vater zu zerstreuen. Für die Zukunft. Wenn du mal nicht mehr bist.«

»Ich muss nichts für ihn tun, Pálmi.«

»Du suchst dir einen Sündenbock. Jemanden, der schon längst tot ist. Du weist nach, dass der es aller Wahrscheinlichkeit nach getan hat, auch wenn sich das heute nicht mehr sicher beweisen lässt.«

»Pálmi. Das ist absurd. Was ist in dich gefahren? Wenn du nicht aufhörst, gehe ich. Vielleicht sind es ja auch genau diese absurden Anschuldigungen, von denen ich uns endlich reinwaschen will. Diese Anschuldigungen, die uns bis heute verfolgen. Hast du darüber mal nachgedacht?«

»Uns?«

»Was?«

»Du hast *uns* gesagt.«

»Meine Mutter und mich. Du hast uns doch beide im Visier, oder?«

»Warst du es, Konráð? Hast du deinen Vater erstochen?«

»Pálmi ...«

Pálmi sah Konráð lange an, die Spannung zwischen ihnen schien etwas nachzulassen.

»Sei mir nicht böse. Ich ... eigentlich geht es mich ja gar nichts an. Und ziemlich weit hergeholt ist das auch alles, höchstwahrscheinlich ist da nichts dran, vielleicht werde ich auch einfach senil ... Ich habe nur das Gefühl, dass du nie ganz ehrlich zu mir gewesen bist. Ich habe dich immer respektiert und Verständnis gezeigt. Aber ich habe manchmal das Gefühl, dass das nicht auf Gegenseitigkeit beruht.«

Konráð schwieg.

»Okay«, sagte er dann. »Aber das bleibt unter uns.«

»Ja.«

»Du hast recht. Sie hat es mir gesagt. Hier. In diesem

Café. An dem Tag. Sie hat mir gesagt, wie er Beta missbraucht hat und dass sie deswegen so schnell ausgezogen ist und mich zurücklassen musste. Ich wurde wütend, bin nach Hause, mein Vater und ich haben gestritten. Heftig. Wir haben uns geprügelt. Ich wollte ihn umbringen. Die ganze Zeit über habe ich nichts davon gewusst. Ich bin durchgedreht, als sie es mir gesagt hat. Du hast recht, Wut ist eine gefährliche Waffe. Aber ich bin nicht nur wegen Beta so wütend geworden. Da kam einfach alles zusammen. Alles, für das er stand. Die Sache mit Beta hat dem Fass dann den Boden ausgeschlagen …«

Konráð verstummte. Alles war aus ihm herausgeplatzt, was sonst niemand wusste, abgesehen von seiner Schwester Beta selbst. Er bereute es sofort und nahm sich vor, sofort den Mund zu halten. Pálmi wusste nicht, wie ihm geschah. Plötzlich hatte er ganz neue Informationen zu einem Kriminalfall, über den seit Jahrzehnten kaum noch jemand sprach.

»Warum hast du mir das damals nicht gesagt?«, fragte er, nachdem auch er lange geschwiegen hatte.

»Ich wollte nicht, dass ihr das gegen mich verwendet.«

»Was wir ja auch getan hätten.«

»Natürlich hättet ihr das.«

»Dir ist schon klar, dass das einiges verändert?«

»Für mich ändert das gar nichts«, sagte Konráð. »Aber … Das bleibt doch unter uns, oder?«, fragte er dann. »Ich habe dir das im Vertrauen gesagt.«

»Habt ihr euch abgesprochen, das zu verschweigen? Deine Mutter und du? Dass sie dir hier von dem Missbrauch erzählt hat, nur wenige Stunden vor dem Mord?«

»Nein, Pálmi. Das haben wir nicht.«

»Hat sie gedacht, du hast es getan?«

Konráð antwortete nicht sofort.

»Nein«, sagte er dann.

»Das lässt den ganzen Fall in einem neuen Licht erscheinen«, sagte Pálmi.

»Das finde ich nicht.«

»Das ist doch wichtig.«

»Wichtig für wen? Ich habe dir das anvertraut, weil du mir geholfen hast und immer Verständnis für mich hattest. Aber ich will auf gar keinen Fall, dass du denkst, ich hätte das getan.«

»Du hättest ... ihr hättet das damals gleich sagen sollen. Gleich von Anfang an. Findest du das nicht auch, wenn du jetzt darauf zurückblickst?«

»Doch, schon. Aber das war irgendwie ... Es erschien uns nicht ratsam«, sagte Konráð.

»Nicht ratsam?«

»Und ich hoffe, dass das auch wirklich unter uns bleibt.«

»Ja, ich ...«

Pálmi nahm das Handy aus seiner Brusttasche, sah auf die Uhr, steckte es wieder ein und sagte, er sei mit seiner Tochter verabredet und schon spät dran.

»Das war eine Familienangelegenheit. Rein privat«, sagte Konráð. »So habe ich es immer gesehen. Ich habe gedacht, es würde die Sache nur verkomplizieren, wenn das jemand erfährt. Schließlich habe ich meinen Vater nicht umgebracht.«

»Schon klar. Und deswegen hast du das die ganzen Jahre verschwiegen.«

»Ich bin kein Mörder. Das muss dir doch klar sein?«

»So«, sagte Pálmi, erhob sich und suchte nach Kleingeld. »Ich muss los.«

»Ich weiß, dass du immer Verständnis für meine Situation gehabt hast«, sagte Konráð. »Ich hatte ja gerade meinen Vater verloren.«

»Du warst doch nur ein Junge, der vom Weg abgekommen ist«, sagte Pálmi. »Das hat sich erstaunlich gut zurechtgewachsen.«

Sie lächelten beide, dann verließ er das Café. Konráð sah ihm hinterher, trank sein Bier aus, zahlte und ärgerte sich. Er hatte das Gefühl, sich soeben um Kopf und Kragen geredet zu haben. Er hoffte, dass Pálmi damit nicht irgendeinen Unsinn anstellte.

Vierunddreißig

Die Frau wurde ganz ruhig und schloss die Augen. Sie war bereit zu tun, was das Medium von ihr verlangte. Obwohl es mitten am Tag war, hatte sie einige Kerzen angezündet. Es war schummrig in ihrem Wohnzimmer, sie hatte die Vorhänge zugezogen und wollte eine besinnliche Atmosphäre schaffen. Es war vollkommen still. Seppi gab Engilbert unauffällig ein Zeichen, daraufhin begann er mit der Beschreibung dessen, was er angeblich sah. Sie spürten sofort, dass die Frau sehr empfänglich für ihr Vorgehen war. Seppi hatte seinem Freund einige Dinge verraten, die er über die Frau und ihre Familiensituation herausgefunden hatte, über ihren verstorbenen Mann und ihren Sohn, aber auch andere Dinge, die er für nützlich hielt. Die Frau hatte sie schon vor der spiritistischen Sitzung großzügig bezahlt. Hatte immer wieder betont, wie wichtig es ihr sei, niemandem etwas zu schulden – korrekt zu sein, im Großen wie im Kleinen.

Schon bald gab Engilbert an, mit dem Jenseits in Verbindung zu stehen. Er beschrieb ein Städtchen in West-Island, das an Ísafjörður erinnerte. Er nannte die Namen einiger Straßen und Häuser und erwähnte Orte in der Umgebung, um die Frau an den Ort ihrer Kindheit zurückzuversetzen. Engilbert ließ es langsam angehen und versuchte es erst einmal mit sehr gängigen Orts- und Personennamen. Manches sagte der Frau etwas, aber längst nicht alles. Sie hatten ihr erzählt, sie seien von der Spiritistischen Gesellschaft, was zwar nicht stimmte, ihnen aber eine gewisse Glaubwürdigkeit verlieh, denn die Gesellschaft genoss einen guten Ruf. Bevor sie anfingen, hatte Engilbert der Frau ausführlich erklärt, er werde in eine, wie er es ausdrückte, Halb-Trance fallen. So könne er Kontakt zum Jenseits aufnehmen und zur selben Zeit Fragen beantworten, die ihn aus der Welt der Lebenden erreichten.

»Ich spüre ... da ist eine Frau. Eine schöne Frau«, sagte Engilbert aus seiner Halb-Trance heraus, als die Séance schon eine Weile im Gange war. Er saß mit halb geschlossenen Augen in einem Polstersessel und hatte angeblich eine gute Verbindung ins Jenseits, spürte starke positive Energieströme. »Ich spüre ... das ist ... kann es sein, dass sie Lydia heißt? Sie hat langes volles Haar, sehr schönes Haar und sie ... sie strahlt ... sie hat so eine fürsorgliche Ausstrahlung. Als ob sie in einem Heilberuf gearbeitet hätte. Menschen geholfen hat.«

»Ja, sie war Hebamme. In den Westfjorden«, sagte die Frau voller Stolz auf ihre Verwandte.

»Ich sehe Kinder ...«, sagte Engilbert und warf Seppi einen unauffälligen Seitenblick zu, bevor er fortfuhr, doch ihr Opfer schien ihnen bereits völlig zu vertrauen. »Viele Kinder um sie herum. Sie sagt dir, du brauchst keine Angst zu haben. Alles wird gut. Sie sagt, du sollst dir keine Sorgen machen. Und dass dein Vater dich grüßen lässt, es geht ihm gut, dort, wo er jetzt ist, und seinem Bruder auch.«

Engilbert verweilte noch etwas bei der Lydia mit dem langen vollen Haar und all den gute Dingen, die sie in ihrem langen Leben getan hatte. Da räusperte Seppi sich. Es ging ihm zu langsam. Er gab Engilbert ein Zeichen, schneller zu machen. Seppi hatte ihm gesagt, dass er nicht allzu lange bleiben könne, er hatte noch einen Termin.

»Sie sagt… Lydia sagt, da ist ein Ausländer…«

»Ein Ausländer?«, sagte die Frau.

»Da ist ein Mann bei ihr. Er traut sich nicht recht, vorzutreten, aber du kennst ihn gut«, fuhr Engilbert fort. »Ein junger Mann. Lydia sagt, er trägt eine Uniform.«

Seppi bemerkte, wie die Frau einen Schreck bekam. Sie starrte Engilbert an. Seppi hatte rein durch Zufall erfahren, dass die Frau während des Krieges eine Affäre mit einem britischen Besatzungssoldaten gehabt hatte. Eine Bekannte von Seppi, die damals im White Star Pub gearbeitet hatte, erinnerte sich an sie, Arm in Arm mit einem Soldaten. Sie seien oft zusammen in dem Pub gewesen, Seppis Bekannte war sich da ganz sicher. Kurz vor Kriegsende sei der britische Soldat in Europa gefallen und die Frau habe sehr um ihn getrauert. Das wollte Seppi ausnutzen. Die Erfahrung hatte gezeigt, dass ihre Klientinnen besser zahlten, wenn Engilbert möglichst genaue Details in die Séancen einfließen ließ.

»Er ist traurig über das, was passiert ist«, sagte Engilbert und machte ein Gesicht, als müsste er sich besonders anstrengen, um die Verbindung mit der Ätherwelt zu halten. »Er hat sich immer so wohlgefühlt auf Island. Und er lässt dich grüßen und will dir für alles danken.«

»Ist das … Trevor?«, fragte die Frau verwundert, nachdem sie eine Weile überlegt hatte. Sie war voll gespannter Erwartung.

»Das kann ich so genau nicht sehen«, sagte Engilbert, der sich nicht mehr gut konzentrieren konnte, nachdem

Seppi ihn zur Eile gedrängt hatte. »Lydia sagt, er hält sich eher abseits, aber er denkt oft an dich und weiß, dass du ihn vermisst. Der Vorname fängt mit T an, der Nachname ist zu verschwommen.«

»Er hatte eine Schwäche für ... Motorräder«, sagte die Frau, und plötzlich war da ein skeptischer Unterton in ihrer Stimme.

»Lydia meint, er hat gesagt, dass er dich die ganze Zeit geliebt hat. Ihr ist, als würde sie ein Grollen im Hintergrund hören, es ist sehr weit weg, da scheint Militär zu sein, eine motorisierte Einheit.«

»Wir sind manchmal am Strand spazieren gegangen, raus zum Leuchtturm«, sagte die Frau, als wollte sie ihnen ein Stichwort geben.

»Er spricht von Liebesstunden. Lydia sagt, er sehnt sich nach euren gemeinsamen Stunden.«

Die Frau sah erst Seppi an, dann Engilbert.

»Das ist ja unglaublich«, sagte sie.

»Bei diesen Sitzungen mit Engilbert kann viel zu Tage treten, für das wir mit unserer Vernunft keine Erklärung finden«, sagte Seppi mit samtweicher Stimme – er glaubte, sie waren auf dem richtigen Weg. »Ich muss schon sagen, dass die Verbindung hier besonders gut ist. Außerordentlich gut. Engilbert stimmt mir da sicher zu.«

»Was redet ihr da eigentlich?«, fragte die Frau.

»Lass uns einfach fortfahren«, sagte Seppi.

»Warum sagt ihr, ich hätte etwas mit einem Soldaten gehabt? Was hat dieser Mann mit der Sache zu tun?«

Seppi dachte an seine Bekannte aus dem White Star Pub.

»Lügt ihr mich etwa an?«, fragte die Frau, nachdem sie keine Antwort bekommen hatte.

»Das würden wir nie tun«, sagte Seppi und versuchte, möglichst empört zu klingen.

»Das sagt mir alles überhaupt nichts!«

»Meinst du ...?«

»Mit wem habe ich es hier eigentlich zu tun?«

»Na, das ist Engilbert, das Medium«, sagte Seppi. Ihm war nicht entgangen, dass der Gesichtsausdruck der Frau sich verändert hatte. In ihrem gemütlichen Wohnzimmer braute sich ein Unwetter zusammen. »Er hat schon Hunderte solcher Sitzungen abgehalten, erfolgreiche Séancen, die geliebte Menschen wieder in die Nähe ihrer ...«

»Das ist doch alles Humbug. Ich bin nie mit einem Soldaten ausgegangen«, sagte die Frau. »Nicht während des Krieges und auch nicht danach. Solche Verbindungen habe ich immer abgelehnt. Das gehört sich nicht in unserer Familie. Oder haltet ihr mich etwa für ein Flittchen?«

»Aber du hast doch selbst den Mann erwähnt. Das Motorrad.«

»Ich wollte wissen, wie weit ihr gehen würdet. Wollte wissen, womit ich es zu tun habe, was hier eigentlich vor sich geht. Aber das sagt ihr mir ja nicht. Seid ihr hergekommen, um mich zu verschaukeln?«, fragte die Frau ärgerlich. »Was wird hier eigentlich gespielt?!«

Seppi wusste, dass er in Schwierigkeiten war. Engilbert war in Rekordzeit aus seiner Halbtrance erwacht.

»Seid ihr überhaupt von der Spiritistischen Gesellschaft?«, fragte die Frau.

»Ja, selbstverständlich«, sagte Seppi in einem Versuch, das Gesicht zu wahren. »Es kann natürlich immer passieren, dass sich die Nachrichten ... verschiedener ... überlagern und vermischen. Besonders, wenn die Verbindung so stark ist wie hier bei dir. Das ist ein oft beschriebenes Phänomen…«

»Ich habe eher den Eindruck, das ist alles ein einziger Schwindel«, fuhr die Frau empört fort und erhob sich. »Ihr wollt mich hinters Licht führen? Ich sollte die Polizei rufen.«

»Aber das wird doch nicht nötig sein«, antwortete Seppi sofort.

»Da bin ich mir nicht so sicher«, sagte sie.

Engilbert verfolgte das Hin und Her zwischen Seppi und der Frau mit gespannter Aufmerksamkeit, mischte sich jedoch nicht ein. Brachte kein Wort heraus. Die Reaktion der beiden bestärkte die Frau in der Annahme, dass sie hier keiner richtigen spiritistischen Sitzung beiwohnte.

So eine Frechheit habe sie noch nie erlebt, sagte sie. Sie forderte das Geld zurück und kündigte an, sich bei der Spiritistischen Gesellschaft zu beschweren. Sie sollten sich schämen, sagte sie dann und fragte, ob das ein mieser Trick sei, um gutgläubige Leute auszunehmen.

Als auch auf diese Frage eine Antwort ausblieb, drohte sie noch einmal mit der Polizei. Seppi kapitulierte und gab der Frau widerwillig das Geld zurück, begleitet von einer wortreichen Erklärung, dass es sich nur um ein Missverständnis handele, das sich ganz einfach aus der Welt schaffen ließe, ohne der Polizei damit unnötige Arbeit zu machen. Die Frau platzte fast vor Wut. Das Letzte, was Seppi wollte, war eine Anzeige.

»Hysterische Ziege!«, fluchte Seppi, als sie draußen waren. »Und du hast mich total hängenlassen«, sagte er zu Engilbert, der seinen Flachmann herausholte und seinen Komplizen müde ansah. Dann wies er Seppi darauf hin, dass er schon lange mit diesen Betrügereien aufhören wollte. Es laufe einfach nicht mehr, das hätten sie doch neulich schon gemerkt, bei ihrer missglückten Séance mit dem Ehepaar in Þingholt.

»Ich hätte sie gekriegt, wenn ich nicht von diesem blöden Soldaten angefangen hätte«, jammerte Engilbert. »Das ist ein sensibles Thema, das habe ich dir gleich gesagt.«

»Diese hysterische Ziege!«, zischte Seppi abermals, schnäuzte in den Rinnstein, wischte sich die Nase mit der Hand ab und dann die Hand an seiner Hose. Es ärgerte ihn maßlos, dass er der alten Frau das Geld zurückgeben musste. Dieser dummen Kuh!

»Warum hast du es eigentlich so eilig?«, fragte Engilbert, als sie sich verabschiedeten. »Wo musst du hin?«

»Ich habe einen Arzttermin«, sagte Seppi.

Fünfunddreißig

Das Wartezimmer war klein und rappelvoll. Seppi musste stehen, alle Sitzplätze waren vergeben. Mütter mit ihren Kindern. Junge Frauen. Alte Männer. Alle wollten zu dem Arzt. Manche hatten einen Termin, andere kamen einfach so und hofften, der Arzt hätte Zeit für sie. Es war gut geheizt. An einer Wand des Wartezimmers war ein Fenster, doch das konnte man nicht öffnen. Einige unterhielten sich leise. Andere standen an die holzvertäfelte Wand gelehnt, genau wie Seppi, und starrten vor sich hin, mit Hitzewallungen, Ohrenschmerzen oder hartnäckigem Husten und einem Rasseln in der Lunge.

Seppi starrte auf die Tür zum Behandlungszimmer und wartete darauf, dass sie sich öffnete. Eigentlich hätte er viel früher hier sein wollen. Er war noch immer verärgert über die misslungene Séance. Das war allein seine Schuld gewesen. Er war unvorsichtig geworden in der letzten Zeit und hätte sich nicht blind auf die Informationen seiner Bekannten verlassen sollen, die sich letztendlich als vollkommener Blödsinn erwiesen hatten. Dabei war es eigentlich immer bestens gelaufen, wenn sie vorab gute Informationen bekamen und Engilbert in Form war. Im letzten Jahr hatten sie beachtliche Summen von einer Witwe bekommen, deren Sohn als Kind bei einem Unfall ums Leben gekommen war. Seppi war auf den Fried hof gegangen, hatte sich das Familiengrab angesehen und durch einen Glücksfall erfahren, dass ihr verstorbener Sohn ein begabter Klavierschüler gewesen war. Daraufhin bastelte er aus einer kaputten Spieldose einen Gegenstand, der einen Ton von sich gab, der an ein Klavier erinnerte. Der Ton war zwar nicht besonders melodisch, aber richtig angewendet, erfüllte er durchaus seinen Zweck. Er hatte zumindest noch nie eine solche, durch Geld ausgedrückte Dankbarkeit erlebt wie bei dieser Frau am Ende der Séancen.

Umso weniger hatte er damit gerechnet, dass der Neffe dieser verfluchten Witwe eines Tages bei ihm vor der Tür stand und das Geld zurückforderte. Er machte ihm einigen Ärger, drohte und belästigte ihn immer wieder. Ein Großbürger, der fest entschlossen war, die Ehre seiner Familie nicht von kriminellem Abschaum wie Seppi in den Schmutz ziehen zu lassen. Das wiederholte er immer und immer wieder. Abschaum. Gesocks. Seppi musste ihm zumindest etwas Geld zurückgeben, um ihn zufriedenzustellen. Das Problem war nur, dass er längst alles beim Glücksspiel verloren hatte, und selbst wenn er noch etwas gehabt hätte, wäre es ihm schwergefallen, es wieder herzugeben. Engilbert und er hatten schließlich nichts Schlimmes getan, lediglich die alte Schachtel ein bisschen aufgemuntert.

Da öffnete sich die Tür zum Behandlungszimmer. Ein junger Mann kam heraus, gefolgt von dem Arzt, der ins Wartzimmer hineinfragte, wer der Nächste sei. Als er Seppi sah, zuckte er zusammen. Da hatte Seppi sich auch schon an ihm vorbei ins Behandlungszimmer gedrängelt. Eine Frau mit einem kleinen Kind stand auf und sagte, sie sei an der Reihe, doch der Arzt gab ihr ein Zeichen, dass er sie gleich aufrufen würde, dann schloss er hinter sich die

Tür, an der ein Kupferschild befestigt war, auf dem sein Name stand: Dr. med. A. J. Heilman.

»Was willst du hier?«, fragte er gereizt und wandte sich Seppi zu, der sich auf die Patientenliege gesetzt hatte, die Beine lässig baumeln ließ und sich in dem Zimmer umsah, als wäre es für ihn das Selbstverständlichste auf der Welt, den Arzt zu belästigen.

»Die Pornos, die ich dir organisiert habe, waren wohl nicht gut genug«, sagte Seppi.

»Nicht so laut«, zischte der Arzt und blickte zu der Tür, die zum Wartezimmer führte. »Was willst du hier, verdammt noch mal?«

»Du wolltest deine eigenen Fotos machen.«

»Was willst du?«

»Ist doch immer wieder nett, dich hier zu besuchen«, sagte Seppi. Er war bereits einmal hier gewesen und hatte dem Arzt Pornomagazine und Super-8-Filme gebracht, die er von einem Bekannten bekommen hatte, der zur See fuhr. Einer von Seppis Kontakten bei der Polizei, den alle Sankt Nikulás nannten, hatte das Geschäft vermittelt. Er war bei Seppi gewesen, um seinen Anteil an dem Verkauf von Schmuggelware einzutreiben, hatte die Pornohefte gesehen und gesagt, er wüsste einen Käufer dafür. So hatte Seppi den Arzt kennengelernt. Der Arzt hatte ihn gut bezahlt, und Seppi hatte keine Fragen gestellt – bis jetzt, wo ihm die Fotos von dem Mädchen in die Hände gefallen waren.

»Du kannst nicht einfach hier reinplatzen, du siehst doch, was hier los ist«, sagte der Arzt entnervt. »Das Wartezimmer ist voller Patienten, wenn du etwas willst, müssen wir uns woanders treffen, du kannst mich nicht auf der Arbeit stören.«

»Ich fand es dieses Mal irgendwie sicherer, dich hier zu treffen. Am helllichten Tag. Nur wir zwei.«

»Was redest du denn da?«

»Ich rede von deinem Freund Luther«, sagte Seppi. »Und von seinem Kumpel. Du hältst sie mir vom Leib, hast du das verstanden? Halt sie von mir fern.«

»Luther? Woher weißt du von Luther?«

»Der hat mir deinen Schmuck wieder abgenommen.«

Der Arzt brauchte eine Weile, um zu verstehen, was Seppi meinte, dann wurde ihm klar, dass er von dem Einbruch sprach. Seppi sah, wie er versuchte, seine Verwunderung zu verbergen.

»Ich habe keine Ahnung, wovon du sprichst«, sagte der Arzt.

»Und ob du das weißt. Ich spreche von dem, was sie dir gestohlen haben«, sagte Seppi und hielt nun die Beine still. »Ich kenne die Jungs, die bei dir eingebrochen sind. Und jetzt sag nicht, du weißt nichts von einem Einbruch. Ich weiß alles darüber. Und ich glaube, ich weiß auch, warum du Luther losgeschickt hast, anstatt die Polizei einzuschalten.«

»Was meinst du damit?«

»Das meine ich«, sagte Seppi, holte eines der Fotos hervor, die Mikki ihm gegeben hatte, und zeigte es dem Arzt.

Der Arzt betrachtete das Foto, dann sah er Seppi an.

»Du hast die?«, fragte er.

Seppi nickte.

»Ich brauche sie zurück«, sagte der Arzt.

»Das glaube ich gern«, sagte Seppi und lachte. »Was hast du dir dabei gedacht? Ich habe deine Praxis sofort erkannt. Du hast diese Fotos gemacht, das ist doch klar.«

»Hast du sie dabei?«, fragte der Arzt.

»Natürlich nicht. Denkst du, ich bin blöd?«, sagte Seppi.

Der Arzt antwortete ihm nicht.

»Wenn hier einer blöd ist, dann du«, fuhr Seppi fort. »Wer hat die eigentlich für dich entwickelt?«

»Das geht dich nichts an. Gib mir die Bilder.«

»Soll ich rausgehen und das den Leuten im Wartezimmer zeigen?«, fragte Seppi. »Soll ich? Ich hätte kein Problem damit. Ich gehe da raus und lasse das Bild herumgehen. Wie fändest du das?«

»Ich habe sie selbst entwickelt«, sagte der Arzt. »Hier in der Praxis. Was willst du dafür haben?«

»Das ist sie, oder?«

»Niemand hätte diese Bilder je sehen sollen«, sagte der Arzt. »Gib sie mir zurück. Sie gehören mir. Was willst du dafür haben?«

»Ist sie das? Oder nicht?«, fragte Seppi erneut und zeigte auf das Mädchen auf dem Foto.

Der Arzt schwieg.

»Meinst du, ich weiß nicht, wer das ist?«, sagte Seppi. »Meinst du, ich weiß nicht, was mit ihr passiert ist?«

»Was willst du für die Bilder haben?«

»Ich erinnere mich noch gut an sie«, sagte Seppi. »Ich kenne ihren Stiefvater, diesen Dreckskerl. Hat er sie zu dir gebracht? Hast du ihn dafür bezahlt? Wie viel?«

Der Arzt schwieg. Er sah Seppi einfach nur an und versuchte die Fassung zu wahren.

»Dann war das vielleicht gar kein Unfall?«, sagte Seppi. »Ihr Tod im Tjörnin? Sie ist doch in dem See dort ertrunken, oder?«

»Was willst du für die Bilder?«, fragte der Arzt ein weiteres Mal.

»War das ein Unfall?«

Der Arzt schüttelte den Kopf.

»Wie hieß sie noch mal?«, fragte Seppi und tat so, als müsste er sich mühsam erinnern, obwohl er es ganz genau wusste. »Ein eher kurzer Name, wenn ich mich nicht täusche?«

Der Arzt war ganz rot geworden.

»Nanna? Kann das sein?«, fragte Seppi. »So hieß das Mädchen, oder? Die hat in einer von den Baracken gewohnt. Das ist sie doch. Sie ist das, hier auf diesen Bildern. Das Mädchen, das im Tjörnin ertrunken ist.«

Sechsunddreißig

Benóný stellte fest, dass das Auto nicht vor dem Haus stand. Er blieb auf der Straße stehen, alles war ruhig. Stan war offenbar zur Arbeit gefahren – schließlich war das Auto ja nicht da. Aber Elísa müsste eigentlich zu Hause sein, falls sie nicht irgendwelche Besorgungen machte. Es war noch früh am Morgen, niemand war auf der Straße unterwegs.

Er holte den Schlüssel aus dem üblichen Versteck, schloss die Kellertür auf und suchte seine Werkzeuge zusammen, den Hammer, einige Schraubenzieher, die Bohrmaschine, und tat sie in eine mitgebrachte Ledertasche. Nach dem Streit am Abend zuvor ging er nicht davon aus, dass er hier noch weiterarbeiten würde.

Er war allerdings nicht nur gekommen, um seine Werkzeuge zu holen. Er machte sich auch Sorgen um Elísa und hoffte, sie wäre zu Hause, er wollte wissen, ob alles in Ordnung war. Nachdem er seine Werkzeuge eingepackt hatte, wartete er einen Moment im Keller, dann ging er zu der Treppe, die hinauf ins Haus führte. Die Tür, oben am Ende der Treppe, war geschlossen. Er horchte, doch als er auch nach längerer Zeit kein Geräusch hörte, sorgte er sich umso mehr. Er hatte kaum geschlafen in dieser Nacht. Er hätte diesen Streit mit Stan nicht anfangen sollen. Er hatte ihn provoziert und ihn dann ins Haus zu Elísa gehen lassen. Warum hatte er sich das nicht besser überlegt? Er hätte das alles ganz anders machen müssen.

Benóný ging die Treppe hinauf und legte die Hand an die Türklinke. Sie war unverschlossen, er öffnete die Tür. Rief leise Elísas Namen, doch nichts geschah. Er rief abermals nach ihr, dieses Mal lauter. Als wieder niemand antwortete, stand er ratlos da. Sollte er warten, bis er etwas hörte oder bis sie nach Hause kam? Wahrscheinlich war er wirklich allein im Haus. Nachdem er einen Blick in die Küche und in das Kinderzimmer geworfen hatte, stieg er langsam die Treppe ins Obergeschoss empor, ohne genau zu wissen, was er dort wollte.

Als er die Tür zum Schlafzimmer öffnete, sah er Elísa im Bett liegen. Sie lag auf der Bettdecke, den Kopf auf einem Kissen. Er bemerkte die Verletzungen in ihrem Gesicht. Sein Herz blieb beinahe stehen, für einen Moment war er sich sicher, sie wäre tot. Wie festgenagelt verharrte er in der Tür, da sah er zu seiner großen Erleichterung, wie sie einen Arm bewegte. Dann öffnete sie endlich die Augen und bemerkte ihn.

»Bist du das?«, fragte sie, ohne sich zu wundern. Ihm schien es, als würde sie noch halb schlafen.

»Ich muss eingenickt sein«, sagte sie fast entschuldigend. »Ich habe die ganze Nacht nicht geschlafen.«

Sie setzte sich auf, was ihr sichtbar schwerfiel, offenbar hatte sie Schmerzen im Gesicht und am ganzen Körper.

»Ich will gar nicht stören, ich wollte nur meine Sachen holen«, sagte Benóný. »Ich habe gestern Abend mit Stan geredet. Er hat dich geschlagen, das sehe ich. War das, direkt nachdem er nach Hause gekommen ist? Ich hätte nicht so mit ihm reden sollen, ich habe ihn wütend gemacht.«

Sie drehte den Kopf so, dass er die Verletzungen besser sah.

»Nichts von alldem ist deine Schuld, Benóný«, sagte Elísa. »Denk so was nicht. Du hast mir geholfen.«

»Ich hätte dich mitnehmen sollen.«

»Er hat mich geschlagen, dann ist er gegangen«, sagte sie. »Ich dachte schon, er bringt mich um, dann ist er einfach weg. Hat ein paar Klamotten, seinen Rasierer und seine Zahnbürste mitgenommen und ist weggefahren. Ich weiß nicht, wohin. Ich habe seitdem nichts von ihm gehört.«

»Was hast du da am Hals?«, fragte Benóný, als er den roten Streifen an ihrem Hals sah und das Blut auf ihrer Kleidung. »Ist er mit einem Messer auf dich losgegangen?«

»Ich habe ihm von dem Messer unter der Matratze erzählt«, sagte Elísa. »Ich glaube, ich habe ihm einen ziemlichen Schreck eingejagt, als ich gesagt habe, dass ich bereit bin, es zu benutzen. Dass ich mir gut vorstellen könnte, es eines Nachts zu gebrauchen. Ich hatte plötzlich keine Angst mehr vor ihm, und ich glaube, das hat er gemerkt.«

Sie erzählte Benóný von ihrer Auseinandersetzung mit Stanley am Abend zuvor. Wie merkwürdig das gewesen sei. Sie konnte es selbst kaum glauben, aber sie hatte endlich den Mut gehabt, Stanley die Stirn zu bieten. Zum ersten Mal in all den gemeinsamen Jahren hatte er klein beigegeben. Elísa war noch immer ganz verwirrt, sie konnte sich kaum erklären, wie es dazu gekommen war. Sie hatte die ganze Nacht wachgelegen und damit gerechnet, dass er zurückkommen würde und dann brutaler wäre als jemals zuvor. Doch das war nicht passiert, und als es Morgen wurde, war sie erschöpft eingeschlafen.

»Vielleicht hat er sich ein Hotel genommen«, sagte sie,

als ob das eine komplett absurde Vorstellung wäre. »Und dann muss er natürlich morgens früh los zur Arbeit. Das wird er dann wohl gemacht haben. Er ist auf der Arbeit, glaubst du das nicht auch?«

»So ein Scheißkerl«, sagte Benóný und setzte sich auf den Rand des Bettes. »Das hätte ich ihm nie zugetraut. Er ist doch mein Freund und so … ich habe wirklich nicht geahnt, wozu er fähig ist.«

»Jetzt ist er hoffentlich klüger«, sagte Elísa. »Sieh mich an. Sehe ich nicht schlimm aus?«

»Verzeih«, sagte Benóný, »soll ich lieber gehen? Ich will mich nicht aufdrängen. Ich wollte eigentlich gar nicht hier reinkommen, ich wollte nur wissen, wie es dir geht. Ob alles in Ordnung ist.«

»Bleib gern noch ein bisschen sitzen«, sagte Elísa. »Ich glaube, ich habe noch gar nicht richtig begriffen, was passiert ist. Ich habe bei meinen Verwandten auf dem Land angerufen … ich vermisse meine Lóla so sehr, ich habe ihr gesagt, dass ich bald komme und sie nach Hause hole. Alles wird gut, habe ich ihr gesagt. Doch ich habe das Gefühl, sie glaubt mir nicht. Ich hätte fast geweint. Sie hat eher mich getröstet als umgekehrt. Sie ist so stark …«

Benóný nahm sie in den Arm.

»Aber jetzt wird doch auch alles gut«, sagte er. »Für sie und für dich. Du hast das einzig Richtige getan.«

»Ja?«

»Du solltest zur Polizei gehen«, sagte Benóný. »Damit die zumindest wissen, wie er dich behandelt hat. Falls noch irgendwas passiert. Nur weil er abgehauen ist, heißt das noch lange nicht, dass er sich damit abfindet.«

Elísa sah Benóný an und nahm seine Hand.

»Was würde ich nur ohne dich tun«, sagte sie. »Ohne

dich hätte ich nie den Mut gehabt, mich ihm entgegenzustellen. Ich bin so froh, dass ich mit dir darüber reden kann. Seitdem weiß ich, dass das nicht meine Schuld ist. Dass ich nicht allein bin. Dass ich einen echten Freund habe.«

»Natürlich ist das nicht deine Schuld«, sagte Benóný. »Und du siehst wirklich schlimm aus.«

Elísa sah ihn an und lächelte. Dann küsste sie seine Hand. Küsste ihn vorsichtig auf den Mund. Sie spürte, wie er zögerte, sich nicht ganz traute, aber sie spürte auch, mit welcher Zuneigung er langsam ihre Zärtlichkeiten erwiderte. Sie vorsichtig auf die heiße Wange küsste. Auf eine ihrer fast verheilten Wunden. Auf ihre Lippen. Sie drückte seinen Körper so fest an sich, als wollte sie ihn nie wieder loslassen, und als er sich zu ihr legte, spürte sie, wie ein Gefühl zu neuem Leben erwachte, das sie längst verloren geglaubt hatte.

Siebenunddreißig

Nach dem Treffen mit Pálmi fuhr Konráð nach Hause. Es fiel ihm schwer, sich zu beruhigen. Zu Hause angekommen sah er, dass jemand einen braunen Umschlag durch den Briefschlitz in seiner Haustür geworfen hatte. Er lag zwischen Werbewurfsendungen und Gratiszeitungen. Er betrachtete den Umschlag und stellte fest, dass er weder den Namen eines Empfängers noch eines Absenders trug, nicht abgestempelt war und auch nicht frankiert, sodass er auch diesen Brief für Werbepost hielt und ihn zusammen mit den anderen Wurfsendungen einfach auf den Küchentisch schmiss. Werbung war die einzige Post, die er überhaupt noch bekam, abgesehen von Rechnungen. Der Großteil davon war genau auf seine Altersgruppe zugeschnitten und pries die neuesten Hörgeräte an oder Wunderpillen gegen nächtlichen Harndrang.

Auf dem Heimweg war er noch kurz in einem Supermarkt gewesen, in dessen Nähe sich eine Filiale des staatlichen Alkoholladens befand, hatte Essen gekauft und einige Flaschen seines Lieblingsweins The Dead Arm. Er räumte die Einkäufe weg und machte sich etwas zu essen, er hatte großen Hunger. Dazu hörte er die Nachrichten im Radio und versuchte ein weiteres erfolgloses Mal, Húgó zu erreichen. Das Gespräch mit Pálmi in dem Café steckte ihm noch immer in den Knochen, am liebsten hätte er ihn angerufen, um noch mal zu betonen, dass das ein rein privates Gespräch gewesen war und er alles Gesagte streng vertraulich behandeln sollte. Es ging niemand anderen etwas an.

Doch dann schlief er letztendlich über einer norwegischen Krimiserie im Fernsehen ein und schreckte erst wieder hoch, als sein Handy klingelte. Es dauerte einen Moment, bis er es in der Küche fand, dann stellte er ebenso verwundert wie erleichtert fest, dass es Húgó war.

»Hallo, mein Lieber«, sagte er froh.

»Du hast versucht, mich zu erreichen«, sagte Húgó schroff.

»Ja, ich … ich wollte noch mal mit dir reden«, sagte Konráð. »Ich will nicht, dass das ab jetzt zwischen uns steht. Wir müssen doch miteinander reden.«

»Ja? Müssen wir das? Du darfst jahrelang alle belügen und betrügen, und dann müssen wir miteinander reden, meinst du?«

»Húgó …«

»So wäre es für dich am praktischsten, oder?«

»Ich habe nie gesagt, dass ich keine Fehler mache.«

Konráð hörte, wie sein Sohn entnervt ins Telefon schnaubte.

»Du hast nie gesagt, dass du ein Ehebrecher bist, der Mama jahrelang betrogen hat.«

Konráð wusste nicht, was er antworten sollte. Es tat ihm weh, dass Húgó noch immer wütend auf ihn war und ihm so misstraute. Ja, fast schien es ihm, als würde sein Sohn ihn verachten.

»Ich möchte doch gerne ehrlich zu dir sein, Húgó«, sagte er dann. »Mich quält diese Sache seit vielen Jahren, damit muss ich leben. Aber ich habe es mir nicht leicht gemacht, auch wenn du das denkst. Egal, was du sagst oder tust, für mich kann es die Sache nicht schlimmer machen. Aber es bleibt eine Sache zwischen Erna und mir.«

»Und Svanhildur?«

»Da ist nichts zwischen uns«, sagte Konráð. »Nur dass du das weißt. Das habe ich schon vor vielen Jahren beendet. Als deine Mutter krank wurde. Vor ein paar Tagen wollte ich sie besuchen, da hat sie mir die Tür vor der Nase zugeknallt. Dir ist ja vielleicht auch schon aufgefallen, dass ich ein ziemliches Talent dafür habe, mich unbeliebt zu machen.«

Húgó schwieg eine Weile und Konráð ebenso. Die Zeit verging. Das Flackern der norwegischen Krimiserie erleuchtete das Wohnzimmer. Konráð hatte versucht herauszufinden, worum es ging, aber ohne Erfolg. Er wusste nicht, wie lange er da mitten in seinem Wohnzimmer gestanden hatte, bevor er merkte, dass Húgó aufgelegt hatte.

»Wie geht es den Zwillingen?«, hatte er gefragt, um ein angenehmeres Thema anzuschneiden, doch er erhielt keine Antwort. »Hallo? Húgó? Hallo? Bist du noch da?«

Sein Sohn hatte einfach aufgelegt. Konráð wollte ihn zurückrufen, doch dann entschied er sich dagegen. Húgós Reaktion war verständlich, Konráð konnte froh sein, dass er überhaupt angerufen hatte. Immerhin, dachte Konráð. Und ahnte, dass sie nächstes Mal länger sprechen würden.

Er dachte an Svanhildur. Fast hätte er sie sofort angerufen, doch dann tat er es nicht. Er wollte an diesem Tag nicht noch eine Zurückweisung riskieren. Überall in der Stadt knallte man ihm die Türen vor der Nase zu, ließ ihn allein in Lokalen sitzen, legte mitten im Gespräch einfach auf – er hatte genug davon.

Also ging er in die Küche und schenkte sich ein Glas

von The Dead Arm ein. Aber auch wirklich nur ein Glas, zum Einschlafen. Rauchen würde er auch nicht, er hatte ohnehin keine Zigarillos mehr im Haus. Erna hatte ihn einst auf diesen Rotwein aufmerksam gemacht und ihm erklärt, was der Name bedeutete: Der verkümmerte Ast. Diese Rebsorte hatte die Eigenart, dass immer wieder Zweige verdorrten und abfielen, sodass die anderen gesunden Zweige zusätzliche Nährstoffe erhielten. Man nahm an, dass der Wein dadurch eine besonders kräftige Note bekam. Erna hatte in dieser Laune der Natur etwas von ihrem Ehemann wiedererkannt.

Konráð sah die Werbepost auf dem Küchentisch durch. Unter anderem war da eine Einladung zu einer Veranstaltung der konservativen Unabhängigkeitspartei. Der stellvertretende Vorsitzende sei persönlich anwesend und würde eine Rede halten. Die Stadtwerke würden übermorgen aufgrund von Wartungsarbeiten die Warmwasserversorgung unterbrechen. Ein Matratzenladen verkündete Sonderangebote. Der braune Umschlag war sehr sorgfältig zugeklebt, Konráð hätte das Weinglas abstellen müssen, um ihn zu öffnen. Er wollte schon alles zusammen in den Müll werfen, da siegte die Neugier über seine Lethargie, er riss den Umschlag auf und schüttete den Inhalt auf den Tisch. Der Umschlag enthielt einige fotokopierte Papiere, an einem von ihnen war ein gelber Klebezettel befestigt, auf dem eine kurze Botschaft stand:

Sorry, Alter

L

Das war keine Werbepost. Konráð wusste sofort, wer ihm diese Papiere geschickt hatte, er wusste nur nicht, warum. Gerade wenn man bedachte, wie ihr letztes Treffen verlaufen war. Umso mehr wunderte er sich über die

Bitte um Entschuldigung. Vielleicht war er doch mit den Jahren etwas milder geworden. Oder er hatte getrunken. Soweit Konráð sich erinnern konnte, hatte Leó in seinem ganzen Leben noch nie für etwas um Entschuldigung gebeten.

Woran Konráð sich hingegen gut erinnern konnte, war Leós Unberechenbarkeit. Er sagte mühelos das eine und tat dann etwas ganz anderes. Konráð hatte kaum bei der Polizei angefangen, da wusste er bereits, dass man alles, was Leó sagte, mit Vorsicht genießen musste – doch wenn es wirklich darauf ankam, konnte man sich keinen besseren Kollegen wünschen. Konráð störte sich nicht daran, dass Leó manchmal log oder unzuverlässig war, er kannte diese Charakterfehler nur zu gut und hatte gelernt, damit zu leben. Es konnte nur manchmal anstrengend sein und einem einiges an diplomatischen Fähigkeiten abverlangen. Dazu war Konráð nicht immer bereit.

Konráð nahm die Papiere zur Hand. Es war eine Mitgliederliste der Freimaurerloge aus den Jahren 1961–1962, eine lange Liste von Namen in alphabetischer Reihenfolge. Andere Informationen über die Mitglieder waren der Liste nicht zu entnehmen, keine Geburtsdaten, keine Adressen, keine Berufe, nichts über die Funktion und den Rang innerhalb der Loge. Nur die Jahreszahlen hatte jemand handschriftlich auf der ersten Seite ergänzt. Leó hatte getan, was er strikt verweigert hatte, und die Informationen besorgt, die Konráð so wichtig waren.

»Dieser verrückte Kerl«, flüsterte Konráð, als ihm klar wurde, was er vor sich hatte. Dann überflog er die Namen. Es dauerte nicht lange, da hatte er Haukur gefunden, den Vater des Steuerberaters, und seinen Freund Henning. Sie waren also wirklich in der Loge gewesen. Abgesehen davon kannte er keine der anderen Personen, bis er schließlich doch noch an einem Namen hängenblieb, der ihm bekannt vorkam. Er war so ungewöhnlich, dass Konráð ihn nie vergessen würde. Der Mann war Arzt gewesen. Konráð strich mit dem Finger über den Namen, wie um sich zu vergewissern, dass er wirklich schwarz auf weiß dastand.

Anton J. Heilman.

Achtunddreißig

Die Türklingel weckte ihn aus einem kurzen Schlaf, dann hörte er auch schon, wie jemand gegen die Tür hämmerte. Er brauchte einen Moment, um richtig wach zu werden und zu begreifen, woher der Lärm kam. Dann stand er auf, zog einen Bademantel über, tappte zur Eingangstür und öffnete. Dort standen zwei Männer, die er noch nie zuvor gesehen hatte. Sie blickten sehr ernst drein und fragten, ob er Konráð Jósepsson sei, dann baten sie ihn, zu einem Verhör auf das Polizeipräsidium mitzukommen.

Die Stimme des Polizisten, der das sagte, hatte einen sehr monotonen Klang. Der andere stand völlig stumm daneben. Sie seien von der Kriminalpolizei, fügte der Sprechende hinzu, aber das sei ihm wahrscheinlich eh schon klar. Die beiden Männer waren offenbar ungefähr gleich alt und hatten wohl erst bei der Kriminalpolizei angefangen, nachdem Konráð in Rente gegangen war.

Er fragte nach dem Grund. Mit einem solchen Besuch hatte er ganz sicher nicht gerechnet – und erst recht nicht damit, dass sie ihn gleich aufs Präsidium mitnehmen wollten wie einen dahergelaufenen Verbrecher. Doch zum Grund ihres Besuchs konnten die Beamten keine Angaben machen, sie hätten nur den Befehl bekommen, ihn ins Präsidium in der Hverfisgata zu bringen. Er fragte, ob sie das nicht hier vor Ort klären könnten, doch die beiden schüttelten den Kopf.

»Wie spät ist es eigentlich?«, fragte Konráð. »Ist es für so etwas nicht ein bisschen zu früh?«

Der Kriminalbeamte nannte ihm die Uhrzeit und sagte, dass er das Zeitmanagement seiner Vorgesetzten nicht beurteilen wolle. Er war so trocken und hatte so absolut keinen Charme oder Humor, dass Konráð nicht anders konnte, als ihn zu bewundern.

»Wollt ihr mir Handschellen anlegen?«, fragte er dann.

Der Mann schüttelte den Kopf.

Konráð ging wieder hinein und zog irgendetwas an, war immer noch verwirrt, nach der kurzen Nacht, die so abrupt beendet worden war. Er überlegte, ob Marta sich einen Scherz erlaubte. Dann überlegte er, ob die Kolleginnen und Kollegen vielleicht dringend seine Hilfe bei einem Fall brauchten. Wenig später saß er auch schon in dem Zivilfahrzeug der beiden Kriminalbeamten und wurde langsam ein bisschen wacher und klarer. Da erst beschlich ihn der Verdacht, dass es bei alldem um das Treffen mit Pálmi am Tag zuvor gehen könnte.

Sie fuhren mit ihm in die Innenstadt, ohne ein Wort zu sagen. Parkten hinter dem Präsidium und führten ihn auf einen Flur, den er bereits unzählige Male hinuntergegangen war, und von dort in das Büro des Chefs der Kriminalpolizei. Dort wurde er von einem anderen Beamten bewacht und musste lange warten. Konráð versuchte gar nicht erst, mit seinem Bewacher ein Gespräch anzufangen. Dann öffnete sich endlich die Tür, und der Chef der Kriminalpolizei kam herein, grüßte Konráð und sagte dem anderen Polizisten, er könne jetzt gehen.

»Was macht ihr denn hier für ein Theater?«, fragte

Konráð, als der Chef hinter seinem Schreibtisch Platz genommen hatte. »Hättet ihr nicht einfach anrufen können?«

»Das würde dem Ernst der Sache nicht gerecht«, antwortete er.

Konráð kannte ihn nicht besonders gut und hatte nie mit ihm zusammengearbeitet, weil er zu Konráðs Zeiten noch in einer anderen Abteilung gewesen war. Der Chef der Kriminalpolizei hatte scheinbar nicht die Absicht, ein kumpelhaftes Verhältnis zu ehemaligen Kollegen zu pflegen. Ein Vorhaben, das ihm offenbar nicht schwerfiel.

»Wo ist Marta?«, fragte Konráð. »Kann ich kurz mit ihr reden?«

»Marta hat Urlaub genommen«, sagte der Chef, der Valdimar hieß, wenn Konráð sich richtig erinnerte. Er machte bei der Polizei eine echte Bilderbuchkarriere, war fleißig und hatte nach dem Bankencrash einige wichtige Fälle von schwerer Wirtschaftskriminalität untersucht.

»Urlaub?«

»Auf unbestimmte Zeit«, sagte Valdimar und machte eine Handbewegung, die andeutete, sie würde trinken. »Aber das hast du nicht von mir. Können wir das Gespräch aufzeichnen?«, fragte er und holte ein Aufnahmegerät heraus. »Schon lange?«, fragte Konráð und fügte hinzu, er habe nichts gegen eine Aufzeichnung einzuwenden. »Ich habe erst vor einigen Tagen mit ihr gesprochen.«

»Mehr weiß ich leider auch nicht. Vielleicht fragst du sie am besten selbst«, sagte Valdimar und schaltete das Aufnahmegerät ein. »Bitte entschuldige den ganzen Aufwand, aber wir wollen das so korrekt wie möglich handhaben. Es darf nicht der Eindruck entstehen, als würdest du als ehemaliger Kriminalbeamter hier anders behandelt werden, weißt du? Mal ganz abgesehen davon, wie sehr dieser Fall dich persönlich betrifft.«

»Anders behandelt? Was ist hier eigentlich los? Ihr kommt zu mir nach Hause und … was für ein Fall? Wovon redest du?«

»Es geht um den Mord an deinem Vater«, sagte Valdimar. »Ich weiß, das ist lange her, aber Mord verjährt nicht, wie du ja weißt. Solche Fälle werden bei uns nicht einfach zu den Akten gelegt – wenn es neue Erkenntnisse gibt, sind wir verpflichtet, denen nachzugehen. Der Mord an deinem Vater ist da keine Ausnahme.«

»Neue Erkenntnisse?«, wiederholte Konráð.

»Dich selbst betreffend«, sagte Valdimar. »Es gibt eine neue Zeugenaussage, von dem Beamten, der damals die Ermittlungen geleitet hat …«

»Von Pálmi?«

»Korrekt. Er sagt aus, dass du damals gelogen hast und das ihm gegenüber zugegeben hast. Deine Falschaussagen lassen die damaligen Ermittlungsergebnisse jetzt natürlich in einem anderen Licht erscheinen, und wir sehen uns gezwungen, den Fall noch einmal neu zu betrachten. Also, deine Rolle darin. Verstehst du, was ich meine?«

»Natürlich verstehe ich, was du meinst. Ich weiß nur nicht, was Pálmi da redet.«

»Okay. Es handelt sich um zwei Dinge, die uns verdächtig vorkommen. Zum einen die Frage des chronologischen Ablaufs. Also die Frage, zu welchem Zeitpunkt du über deinen Vater, Jósep P. Grímsson, und deine Schwester, Elísabet Jósepsdóttir, bestimmte Informationen erhalten hast, die im Zusammenhang mit Kindesmissbrauch und Inzest stehen. Zum anderen ist da die Frage nach dem Verlauf des Zusammentreffens mit deinem Vater unmittelbar vor der Tat. Du hast damals abgestritten, dass du schon vor diesem Treffen über die entsprechenden Informationen verfügt hast. Und du hast abgestritten, dass es zwischen dir und deinem Vater zu einer körperlichen Auseinandersetzung gekommen ist. Pálmi sagt nun aus, du hast ihm gegenüber zugegeben, dass das beides Falschaussagen gewesen sind. Du bist offenbar sehr wütend gewesen, hast dich mit deinem Vater geprügelt und bist dann aus der Wohnung gestürmt.«

»Da muss Pálmi irgendwas missverstanden haben«, sagte Konráð.

»Er sieht es durchaus als möglich an, dass dann auch deine anderen damaligen Aussagen falsch sein könnten. Alles, was du bis heute zu diesem Fall gesagt hast. Du könntest uns also auch verschwiegen haben, dass du deinen Vater später an dem Abend doch noch einmal getroffen hast, und dass es dann noch einmal zu einer tätlichen Auseinandersetzung zwischen euch gekommen ist – mit den furchtbaren Folgen, die uns allen wohlbekannt sind.«

»Aber ich habe das alles nie gesagt. Pálmi hat da etwas falsch verstanden. So etwas würde ich doch nie behaupten, schon gar nicht ihm gegenüber. Das müsste dir doch klar sein. Warum sollte ich dem Mann, der damals die Ermittlungen geleitet hat, so etwas sagen?«

»Pálmi hat uns bereits gesagt, dass du das wahrscheinlich bestreiten und behaupten wirst, er hätte das alles erfunden.«

»Dann steht da wohl Aussage gegen Aussage.«

»Ganz so einfach ist es nicht.«

»Ich will ja auch gar nicht behaupten, dass er ein Lügner ist«, sagte Konráð, der nicht recht wusste, wie er sich am besten aus der Affäre ziehen konnte. »Ich verstehe nur nicht, warum er jetzt so etwas behauptet. Ich dachte, wir wären ganz gute Freunde. Das muss ein Missverständnis sein. Er hat mich gefragt, ob ich Lust hätte, mit ihm einen Kaffee zu trinken, da haben wir über Gott und die Welt geredet. Ich habe ihn auch manchmal zu Hause besucht, da draußen am Meer, das war immer sehr nett. Deswegen will ich auch gar nichts sagen, was ihn in ein schlechtes Licht rückt, aber er ist nun wirklich nicht mehr der Jüngste, und ich hatte in letzter Zeit öfter den Eindruck, dass sein Gedächtnis nicht mehr so gut ist. Nicht mehr ganz fit, wenn du verstehst, was ich meine? Ich glaube, das ist das eigentliche Problem. Ich habe etwas gesagt, das er in den falschen Hals bekommen hat. Ein Missverständnis, mehr nicht.«

»Er behauptet nicht nur das Gegenteil«, sagte Valdimar. »Er hat auch gewisse Vorkehrungen getroffen.«

Konráð hatte keine Ahnung, was Valdimar meinte.

»Vorkehrungen?«

»Er hat uns etwas per E-Mail geschickt«, sagte Valdimar und wandte sich dem Computerbildschirm auf seinem Schreibtisch zu. »Ich habe das hier, irgendwo ...«

Konráð sah ihm zu und versuchte, ruhig und entspannt zu wirken, wobei ihm plötzlich einfiel, wie eilig Pálmi sich in dem Café von ihm verabschiedet hatte. Wie er gesagt hatte, er müsse seine Tochter treffen, sein Handy herausgeholt hatte, um auf die Uhr zu schauen, und dann gesagt hatte, er sei spät dran. Konráð sah dem Chef der Kriminalpolizei zu, wie er auf seinem Bildschirm etwas suchte, und ihm wurde klar, dass Pálmi sein Handy nicht hervorgeholt hatte, um zu schauen, wie spät es war. Er wollte sichergehen, dass die Tonaufnahme funktionierte.

Im nächsten Moment hörte Konráð über die Computerlautsprecher, wie er Pálmi in dem Café begrüßte und etwas über Touristen sagte, und sah alle seine Befürchtungen bestätigt.

»Du willst also nicht behaupten, dass er ein Lügner ist?«, fragte Valdimar. »Was soll dieser Unsinn?«, sagte Konráð.

»Nicht mehr ganz fit, hast du gesagt, oder? Er war auf jeden Fall fit genug, um die Aufnahmefunktion seines Handys zu benutzen, weil er wusste, dass du abstreiten würdest, das jemals gesagt zu haben. Dass du abstreiten würdest, mit ihm geredet zu haben oder ihn näher zu kennen, ja sogar abstreiten würdest, ihn auch nur ein einziges Mal im Leben gesehen zu haben.«

Konráð wusste nicht, was er antworten sollte.

»Willst du immer noch behaupten, du hättest das nie gesagt?«

Konráð schwieg.

»Wie fühlt sich das eigentlich an?«, fragte Valdimar und beugte sich auf seinem Schreibtischstuhl vor.

»Wie fühlt sich was an?«, fragte Konráð.

»Auf der anderen Seite zu sitzen und ertappt zu werden?«

Neununddreißig

Konráð versuchte nach Kräften zu verbergen, wie schockiert er war, während sie sich die Aufnahme anhörten. Als sie fertig waren, sah der Chef der Kriminalpolizei ihn fragend an. Konráð zuckte mit den Schultern, als ob das alles nichts bedeutete. Er sagte, es sei absurd, nach all den Jahren noch einmal gegen ihn zu ermitteln. Er versuche ja schließlich selbst seit einiger Zeit, den Mord an seinem Vater aufzuklären, Pálmi könne das bestätigen, ebenso wie Konráðs Familie und eine Freundin namens Eygló. Und auch wenn er damals vielleicht nicht über alle Details gewissenhaft Auskunft gegeben hätte, würde das an der Sache selbst nichts ändern. Schließlich habe er ein gutes Alibi.

»Auf der anderen Seite hast du nicht nur gelogen, du hättest auch ein Motiv gehabt«, sagte Valdimar. »Ich würde meinen, dass wir uns mit der Sache zumindest noch einmal beschäftigen müssen. Du etwa nicht?«

»Ich wüsste nicht, warum«, sagte Konráð.

»Deine Zeugen haben längst ins Gras gebissen, wenn ich mich richtig erinnere? Die dir ein Alibi gegeben haben?«

»Ja, beide«, sagte Konráð. Er fand Valdimars Ausdrucksweise respektlos, sagte aber nichts dazu. »Die sind beide auf die schiefe Bahn geraten. Einer ist schon vor dreißig Jahren gestorben, der andere vor ungefähr zehn.

Ich habe im Laufe der Zeit den Kontakt zu ihnen verloren. Wir waren damals viel zusammen, dann ... sind wir unterschiedliche Wege gegangen.«

»Pálmi hat gesagt, das seien nicht gerade die glaubwürdigsten Zeugen gewesen«, sagte Valdimar. »Gelinde gesagt. Aber man hat euch offenbar kurz vor der Tat zusammen in einem Lokal gesehen, was die Glaubwürdigkeit des Alibis erhöht hat. Das war allerdings nicht *genau* zu derselben Zeit wie der Mord an deinem Vater.«

»Was da in dieser Aufnahme zu hören ist, hat doch überhaupt keine Bedeutung.«

»Aber natürlich ist das von Bedeutung, Konráð. Und das weißt du auch«, sagte Valdimar und zeigte auf den Computerbildschirm. »Wir wissen jetzt viel mehr über den zeitlichen Ablauf an diesem Tag. Wir wissen, ab wann dir gewisse Informationen bekannt waren, und wissen, wie du dich gefühlt hast. Und zwar kurz vor dem Mord an deinem Vater. Wir haben neue, für den Fall relevante Informationen. Es war richtig von Pálmi, dass er uns informiert hat.«

»Wegen dem bisschen Gerede«, sagte Konráð.

»Das kannst du gern so sehen, aber wir sind eben anderer Meinung und hoffen, dass du mit uns zusammenarbeitest.«

»Und wenn nicht?«

Valdimar zögerte.

»Nehmt ihr mich dann in Gewahrsam? In Beugehaft?«, fragte Konráð.

Nach diesen Worten blieb es lange still, als ob der Chef der Kriminalpolizei wirklich abwägte, ob man Konráð auf der Stelle verhaften sollte.

»Dazu sehen wir keinen Grund«, sagte er dann. »Es besteht ja keine Gefahr, dass du Beweise vernichtest, dann würde der Richter nicht zustimmen. Aber wir werden die Ermittlungen aufgrund dieser neuen Sachlage wieder aufnehmen. Du musst also davon ausgehen, dass du noch das eine oder andere Mal Besuch von uns bekommst oder wir dich hierher vorladen. Hast du irgendwelche Reisen ins Ausland geplant?«

»Nein. Willst du mir verbieten, das Land zu verlassen?«

»Wenn wir einen Grund dafür sehen, werde ich das tun. Wir nehmen das ernst, Konráð, gerade auch weil du selbst jahrelang bei uns gearbeitet hast. Wenn sich das herumspricht, darf nicht der Eindruck entstehen, ehemalige Polizeibeamte bekämen hier eine Vorzugsbehandlung. Ich würde mir auch wünschen, dass du eine förmliche Aussage zu dieser neuen Sachlage machst. Du hast natürlich das Recht auf einen Anwalt, wenn du das wünschst.«

»Das wird nicht nötig sein«, sagte Konráð.

So wurde Konráð ein weiteres Mal zum Mord an seinem Vater verhört. Ihm wurden Fragen gestellt, die er jahrzehntelang nicht gehört hatte, einige neue Fragen kamen hinzu, er versuchte zu antworten, so gut er konnte. Er erklärte, dass er damals nicht die Wahrheit gesagt hatte. Der Ablauf der Ereignisse sei anders gewesen als bisher von ihm beschrieben. Er habe befürchtet, die wahrheitsgemäße Beschreibung der Ereignisse könnte ihm schaden, doch mit dem Mord selbst habe das alles nichts zu tun. An dem Tag, an dem sein Vater ermordet aufgefunden worden sei, habe seine Mutter ihm tatsächlich von Jóseps Missbrauch an Beta erzählt. Er sei rasend vor Wut zu ihm gegangen, es sei zu einer Prügelei gekommen. Er räumte ein, ihm den Tod an den Hals gewünscht zu haben – passiert sei jedoch sonst nichts.

Der Chef der Kriminalpolizei befragte ihn immer wieder zu seinen damaligen Falschaussagen und seinem psychischen Zustand, als er an dem Tag auf seinen Vater getroffen war. Den psychischen Zustand, in dem er sich den ganzen Tag über befunden habe. Ob er vielleicht so aufgebracht gewesen war, dass das seine Urteilsfähigkeit beeinträchtigt hätte. Auch Konráðs Mutter schien Valdimar sehr zu interessieren, er stellte zahlreiche Fragen über sie, ihre Einstellung zu Jósep und darüber, ob Konráð es für möglich hielt, dass sie an dem Mord beteiligt war. So war es damals bei den Verhören auch gewesen. Und wie damals sagte Konráð auch heute, dass das vollkommen ausgeschlossen sei.

Das Verhör endete mit den Fragen, die er schon so oft beantworten musste. Hast du deinen Vater umgebracht? Hast du etwas mit seinem Tod im Jahre 1963 zu tun? Fällt dir jemand ein, der damit etwas zu tun haben könnte? Es gab jedoch auch neue Fragen, die ihm zum Teil sehr nahegingen.

»Und deine Mutter?«

»Was ist mit ihr?«

»Hat sie etwas damit zu tun?«, fragte Valdimar.

»Nein.«

»Habt ihr gemeinsam den Mord an Jósep P. Grímsson geplant?«

»Nein.«

»Ist sie deswegen nach Reykjavík gekommen?«

»Nein.«

»Dann ist euch die Idee erst an dem Tag gekommen, als ihr euch getroffen habt? Nachdem sie dir erzählte, dass er deine Schwester missbraucht hat?«

»Nein.«

»Hältst du es denn zumindest für möglich, dass deine Mutter Sigurlaug deinen Vater umgebracht hat?

»Nein.«

»Hast du es getan?«

»Nein.«

»Wie hast du reagiert, als du von dem Missbrauch erfahren hast?«

»Ich bin wütend geworden.«

»Vorher wusstest du nichts davon?«

»Nein.«

»Warum nicht?«

»Es wurde mir nie erzählt.«

»Hast du deinen Vater danach in einem anderen Licht gesehen?«

»Ja.«

»Warum hast du das damals bei den Verhören nicht gesagt?«

»Es tat meines Erachtens nichts zur Sache.«

»Es hat eine Schlägerei zwischen euch gegeben?«

»Ja.«

»Kann man sagen, dass du deinen Vater gehasst hast?«

»Ja ... vielleicht. Weiß ich nicht.«

»Warum hast du das damals bei dem Verhör nicht gesagt?«

»Ich dachte, es tut nichts zur Sache.«

»Hast du deinen Vater ermordet?«

»Nein.«

»Hat deine Mutter dich dazu angestiftet?«

»Nein.«

Wenig später war das Verhör beendet. Inzwischen musste sich herumgesprochen haben, dass Konráð im Präsidium war und aus welchem Grund, da war er sich sicher. Dass er Falschaussagen über den Mord an seinem Vater gemacht hatte. Leute, die ihm auf seinem Weg aus dem Gebäude zum Parkplatz begegneten, sahen ihn verstohlen an, manche grinsten dabei. Vielleicht bildete er sich das auch ein. Das hoffte er zumindest.

Konráð saß schweigend in dem Zivilfahrzeug, mit dem ein Beamter ihn nach Hause fuhr. Sobald er zur Tür herein war, rief er Pálmi an. Es klingelte einige Male, dann ging der alte Mann ran.

»Warum hast du das getan?«, fragte Konráð ohne weitere Vorrede.

»Haben sie mit dir geredet?«, fragte Pálmi.

»Geredet?! Sie haben mich verhört. Die denken jetzt, ich war das!«, sagte Konráð voller Zorn.

»Und das findest du unfair?«

»Ich finde das vollkommen absurd, Pálmi! Warum hast du das getan?! Das war ein vertrauliches Gespräch.«

»Bei einem solchen Fall ist nichts vertraulich, Konráð. Du weißt das. Das musste ans Licht. Ich glaube, das wird auch dir guttun. Endlich reinen Tisch zu machen.«

»Machst du dir überhaupt eine Vorstellung davon, was ich deinetwegen jetzt für Probleme habe?«

»Die hast du nicht meinetwegen. Die hast du, weil du gelogen hast. Manchmal muss man Verantwortung für das übernehmen, was man getan hat. Du hast mich doch auch verletzt, indem du mich all die Jahre belogen hast.«

»Glaubst du, dass ich das war?«

»Ich weiß nicht mehr, was ich glauben soll«, sagte Pálmi.

»Jetzt mal im Ernst. Glaubst du, ich habe meinen Vater getötet? Oder dass meine Mutter und ich das geplant haben?«

»Ich weiß es nicht, Konráð. Ich weiß gar nichts mehr. Du. Deine Mutter. Oder jemand, mit dem er Ärger hatte. Du weißt doch, wie das läuft. Du hast mich jahrelang belogen. Du hast die Polizei belogen bei den Ermittlungen zu einem schweren Verbrechen. Was soll ich denn da noch glauben? Sag es mir. Was sollen wir glauben?«

Vierzig

Benóný lag im Bett und lauschte Elísas ruhigen Atemzügen. Plötzlich hörte er ein Geräusch aus dem Keller. Er setzte sich auf. Elísa schlief ruhig an seiner Seite. Vorsichtig darauf bedacht, sie nicht zu wecken, stand er auf und schlich in Richtung Zimmertür. Er nahm seine Hose und seinen Pullover, zog sich leise an und ging die Treppe hinunter. Die Tür zum Keller war offen, und es war jemand dort unten. Er vermutete sofort, dass Stan zurückgekommen war. Er hatte keine Angst vor ihm. Er freute sich sogar ein wenig darauf, ihm eine Lektion zu erteilen.

Und doch schlug sein Herz immer schneller, als er nun vorsichtig die Kellertreppe hinunterstieg. Eine Treppenstufe knarrte. Benóný blieb stehen. Er roch Zigarettenrauch aus der Waschküche. Er ging weiter und war dann doch erleichtert, als er sah, wie Mikki mit dem Rücken zu ihm auf einem Hocker saß, eine Zigarette in der Hand. Benóný atmete auf und fragte ihn, was er da mache. Mikki war in Gedanken versunken. Er hatte Benóný noch nicht bemerkt und zuckte zusammen, als er ihn hörte.

»Ach, du hier?«, sagte Mikki überrascht. »Ich habe dich gesucht. Wo warst du? Oben?«

»Was ist denn mit dir passiert?«, fragte er, als Mikki aufstand und Benóný die Verletzungen in seinem Gesicht sah, das blaue Auge, die geschwollenen Lippen.

»Die haben das echt ernst gemeint«, sagte Mikki. »Diese Arschlöcher.«

»Wer denn?«

»Der Typ, bei dem wir eingestiegen sind. Seine Freunde. Die waren das«, sagte Mikki und zeigte auf sein Gesicht. Er ließ die Zigarette auf den Boden fallen, trat sie aus und erzählte Benóný, wie sein Treffen mit dem Goldschmied verlaufen war, erzählte von Luther und dem jungen Schlägertypen, die offenbar dachten, er hätte die ganzen Pornobilder noch, die sie in dem Haus des Arztes gestohlen hatten. Dass sie die Bilder so dringend zurückwollten, dass sie ihm sogar Geld dafür angeboten hatten.

»Und wo sind diese Bilder?«, fragte Benóný.

»Ich habe sie Seppi geschenkt. Er sagt, er hat sie weggeschmissen, aber ich weiß nicht …«

»Meinst du, er lügt?«

»Ist doch egal«, sagte Mikki. »Ich treffe diesen Luther heute Abend. Ich habe dem Goldschmied gesagt, dass ich doch noch einige von den Bildern habe und sie ihnen verkaufen will. Kommst du mit? Und hast du was von Tommi gehört? Den würde ich auch gern dabeihaben.«

»Warum wollen sie die denn so unbedingt? Das waren doch nur irgendwelche Pornobilder.«

»Offenbar nicht.«

»Hast du sie dabei?«

»Nein. Ich habe das nur so gesagt, ich habe kein einziges mehr. Ich hab das nur so gesagt, damit die sich noch mal mit mir treffen. Und dann mache ich die richtig fertig, und dann fahre ich zu dem Arzt und drehe ihm den Hals um. Verstehst du? Die machen so was nicht mit mir. Niemand macht so etwas mit mir.«

Mikki sprach immer lauter, Benóný bat ihn, nicht so viel Lärm zu machen.

»Lärm? Sind wir nicht allein im Haus?«

Benóný schüttelte den Kopf.

»Wo kommst du denn eigentlich her?«, fragte Mikki und blickte Richtung Decke.

»Ist sie zu Hause? Ist Elísa oben?«

Benóný antwortete nicht. Mikki starrte ihn an und bemerkte bald, dass Benóný verlegen war.

»Hast du mit ihr …?«, fragte er und musste grinsen.

»So einfach ist das nicht …«, stotterte Benóný.

»Nicht so einfach? Läuft da was zwischen euch? Warst du mit ihr da oben?«

»Sie will sich von Stan trennen«, sagte Benóný. »Er ist ausgezogen. Zumindest erst einmal. Ich weiß auch nicht, was daraus wird. Und du behältst das für dich, ist das klar? Kein Sterbenswort. Das geht dich nichts an. Niemanden.«

»Warst du mit ihr im Bett?!«

Mikki sah Benóný neugierig an und grinste schon wieder.

»Du hältst den Mund«, sagte Benóný.

»Echt jetzt?«, sagte Mikki. »Jetzt? Heute Nacht? Hier im Haus?«

»Das ist nicht so, wie du denkst«, sagte Benóný. »Das war nicht so … nicht so, wie du denkst.«

»Ich denke doch gar nichts«, sagte Mikki. »Ich weiß nur, dass dieser Ami ein Penner ist. Ich sehe doch, wie er sie behandelt. Was habt ihr denn nun vor?«

»Ich weiß es nicht«, sagte Benóný. »Das ist alles noch so neu. Sie hat ihm endlich die Stirn geboten, er ist erst mal abgehauen, aber ich weiß nicht, wie das weitergeht.«

»Gut, dass sie das gemacht hat«, sagte Mikki. »Also,

kommst du jetzt mit? Dann muss ich nur noch Tommi finden, dann treffen wir diesen Scheißkerl Luther und machen ihn fertig. Okay? Und dann fahren wir zu dem Arzt und drehen ihm den Hals um. Wie gefällt dir das? Wir zeigen es diesen Pennern so richtig! Dass sie damit bei mir nicht durchkommen. Diese verdammten Arschlöcher! Verdammte Arschlöcher!«

Nachdem Mikki fort war, ging Benóný wieder hinauf. Elísa war inzwischen wach geworden und fragte, wer da gewesen sei, auch sie hatte die Geräusche aus dem Keller gehört. Benóný spürte, wie verängstigt sie war, und sagte ihr rasch, dass das nicht ihr Mann gewesen sei, sondern nur Mikki, der ihn kurz etwas hatte fragen wollen, nun sei er wieder weg. Auch wenn Elísa das etwas beruhigte, machte sie weiterhin ein besorgtes Gesicht. Sie sagte ihm, dass sie nach den Ereignissen des gestrigen Abends Angst davor hatte, allein im Haus zu sein. Es sei ihr zwar gelungen, ihn aus dem Haus zu vertreiben, aber sie befürchtete, dass damit noch nicht alles überstanden sei. Er könnte jederzeit zurückkommen.

»Dann komm mit zu mir«, sagte Benóný.

»Dann kommt er halt dorthin«, sagte sie. »Das ist nicht vorbei. Da bin ich mir sicher. Ich wünschte, es wäre vorbei, aber das Schlimmste kommt wahrscheinlich noch.«

Sie zuckten zusammen, als sie, wie als Antwort auf ihre sorgenvollen Gedanken, durch die Stille des Hauses das Telefon klingeln hörten. Sie sahen sich an. Elísa ging ins Erdgeschoss, wo das Telefon auf einem kleinen Tisch stand. Sie nahm ab und sagte: »Hallo? Elísa hier.« Doch aus dem Hörer kam ihr nur Schweigen entgegen, dann das Geräusch, wie jemand auflegte, gefolgt vom Freizeichen.

Sie legte auf und hatte gerade erst die Augen vom Telefon abgewandt, da klingelte es wieder. Elísa starrte den schwarzen Apparat an. In der Stille, die im Haus herrschte, wirkte das Klingeln umso lauter. Fordernder. Auch Benóný war die Treppe heruntergekommen und fragte, ob er rangehen solle.

Da verstummte das Klingeln. Elísa atmete auf.

Das Telefon klingelte abermals. Noch lauter. Noch fordernder. Es klingelte einmal, zweimal, dreimal, dann nahm Elísa ab.

»Hallo?«, sagte sie.

Niemand antwortete.

»Hallo? Wer ist da?

Nichts als Schweigen.

»Hallo?«, sagte sie noch einmal und warf Benóný einen fragenden Blick zu.

»Leg auf«, sagte Benóný so leise wie möglich. Niemand sollte merken, dass er bei Elísa war. Elísa presste den Hörer ans Ohr. Ihr war, als ob sie hörte, wie am anderen Ende jemand atmete.

»Bist du das?«, fragte sie.

Keine Antwort.

»Leg einfach auf«, flüsterte Benóný noch einmal.

»Wer ist da bei dir?«, hörte Elísa eine Stimme sagen und erkannte sie sofort.

»Warum rufst du an?«, fragte sie.

»Ist das Benóný?«

»Was willst du?«, fragte Elísa.

»Lässt du dich von ihm ficken?!«

»Ich lege jetzt auf.«

»Denk bloß nicht, dass das vorbei ist!«, sagte ihr Mann. »Denk bloß nicht, dass du ...«

Bevor sie das Ende des Satzes hörte, hatte sie aufgelegt, und als das Telefon im nächsten Augenblick ein weiteres Mal klingelte, nahm Benóný ab, damit das Klingeln aufhörte, und legte sofort wieder auf. Wenige Sekunden später klingelte das Telefon erneut, doch dieses Mal nahm Benóný ab, legte den Hörer auf den Telefontisch, und sie hatten ihre Ruhe.

Einundvierzig

Konráð parkte vor dem Gefängnis Litla-Hraun und betrachtete das Gebäude. Er war schon oft hier gewesen, doch bisher nie aus persönlichen Gründen. Als Kriminalbeamter hier zu sein, um einen in Untersuchungshaft sitzenden Tatverdächtigen zu verhören oder einen der Häftlinge im Rahmen eines Ermittlungsverfahrens zu befragen, war eine Sache – aus persönlichen Gründen zur normalen Besuchszeit zu kommen war etwas ganz anderes. Konráð fühlte sich sonderbar, als er sich vor Haus 2 meldete, dem Teil des Gefängnisses, wo die Häftlinge in einem speziellen Zimmer Besuch empfangen konnten.

Der Häftling hatte sofort eingewilligt, als man ihm sagte, dass Konráð ihn treffen wollte. Konráð hatte mit Schwierigkeiten gerechnet, doch offenbar war der Mann sofort einverstanden mit seinem Besuch. Konráð erfuhr, dass sonst nie jemand zu ihm kam und er es durchaus schätzte, dass sich noch jemand für ihn interessierte – sei es auch nur als Abwechslung vom Gefängnisalltag. Er hatte den Mann nicht mehr gesehen, seit er nach dem Prozess vor der Strafkammer aus dem Gerichtssaal geführt worden war und eine sechzehnjährige Haftstrafe antreten musste. Später hatte der Oberste Isländische Gerichtshof die Strafe bestätigt.

Inzwischen saß der Mann bereits seit zwei Jahren.

Konráð wechselte ein paar Worte mit einem Justizbeamten, den er schon lange kannte, und erfuhr, dass sich der Gefangene nur schwer an den Gefängnisalltag gewöhnte und unter besonderer Beobachtung stand. Es gab Grund zur Sorge, dass der Mann sich etwas antun könnte, und auch von den anderen Häftlingen drohte ihm Gefahr. Vor Letzteren hatten sie ihn nicht immer schützen können, der Mann war so verhasst, wie Leute von seiner Art dort eben verhasst waren. Er hatte einen Putzzwang. Seine Zelle war fast so sauber wie ein Operationssaal, geschrubbt und blankpoliert duftete sie nach Seife.

Konráð hatte dem Mann einmal das Leben gerettet, als er sich mit seinem Jeep überschlagen hatte und im Tjörnin gelandet war. Er war die Sóleyjargata entlanggerast und hatte an der Kreuzung zum Skothúsvegur die Kontrolle über den Wagen verloren. Konráð hatte ihn mit einem anderen Auto verfolgt und schnell gemerkt, dass der Mann sich nicht aus eigener Kraft aus dem Jeep befreien konnte. Es war ihm gerade noch rechtzeitig gelungen, den Jeep zu erreichen, den Gurt zu lösen und den Mann herauszuziehen. Er hatte Konráð nie dafür gedankt – Konráð ging davon aus, dass er seine Gründe hatte.

Auch den anderen Justizbeamten, der ihn in Haus 2 empfing, kannte Konráð noch aus seinen Jahren bei der Polizei. Er durchsuchte Konráð, mehr pro forma, nach Waffen und Drogen, während er sich nach dem Grund für den Besuch erkundigte, doch Konráð hielt sich bedeckt, sagte nur, er sei in Rente gegangen und als Privatperson hier, dann erzählte er noch irgendetwas Vages von einem Buch, das er schreiben wolle, die Memoiren eines Kriminalbeamten. Er wollte nicht abweisend wirken, aber auch nicht zu viel preisgeben. Der Justizbeamte flüsterte

Konráð ungefragt zu, dass der Mann unter besonderer Beobachtung stehe, die allerdings in der letzten Zeit etwas gelockert worden sei. Er habe versucht, sich in seiner Zelle das Leben zu nehmen, berichtete er dann, ohne weiter ins Detail zu gehen, und führte Konráð in das Besuchszimmer, wo er sich an einen Tisch setzte und in einer Zeitschrift blätterte, während der Häftling geholt wurde.

Die Wartezeit zog sich derart in die Länge, dass Konráð schon fast aufgegeben hätte, da hörte er Schritte auf dem Gang. Endlich öffnete sich die Tür, und ein Beamter führte den Mann herein. Sie reichten sich die Hand. Konráð fiel sofort auf, wie sehr sich der Mann seit dem Prozess verändert hatte. Er hatte nicht nur abgenommen, er war geradezu in sich zusammengefallen, die Schultern waren nach vorn gesunken. Sein Gesicht war grau und ausdruckslos, die Wangen eingefallen, auch sein Haar war ergraut. Seine Augen hatten damals tief unter den buschigen Augenbrauen gelegen, leblos und kalt, wie alles an der Miene des Mannes. Nun standen sie hervor. Er sprach mit leiser, röchelnder Stimme, und wenn er durch die Nase atmete, war manchmal ein Pfeifen zu hören, er hatte sich in der Haft einmal die Nase gebrochen, der Bruch war schlecht versorgt worden.

»Dann lasse ich euch mal allein«, sagte der Beamte und lächelte. »Du gibst einfach Bescheid, wenn irgendwas ist«, sagte er zu Konráð, der das mit einem Nicken und einem Dankeschön quittierte.

»Du bist mein erster Besuch«, sagte der Mann und setzte sich Konráð gegenüber an den Tisch. Er trug Hemd, Hose und Hausschuhe, die bei jedem Schritt ein Geräusch von sich gaben. Klapp. Klapp.

»Danke, dass du mich empfängst«, sagte Konráð.

»Da musste ich nicht lange nachdenken. Meine Familie, meine Freunde, die Leute aus dem Krankenhaus – von denen höre ich natürlich nichts mehr«, sagte der Mann. »Die versuchen nicht einmal mehr, mit mir Kontakt aufzunehmen. Hier drinnen redet auch keiner mit mir. Da bist du … eine nette Abwechslung.«

»Hast du etwas anderes erwartet?«, fragte Konráð.

»Nein. Eigentlich nicht«, sagte er. »Die meisten hier sind einfach vollkommen kaputte Typen. Also, nicht dass du denkst, ich will mich beschweren. Ich sage das nur so.«

Der Mann wollte offenbar lächeln, aber dann tat er es doch nicht, als zweifelte er daran, dass das einen Sinn hätte. Konráð erinnerte sich daran, was für eine eindrucksvolle Erscheinung er einmal gewesen war, wie aufrecht er sich gehalten hatte, fast schon gebieterisch, als würde ihm jeder Ort gehören, an dem er sich befand, gebildet, in verantwortungsvoller Position, arrogant und selbstzufrieden. Dann kam heraus, dass er ein Kinderschänder war, der dachte, er könnte seine Verbrechen verbergen, indem er zum Mörder wurde.

Konráð war damals von der Familie gebeten worden, eine Großnichte des Häftlings ausfindig zu machen, die Danní hieß. Dannís Großmutter war mit Erna bekannt, und Konráð fühlte sich verpflichtet, der Familie zu helfen. Danní war ein Waisenkind gewesen und wuchs bei ihren Großeltern auf, wurde suchtkrank, schmuggelte Drogen ins Land und wurde irgendwann tot in einem Keller gefunden, wo sie an einer Überdosis gestorben war. Junge Leute starben viel zu oft an Drogen, sodass man die Todesursache meist gar nicht genauer untersuchte. Dann kam heraus, dass sie auf einer Website, auf der Frauen von sexueller Gewalt erzählen, den allseits respektierten

Bruder ihres Großvaters beschuldigen wollte, sie missbraucht zu haben. Sie hatte vor, ihn namentlich zu nennen und genau aufzulisten, wie oft er sie vergewaltigt hatte, als sie noch ein Kind gewesen war. Erst wollte sie von ihm Schweigegeld erpressen. Dann wollte sie sich das alles nur noch von der Seele reden. Da beschloss er, sie ein für alle Mal zum Schweigen zu bringen, und ließ es so aussehen, als ob sie beim Fixen nicht aufgepasst hätte. Er wusste, was er tat. Er war Arzt.

»Bist du wegen Danní hier?«, fragte er müde und sah sich in dem Besuchszimmer um. Er hatte es noch nie zuvor gesehen. Sein Blick war gleichgültig und matt.

»Oder warum?«

»Nicht wegen Danní«, sagte Konráð. »Der Fall ist abgeschlossen.«

»Aber du bist sicher auch nicht hier, weil wir so gute Freunde sind«, sagte der Mann.

»Wolltest du schon immer Arzt werden?«, fragte Konráð.

»Eigentlich schon. Aber warum fragst du das?«

»Nur, um ein bisschen zu plaudern«, sagte Konráð.

»Du bist hier, um mit mir zu plaudern?«, fragte der Mann und lachte kurz.

Konráð lächelte.

»Ich komme aus einer Ärztefamilie«, sagte der Häftling dann, wie zur Erklärung.

»Hat man dich dazu ermutigt, Arzt zu werden?«

»Vielleicht. Ich wüsste nur nicht, was dich das angeht.«

»Hat dein Vater das von dir erwartet?«

»Ich wüsste auch nicht, was dich mein Vater angeht.«

»Er war schließlich auch Arzt.«

»Ja.«

»Hat er dich dazu ermutigt?«

»Auch das geht dich nichts an. Gibt es sonst noch was?«

»War er ein Vorbild für dich?«

»Warum willst du das wissen? Ein Vorbild? Was soll der Quatsch?«

»War er es oder war er es nicht?«

»Na, wie das bei Söhnen eben so ist. War dein Vater ein Vorbild für dich?«

»Hat er dir vielleicht das eine oder andere beigebracht?«, fragte Konráð. »Dir Tipps gegeben?«

Der Mann reagierte nicht.

»Und das vielleicht nicht nur im medizinischen Bereich?«, fragte Konráð.

»Ja, so dies und das. Wie das halt so ist. Du gehst mir langsam auf die Nerven. Was soll das alles hier?«

»Was hat er dir denn beigebracht, so zum Beispiel?«

»Na, dies und das. Wie man Forellen fängt.«

»Hat er dir gezeigt, wie er mit Kindern umgeht?«

Da wurde dem Mann klar, warum Konráð gekommen war. Er sah ihn lange an.

»Meinst du damit das Mädchen, das im Tjörnin ertrunken ist?«, fragte er. »Wie oft sollen wir das noch durchkauen. Mein Vater hatte nichts damit zu tun.«

»Er hat sie vergewaltigt. Und geschwängert. Wieso sollte er sie dann nicht auch loswerden wollen?«

»Du weißt nicht, wie sie gestorben ist. Niemand weiß das.«

»Hast du nicht mit Danní genau dasselbe gemacht, als sie dir unangenehm wurde?«

»Das reicht jetzt«, sagte der Mann und blickte zur Tür. »Können wir einen Wärter rufen?«

»Er ist doch dein Vorbild, oder?«

Der Mann schüttelte den Kopf.

»Du nennst dich Gústaf Antonsson. Auch dein Bruder benutzt euren Familiennamen nicht.«

»Nein.«

»Warum nicht? Warum nicht Gústaf Heilman?«

»Wir wollten eben keinen Familiennamen mehr. Das hast du mich auch alles schon gefragt. Das ist kein Verbrechen.«

»Wolltet ihr vermeiden, dass man euch mit eurem Vater in Verbindung bringt?«

»Nein.«

»Weil er euch unangenehm war?«

»Nein.«

»Hat er euch etwas angetan?«

»Nein.«

»Sicher?«

»Ja.«

»Hat er dich missbraucht?«

»Nein.«

»Hat er deinen Bruder missbraucht?«

»Das hast du mich alles schon gefragt«, sagte der Häftling. »Bringst du mir denn gar nichts Neues? Ich dachte, so eine Besuchszeit ist unterhaltsamer. Ich hatte mich fast auf dich gefreut, ehrlich gesagt. Ist ja langweilig genug hier. Und diese Psychonummer von euch Polizisten könnte eigentlich ganz unterhaltsam sein, wenn sie nicht so primitiv wäre.«

»Dein Vater hat Kinder missbraucht. Du auch. Willst du mir etwa weismachen, das eine hat mit dem anderen nichts zu tun?«

»Du bist wirklich nicht sonderlich gebildet.«

»Hat er dich rangenommen? Und deinen Bruder in Ruhe gelassen? Oder war es umgekehrt?«

»Vielleicht hat er sich ja auch gar nicht für Jungen interessiert, hast du daran mal gedacht? Oder bist du selbst dafür zu blöd?«, zischte Gústaf. »Wenn du auch nur ein bisschen Ahnung von irgendetwas hättest, würdest du das gar nicht fragen.«

»Wusstest du denn davon? Von dem Mädchen, das dein Vater vergewaltigt hat?«

»Jetzt ist Schluss«, sagte der Mann, erhob sich, ging zur Tür, schlug laut dagegen und rief nach dem Beamten.

»Wusstest du von dem Mädchen, das im Tjörnin ertrunken ist?«

Die Tür zu dem Besuchszimmer öffnete sich, und der Beamte erschien. Auch Konráð hatte sich erhoben.

»Was ist denn hier los?«, fragte der Beamte und sah sie an. »Alles okay bei euch?«

»Ich will wieder in meine Zelle«, sagte Gústaf.

»Das ist doch eine Lüge, Gústaf. Dass du nichts gewusst hast«, sagte Konráð. »Wusstest du nicht die ganze Zeit, was dein Vater getan hat?! Dass er ein Kinderschänder war, so wie du, und dass er alles getan hat, damit niemand es erfährt? Hast du das von ihm gelernt? War das nicht das Allerwichtigste, was Anton Heilman dir beigebracht hat? Wie man es verheimlicht?«

Gústaf verließ das Zimmer.

»Das ist übrigens nicht der eigentliche Grund, warum ich hier bin«, rief Konráð ihm hinterher.

Gústaf blieb auf dem Flur stehen.

»Eigentlich geht es mir um etwas anderes. Um den Mord an meinem Vater«, sagte Konráð.

Zweiundvierzig

Gústaf zögerte einen Moment, dann sagte er etwas zu dem Justizbeamten, das Konráð nicht verstehen konnte. Der Beamte nickte, und Gústaf kehrte in das Besuchszimmer zurück. Der Beamte blieb auf dem Flur zurück und schloss die Tür.

»Warum bist du hier?«, fragte er. »Warum?«

»Wusstest du von deinem Vater?«, sagte Konráð. Er gab nicht auf. »Was er getan hat. Hast du das von ihm?«

Bei der Beschäftigung mit dem Schicksal von Danní war Konráð aufgefallen, dass Anton, Gústafs Vater, eine ziemlich ähnliche Geschichte hatte. Er war Arzt gewesen und hatte Anfang der Sechzigerjahre ein junges Mädchen vergewaltigt, das in einer der Barackensiedlungen wohnte. Später fand man das Mädchen ertrunken im Tjörnin. Anton hatte wahrscheinlich etwas mit ihrem Tod zu tun, auch wenn ihm das nie nachgewiesen werden konnte. Er wurde nicht einmal in den damaligen Akten erwähnt. Der Leichnam des Mädchens war kaum untersucht worden, da man sie nicht für das Opfer eines Verbrechens hielt. Erst moderne gentechnische Untersuchungen an ihren sterblichen Überresten brachten ans Licht, dass das Mädchen von Anton schwanger gewesen war. Konráð fand es nicht abwegig, dass Anton Maßnahmen ergriffen hatte, um sie loszuwerden. Gústaf hatte immer wieder behauptet, er hätte nichts von der Neigung seines Vaters gewusst, auch das Mädchen hatte er angeblich nicht gekannt. Offenbar sah er auch jetzt keinen Grund, seine Aussagen zu ändern.

»Ich wusste eh kaum etwas über ihn«, sagte Gústaf. »Wie oft soll ich das denn noch sagen? Warum bist du hier? Worum geht es dir wirklich? Du willst doch irgendwas.«

»Ich habe überlegt, ob er dich vielleicht dazu gezwungen hat, bei irgendwas mitzumachen, was er getan hat«, sagte Konráð. »Und dich damit so traumatisiert hat, dass du so geworden bist wie er. Du bist ja in vielerlei Hinsicht in seine Fußstapfen getreten.«

»Jetzt hör endlich auf mit diesem Gewäsch!«, sagte Gústaf. »Warum bist du hergekommen? Was willst du von mir? Und was hat das mit deinem Vater zu tun?«

»Du kennst dich da besser aus als ich. Wir erben doch alle irgendwelche Eigenschaften von unseren Eltern. Und erwerben andere selbst …«

»Du hast nie etwas Vernünftiges gelernt, oder? Studiert? Schade«, seufzte Gústaf und nahm wieder Platz.

»Um das zu lernen, habe ich keine Uni gebraucht«, sagte Konráð. »Hat Anton irgendwann einmal einen Mann namens Jósep P. Grímsson erwähnt?«

Gústaf dachte nach.

»Jósep P. Grímsson. War das dein Vater?«

»Viele haben ihn auch Seppi genannt. Vielleicht hast du den Namen mal gehört.«

Gústaf zögerte.

»Nicht dass ich wüsste«, sagte er dann. »Was hat der gemacht?«

Konráð erzählte ihm kurz von seinem Vater und dessen kleinkriminellen Machenschaften, den vorgetäuschten spiritistischen Sitzungen mit seinem Partner Engilbert. Und dass die Verwandten eines seiner Opfer ihn bedroht und das Geld zurückgefordert hatten, das er mit diesen spiritistischen Sitzungen ergaunert hatte, eine beträchtliche Summe offenbar, die sein Vater bezahlen wollte und dabei auch gleich angedeutet hatte, er bekäme bald einiges an Geld von einem Mann, der offenbar Arzt war. Konráð erzählte auch von seiner Vermutung, dass sein Vater diesen Arzt erpresst hatte.

»Arzt? Meinst du, er hat meinen Vater erpresst?«, fragte Gústaf.

»Fällt dir dazu was ein?«, fragte Konráð.

»Meinst du, dieser … Seppi hatte etwas gegen meinen Vater in der Hand und wollte das zu Geld machen?«

»Vielleicht hat er ja rausbekommen, dass er etwas mit dem Mädchen zu tun hatte, das sie tot im Tjörnin gefunden haben«, sagte Konráð. »Oder sie haben sogar gemeinsame Sache gemacht, wer weiß. Unsere Väter hatten diese perverse Neigung beide, das haben wir gemeinsam. Meine Mutter ist mit meiner kleinen Schwester ausgezogen, als sie das gemerkt hat.«

»Ich habe nie gesagt, dass mein Vater pervers war«, sagte Gústaf. »Damit das klar ist. Ihr könnt das gern behaupten, aber ich tue es nicht.«

»In Ordnung.«

»Dann hast du also eine persönliche Verbindung zu all dem? Warum hast du mir das nicht eher gesagt? Was ist mit diesem … Seppi noch mal passiert? Mit deinem Vater?«

»Er wurde auf der Skúlagata erstochen. Kurz nachdem er gesagt hat, dass er eine größere Summe Geld von jemandem erwartet, wahrscheinlich von einem Arzt.«

Gústaf nahm sich einen Moment Zeit, um die Verbindung nachzuvollziehen.

»Und jetzt denkst du, dass mein Vater ihn auch ermordet hat?«, fragte er.

»Keine Ahnung«, sagte Konráð nachdenklich. »Im Präsidium auf der Hverfisgata denken sie inzwischen, dass ich das selbst gewesen bin«, sagte er dann und versuchte zu lächeln. »Also, die Kriminalpolizei. Was meinst du denn, wie Anton Heilman reagiert hätte? Wenn man ihn erpresst hätte?«

Gústaf starrte ihn an.

»Das ist natürlich alles sehr hypothetisch. Ich habe nichts Konkretes in der Hand, um das zu belegen«, räumte Konráð ein.

»Erstochen, sagst du?«

»Das ist lange her«, sagte Konráð. »Ich dachte nur, man hätte dir vielleicht mal von ihm erzählt. Und von meiner Verbindung zu ihm.«

Gústaf schüttelte den Kopf.

»Ich kann mich an keine Erpressung erinnern«, sagte er. »Und ich weiß auch nicht, wie mein Vater auf so etwas reagiert hätte.«

»Ich weiß nicht, ob du dich erinnerst, aber nachdem ich dich verhaftet habe, haben wir darüber gesprochen, dass Anton Heilman auch mal in Vífilsstaðir gearbeitet hat, in dem Sanatorium für Tuberkulosekranke. Einer der Patienten wurde Luther genannt. Der Name hatte dir damals nichts gesagt.«

Gústaf schüttelte den Kopf.

»Sagt mir immer noch nichts.«

»Er wurde offenbar in der Nähe des Tjörnin gesehen, als das Mädchen da ertrunken ist.«

»Ja. Das habt ihr mich schon gefragt. Ich habe immer noch keine Ahnung, wer das sein soll.«

»Das Sonderbare ist, wir wissen nicht, was aus diesem Luther geworden ist«, sagte Konráð. »Es gibt eine Geburtsurkunde. Und die Arztbriefe, die dein Vater in Vífilsstaðir bis zum Jahr 1957 über ihn geschrieben hat, Knochentuberkulose offenbar, in einem der Beine. Er war immer wieder für eine lange Zeit in Vífilsstaðir. Als er da an dem See gesehen wurde, am Tjörnin, war er um die fünfzig. Seine Meldeadresse war bis Ende der Sechzigerjahre die Adresse seiner Schwester. Dann verliert sich seine Spur. Es gibt keine Sterbeurkunde. Er tritt nie polizeilich in Erscheinung. Vielleicht hat er das Land verlassen, nachdem das Mädchen im Tjörnin gefunden wurde. Oder irgendwann später. Man hat auf jeden Fall nie nach ihm gesucht. Niemand hat sich für ihn interessiert oder ihn gar vermisst.«

Gústaf hörte Konráð schweigend zu.

»Und seine Schwester?«, fragte er.

»Kann gut sein, dass sie noch Kontakt zu ihm hatte«, sagte Konráð. »Kann aber auch nicht sein. Vielleicht wollte sie mit Luther auch nichts mehr zu tun haben. Wir wissen es einfach nicht, wir wissen nur, dass sie 1969 gestorben ist. Viele dieser Sachen hat man dich schon gefragt, ich weiß, ich will das nicht alles noch mal durchkauen, aber ist zu der Zeit bei euch zu Hause irgendwas Ungewöhnliches vorgefallen? Hat dein Vater sich anders verhalten als sonst? Oder deine Mutter? Oder …?«

»Ich würde dir ja gern weiterhelfen, aber ich muss hier raus«, unterbrach Gústaf ihn abrupt, als wäre ihm plötzlich etwas eingefallen. »Ich will hier raus«, sagte er. »Und du kannst mir dabei helfen.«

»Da kann ich nichts für dich tun«, sagte Konráð überrascht.

»Bist du dir da sicher?«

»Ja, das bin ich.«

»Die durchsuchen dich hier nicht, oder?«

»Hier? Die Wärter? Doch, das tun sie.«

»Aber nur so pro forma«, sagte Gústaf. »Du kennst die doch alle. Das hat der Wärter mir selbst gesagt, ich habe ihn gefragt. Du bist hier offenbar gut angesehen. Ich kann mir nicht vorstellen, dass die einen altgedienten Polizisten wie dich richtig filzen.«

Konráð sah ihn fragend an. Das Gespräch nahm eine Richtung, die ihm nicht gefiel.

»Ich will zumindest die Möglichkeit haben. Auf saubere Art und Weise. Anders geht es auch kaum, dazu beobachten die mich zu sehr. Am besten wäre es im Schlaf.«

»Am besten im Schlaf ...? Wie meinst du denn das?«

»Du weißt ja, dass ich Anästhesist bin, oder?«

»Ja.«

»Und weißt du auch, was wir besser können als alle anderen Ärzte?«

»Ärger machen?«

»Öfter als alle anderen Ärzte entscheiden wir uns für den Schlaf«, sagte Gústaf ohne jede Regung.

»Wie meinst du denn das? Ist das ein Anästhesistenwitz?«

»Das mag vielleicht eine sonderbare Tatsache sein, aber es bleibt eine Tatsache.«

»Ich verstehe nicht, was du meinst. Sich für den Schlaf entscheiden?«

»Ich rede von ein paar wenigen Tabletten. Du findest

sie bei mir zu Hause. Ich habe ein schwaches Herz. Ein bisschen Fentanyl sollte reichen.«

Gústaf beobachtete schweigend, wie Konráð nachdachte und dann langsam begriff, worum es ging. Um so etwas hatte ihn noch nie jemand gebeten.

»Eigentlich dürfte dich das nicht überraschen«, sagte Gústaf. »Mein Bruder hat denselben Ausweg gewählt.«

»Da kann ich dir nicht weiterhelfen«, sagte Konráð. »Ausgeschlossen. Wie kommst du überhaupt darauf? Ich schmuggele hier doch keine Medikamente rein, mit denen du dich umbringen kannst!«

»Jetzt reg dich nicht gleich so auf. Vielleicht nehme ich sie ja gar nicht. Ich will nur die Möglichkeit haben«, sagte Gústaf. »Ich habe wirklich noch nicht entschieden, ob ich sie nehme, aber ich hätte sie gern hier. Ich würde dich auch dafür bezahlen.«

»Ich will dein Geld nicht.«

»Habe ich was von Geld gesagt?«

»Was meinst du?«

»Vielleicht bin ich ja nicht ganz ehrlich zu dir gewesen, als ich gesagt habe, dass mir diese ganzen Namen nichts sagen.«

»Meinst du Luther? Meinen Vater? Oder was?«

»Einiges davon.«

»Einiges wovon?«

»Ich könnte dir zum Beispiel von dem Einbruch erzählen.«

»Einbruch?«

Gústaf schwieg.

»Was für ein Einbruch?«, fragte Konráð.

»Meine Mutter wollte die Polizei rufen«, sagte Gústaf. »Doch mein Vater hat ihr das verboten. Er hat gesagt, er würde das selbst regeln. Wir durften niemandem etwas davon sagen. Den Grund dafür habe ich erst viel später begriffen …«

»Wurde bei euch eingebrochen?«

»Mein Vater wollte die Fotos zurück. Und es kann gut sein, dass er da mit einem gewissen Seppi zu tun hatte.«

»Was für Fotos?«

Gústaf schüttelte den Kopf und sagte, er könnte heute nicht mehr dazu sagen. Dann nannte er noch mal den Namen des Medikaments, das er wollte. Konráð sah ihn an, er war völlig konsterniert.

»Tu mir den Gefallen«, sagte Gústaf und erhob sich. »Dann reden wir weiter.«

Dreiundvierzig

Auf dem Heimweg schaute Konráð bei Eygló vorbei. Er wusste, dass es ihm guttun würde nach dem verstörenden Besuch im Gefängnis. Er hatte das Handy ausgeschaltet, während er bei Gústaf war, und sah erst jetzt, dass sie angerufen hatte, als er das Gefängnis verließ. Konráð rief sie kurz zurück, dann fuhr er nach Reykjavík. Er war froh, dass sie ihn treffen wollte – sie war wohl der einzige Mensch, bei dem er noch willkommen war.

Eygló hatte immer wieder gesagt, er solle sich mit dem Schicksal der kleinen Nanna beschäftigen, und hatte großen Anteil daran, dass die Verbindung zwischen dem Mädchen und Anton Heilman aufgedeckt wurde. Obwohl Konráð kein großes Interesse an übernatürlichen Phänomenen hatte, konnte sie ihn dazu bringen, der Sache nachzugehen, nachdem sie ihm gesagt hatte, das Mädchen sei ihr zum ersten Mal am Ufer des Tjörnin erschienen, als Eygló erst zwölf Jahre alt war. Eygló hatte oft mit ihm darüber geredet und versucht, ihn zu überzeugen, dass es Dinge gäbe, die man mit dem bloßen Auge nicht sah, und hatte es schließlich geschafft, seine Neugier zu wecken. Früher hatte sie versucht, ihre seherischen Fähigkeiten zum Wohle anderer einzusetzen, und war unter Gleichgesinnten ein bekanntes und gefragtes Medium gewesen. Dann jedoch belastete es sie mehr als erwartet, mit all diesen Leuten zu tun zu haben, die geliebte Menschen verloren hatten und trauerten und sich von ihr Antworten für ihren Seelenfrieden erhofften.

Auf dem Weg zu Eygló war Konráð schwer in Gedanken versunken. Er musste immer wieder an Gústafs Angebot denken und achtete kaum auf den Verkehr. Gústaf war nicht mehr jung und hatte eine so lange Haftstrafe erhalten, dass er wahrscheinlich im Gefängnis sterben würde. Nun witterte er eine Chance, diesen langsamen, deprimierenden Vorgang mit Konráðs Hilfe zu beschleunigen.

Gústafs verstörende Bitte hatte Konráð getroffen wie ein Blitz aus heiterem Himmel. Es fiel ihm schwer, sein inneres Gleichgewicht wiederzufinden. Er hätte eigentlich sofort melden sollen, worum der Häftling ihn gebeten hatte. Das wäre der beste Weg. Er könnte es auch jetzt noch tun. Er könnte der Gefängnisleitung mitteilen, dass der Mann ernsthafte Selbstmordabsichten habe und aktiv nach Wegen suche, um diese in die Tat umzusetzen. Die meisten hätten das längst getan, auch Konráð, wenn er damit nicht so eindeutig und unmittelbar gegen seine eigenen Interessen handeln würde. Gústaf hatte angedeutet, er habe Informationen über Konráðs Vater. Und das war der Preis.

»Mistkerl«, sagte Konráð, während er auf das Lichtermeer der Stadt zufuhr.

Er fand sich nicht das erste Mal in einem solchen Dilemma wieder. Irgendwie geriet er immer in Situationen, in denen es ihm ebenso falsch erschien zu handeln, wie nicht zu handeln. Nichts war einfach. Nichts war, wie es schien.

Immer wieder passierte ihm das.

Wem wollte er eigentlich etwas vormachen?

Eigentlich wusste er doch, dass er meist durch eigenes Verschulden in diese Situationen geriet. Es gäbe kein Dilemma, wenn er der Gefängnisleitung sofort erzählt hätte, worum Gústaf ihn gebeten hatte. Wenn er Lúkas auf dem Felsvorsprung am Ufer der Öflusá richtig festgehalten hätte. Wenn er Húgó sofort die Wahrheit gesagt hätte. Wenn er Erna die Wahrheit gesagt hätte. Wenn er Pálmi nicht die ganze Zeit belogen hätte. Wenn er nie mit Svanhildur etwas …

Wenn er nicht immer nur das täte, was für ihn in diesem Moment am besten war. Wenn er nur einmal an etwas anderes denken könnte als immer nur an sich selbst.

Während Konráð in die Stadt hineinfuhr, überlegte er, was es für Konsequenzen hätte, wenn er nichts von Gústafs Bitte erzählte. In Gústafs Haus zu kommen war wahrscheinlich kein Problem. Gústaf könnte seinen Anwalt bitten, Konráð den Hausschlüssel zu geben, Gústaf fiel bestimmt irgendein Vorwand ein. Dann müsste er nur zum Medikamentenschrank gehen und die richtigen Tabletten finden, sie an den Justizbeamten vorbei ins Gefängnis von Litla-Hraun schmuggeln und dem Häftling geben, damit der für immer einschlafen konnte. Und er musste hoffen, dass er vorher noch irgendetwas über Anton Heilman und seinen Vater erfuhr.

War er wirklich so verzweifelt?

Gústaf hatte seinen Bruder erwähnt. Danní war bei ihm und seiner Frau aufgewachsen. Sie hatten gewusst, dass Gústaf Danní missbrauchte, doch anstatt ihn deswegen anzuzeigen und einen Skandal zu verursachen, taten sie so, als ob nichts wäre. Das hatte Danní letztendlich am meisten verletzt. Ihre eigenen Groß- und Pflegeeltern hatten zugelassen, dass Gústaf ihre Kindheit zur Hölle machte. Daran war sie schließlich zerbrochen. Gústaf hatte sie nicht nur immer wieder vergewaltigt, er war auch damit durchgekommen, weil ihre Großeltern seine Interessen über ihre stellten, weil der gute Ruf der Familie ihnen wichtiger war als Dannís Wohlergehen. Als Konráð die Ermittlungen abgeschlossen hatte und alles ans Licht gekommen war, fuhr Gústafs Bruder an den Borgarfjörður, nahm sich dort ein Zimmer mit Badewanne, legte sich ins warme Wasser und öffnete seine Pulsadern.

Eygló hatte Konráð kaum zur Tür hineingelassen, da wusste sie bereits, dass es ihm nicht gut ging. Sie fragte ihn sofort, was los sei. Konráð war mit seinen Gedanken noch immer im Gefängnis und erzählte Eygló von seinem Besuch bei Gústaf, wobei er dessen Todeswunsch erst einmal unerwähnt ließ. Eygló kannte die Geschichte von Gústaf und Danní und Anton Heilman und dem Mädchen aus der Barackensiedlung, Nanna, die 1961 tot im Tjörnin lag. Eygló hatte ja, neben Konráðs Schwester Beta, einen wesentlichen Anteil daran, dass die sterblichen Überreste des Mädchens noch einmal exhumiert worden waren und bewiesen werden konnte, dass sie Opfer eines Verbrechens war.

Dann erzählte Konráð Eygló von seinem Treffen mit Pálmi und von seinem Geständnis, das von dem alten Kriminalbeamten heimlich aufgenommen worden war, und von dem Verhör, das daraufhin stattgefunden hatte. Er erzählte, dass die Polizei nun alle seine Aussagen in Zweifel zog und seine ganze Rolle in diesem Fall noch einmal völlig neu untersuchen wollte – insbesondere die Beziehung zu seinem Vater.

»Die denken doch nicht etwa, dass du das warst«, sagte sie.

»Das weiß ich nicht. Alles wird noch einmal aufgerollt, nur weil ich mich so dumm angestellt habe.«

»Macht dir das große Sorgen?«

»Schön ist es auf jeden Fall nicht, dass die nach all den Jahren jetzt noch einmal gegen mich ermitteln«, sagte Konráð. »Die halten es sogar für möglich, dass meine Mutter und ich zusammen den Mord an ihm geplant haben. Mir ist, als hätte ich mir selbst ins Knie geschossen. Das hätte ich niemals tun dürfen.«

»Aber da ist noch etwas anderes, oder?«

»Nein. Also, ich weiß nicht ...«

»Was beschäftigt dich noch?«

»Nichts.«

»Irgendwas anderes noch, aus dem Gespräch mit Gústaf?«, fragte Eygló hartnäckig. »Du hast am Telefon ganz anders gewirkt als sonst.«

Konráð wusste nicht, ob er ihr antworten sollte.

»Was ist passiert?«, fragte sie. »Konráð. Da war doch noch etwas.«

»Gústaf hat gesagt, er könnte mir helfen. Er hat angedeutet, dass er Dinge weiß, dass es eine Verbindung gab zwischen seinem Vater ... und meinem.«

»Das klingt doch interessant.«

Konráð zögerte noch immer.

»Oder etwa nicht? Was war denn da los?«

»Er will mir das nicht einfach so erzählen«, sagte Konráð. »Er will etwas dafür haben.«

»Etwas dafür haben? Was will er denn?«

Konráð schüttelte den Kopf.

»Was will er?«, wiederholte Eygló.

»Er will sterben.«

Vierundvierzig

Es war Abend geworden. Elísa hatte sich etwas aus dem Kühlschrank geholt, saß am Küchentisch, das Radio lief. Sie versuchte, etwas zu essen. Eigentlich hatte sie keinen Hunger, aber sie wusste, dass sie etwas essen sollte. Sie kochte sich Kaffee, fand eine Flasche Schnaps im Wohnzimmerschrank und tat einen Schuss hinein. Und dann noch einen. Im Radio vermeldeten sie, wie viel die Fischereiflotte gefangen hatte, und berichteten von den Konfliktherden der Welt. Sie hörte kaum zu, sie musste immer wieder an Benóný denken.

Er hatte gesagt, er käme bald zurück. Wohin er gegangen war, hatte er nicht so recht sagen wollen, nur dass er Mikki bei irgendwas helfen musste. Mehr hatte er nicht gesagt, und sie hatte nicht gefragt, doch sie vermisste ihn bereits in dem Moment, als er aus der Tür war.

Sie wusste nicht, wie lange Benóný schon diese Gefühle für sie hegte, aus denen nun Küsse und Zärtlichkeiten geworden waren, ein Verlangen, eine Nähe und eine Zuneigung, die mit jedem Tag wuchsen. All das hatte sich langsam entwickelt, ohne dass sie es zuerst bemerkt hatte. Und als sie ihm in der Küche ihr Herz ausschüttete, als er an jenem Abend vor dem Haus für sie Partei ergriff, hatte längst begonnen, was sich endlich an jenem Morgen in ihrem Schlafzimmer Bahn brach. Da hatten die langsam gewachsenen Gefühle mit voller Kraft ihre Wirkung entfaltet und sich in etwas Entgrenztes, Leidenschaftliches verwandelt, das sie selbst überraschte. Etwas, von dem sie dachte, sie könnte es nie wieder empfinden.

Es hatte viel früher begonnen. Sie konnte nur nicht genau sagen, wann. Es hatte sicher mit seiner Arbeit im Keller zu tun, damit, dass sie sich auf einmal jeden Tag sahen. Doch aufgefallen war er ihr schon weitaus früher. Und das, obwohl er eher zurückhaltend war, sich nie in den Vordergrund drängte – ganz im Gegensatz zu ihrem Mann. Es war paradox, aber es war wohl gerade diese zurückhaltende Art, die solch eine Wirkung auf sie hatte. Wie er fast schüchtern wirkte, wenn er mit ihr ein paar Worte wechseln wollte, aber dabei keinesfalls abweisend, sondern immer aufmerksam und freundlich. Wenn sie jetzt daran zurückdachte, fiel ihr ein, dass sie schon damals alle möglichen, eigentlich unbedeutenden Kleinigkeiten an ihm wahrgenommen hatte, ein Lächeln, eine Handbewegung, einen Blick. Unscheinbare, fast verborgene Details, die eigentlich kaum eine Rolle spielten – und doch etwas Wesentliches zeigten.

All das war wohl schon lange in ihr verborgen und erwachte langsam zum Leben, als ihr klar wurde, wie grundverschieden Stan und er waren. Anfangs hatte es sie überrascht, wie sehr sie sich morgens darauf freute, dass Benóný kam. Sie hielt sogar manchmal Ausschau aus dem Küchenfenster, um sehen zu können, wie er sich auf der Straße dem Haus näherte. Sie brachte ihm und seinem Freund Kaffee. Manchmal, besonders wenn er allein dort unten war, blieb sie lange und plauderte mit ihm über Gott und die Welt und freute sich. Bemerkte jedes Lächeln, jeden seiner Blicke, interessierte sich dafür, wie er die Welt sah. Sie genoss diese gemeinsame Zeit, als würde sie die Wunden heilen, die Stan ihr zufügte.

Hatte sie das getan, um ihren Mann zu provozieren? War das ihre Strategie gewesen, um diese furchtbare Ehe endlich zu beenden? Stan vergiftete ihr ganzes Leben, und sie wusste nicht anders auf seine Übergriffe zu reagieren, als sich heimlich einige schöne Minuten mit Benóný im Keller zu erschleichen. War sie es gewesen, die überhaupt erst unauffällig den Vorschlag gemacht hatte, man könnte Benóný fragen, die Umbauten in ihrer Waschküche zu übernehmen? Hatte sie diese Saat gesät? Hatte sie es nicht von Anfang an darauf angelegt, Benóný zu verführen, indem sie immer wieder Gründe fand, zu ihm in den Keller zu gehen, ihm Kaffee brachte und Gebäck? Immer wieder seine Nähe suchte, sich mit ihm unterhielt und dabei lächelte?

Elísa hätte nie erwartet, wozu das nun geführt hatte. War Benóný anfangs nur ein Spielstein in ihrem Kampf mit Stan gewesen, und erst dann war es mehr geworden? Ernster, als sie es sich jemals hätte vorstellen können? Waren es die Gedanken an ihn, die ihr den Mut gaben, ihrem Mann endlich die Stirn zu bieten?

Sie war sofort ehrlich zu Benóný gewesen. Gleich an dem Morgen, nachdem sie zum ersten Mal miteinander geschlafen hatten. Sie wollte keine Geheimnisse zwischen ihnen. Wollte nicht, dass zwischen ihnen etwas ungesagt blieb, das später für eine böse Überraschung sorgen könnte. Also gestand sie ihm, dass es ihre Idee gewesen war, ihn zu fragen, ob er die Umbauten im Keller machen wollte, und dass sie möglicherweise damals aus eigenem Interesse gehandelt hatte, aber natürlich nie damit gerechnet hatte, dass es so kommen würde, wie es jetzt gekommen war. Dann habe sie immer mehr Gefühle für ihn entwickelt, die sie nun nicht mehr beiseiteschieben konnte. Damit hätte sie wirklich nie gerechnet.

Elísa drehte das Radio leiser. Da war ihr plötzlich, als hörte sie ein Geräusch im Keller. Sie war nicht davon ausgegangen, dass er so schnell wieder zurück war. Vielleicht war es sein Freund Mikki. Es klang wirklich so, als hätte jemand durch die Außentür den Keller betreten. Oder bildete sie sich das ein? Sie stand auf, sah aus der Küche und hörte genauer hin. Die Tür zum Keller war geschlossen. Sie öffnete sie und rief hinunter, wer da sei. Niemand antwortete. Sie rief noch einmal, bekam jedoch auch diesmal keine Antwort.

Elísa stutzte.

»Benóný?«, rief sie dann, nachdem sie einen Schritt auf den Treppenabsatz gemacht hatte. »Bist du das?«

Fünfundvierzig

Ein eisiger Wind umwehte die Fischerhütten an der Ægisíða, unscheinbare Verhaue aus Wellblech, in denen die Seehasen-Fischer Wannen, Netze und andere Teile ihrer Ausrüstung lagerten. Zwei Boote lagen mit dem Kiel nach oben davor, die Ruder standen aufrecht an die Außenwände gelehnt, auf der Westseite der Hütten waren Gestelle zum Trocknen von Fisch. Jemand hatte ein Netz über ihnen ausgebreitet. An der Grímsstaðavör war eine rostige Slipanlage, um die Boote an Land zu ziehen. Der Wintermond kam hinter den Wolken hervor, sodass die Schienen der Slipanlage, die zum Meer hinunterführten, im Dunkeln glänzten. Die Flut hatte eingesetzt, bald würden die Schienen nicht mehr zu sehen sein.

Benóný stand im Windschatten einer der Hütten und wartete auf Mikki. Eigentlich hätte er längst da sein sollen. Sie hatten abgesprochen, sich dort zu treffen. Auch der Mann würde dorthin kommen, der Mikki so übel zugerichtet hatte, dass er nun auf Rache sann. Benóný wollte Mikki helfen, hatte sich aber auch vorgenommen, seinen Freund, wenn nötig, im Zaum zu halten. Er mochte keine Gewalt und wendete sie nur an, um sich zu verteidigen.

Er sah auf die Uhr. Er wäre jetzt viel lieber bei Elísa. Benóný hatte sie nur ungern allein zu Hause zurückgelassen, während Stan noch so wütend und aufgebracht war. Die vielen Telefonanrufe verhießen nichts Gutes. Er hätte am liebsten eingegriffen und ihm ordentlich die Meinung gesagt, doch er hatte Angst, damit alles nur noch schlimmer zu machen. Stanley dachte eh schon, dass Elísa ihn mit Benóný betrog, er wollte ihn nicht noch weiter reizen. Er sollte besser versuchen, in Ruhe mit ihm zu reden, von Mann zu Mann. Am besten bei Stan auf der Arbeit, da würde er sich zusammenreißen. Er musste doch einsehen, dass es aus war mit Elísa. Er musste das akzeptieren.

Es hatte ihn überrascht, dass es Elísas Idee gewesen war, ihn mit den Arbeiten im Keller zu betrauen. Und dass sie vielleicht schon damals den Plan hatte, ihn zu ihrem Verbündeten zu machen. Sie hatte es schwer. Er verstand nur zu gut, dass sie nach einem Ausweg aus ihrer unglücklichen, von Gewalt geprägten Ehe suchte. Schon nach kurzer Zeit war ihm aufgefallen, dass sie immer wieder Gründe gesucht hatte, um in seiner Nähe zu sein. Sie schenkte ihm Aufmerksamkeit und hatte ihm von der schlimmen Lage erzählt, in der sie sich befand, von der Gewalt, der sie ausgesetzt war.

»Bitte verzeih mir, dass ich da so berechnend war«, sagte sie, als sie nebeneinander in ihrem Ehebett lagen und sie ihm alles erzählt hatte. »Ich hätte nie damit gerechnet, dass es so kommt, wie es nun gekommen ist.«

»Mach dir keine Sorgen um mich«, sagte er und nahm sie in den Arm. »Ich habe Stan immer um seine Frau beneidet. Ich habe mich nur nie getraut, das zu sagen.«

Sie lachte über seine Worte. Er hatte das Gefühl, sie schon lange nicht mehr so herzlich lachen gehört zu haben, und er war froh darüber.

Er freute sich, dass sie lachte, doch ernst gemeint war

es trotzdem – er hatte Stan wirklich darum beneidet, dass er Elísa zur Frau hatte. Benóný hatte sie über eine gemeinsame Freundin aus Keflavík kennengelernt, mit der er ein paar Mal ausgegangen war. Elísas freundliche Art hatte ihm sofort gefallen. Ihr helles Lachen, ihre Herzlichkeit, ihr fröhliches Lächeln, mit dem sie nie geizte und das ihr ganzes Gesicht erstrahlen ließ. Er wusste, dass es noch da war, auch wenn er es lange nicht mehr gesehen hatte.

Benóný hatte miterlebt, wie Elísa und Stan sich auf der Militärbasis nähergekommen waren. Er war es sogar gewesen, der ihr seinen Freund vorgestellt hatte. Deswegen hatte er sich wohl auch schon immer ein bisschen dafür verantwortlich gefühlt, wie es Elísa in ihrer Ehe ergeht, obwohl er nie gedacht hätte, dass es so schlimm gekommen war. Stan und Benóný hatten sich kennengelernt, als Benóný bei einer isländischen Baufirma arbeitete, die einen Auftrag auf der Militärbasis hatte. Man hatte ihn an Stan verwiesen, wenn er mal die eine oder andere Flasche Schnaps oder eine Stange Zigaretten kaufen wollte. Stan war ihm sympathisch und bat ihn eines Tages darum, ihm beim Isländischlernen zu helfen. Benóný freute sich über dieses Interesse. Stan nahm ihn mit in den Soldatenclub, er war immer gut gelaunt, mit ihm gab es immer etwas zu lachen, er hatte damals schon gesagt, dass er nach dem Ende seiner Militärzeit gern in Island bleiben würde.

Als es so weit war, half Benóný Elísa, ein Haus in Reykjavík zu finden. Er half auch beim Umzug und traf sie ab und zu, doch im Laufe der Jahre sahen sie sich immer seltener. Stan bekam Arbeit in einer Werkstatt und fragte seinen Freund eines Tages, ob er einige Umbauarbeiten in ihrem Keller machen könnte. Benóný hatte als Maurer und als Zimmermann gearbeitet und sagte sofort zu. Und schon bald, nachdem er angefangen hatte, im Haus zu arbeiten, stellte er fest, wie sehr Elísa sich verändert hatte. Er hatte sie als gut gelaunte, selbstbewusste Frau kennengelernt, nun schien sie immer öfter abgelenkt, teilnahmslos, ihre Stimme klang wie gedämpft.

»Glaubst du, das kommt jetzt richtig schlimm?«, hatte sie ihn voller Sorge gefragt, bevor er zu dem Treffen mit Mikki gegangen war.

»Alles wird gut«, sagte er und versuchte, ihr Mut zuzusprechen. »Stanley kann wüten und toben, so viel er will – es ist vorbei. Und das weiß er auch. Schlimm ist, was er euch all die Jahre angetan hat.«

»Es ist nicht leicht, über so etwas zu reden«, sagte sie. »Man weiß nicht, an wen man sich wenden kann. Man ist einfach so hilflos.«

»Das glaube ich sofort.«

»Ich bin vielleicht auch schuld daran, dass alles so aus dem Ruder gelaufen ist«, sagte sie. »Ich habe immer nachgegeben, bis er irgendwann mein ganzes Leben unter Kontrolle hatte. Als ich das gemerkt habe, war es eigentlich schon zu spät. Da hat es schon gar keine Rolle mehr gespielt, was ich wollte. Nicht einmal meine Freundinnen durfte ich noch treffen, ich habe sie völlig aus den Augen verloren. Er war ja so unglaublich eifersüchtig. Wollte immer genau wissen, wo ich war und wohin ich ging. Mit wem ich geredet habe. Wenn ich gesagt habe, ich gehe zum Friseur, hat er da angerufen und nach mir gefragt. Um zu sehen, ob ich auch wirklich da bin.«

»Das habe ich alles nicht gewusst. Dass er so eifersüchtig war. Das ist doch krank.«

»Das konntest du auch nicht wissen«, sagte Elísa.

Da sah Benóný endlich, wie Mikki sich ihm näherte. Er kam zu Fuß über die Starhagi, überquerte mit großen Schritten die Ægisíða und ging dann über einen Trampelpfad zu den Hütten. Er war allein. Offenbar hatte er Tommi nicht gefunden. Sie begrüßten sich, und Mikki sagte, er habe noch immer nichts von Tommi gehört und würde sich langsam Sorgen machen. Die meiste Zeit des Tages habe er damit verbracht, nach dem Dummkopf zu suchen, doch niemand schien zu wissen, wo er abgeblieben war. Manche glaubten, sie hätten ihn vor einigen Tagen bei den Säufern am Arnarhóll-Hügel gesehen, doch das war es dann auch.

Die Zeit verging, sie warteten im Windschatten der Hütten, hielten Ausschau nach Luther und besprachen ihre nächsten Schritte. Mikki hatte keinen Plan, was er tun wollte, sobald Luther auftauchte. Er hatte ihn hauptsächlich hier an die Grímsstaðavör gelockt, um ihm eine ordentliche Lektion zu erteilen und sich für das zu rächen, was sie ihm an der Nauthólsvík angetan hatten.

Und als Benóný schon dachte, sie wären umsonst gekommen, sahen sie endlich von Osten her einen Mann die Ægisíða entlangkommen. Er humpelte ein wenig, es war Luther. Mikki erkannte ihn sofort.

»Er hat sich drauf eingelassen«, flüsterte Mikki.

»Worauf?«

Ich habe ihm gesagt, er soll allein kommen. Dann würde ich keinen Ärger machen. Wenn er noch andere mitbringen sollte, würde ich sofort mit den Fotos zur Polizei gehen.«

»Aber du hast die Fotos doch gar nicht mehr«, sagte Benóný.

»Nein!«, sagte Mikki und lachte. »Ich habe kein einziges mehr von diesen beschissenen Fotos. Aber da siehst du, wie dringend sie die zurückwollen. Die würden alles dafür tun.«

Luther kam langsam näher. Er überquerte die Straße und sah sich immer wieder um, als traute er dem Frieden nicht. Dann ging auch er auf dem Trampelpfad am Strand entlang auf die Hütten zu und hatte sie bald erreicht.

»Warte hier«, sagte Mikki zu Benóný. »Ich rede erst mal mit ihm.«

Mikki kam hinter der Hütte hervor.

»Bist du allein?«, rief er.

»Wie du es wolltest«, antwortete Luther. »Hast du die Fotos? Ich habe das Geld. Lass uns das schnell über die Bühne bringen.«

»Was sind das eigentlich für Bilder?«, fragte Mikki und steckte die Hand in die Tasche, um anzudeuten, dass er sie mitgebracht hatte.

»Das tut nichts zur Sache«, sagte Luther und stand jetzt Mikki direkt gegenüber. Um die Fischerhütten herum war es dunkel, das Licht der Straßenlaternen von der Ægisíða drang kaum bis hierher, niemand war auf der Straße unterwegs.

»Wer ist dieses Mädchen?«, fragte Mikki.

»Aus dem Ausland«, sagte Luther. »Aus Dänemark. Das ist dänischer Porno, wenn es du es genau wissen willst. Er will nicht …«

»Er? Meinst du der Arzt?«

»Er will nicht, dass es rauskommt, dass er so was bei sich zu Hause hat. Er hatte die nur für einen Freund aufbewahrt, als ihr bei ihm eingebrochen seid. Und sein Freund bezahlt gut dafür, wenn er die Bilder zurückbekommt.«

»Ah, ein Freund? So ist das also«, sagte Mikki.

»Aber, wie gesagt, das tut nichts zur Sache«, sagte Luther.

»Aber glauben soll ich das schon, oder?«, sagte Mikki. »Dieser ganze Ärger, wegen ein paar dänischer Pornobilder?«

»Glaubst du wirklich, es interessiert irgendwen, was du glaubst und was nicht? Hast du sie jetzt dabei oder nicht? Lass uns das endlich über die Bühne bringen. Und dann will ich deine verdammte Fresse nie mehr sehen!«

»Was tut man nicht alles für seine Freunde«, sagte Mikki und lachte Luther direkt ins Gesicht. Luther blieb unbeirrt stehen und sah ihn mit ausdruckloser Miene an, als ob ihm kein Mensch egaler sein könnte als der, der hier am Meer gerade vor ihm stand.

»Dann ist das gar nicht er selbst auf den Bildern?«, fragte Mikki. »Sondern nur sein Freund?«

Mikki hatte wirklich keine Ahnung, wer der Mann auf den Bildern war. Dazu hatte er sie nicht lange genug angesehen. Da er nicht wusste, wie der Arzt aussah, hätte er ihn ohnehin nicht erkannt.

Er wollte Luther einfach nur provozieren. Ihn zu einem Wutausbruch bringen. Er hasste diesen Kerl aus tiefstem Herzen.

»Hast du die Bilder dabei, wie du es versprochen hast?«, fragte Luther nun schon deutlich ungeduldiger, mit einem Seitenblick auf die beleuchtete Straße.

»Erwartest du noch jemanden?«, fragte Mikki. »Dann bist du wohl doch nicht ganz allein.«

»Jetzt hör endlich auf mit diesem Blödsinn.«

»Ich sehe kein Geld«, sagte Mikki.

Luther zeigte die Ecke eines Briefumschlags, der in seiner Innentasche steckte. Mikki lächelte. Dann trat er ihm ohne Vorwarnung mit voller Kraft gegen das Bein, auf dem er humpelte.

Luther musste mit so etwas gerechnet haben, denn er hatte plötzlich ein Messer in der Hand und stach im Fallen nach Mikki. Es ging so schnell, dass Mikki die Attacke nur mit Mühe abwehren konnte und Luther ihm mit dem Messer einmal quer über die Handfläche schnitt.

»Hast du etwa ein Messer, du Dreckskerl?«, rief er und trat nach Luthers Kopf, während der versuchte, sich aufzurappeln.

Das Messer flog in Richtung Strand. Luther fiel hintenüber, schlug mit dem Kopf auf der Erde auf und blieb benommen liegen. Mikki wollte ihm gerade ins Gesicht treten, da kam Benóný aus seinem Versteck und hielt ihn zurück. Er meinte, es sei genug.

Mikki war nicht mehr er selbst. Er starrte seinen Freund an, als hätte er ihn noch nie zuvor gesehen, voller Hass, voller Zorn. Dann bemerkte er, wie jemand in vollem Tempo die Ægisíða hinab auf sie zu rannte, und erkannte, dass es der junge Schläger war.

»Dann komm mal schön her«, flüsterte Mikki und bemerkte nicht, dass Benóný Luther langsam in Richtung der Hütten zog.

Sechsundvierzig

Als Konráð am Morgen aufwachte und die Zeitung holen wollte, sah er, dass wieder jemand einen Umschlag durch seinen Briefschlitz geworfen hatte, auch dieses Mal ohne Absender und Empfänger. Er stand eine Weile da und betrachtete ihn, nahm ihn aber nicht in die Hand. Er war sich nicht sicher, ob er ihn anfassen wollte. In letzter Zeit fanden sonderbare Dinge durch den Briefschlitz den Weg in sein Haus. Er musste geschlafen haben, als der Umschlag eingeworfen wurde. Sonst hätte er das Quietschen der Klappe am Briefschlitz gehört. Er hatte schon seit Jahren vor, sie zu ölen.

Schließlich nahm er den Umschlag an sich, ging damit in die Küche und setzte Kaffee auf. Der Toaster warf geröstetes Brot aus. Butter und Marmelade kamen auf den Tisch. Er war nach vorn gegangen, um die Zeitung zu holen, die in aller Herrgottsfrühe kam. Der Umschlag hatte darunter gelegen, er musste also bereits in der Nacht gekommen sein. Als es nicht auffallen konnte. Als niemand es sah.

Es war ein ganz normaler Umschlag. Als Konráð ihn aufgehoben hatte, merkte er sofort, dass es kein normaler Brief war, sondern dass er etwas Schweres enthielt. Er öffnete ihn fast widerwillig und leerte den Inhalt auf den Küchentisch aus. Es war ein Hausschlüssel und ein Zettel mit fünf Ziffern. Ein Code zum Ausschalten einer Alarmanlage, dachte Konráð sofort. Das Haus war mit einer Alarmanlage gesichert.

Konráð schmierte seinen Toast und schenkte sich Kaffee ein. Das Radio lief, doch er hörte kaum hin. Er dachte darüber nach, wer ihm diesen Hausschlüssel durch den Briefschlitz geworfen hatte, und gleich kam ihm eine Idee. Gústaf hatte keine Familie. Seine Frau war vor vielen Jahren verstorben, Kinder hatten sie nicht. Auch sein Bruder war tot, seine Schwägerin verachtete ihn, sie hatte ihn während des ganzen Prozesses nur hasserfüllt angestarrt.

Also konnte es eigentlich nur Gústafs Anwalt gewesen sein. Konráð erinnerte sich aus dem Gerichtssaal noch recht gut an ihn, schließlich war Konráð einer der wichtigsten Zeugen der Anklage gewesen, da hatte ihm natürlich auch Gústafs Anwalt ein paar Fragen gestellt. Er war keiner der üblichen landesweit bekannten Strafrechtsanwälte. Nach allem, was Konráð wusste, hatte er kaum Erfahrung mit großen Prozessen. Er war schon immer der Anwalt der Familie gewesen und hatte zur Unterstützung einen bekannten Strafrechtsanwalt angeheuert. Aber auch der konnte nicht verhindern, dass Gústaf eine lange Haftstrafe bekam. Kein Anwalt der Welt hätte daran etwas ändern können.

Konráð wusste, wo Gústaf gewohnt hatte, bevor er in Litla-Hraun inhaftiert wurde. Er war sogar schon einmal dort gewesen, zusammen mit Marta, er erinnerte sich noch an eine Tür, die auf der Hinterseite des Hauses in den Garten führte. Wahrscheinlich passte der Schlüssel dort. Es war ein großes freistehendes Haus am Ende einer Stichstraße – unbemerkt in den Garten zu gelangen war wahrscheinlich kein Problem. Er wusste, wo die Medikamente waren. Gústaf hatte es ihm beschrieben. Er wusste genau, was Gústaf wollte und wie viel. Und Gústaf hatte recht: Es wäre für Konráð ein Kinderspiel, die Medikamente nach Litla-Hraun zu schmuggeln – vorausgesetzt, er wollte es.

Er hatte fast bis Mitternacht mit Eygló zusammengesessen. Beiden war klar gewesen, dass Konráð der Bitte des Häftlings auf gar keinen Fall nachkommen durfte und die Angelegenheit sofort melden musste. Das war völlig klar, da gab es eigentlich nichts zu überlegen. Ganz abgesehen davon, dass eine Menge schiefgehen konnte, wenn man es trotzdem tat.

»Wenn ihn außer dir niemand besucht, wissen sie sofort, dass du ihm die Tabletten besorgt hast«, sagte Eygló, nachdem sie lange nachgedacht hatte.

»Nicht unbedingt«, sagte Konráð. »Das Gefängnis ist voller Drogen, das war schon immer so.«

»Glaubst du denn, er hat etwas Relevantes über deinen Vater zu sagen? Ist es das wert?«

»Er hat zumindest so etwas angedeutet«, sagte Konráð. »Ob es stimmt, erfahre ich wohl erst, wenn ich es versuche. Kann natürlich auch sein, dass er das alles vortäuscht, dass er mich anlügt, nur um an diese Tabletten zu kommen. Aber er könnte eben auch wirklich etwas über eine Verbindung zwischen seinem und meinem Vater wissen. Vielleicht haben sie sich ja gekannt.«

»Was ist mit seiner Schwägerin. Bringt es etwas, mal mit ihr zu sprechen?«

»Habe ich auch schon überlegt«, sagte Konráð. »Ich könnte sie natürlich fragen, ob Gústaf mir wirklich etwas zu sagen hat, oder ob das ein Täuschungsmanöver ist. Ob er nur mit mir spielt. Sie kennt ihn wohl am besten.«

»Du bist ja ganz nervös«, sagte Eygló. Sie sah, dass es Konráð nicht gut ging. »Du steckst ziemlich in der Klemme.«

»Kann man wohl sagen.«

»Die Polizei denkt plötzlich, dass du deinen Vater umgebracht hast. Und dass deine Mutter auch etwas damit zu tun hat.«

»Ich hätte mich nie damit beschäftigen dürfen«, sagte Konráð und seufzte. »Ich habe immer geahnt, dass das ein böse Ende nimmt. Dass niemandem damit geholfen ist, aber ... aber ich musste es natürlich trotzdem tun. Ich bin so ein Idiot.«

»Und deswegen wirst du jetzt auch diesen Schritt noch tun müssen«, sagte Eygló. »Du willst immer dein Bestes geben, das weiß ich. Herausfinden, was passiert ist. Antworten finden. Dich von jeglichem Verdacht reinwaschen. Und deine Mutter. Euch beide.«

»Ich soll also tun, worum er mich gebeten hat?«

»Du kannst eh nicht anders«, sagte Eygló.

Konráð trank den letzten Schluck Kaffee und schaltete das Radio aus. Er nahm den Schlüssel, betrachtete ihn und dachte an Eyglós Worte.

Du kannst nicht anders.

Gústaf hatte ihm nicht viel Bedenkzeit gelassen. Er hatte ihm eine Frist gesetzt, bis zu der er eine Entscheidung erwartete. Gústaf würde bestimmt davon in Kenntnis gesetzt werden, ob Konráð in dem Haus gewesen war, dafür hatte er sicher gesorgt. Sein Anwalt oder jemand anders wird sich wohl die Bilder der Überwachungskamera ansehen. Das machte ihm die größten Sorgen. Wenn er dorthin gehen würde, wollte er die Zeit ganz sicher auch dafür nutzen, weitere Informationen über Anton Heilman zu bekommen, über seine Familie, seine Söhne und deren Kindheit. Gústaf war das bestimmt klar. Er hatte ihm den Schlüssel gegeben und damit eine Art Köder ausgelegt. Das mit den Tabletten war ihm todernst. Und er wusste aus irgendeinem Grund, dass Konráð zurückkommen würde. Dass seine Neugier letztendlich stärker sein würde als alles andere.

Konráð führte noch einige Telefongespräche, bevor er sich ins Auto setzte. Gústafs Schwägerin war nach dem Tod ihres Mannes in ein Betreutes Wohnen gezogen und hatte nichts dagegen, Konráð zu treffen. Sie empfing ihn in einer beengten, überheizten Wohnung, die mit viel zu vielen Sachen aus dem großen Haus vollgestopft war, das sie früher bewohnt hatte. Zwei Ölgemälde, von denen eigentlich eines schon zu groß für diese kleine Wohnung war. Ein riesiger Esstisch. Sie trauerte um ihren Mann. Auf dem Tisch stand ein Bild von ihm, davor eine brennende Kerze. Daneben stand ein Bild ihrer Tochter und ihrer Enkeltochter, Danní.

»Hast du ihn besucht?«, fragte sie sofort, nachdem Konráð Platz genommen hatte. Ihm fiel auf, dass sie ihn nicht beim Namen nannte.

»Ja, das habe ich.«

»Wie geht es ihm?«

»Es ging ihm schon mal besser, glaube ich«, sagte Konráð. »Ein Erholungsaufenthalt ist das jedenfalls nicht für ihn.«

»Gut«, sagte die Frau. »Und was führt dich hierher? Was kann ich für dich tun?«

Sie war begierig zu wissen, was er wollte, und hätte alles getan, um ihm zu helfen, solange es nur Gústaf schadete. Sie hasste ihren Schwager abgrundtief. Während des Prozesses hatte sie in seine Richtung gespuckt und ihn derart mit Beschimpfungen überhäuft, dass sie aus dem Gerichtssaal entfernt werden musste. Konráð war an dem Tag im Saal gewesen und erinnerte sich noch daran, wie ihr Geschimpfe auf dem Flur langsam leiser wurde. Sie hatte gewusst, dass Gústaf ihre Enkeltochter missbraucht hatte, und darüber geschwiegen, bis es zu spät war. Konráð war sich sicher, dass das der Grund für ihren Hass war.

»Weißt du, ob sein Haus verkauft werden soll?«, fragte Konráð, um gleich auf den Punkt zu kommen. »Er hat ja keine Verwendung mehr dafür, und vermietet wird es auch nicht.«

»Davon weiß ich nichts.«

»Ist das das Haus von seinem Vater? In dem Gústaf mit seinem Bruder aufgewachsen ist?«, fragte Konráð. »Hat er das allein geerbt oder hat er seinen Bruder ausbezahlt?«

»Ja, das war das Haus der Familie. Anton hatte es in den Fünfzigerjahren gebaut. Gústaf hat es übernommen und meinen Mann ausbezahlt. Wir haben da noch Weihnachten gefeiert, als wir frisch verheiratet waren, aber nur zwei- oder dreimal. Nachdem unsere Tochter geboren war, wollten wir bei uns zu Hause feiern.«

»Du hast schon viele Fragen über seinen Vater und das Mädchen beantworten müssen, das tot im Tjörnin aufgefunden wurde«, sagte Konráð. »Du wusstest ja nicht, dass dein Schwiegervater das Mädchen missbraucht hatte. Und wahrscheinlich auch noch andere Kinder. Aber hat dein Mann nie mal eine Andeutung gemacht? In all den Jahren eures Zusammenlebens?«

Die Frau schüttelte den Kopf.

»Ich habe das doch schon so oft gesagt.«

»Auch nicht, nachdem ans Licht kam, was Gústaf mit Danní gemacht hat?«

»Er hat nie viel von seinem Vater erzählt.«

»Glaubst du, das bedeutet, dass er auch nichts gewusst hat?«

Die Frau zuckte mit den Schultern.

»Dazu kann ich nichts sagen.«

»Oder hat dein Mann das vielleicht die ganze Zeit gewusst und sich deswegen für das Ende entschieden, für das er sich entschieden hat?«

»Dazu kann ich wirklich nichts sagen. Er hat nie mit mir über diese Dinge gesprochen, und ich wusste auch nicht, dass er vorhatte, sich die Pulsadern aufzuschneiden. Ich fand das nicht richtig von ihm, wenn ich ganz ehrlich bin. Das war unfair, mir gegenüber. Mich einfach so allein zu lassen.«

»Hat er irgendwann mal erwähnt, dass bei ihnen eingebrochen wurde? Also, in das Haus von deinem Schwiegervater?«

»Nein. Eingebrochen? Wann soll das denn gewesen sein?«

»Das weiß ich nicht«, sagte Konráð. »Gústaf hat so etwas erwähnt.«

»Soweit ich mich erinnere, haben sie nie etwas von einem Einbruch erzählt, weder mein Mann noch die anderen aus der Familie. Bei uns wurde nie eingebrochen.«

»Oder hat dein Mann mal etwas über irgendwelche Bilder gesagt? Fotos, die jemand gestohlen hat und die sein Vater unbedingt zurückhaben wollte?«

Die Frau schüttelte den Kopf.

»Da kann ich dir leider nicht weiterhelfen«, sagte sie. »Hat das was mit diesem Einbruch zu tun?«

»Möglicherweise.«

»Was für Fotos waren das?«

»Das weiß ich nicht«, sagte Konráð. »Das wollte Gústaf nicht verraten.«

»Ich würde dir da gern mehr zu sagen, aber leider ...«

»Das ist vollkommen okay«, sagte Konráð.

»Fährst du noch mal hin? Ins Gefängnis?«

»Ich denke schon.«

»Nimm dich vor ihm in acht«, sagte die Frau und sah auf die Familienfotos hinter der brennenden Kerze. Sie war die Einzige, die noch am Leben war. »Er ist gerissen. Erst merkt man es gar nicht, dann ist man auf einmal in seine Machenschaften verstrickt und kommt weder vor noch zurück, ohne sich selbst mitschuldig zu machen. Und das nutzt er dann erbarmungslos aus. So hat er es mit seinem Bruder gemacht, meinem Mann. Und mit mir. Und mit dir macht er das auch, wenn du nicht aufpasst. Dieser Kerl macht dich kaputt.«

Siebenundvierzig

Der Zettel mit dem Zahlencode lag auf dem Armaturenbrett: 19609. Eine einprägsame Zahlenfolge, die Konráð sich sofort hatte merken können. Irgendwas daran kam ihm bekannt vor, aber was? Er war überzeugt, dass es sich um den Code für die Alarmanlage handelte und dass ihm kaum dreißig Sekunden blieben, um sie zu deaktivieren. Dann dachte er darüber nach, welchen Code er wohl brauchte, um die Alarmanlage auszuschalten, die in seinem Kopf heulte und ihm lärmend zurief, es bleiben zu lassen. Keinen Fuß in dieses Haus zu setzen.

Überwachungskameras sah er keine, als er in die Stichstraße hineinfuhr, an dem Haus vorbei, um den Wendeplatz herum und wieder heraus. Meistens waren sie sichtbar angebracht, um potentielle Einbrecher abzuschrecken, doch das war hier nicht der Fall. Vielleicht gab es ja keine. Vielleicht waren sie auch einfach nicht zu sehen. Er parkte in einer Seitenstraße, setzte sich eine Mütze auf und zog sie sich tief ins Gesicht. Er hatte eine Sonnenbrille dabei, die fast das halbe Gesicht verdeckte. Die Häuser in diesem Stadtteil waren kurz nach dem Krieg gebaut worden, dieses hier war mit dunklem Muschelkalk verputzt, hatte zwei Etagen und ein Spitzdach mit einem imposanten Schornstein. Der Garten war völlig verwahrlost. Auch das Haus war nicht mehr gut in Schuss. Der Putz bröckelte ab, viele der Fensterrahmen waren verwittert, die Scheiben seit Langem nicht geputzt worden. Man sah sofort, dass hier niemand wohnte. Und das schon seit langer Zeit.

Tief in seinem Innersten wusste Konráð, dass nichts ihn davon abhalten würde, das Haus zu betreten. Er konnte sich noch so oft sagen, dass man sich nicht dem Willen eines verurteilten Sexualmörders unterwerfen sollte – besonders nach dem, was seine Schwägerin gesagt hatte. Dass es falsch wäre, ihm die tödliche Dosis eines Medikaments zu besorgen, nur für ein paar Antworten auf Fragen, die ihm auf der Seele brannten: über das Schicksal des Mädchens Nanna, und natürlich über seinen Vater und dessen unrühmliches Ende. Fragen, die Konráð fast sein ganzes Leben lang begleitet hatten. Verfolgt hatten.

Letztendlich nahm er die Mütze und die Sonnenbrille wieder ab. Er war zu alt für diese Art von Versteckspiel. Er gelangte ungesehen in den Garten und sah sofort eine Terrasse mit einem kleinen Gartenhaus für einen Grill oder einen Rasenmäher. Von der Terrasse führte eine Tür ins Haus. Konráð holte den Schlüssel hervor. Er passte. Das Schloss war lange nicht benutzt worden und schwergängig, er musste ihn immer wieder hin und her drehen, dann öffnete sich endlich die Tür, und er ging hinein.

Er wusste, dass sich die Alarmanlage in einer kleinen Nische in der Nähe der Tür befand, ging rasch dorthin und gab den Code ein. Nach kaum zwanzig Sekunden hatte er das System deaktiviert, rechnete aber trotzdem damit, dass die Alarmanlage gleich losheulen würde. Nichts dergleichen geschah. Konráð atmete auf. Seiner Erinnerung nach gab es zwei Badezimmer in dem Haus, ein kleineres auf dieser Etage und ein größeres im oberen Stockwerk. Dort ging er hin, um nach den Tabletten zu suchen. Gústaf hatte ihm von einem Medikamentenschrank erzählt, der nicht abgeschlossen war. Und dass er mindestens vier Tabletten bräuchte.

Konráð hatte nachgeschlagen, um welches Medikament es sich handelte. Man musste bei der Dosierung offenbar sehr vorsichtig sein, eine zu große Menge konnte schnell einen tödlichen Herzstillstand verursachen. Meist wurde gar nicht erkannt, dass dieses Medikament ihn verursacht hatte, man musste gezielt im Körper danach suchen, um es nachweisen zu können. Der Tod war schmerzfrei. Man nahm es ein, fiel erst in ein Koma, dann war man irgendwann tot. Bei Herzkranken oder bei Menschen mit hohem Blutdruck wurde oft nicht erkannt, dass sie an einer Überdosis dieses Medikaments gestorben waren.

Konráð fand die Tabletten und steckte sie ein. Dann stand er auch schon wieder auf dem Flur. Im Laufe seiner Karriere hatte er viele Hausdurchsuchungen gemacht und hielt sich für einigermaßen erfahren. Er beschloss, in Gústafs Schlafzimmer anzufangen. Wer nichts zu verbergen hatte, war oft ziemlich sorglos. Da fand man die Schmuckschatulle auf Anhieb im Kleiderschrank, und wenn die Leute eine Devisenreserve bei sich zu Hause bunkerten, fand man sie im Bücherschrank.

Vorsichtigere Zeitgenossen versteckten Diamanten und Gold im Gefrierfach, klebten sie zum Beispiel unter eine Eiswürfelform. Dann gab es die Menschen, die wirklich etwas zu verbergen hatten. Konráð hatte schon Pakete mit weißem Pulver unter dem Zucker in der Zuckerdose gefunden. Unter dem Rand von Kloschüsseln. Im Dämmmaterial einer Küchenwand. In einer Packung Haferflocken. In scheinbar ungeöffneten Joghurtbechern.

Jedes Haus bietet unzählige Verstecke, hatte Marta einmal gesagt, während sie das Diebesgut aus einem Juwelenraub aus dem Benzintank eines Rasenmähers fischte.

Konráð wusste nicht einmal, wonach er suchte. Er hatte keine Ahnung, ob sich hier irgendwo noch etwas Aufschlussreiches über Gústaf oder seinen Vater verbarg, und wenn ja, was. Die Polizei hatte das Haus nach seiner Verhaftung durchsucht und nichts gefunden.

Gústaf hatte erwähnt, dass Einbrecher bei ihnen Fotos gestohlen hatten, als er noch ein Jugendlicher war, die sein Vater Anton unbedingt zurückwollte. Vielleicht war es ihm ja gelungen und die Fotos waren noch irgendwo im Haus. Auf jeden Fall war es ein guter Grund, sich ein bisschen umzusehen.

Es war ein gutbürgerliches Einfamilienhaus, wie sie typisch für das damalige Reykjavík waren. Schwere Möbel, Ölgemälde an den Wänden, dänische Glasvitrinen, Parkett. In einer Ecke eine schöne Bornholmer Standuhr. Die meisten Einrichtungsgegenstände waren so alt, dass sie wahrscheinlich schon Gústafs Eltern gehört hatten. Schwere Vorhänge waren sorgfältig vor die Fenster gezogen, auf allem lag eine dicke Staubschicht. Konráð war es nicht entgangen, dass er Spuren auf dem Fußboden hinterließ.

Er hatte zwar keine Angst im Dunklen, hatte aber dennoch das Gefühl, als ginge er durch ein verlassenes Geisterhaus, in dem furchtbare Dinge passiert waren. Die Geschichte seiner Bewohner schien ihn geradezu anzuspringen. Er hatte als Polizist nun wirklich einiges gesehen, fühlte sich aber dennoch immer unwohler, je länger er blieb. Es war dasselbe Gefühl, das ihn damals überfallen hatte, als er mit Marta hier gewesen war, nachdem er

Gústaf verhaftet hatte und sich herausstellte, dass er keinen Deut besser war als sein Vater. Konráð wusste von ihren Opfern, dem Mädchen im Tjörnin und Gústafs Großnichte – vielleicht waren es mehr, von denen man bisher nichts wusste.

Konráð durchsuchte Gústafs Schlafzimmer und versuchte, dabei keine allzu große Unordnung zu machen. Er zog Schubladen heraus, besah sie sich von unten, tastete die Unterseiten der Schränke ab. Klopfte an die Wände der Kleiderschränke, sah hinter den Spiegel an der Wand.

Bald hatte er auf diese Weise alle Zimmer durchsucht, inklusive des vollgerümpelten Speichers und der Küche, und stand nun vor der Standuhr, die schon vor langer Zeit aufgehört hatte, ihre eigentliche Aufgabe zu erfüllen. Das hübsch verzierte Pendel hing reglos hinter der Glasscheibe und zählte schon lange keine Minuten mehr. Die Zeit war stehengeblieben, um Viertel vor drei.

In der Ecke, in der die Standuhr war, hatte das Parkett einen Feuchtigkeitsschaden und war aufgequollen. Das grüne, nach dänischer Art bemalte Gehäuse war intakt geblieben, auch wenn man ihm sein Alter ansah.

Konráð öffnete es und wurde vom Hauch einer untergegangenen Welt umweht. Er tastete das Zifferblatt und alle Seiten des Gehäuses ab, von außen wie von innen. Er inspizierte den Teil oberhalb des Uhrwerks, klopfte das Holz ab, drehte an den Zeigern und schlug auf den Gehäuseboden – ohne Erfolg.

Wenig später verließ Konráð das Haus durch die Hintertür, schloss gründlich ab und eilte durch den Garten. Er tat den verdammten Schlüssel zurück in die Tasche und kam fast ins Rennen, als könnte er diesem verfluchten Ort nicht schnell genug entkommen.

Achtundvierzig

Elísa stand oben an der Kellertreppe, blickte hinunter und fragte abermals, ob da jemand sei. Auch dieses Mal antwortete ihr niemand. Sie dachte schon, sie hätte sich verhört. Hoffte es. Sie hatte wirklich das Gefühl gehabt, jemand wäre durch die Außentür in den Keller gekommen, doch nun war sie sich nicht mehr sicher. Sie machte Licht auf der Kellertreppe und stieg langsam hinab, blieb unten stehen und versuchte zu erkennen, ob jemand in der Waschküche war. Die Tür zur Außentreppe konnte sie nicht sehen. Sie sollte eigentlich abgeschlossen sein.

»Hallo«, rief sie. »Ist da jemand?«

Keine Antwort.

»Benóný?«, rief sie. »Bist du das?«

Sie verharrte am Fuß der Treppe. Rief zweimal den Namen ihres Mannes und lauschte. Als sie auch dann noch nichts hörte und niemanden sah, war sie überzeugt, sich verhört zu haben. Sie drehte sich um, ging die Treppe wieder hinauf, zurück in die Diele und schloss die Kellertür hinter sich. Abschließen konnte man sie nicht. Das Schloss war schon kaputt gewesen, als sie einzogen, Stan hatte es nie repariert.

Sie nahm wieder am Küchentisch Platz und fragte sich, ob sie nun endgültig die Nerven verlor. Sie brauchte nur das kleinste Geräusch im Haus zu hören und rechnete sofort mit dem Schlimmsten. Die letzten Tage waren eine enorme Belastung für sie gewesen. Erst langsam wurde ihr klar, wie sehr ihr Leben sich verändert hatte. Nicht nur durch den Auszug ihres Mannes, auch aufgrund dessen, was mit Benóný passiert war. Sie wusste, dass sie erst sicher sein würden, wenn die Trennung von Stan endgültig vollzogen war.

Elísa hörte erneut ein Geräusch im Keller. Dieses Mal war es deutlicher – nur was für ein Geräusch es war, konnte sie noch immer nicht sagen. Es schien ihr, als würde jemand eine schwere Last über den Boden ziehen. Sie überlegte, was für Dinge sie dort unten aufbewahrten. Da war zum Beispiel der große Vorschlaghammer, den Benóný und Mikki benutzt hatten, um an dem Loch in der Wand die Reste des Mauerwerks abzuschlagen. So hatten sie die Öffnung immer weiter vergrößert, bis sie vom Boden bis zur Kellerdecke reichte.

Mucksmäuschenstill saß sie da. Als sie dann erneut ein Geräusch hörte, sprang sie auf. Da musste jemand sein! Sie nahm das Filetiermesser aus der Messerschublade. In der Diele warf sie dem Telefon einen Seitenblick zu, wollte schon die Polizei rufen, entschied sich aber dagegen. Sie konnte die Beamten nicht belästigen, nur weil sie ein paar unheimliche Geräusche hörte. Sie öffnete erneut die Tür zur Kellertreppe, ging einige Stufen hinab und befahl mit sehr entschlossener Stimme, wer auch immer dort unten sei, solle sich zu erkennen geben. Dann nahm sie allen Mut zusammen, ging ganz hinunter und langsam weiter in Richtung Waschküche. Lauschte. Fasste den Messergriff fester. Jetzt hatte sie wirklich Angst. Und war doch fest entschlossen, sich nicht aus ihrem eigenen Haus verjagen zu lassen.

Als sie gerade in der Waschküche Licht machen wollte, sah sie in der Dunkelheit die Silhouette eines Mannes und erschrak so sehr, dass sie laut aufschrie.

»Ich wollte dich nicht erschrecken«, sagte ein Mann, dessen Stimme selbst ziemlich verängstigt klang. Sie kannte die Stimme. Es war einer von Benónýs Freunden. Sie nannten ihn Tommi. Er war ab und zu bei ihnen im Keller gewesen.

Elísa war unglaublich erleichtert.

»Was ... was machst du denn hier?«, fragte sie und versuchte, nicht zu verärgert zu klingen.

Tommi sah schlecht aus. Benóný hatte erzählt, dass Mikki und er sich Sorgen um ihn machten, weil er wieder einmal tagelang auf Sauftour war und sie nicht wussten, wo er sein könnte. Tommi sah auch wirklich so aus, als hätte er die letzten Tage und Nächte durchgesoffen, ausgezehrt, unrasiert und blass, als hätte er schon lange nichts gegessen, er trug verdreckte Sachen, die hier und da eingerissen waren, und roch nicht gut.

»Was willst du denn damit?«, fragte Tommi. Er hatte das Messer in Elísas Hand entdeckt.

»Ach, das?«, sagte Elísa. »Ich dachte, hier wäre ein Einbrecher. Oder Schlimmeres.«

»Mikki hat mir gesagt, dass draußen ein Schlüssel versteckt ist, das war am ... ich ... Welcher Tag ist heute? Weißt du, wie spät es ist?«

Elísa merkte, dass Tommi vollkommen durch den Wind war, und bat ihn nach oben. Sie würde ihm etwas zu essen machen und dann versuchen, Mikki zu erreichen. Benóný würde heute auch noch vorbeikommen, er könne gern hier auf ihn warten. Tommi lehnte dankend ab und sagte, er wolle nicht lange bleiben, er müsse nur kurz mit Mikki reden. Mikki habe gesagt, er könne sich an ihn wenden, wenn er Probleme hätte.

Tommi lallte. Manchmal sprach er so undeutlich, dass Elísa ihn kaum verstand und sich zusammenreimen musste, was er sagen wollte.

»Du kannst auch hier im Keller schlafen. Deine Freunde sind morgen bestimmt auch noch mal hier«, sagte sie, doch auch dieses Angebot lehnte Tommi ab.

»Nein, nein. Aber, sag mal ... der Platten... ist der Plattenspieler hier?«, fragte er und sah sich um.

Elísa wusste nicht, wo der Plattenspieler war. Sie bot ihm noch einmal an, hier auf Benóný zu warten, vielleicht wäre Mikki ja bei ihm, sie seien auf jeden Fall zusammen unterwegs. Doch sie wusste nicht, ob Tommi sie wirklich verstand. Er starrte auf den Boden, antwortete nicht und schien vollkommen in seiner eigenen Welt zu verweilen. Er bewegte die Lippen, als ob er sich selbst etwas zuflüsterte, dann wich er zurück, sagte, er müsse gehen, und fragte sie nach etwas Geld. Nur ein wenig, aber wenn sie etwas hätte, wäre das ...

»Ich will dich nicht anschnorren«, sagte er und schien plötzlich ganz verlegen. »So habe ich das nicht gemeint. So meine ich das nicht, ich suche nur meinen Plattenspieler. Ich muss mit Mikki reden.«

»Mach dir keine Sorgen«, sagte Elísa. »Das ist schon okay. Du brauchst dir wirklich keine Gedanken zu machen, ich gehe mal schnell nach oben und gucke, was ich noch habe. Viel wird es nicht sein, aber ein paar Kronen auf jeden Fall. Warte mal kurz. Und brauchst du nicht auch eine wärmere Jacke?«, fragte sie, doch Tommi schüttelte den Kopf, als wäre das nun wirklich vollkommen absurd, geradezu ehrenrührig.

»Hast du irgendwas gegessen?«, fragte Elísa. »Hast du wirklich keinen Hunger? Ich kann dir schnell etwas machen.«

Sie fand es gut, dass Tommi da war. So war sie nicht allein.

»Nein«, sagte Tommi, »ist nicht nötig. Ich habe keinen Hunger. Aber trotzdem … danke …«

Sie ließ ihn im Keller zurück und ging nach oben. Das Messer legte sie wieder in die Schublade und suchte dann nach ihrem Portemonnaie. Da es nicht in der Handtasche war, wo es eigentlich hätte sein sollen, musste sie einen Moment nachdenken, bevor ihr einfiel, wo es war. Dann lief sie die Treppe hinauf ins Schlafzimmer. Sie hatte den Mantel erst dort oben ausgezogen und fand darin das Portemonnaie mit einigen zusammengeknüllten Scheinen und ein paar Münzen. Sie zählte ab, was sie gut entbehren konnte, ging zurück in die Küche, machte ein Käsebrot und nahm die Thermoskanne, in der noch etwas von ihrem Kaffee war. Sie goss den Rest in ein Glas, tat Milch hinzu und ging mit allem wieder hinunter in den Keller. Auf dem Weg rief sie schon, dass sie leider nicht viel Geld gefunden habe, aber zumindest etwas. Und dass sie ein Brot geschmiert habe, falls er doch …

»Tommi?«, rief sie dann, als sie ihn nirgendwo in der Waschküche sah.

»Was war das denn für ein Penner?«, hörte Elísa eine Stimme von draußen an der Kellertür und erschrak so sehr, dass sie den Kaffee fallen ließ.

»Lässt du jetzt auch schon die Penner ran, du dreckige Schlampe?«

Neunundvierzig

Benóný zog Luther unter großer Anstrengung in eine der Wellblechhütten an der Grímsstaðavör und legte ihn auf eines der Netze am Boden. Luther war nach der Begegnung mit Mikki noch immer benommen, stammelte irgendwas, das Benóný nicht verstand. Blasses Mondlicht schien in die Fischerhütte hinein, er sah ein Seil von der Decke hängen und beschloss, Luther an den Händen zu fesseln, damit er keine Probleme machte, wenn er wieder richtig zu sich kam.

Dann wollte er schnell wieder raus. Vor der Hütte schien inzwischen ein heftiger Kampf zwischen Mikki und dem Mann entbrannt, der von der Ægisíða auf sie zugelaufen war und bestimmt auf Luthers Seite stand. Er hörte einen halberstickten Schrei und wusste nicht, ob er von Mikki stammte oder von dem anderen Mann. Als er gerade die Hütte verlassen wollte, wurde es plötzlich sehr still.

Benóný lief Mikki fast in die Arme. Er stand einfach da in der Tür und war wieder ganz ruhig geworden. Sein Zorn schien verflogen, sein Blick war ernst, ein Auge war so geschwollen und blutunterlaufen, dass er damit wohl kaum noch etwas sah. Aus seinem Mund kam Blut, er spuckte es auf den Boden. Benóný sah, dass er etwas in den Händen hielt.

»Was ist passiert?«, fragte Benóný. »Wo ist der andere?!«

»Der liegt da draußen«, sagte Mikki, als ob die Sache damit für ihn erledigt wäre. »Also, das meiste von ihm«, fügte er hinzu, hob die Hand, in der er etwas hielt, was er Benóný zeigte.

Benóný konnte nichts erkennen.

»Wie meinst du das? Das meiste von ihm? Was hast du da?«

»Dieses Stück von ihm liegt nicht da draußen«, sagte Mikki und gab Benóný etwas, das sich anfühlte wie ein weiches Stück Fleisch. Benóný spürte an seiner Handfläche, dass es noch warm war.

»Was ist das?«

»Ein Ohr«, sagte Mikki, spuckte noch einmal aus und wischte sich mit dem Ärmel den Mund ab. Dann warf er Luther einen Blick zu, als der langsam zu sich kam.

»Ein Ohr?!«, schrie Benóný und zog seine Hand zurück, als hätte er sich verbrannt. Das Stück Fleisch fiel auf den Boden, er trat danach, es flog in eine Ecke.

»Und was machen wir mit dem Vogel hier?«, fragte Mikki und versetzte Luther einen Tritt. »Ist der uns noch zu etwas nütze?«

»Musstest du ihm das Ohr abbeißen?!«

»Er wollte mir ein Auge ausstechen«, sagte Mikki. Damit schien das Thema für ihn erledigt. Er wandte sich erneut Luther zu, der weiterhin gefesselt auf dem Fischernetz lag. »Was sind das für Bilder, die wir gestohlen haben?«, fragte er und trat erneut nach ihm.

Luther sah ihn hasserfüllt an und wollte ihn anspucken, doch dafür war sein Mund offenbar zu trocken, sodass ihm nur ein paar Bläschen über die Lippen kamen, dann stöhnte er vor Schmerzen. Mikki hatte ihn übel zugerichtet. Er wollte sich aufrappeln, doch Mikki trat ihm die Beine weg, er ging erneut zu Boden und blieb liegen.

»Wer ist dieses Mädchen?«, fragte Mikki.

Luther antwortete nicht. Er sah Mikki voller Verachtung an, dann Benóný, dann wieder Mikki.

»Der Mann auf den Bildern, ist das der Arzt?«, fragte Mikki. »Seid ihr deswegen so heiß auf diese Bilder? Hat er die gemacht? Hat er das Mädchen vergewaltigt?«

»Lass mich hier raus!«, rief Luther. »Dann werde ich versuchen, das zu vergessen. Lass mich sofort hier raus!! Hast du gehört?!«

»Sag uns, worum es hier geht«, sagte Mikki.

»Du hast keins von den Bildern mehr, oder? Hast du sie alle Seppi gegeben?«

»Seppi?«

»Hat er alle?«

»Hast du mit ihm geredet?«

»Wir haben mit ihm geredet«, sagte Luther. »Wir wollten nur sichergehen, dass du keine zurückbehalten hast. Also? Hat Seppi sie alle?«

»Was ist aus dem Mädchen geworden?«, fragte Mikki. »Was habt ihr mit ihr gemacht?«

»Halt die Schnauze!«

»Macht ihr euch immer noch über sie her? Wie alt sind die Bilder? Und wie alt ist das Mädchen? Woher kennt ihr sie überhaupt?«

»Halt einfach die Schnauze«, zischte Luther und sah in Richtung Tür, als rechnete er jederzeit damit, dass sein Komplize reinstürmte und ihn rettete.

»Er wird dir nicht helfen«, sagte Mikki, als er ahnte,

was Luther dachte. »Warum sagst du mir nicht einfach, worum es hier geht?«

Dann trat er Luther mit aller Kraft. Luther stöhnte laut auf. Benóný packte Mikki und gab ihm ein Zeichen, dass es jetzt wirklich reichte und er so schnell wie möglich hier wegwollte.

»Dann geh doch«, sagte Mikki und bugsierte Benóný aus der Tür. »Den Rest kann ich auch allein regeln«, sagte er, als sie draußen vor der Hütte standen. »Du hast mir genug geholfen, du kannst gehen, ich bringe das hier zu Ende.«

»Zu Ende ...?«

»Nun geh schon zu deiner neuen Freundin«, sagte Mikki entschlossen. »Geh.«

Benóný zögerte. Er wollte ihn nicht mit Luther allein lassen. Der Mann, mit dem Mikki sich vor der Hütte geschlagen hatte, war verschwunden. Er hatte eingesehen, dass er gegen Mikkis Raserei nichts ausrichten konnte, und hatte sich fortgeschleppt. Benóný fragte Mikki, was er vorhabe. Mikki sagte, er wolle noch etwas mit Luther reden und dann vielleicht dem Arzt einen Besuch abstatten, der sei schließlich an allem schuld und solle dafür die Quittung bekommen.

»Wir hätten nie da einbrechen sollen«, sagte Benóný. »Wir sind an allem schuld, verstehst du das nicht? Das ist doch wohl klar! Können wir nicht endlich aufhören? Und zwar jetzt?!«

»Du verstehst da was nicht. Wir vergewaltigen keine Kinder, Benóný. Er schon. Deswegen der ganze Ärger.«

»Und was hast du jetzt vor?«

»Geh einfach, mein Lieber. Brauchst dir keine Sorgen um mich zu machen.«

»Erst sagst du mir, was du vorhast. Nicht, dass du irgendwas Dummes machst. In so was lasse ich mich nicht reinziehen. Hast du mich verstanden? Das will ich nicht.«

»Aber nein. Jetzt mach dir doch nicht solche Sorgen«, sagte Mikki. »Ich habe nur an diese Bilder gedacht. Die sind so …«

Mikki sah hinunter zum nassen Strand, auf dem sich das Mondlicht spiegelte.

»Ja, ich weiß«, sagte Benóný. »Aber du kannst trotzdem nicht …«

»Ich kannte mal ein Mädchen«, sagte Mikki. »Bei uns in der Nachbarschaft. Die war so wunderbar. Sie hatte eine jüngere Schwester. Ihr Vater hat sie beide … du weißt schon … und seinen Freunden hat er sie auch gegeben. Die Mutter hat nur gesoffen, und er hat solche Herrenabende bei sich gemacht, und die durften alle … Er hat Geld dafür genommen, dass sie an seine Töchter ran durften. Sie war eine Freundin von mir, die eine von ihnen, sie hat mir erzählt von diesen widerlichen Kerlen. Ich war damals so jung, ich habe das gar nicht richtig verstanden, aber ich weiß noch wie heute, dass sie mich angesehen hat, als ob … als ob … Dann sind sie umgezogen, und ich habe erst wieder etwas von ihr gehört, als mir jemand gesagt hat, dass sie gestorben ist, irgendwo in der Stadt, bei irgendwelchen Säufern. Da habe ich gehört, was sie für ein mieses Leben gehabt hat, bis sie eines Tages tot in irgendeinem Kellerloch lag. Da habe ich mir gedacht, dass sie … nie eine Chance gehabt hat, weißt du? Und dann sehe ich diese … diese Bilder und tue so, als ob nichts wäre. Verschenke sie einfach an Seppi. Was habe ich da getan? Warum bin ich nur immer so ein Vollidiot. Ich habe einfach nicht darüber nachgedacht. Aber jetzt ist mir das klar. Diese Bilder, das hätte auch meine Freundin sein können. Das ist doch immer dasselbe. Niemand macht irgendwas. Ich weiß nicht, warum, aber irgendwie macht nie jemand etwas. Man sieht einfach nicht hin, und nichts passiert. Klopft diesen Kerlen vielleicht mal auf die Finger, dann machen sie einfach weiter.«

Benóný hatte Mikki noch nie so erlebt. Die rasende Wut, mit der er eben noch zwei Männer besiegt hatte, war verflogen. Benóný wusste nicht, was er sagen sollte. Mikki hatte noch nie erzählt, dass ihm solche Dinge im Kopf herumgingen. Hatte nie erzählt, dass er etwas bereute.

»Mach, was du willst«, sagte Benóný. »Für dich selbst, für deine Freundin, für das Mädchen auf den Bildern. Mach, was du willst. Ich haue ab. Ich habe genug.«

Dann ging er. Mikki sah ihn geistesabwesend an und schwieg. Als Benóný schließlich in Richtung Ægisíða verschwand, ging Mikki zurück in die Fischerhütte und schloss hinter sich die Tür.

Fünfzig

Seppi betrachtete die Standuhr in der Ecke des Wohnzimmers, die ruhigen Bewegungen des schweren Pendels. Man hörte ihr leises Ticken. Gemütlich. Beruhigend. Und erstaunlich leise, für so eine große Uhr, dachte Seppi still für sich.

»Was fällt dir eigentlich ein?!«, hörte er eine empörte Stimme hinter sich. Anton Heilman war alles andere als erfreut darüber, dass Seppi ihn einfach so zu Hause aufsuchte.

Seppi ließ sich nicht beirren.

»Dein Sohn war so nett, mich reinzulassen. Er hat gesagt, du hättest zu tun, aber er würde dir Bescheid sagen.«

»Mach, dass du rauskommst!«, zischte Anton. »Und wage es nie wieder, hierherzukommen. Ich will dich hier nie wieder sehen. Wir können das woanders regeln.«

»Schöne Uhr«, sagte Seppi und sah die Standuhr an, als könnte ihm nichts gleichgültiger sein als die Empörung des Hausherrn. »Ein Erbstück, nehme ich an.«

»Raus!«, befahl Anton. »Ich rede hier nicht mit dir.«

»Was ist denn los? Dann musst du wohl die Polizei rufen«, sagte Seppi und nahm eine silberbeschlagene Schnupftabakdose, die auf dem Tisch stand, sah sie von allen Seiten an, dann steckte er sie ein.

»Was glaubst du eigentlich, was du da machst?«, sagte Anton. »Stell die wieder hin!«

»Sagen wir einfach, das ist eine Anzahlung«, sagte Seppi. »Ein Vorschuss. Ich habe eins der Fotos dabei, das möchte ich dir geben. Ich könnte es auch deiner Frau zeigen. Ist sie zu Hause? Oder deinen Söhnen? Vielleicht haben die ja sogar Spaß daran.«

»Was willst du?«, fragte Anton und versuchte sich zu beruhigen. Ihm war klar geworden, dass er mit Wut nicht weiterkam, also versuchte er es anders.

»Als ich bei dir in der Praxis war, hast du gesagt, du meldest dich«, sagte Seppi. »Am selben Abend noch. Dann warte ich und warte ... und höre gar nichts von dir. So vergeht die Zeit, Minute um Minute, und mir wird klar, dass du gar nicht vorhast, dich bei mir zu melden! Da ist man natürlich ein bisschen verstimmt, musst du verstehen. Das verstimmt einen. Aber ich sorge schon dafür, dass du das nicht auf die lange Bank schiebst.«

»Du bist doch auch nicht besser«, sagte Anton. »Glaubst du, ich weiß nicht, wer du bist? Hältst du dich wirklich für etwas Besseres? Ich habe so einiges über dich gehört.«

»Aber es gibt einen wichtigen Unterschied zwischen uns«, sagte Seppi. »Das darfst du nicht vergessen.«

»Da ist kein Unterschied zwischen uns.«

»Ich habe nichts zu verlieren«, sagte Seppi. »Die Leute wissen, wer ich wirklich bin. Abschaum. Polizeibekannt. Das gilt für dich nicht. Nicht für den Arzt. Den Freimaurer. Den angesehenen Familienvater. Du hast viel zu verlieren, und das weißt du. Du machst dir deswegen in die Hosen vor lauter Angst und wirst tun, was ich dir sage. Ist das klar? Mir reicht es jetzt. Ich will Geld sehen!«

Anton starrte ihn hasserfüllt an.

»Oder soll ich das rumerzählen, mit den Bildern von dem Mädchen? Dem Mädchen, das tot im Tjörnin gefunden wurde?«, fragte Seppi und besah sich ein kleines Dekorationsobjekt, das im Wohnzimmer stand. Eine besonders kunstvolle Darstellung des Schiefen Turms von Pisa in Silber.

»Lass das stehen!«, befahl Anton.

»Ob das wirklich ein Unfall war?«, sagte Seppi und steckte den Schiefen Turm ebenfalls ein. »Habe ich dir jemals erzählt, dass ich ihren Stiefvater kenne? Ich war mal bei ihm, da am Skólavörðuholt, mit ein paar Kumpels, wir haben getrunken und gezockt. Ich erinnere mich auch an das Mädchen. Er denkt bis heute, es wäre ein Unfall gewesen. Die fänden es sicher interessant, diese Bilder zu sehen. Ihre Familie. Die fänden es sicher interessant zu erfahren, was wirklich passiert ist…«

»Gib sie zurück!«, zischte Anton und packte Seppi.

»… als sie ertrunken ist«, fuhr Seppi unbeeindruckt fort. »Du hast es mir ja nicht verraten wollen, als ich in deiner Praxis war. Hast gesagt, du meldest dich. Dann warte ich und warte, da kommt man natürlich ins Grübeln. Warum soll sie eigentlich im Tjörnin ertrunken sein? Hat sie allein da gespielt? Hat jemand nachgeholfen? Sie vielleicht geschubst?«

»Hör auf mit diesem Blödsinn«, sagte Anton. »Du hast doch keine Ahnung.«

»Nein. Aber ich mache mir halt so meine Gedanken«, sagte Seppi. »Diese Bilder können dir viel mehr Probleme machen, als ich ursprünglich gedacht habe. Wenn du weißt, was ich meine?«

Anton schüttelte den Kopf.

»Die sind jetzt ziemlich im Wert gestiegen, oder? Wenn man bedenkt, dass du vielleicht nachgeholfen hast beim Tod des Mädchens. Dann sind die Bilder um einiges wertvoller, als ich ursprünglich gedacht habe. Ich weiß gar nicht mehr, was ich damit machen soll. Sie dir geben? Zur Polizei gehen? Was würdest du an meiner Stelle tun?«

»Was fällt dir ein, so mit mir zu reden?!«, zischte Anton. »Das ist doch verrückt. Du bist verrückt geworden!«

Seppi ließ sich nicht beirren.

»Gut, vielleicht hast du nicht selbst nachgeholfen«, sagte er. »Das will ich gar nicht behaupten. Aber dann war es eben jemand, den du kennst. Nur wer? Also, mir fällt da dieser Luther ein, das könnte passen. Sollte ich das vielleicht auch der Polizei sagen? Luther und du? Wie wäre das? Wenn ich euch beide erwähne? Oder, vielmehr, euch drei? Das Mädchen, das im Tjörnin ertrunken ist. Luther. Und dich. Wie wäre das?«

In diesem Moment öffnete sich die Tür. Antons Frau betrat das Wohnzimmer und zuckte kaum merklich zusammen, als sie sah, dass ihr Mann Besuch hatte. Damit hatte sie ganz offenbar nicht gerechnet, warf ihrem Mann einen verwunderten Blick zu und sah dann Seppi mit einem gequälten Lächeln an. Anton sah sie an, dann Seppi und schien zu überlegen, wie er ihr die Gegenwart dieses Mannes erklären könnte, da sagte Seppi, er wolle ihn nicht länger aufhalten. Er müsse weiter, er habe nur sagen wollen, dass die Heißwasserversorgung am Nachmittag für ein paar Stunden unterbrochen sein würde, damit sie sich darauf einstellen könnten. Eine Straße weiter habe es einen Rohrbruch gegeben. Es sei noch unklar, wie lange er und seine Kollegen brauchen würden, um das Rohr zu reparieren, aber ewig sicherlich nicht.

Mit diesen Worten verabschiedete er sich von dem Arzt und seiner Frau.

Einundfünfzig

Es war derselbe Justizbeamte. Ein älterer, erfahrener Mann, der Konráð vertraute – schließlich war er schon oft hier gewesen, während seiner aktiven Zeit bei der Polizei. Er durchsuchte ihn nur oberflächlich, pro forma. Konráð war noch immer hin- und hergerissen, ließ sich jedoch nichts anmerken, als der Justizbeamte seine Jacke nahm, sie kurz abklopfte, Konráð bat, seine Taschen zu entleeren, und ihn abtastete. Der freundliche Mann entschuldigte sich fast für diese Formalität, während sie miteinander über die Tagespolitik plauderten. Konráð hatte dazu nicht viel zu sagen. Er nahm seine Jacke, um sie mit in das Besuchszimmer zu nehmen, der Beamte sagte nichts dazu, er war viel zu sehr damit beschäftigt, sich über einen neuen Minister zu beschweren, der Etat-Kürzungen im Strafvollzug angekündigt hatte.

Er ließ Konráð in das Besuchszimmer, wo er sich auf denselben abgenutzten Stuhl setzte, der vor demselben abgenutzten Tisch stand, dann wartete er auf den Häftling und richtete dabei den Kragen an seiner Jacke.

Auf dem Weg hatte er seine Schwester Beta angerufen. Er musste es lange klingeln lassen, bis sie antwortete. Sie sagte, sie habe sich ein paar Tage freigenommen und sei unterwegs nach Seyðisfjörður, um ein paar alte Freundinnen zu treffen. Es tat Konráð gut, ihre Stimme zu hören –

es gab ja kaum noch Leute, mit denen er reden konnte, ohne dass es sofort Ärger gab. Eigentlich hatte er sie gar nicht im Urlaub mit seinen Problemen behelligen wollen, doch es kam anders. Sie spürte, dass ihn etwas bedrückte, und wenig später berichtete er ihr auch schon von seinen Nachforschungen zum Tod ihres Vaters. Konráð hatte das Beta schon einmal erzählt, lange Zeit bevor die Polizei angefangen hatte, seine Rolle in dem Fall neu zu bewerten. Beta wusste, dass er damals gelogen hatte, also fasste er nur kurz zusammen, was die Polizei neuerdings darüber wusste. Dann sagte er, dass es jetzt umso wichtiger sei, in der Sache weiterzukommen, damit die Polizei ihn nicht ernsthaft verdächtige. Und dass er langsam daran zweifele, ob er das schaffe.

»Aber da ist noch mehr, oder?«, sagte Beta, nachdem sie ihm eine Weile zugehört hatte und doch das Gefühl nicht loswurde, dass das nicht alles war.

»Dann ist da noch Húgó«, sagte Konráð widerstrebend.

»Was ist mit ihm?«

»Er hat da etwas erfahren, was er bisher nicht wusste. Über Erna und mich. Oder, vielmehr, über mich. Dass ich ihr nicht immer treu gewesen bin.«

Stille.

»Nicht immer treu? Du hast Erna betrogen?«, fragte Beta. Sie wusste davon nichts.

»Húgó hat es erfahren und ...«

»Das meinst du nicht ernst, oder?«

»Doch. Und Húgó ...«

»Du kannst echt ein solcher Vollidiot sein«, schimpfte Beta. »Du bist nicht viel besser als dein Vater! Das habe ich immer gesagt. Immer!«

»Húgó ist total wütend und redet nicht mehr mit mir.

Da dachte ich, du könntest vielleicht mal mit ihm sprechen? Ihr habt euch doch immer gut verstanden. Mir geht es wirklich schlecht deswegen. Ich verstehe ja, dass er wütend ist, aber so kann es auch nicht weitergehen.«

»Hast du ...«

»Und ich bin nicht wie Seppi. Das kannst du nicht behaupten.«

»Wusste Erna davon? Hast du ihr davon erzählt?«, fragte Beta. »Bevor sie gestorben ist?«

»Das habe ich nicht. Ich habe ihr das immer erzählen wollen, doch dann ist uns die Zeit davongelaufen. Das ist auch ein Grund, warum Húgó so sauer ist.«

»Und das ganz plötzlich?«, fragte Beta schroff. »Hast du ihm das nie gesagt?«

»Würdest du ihn vielleicht anrufen?«, fragte Konráð. »Es geht mir echt nicht gut damit.«

»Oh ja, du Armer«, sagte Beta. Der spöttische Klang ihrer Stimme war nicht zu überhören. »Húgó hatte immer ein ausgeprägtes Gerechtigkeitsempfinden. Wie seine Mutter auch. Weißt du eigentlich, was du für ein Glück mit ihr gehabt hast?«

Wieder folgte am anderen Ende ein langes Schweigen.

»Wie geht es dir denn sonst so?«, fragte Konráð in einem hilflosen Versuch, das Gespräch auf ein weniger problematisches Thema zu lenken.

»Ach, Mensch, Konráð«, sagte Beta und beendete das Gespräch.

Die Tür zu dem Besuchszimmer öffnete sich, der Beamte führte Gústaf herein. Er wartete, bis der Beamte die Tür hinter sich geschlossen hatte, dann setzte er sich Konráð gegenüber. Er trug dieselben Sachen, seine Haare waren fettig, als hätte er sie lange nicht gewaschen.

»Wer hat mir den Schlüssel gebracht?«, fragte Konráð.

»Das spielt keine Rolle«, sagte Gústaf.

»Das ist immerhin jemand, der weiß, dass ich Zugang zu dem Haus habe und damit zu deinen Medikamenten. Wenn sie dich hier tot mit diesen Pillen im Magen finden, braucht man nur eins und eins zusammenzuzählen, und ich habe ein Problem. Wer hat mir den Schlüssel gebracht?«

»Er weiß nicht, wer du bist und was das für ein Schlüssel ist. Hast du sie dabei?«

»Ja.«

»Warst du im Haus?«

»Ja.«

Gústaf starrte Konráð an.

»Glaubst du mir nicht?«, fragte Konráð.

»Ich hätte nie gedacht, dass du das machst«, sagte Gústaf. »Du musst ganz schön verzweifelt sein.«

»Willst du sie haben oder nicht?«

»Hast du viel bei mir herumgeschnüffelt? Irgendwas Spannendes entdeckt?«, fragte Gústaf und lächelte.

»Eigentlich nicht. Was ist das für eine alte Standuhr, da im Wohnzimmer?«, fragte Konráð.

»Ach die. Die ist bestimmt hundert Jahre alt, wenn nicht älter. Interessierst du dich für sie?«

»Geht die noch?«, fragte Konráð.

»Keine Ahnung«, sagte Gústaf. »Ich habe sie selbst angehalten. Sofort nachdem ich das Haus übernommen habe. Ich habe das nicht ausgehalten, dieses tick, tack, tick, tack. Wie eine Maschine, die die Stunden zählt, die uns noch bleiben bis zum Jüngsten Gericht.« Gústaf atmete tief ein. »Du weißt ja, dass ich die Tabletten nur bei mir haben will«, fuhr er fort. »Vielleicht benutze ich sie gar nicht.«

»Das ist mir egal«, sagte Konráð. »Mach damit, was du willst. Das geht mich nichts an. Du gehst mich nichts an, wenn du es so genau wissen willst. Ganz und gar nichts.«

Währenddessen hatte er unter dem Kragen seiner Jacke eine kleine Plastikkapsel hervorgeholt, ohne sie mit den Fingern zu berühren. Gústaf sah ihm dabei zu, ohne eine Miene zu verziehen. Die Kapsel lag nun auf der Jacke, die Konráð, scheinbar aus Versehen, zu Boden fiel. Als er sich bückte, um die Jacke aufzuheben, schnippte er die Kapsel zu Gústaf hinüber, der sofort seinen Fuß daraufstellte.

»Der Wärter und ich sind alte Bekannte«, sagte Konráð und verzog das Gesicht. »Ich will nicht, dass er Ärger bekommt.«

Gústaf bückte sich, als wollte er seinen Schuh zuschnüren. Als er sich wieder aufrichtete, war die Kapsel verschwunden.

»Mach dir keine Sorgen«, sagte er. »Dieses Gefängnis ist die reinste Apotheke.«

Zweiundfünfzig

Konráð wollte nicht länger in Litla-Hraun bleiben als unbedingt nötig. Gústaf hingegen schien immer mehr Gefallen an dem Besuch zu finden und kam bald ins Erzählen.

»Wir sind 1963 alle zusammen in Urlaub gefahren. Mit der Gullfoss, dem Passagierdampfer, so wie man das damals noch gemacht hat«, sagte er und strich über die Tischplatte. »Zwei Wochen waren wir weg, glaube ich. Kopenhagen. Hamburg. Mittags immer kaltes Buffet. Abends waren wir manchmal am Kapitänstisch. Das ist eine der schönsten Kindheitserinnerungen, die mein Bruder und ich gehabt haben. Doch während wir weg waren, hat jemand bei uns eingebrochen. Die haben das ganze Haus verwüstet, alles Mögliche kaputtgemacht und Wertsachen gestohlen. Wir hatten kurz vorher einen neuen Plattenspieler gekauft… nun war alles weg. Unsere Mutter hat das furchtbar mitgenommen, sie wollte sofort die Polizei rufen, aber sie durfte es nicht.«

»Warum?«, fragte Konráð. »Du hast gesagt, dir ist irgendwann klar geworden, warum der Einbruch nie angezeigt wurde. Dass dein Vater irgendwelche Fotos zurückhaben wollte. Wie hast du das gemeint?«

»Hat bei dir mal jemand eingebrochen? Das ist keine Kleinigkeit. Zu wissen, dass jemand deine Sachen durchwühlt hat. Gestohlen hat. Als hätte jemand dein Zuhause entweiht. Meinem Vater war das peinlich. Ganz abgesehen von dem materiellen Schaden. Das war seine spontane Reaktion, so ein Einbruch ist eine extreme Verletzung der Privatsphäre. Er wollte nicht, dass jemand davon erfuhr. Ich habe das immer irgendwie nachvollziehen können. Auch, bevor ich von den Fotos wusste.«

»Was waren das denn nun für Fotos?«, fragte Konráð.

»Mein Vater wollte das alles so schnell wie möglich ungeschehen machen«, sagte Gústaf, ohne sich von Konráð stören zu lassen. »Er kaufte noch einmal genau denselben Plattenspieler, meine Mutter bekam sogar einen Teil ihres Schmucks zurück. Ich weiß nicht, wie er das geschafft hat. Mein Bruder und ich haben immer vermutet, unser Vater hätte irgendwie Kontakt zu den Einbrechern bekommen, sei es auch über Mittelsmänner. Wir wussten, dass er nie die Polizei eingeschaltet hat, weil er uns sofort verboten hat, jemandem von dem Einbruch zu erzählen. Da haben wir natürlich gedacht, er hätte einen Deal mit den Einbrechern gemacht, um einen Teil unserer Sachen zurückzubekommen.«

»Wusste er, wer die Einbrecher waren?«

»Das hat er irgendwie herausbekommen«, sagte Gústaf.

»Weißt du, wer sie waren?«

»Nein. Also, nicht direkt, aber ich glaube, einer hieß so wie der, den du erwähnt hast.«

»Wie denn?«

»Seppi.«

Konráð starrte Gústaf an.

»Meinst du damit, sie kannten sich? Anton und Seppi? Letztes Mal hast du gesagt, du hättest den Namen noch nie gehört.«

»Ich habe ihn kurz nach dem Einbruch einmal belauscht, als er telefoniert hat. Da hat er zweimal diesen Namen erwähnt, und zwar mit solcher Verachtung, dass es mir sofort schien, als hätte dieser Seppi etwas mit dem Einbruch zu tun. Damals fand ich den Namen irgendwie lustig. Ich kannte den nur als Hundenamen. Vielleicht erinnere ich mich deswegen bis heute daran.«

»Mit wem hat dein Vater damals telefoniert?«

»Kann gut sein, dass das dieser Luther war.«

»Du hast doch gesagt, du kennst keinen Luther und dass auch dein Vater niemanden kannte, der so hieß«, sagte Konráð ärgerlich und schüttelte den Kopf.

»Vielleicht habe ich mich getäuscht. Und persönlich gekannt habe ich ihn ja auch nicht.«

»Getäuscht … Was stimmt denn jetzt überhaupt an dieser Geschichte?«

Gústaf lächelte, als ginge das nur ihn selbst etwas an.

»Das ist kein Spiel, Gústaf«, sagte Konráð. »Ich bin nicht dein Unterhaltungsprogramm. Stimmt überhaupt etwas von dem, was du erzählst? Irgendwas?«

»Das musst du selbst beurteilen. Ich langweile mich hier drinnen«, sagte Gústaf. »Du bist seit langer Zeit der erste Mensch, mit dem ich rede, der einigermaßen klar im Kopf ist. Und das ist noch nicht einmal ein großes Kompliment.«

»Was weißt du über diesen Luther?«

»Eigentlich nur das, was ich von euch gehört habe. Dass mein Vater ihn in Vífilsstaðir behandelt hat. Knochentuberkulose, glaube ich. Mein Vater hat sich gut um ihn gekümmert, sie haben sich irgendwie angefreundet. Gesehen habe ich ihn nur einmal, glaube ich. Ich musste für die Schule lernen, da war er mal bei uns zu Besuch, und mein Vater und er haben mit leiser Stimme irgendwas besprochen. Er hatte kein besonders einnehmendes Wesen, dieser Luther, aber er hat meinen Vater bewundert und alles getan, um ihm zu gefallen.«

»Hat er sich dir vorgestellt?«

»Nein. Ich bin nicht in ihre Nähe gekommen.«

»Du hast deinen Vater öfter belauscht, oder?«, sagte Konráð.

»Das kann man wohl sagen«, antwortete Gústaf ohne zu lächeln. »Ich habe mitgehört, dass Luther meinem Vater gesagt hat, er müsste Geld bezahlen, um die Bilder zurückzubekommen, die man ihm gestohlen hatte. Dass daran kein Weg vorbeiführte. Damit hat er bestimmt den Einbruch gemeint.«

»Wann war das?«

»Unsere Reise mit der Gullfoss war 1963, wie gesagt«, erklärte Gústaf. »Also zwei Jahre nachdem das Mädchen im Tjörnin gefunden wurde.«

»Das Mädchen im Tjörnin?«

Gústaf nickte.

»Warum ... Was hat das denn damit zu tun?«, fragte Konráð.

»Beschäftigt dich das etwa nicht mehr?«, fragte Gústaf.

Konráð sah ihn misstrauisch an.

»Was ... Weißt du etwas darüber?«

Gústaf lächelte.

»Wie oft soll ich euch das noch sagen? Ich weiß gar nichts darüber.«

»Woher weißt du, dass der Mann, der deinen Vater besucht hat, dieser Luther war?«

»Mein Vater hat ihn so genannt. Daran erinnere ich mich.«

»Was ist aus diesem Luther geworden?«

»Keine Ahnung.«

»Und aus diesen Fotografien?«

»Das weiß ich auch nicht.«

»Hast du sie jemals gesehen?«

»Nein. Ich weiß nur, dass mein Vater Hobbyfotograf war«, sagte Gústaf. »Er hat seine Bilder selbst in der Praxis entwickelt. Er hat oft Fotos von unserer Familie gemacht. An Weihnachten. Auf Reisen. Und so.«

»Und er wurde erpresst? Hat Seppi deswegen gesagt, ihm stünde Geld ins Haus? Wusste er etwas von den Fotos, die dein Vater gemacht hat?«

»Kann gut sein, dass ihm welche in die Hände gefallen sind«, sagte Gústaf.

»Und was war Anton so wichtig daran, dass er Geld bezahlen wollte, um sie zurückzubekommen?«, fragte Konráð.

Gústaf sah seinen Besucher unbeeindruckt an. Er genoss es ganz offensichtlich, wie sehr Konráð sich abmühte. Wie er verzweifelt auf der Suche nach Antworten war.

»Ich weiß es nicht«, sagte er.

»Aber aus welchem Grund hast du das Mädchen im Tjörnin dann erwähnt?«, fragte Konráð nach einer kurzen Pause.

Gústaf antwortete ihm nicht.

»Du weißt, was auf den Bildern war, oder?«, sagte Konráð. »Du hast es herausgefunden.«

Gústaf sah ihn an und schwieg noch immer.

»Gibt es die noch?«

Gústaf schüttelte den Kopf.

»Wo sind sie? Hast du sie?«

Konráð starrte Gústaf an.

»Wir wissen, dass Anton das Mädchen vergewaltigt hat und dass sie von ihm schwanger war«, sagte er dann. »Das hat die DNA-Analyse ergeben. Und es gilt als wahrscheinlich, dass er auch für ihren Tod verantwortlich war.«

»So, ich will dann mal wieder in meine Zelle«, sagte Gústaf, als hätte er plötzlich genug von seinem Besuch.

»Ebenfalls lässt sich mit großer Wahrscheinlichkeit sagen, dass Luther in der Nähe des Tjörnin war, als das Mädchen dort aufgefunden wurde«, fuhr Konráð fort. »Und Luther kannte deinen Vater. Hat für ihn Dinge geregelt. Sie waren Freunde. Er hat deinen Vater bewundert, das hast du selbst gesagt.«

»Es war mir ein Vergnügen«, sagte Gústaf und erhob sich.

»Und diese Fotos waren Anton besonders wichtig. Er hat sie bei sich zu Hause versteckt. Er musste sie verstecken. Und als sie ihm gestohlen wurden, war er bereit, Geld dafür zu bezahlen, dass niemand sie zu Gesicht bekam. Du hast das Mädchen selbst erwähnt …«

Konráð ließ Gústaf nicht aus dem Blick.

»War sie das, auf den Fotos?«

Gústaf schüttelte den Kopf.

»Eine andere? Gab es mehrere?«

»Seppi hat gedacht, er könnte meinen Vater mit diesen Bildern erpressen«, sagte Gústaf. »Mehr weiß ich nicht. Dann hatte sich das Problem erledigt. Wurde er nicht ungefähr zu dieser Zeit ermordet? Abgestochen wie eine Sau? Und das vor dem Schlachthof. Wie passend.«

»War es Anton?«

Gústaf schwieg.

»Willst du damit sagen, Anton hat ihn aus dem Weg geräumt?«, fragte Konráð.

Ein hochmütiges Lächeln machte sich auf Gústafs Gesicht breit, als fände er es geradezu bemitleidenswert, wie verzweifelt Konráð nach Antworten suchte.

Konráð starrte ihn weiterhin an.

»Spielst du mit mir?«, sagte er dann.

»Das wäre auf jeden Fall ein Leichtes.«

»Sag mir, was passiert ist! Du lügst doch, wenn du sagst, dass du nichts weißt«, drängte Konráð. »Du hast deinen Vater belauscht. Dir ist nichts entgangen. Du hast alles gehört, was da vor sich ging. Alles gesehen. Du weißt alles. Was verheimlichst du mir?«

»Ich weiß auch nicht mehr als du«, sagte Gústaf und ging zur Tür des Besuchszimmers. »Das habe ich dir jetzt schon so oft gesagt. Ich weiß nichts über das Mädchen im Tjörnin und über deinen Vater. Und ich will es auch nicht wissen, es ist mir egal.«

»Gib sie mir zurück«, sagte Konráð ärgerlich.

»Was?«

»Die Tabletten!«, zischte Konráð so leise wie möglich.

»Ich habe mich an unsere Absprache gehalten.«

»Einen Scheißdreck hast du!«, rief Konráð, erhob sich ebenfalls und ging auf ihn zu. »Du hast mir überhaupt nichts gesagt!«

»Ich habe genug gesagt«, meinte Gústaf. »Mehr als genug. Du solltest mir dankbar sein.«

Dann schlug er heftig gegen die Tür. Für ihn war die Besuchszeit vorbei.

Der Justizbeamte erschien, sah sie an und fragte, ob sie etwas bräuchten. Gústaf sagte, er wolle wieder in seine Zelle. Konráð sah ihm hinterher, als er den Gang hinunterging, die Kapsel mit den Pillen hielt er in der Hand verborgen.

»Na, dann schlaf gut, du Lügner!«, knurrte Konráð.

Dreiundfünfzig

Elísa fuhr herum und stieß einen Schrei aus, als sie ihren Mann in der Kellertür erblickte. Dann sah sie für einen Moment zu Boden, auf den Kaffee, den sie verschüttet hatte, und auf die Scherben der Tasse, die zu ihren Füßen zersprungen war. Sie sah sich suchend nach Tommi um, doch er war nicht mehr da. Für einen Moment war sie wie gelähmt vor Angst, dann machte sie einen Schritt zurück. Stanley betrat den Keller und zog die Außentür hinter sich zu.

»Immer musst du Dreck machen«, seufzte er, schüttelte den Kopf und sah auf die Kaffeepfütze.

»Wo … wo ist Tommi?«, fragte Elísa. Sie hatte noch immer den Teller mit dem Käsebrot in der Hand. »Was hast du mit Tommi gemacht?«

»Tommi? Ist das der Penner, der eben hier rausgerannt ist? Ist es dir jetzt völlig egal, wen du ranlässt? Dürfen alle von Benónýs Freunden auf dich rauf?«

Auch wenn man es ihm nicht sofort ansah, merkte Elísa, dass ihr Mann getrunken hatte. Er vertrug viel und war selten richtig besoffen, er lallte nicht und torkelte nicht – doch für seine Stimmung war Alkohol das reinste Gift. Er wurde nicht nur schwermütig und reizbar, der Alkohol machte ihn so aggressiv, dass der nächste Gewaltausbruch meist nicht lange auf sich warten ließ.

»Ich habe mit Benóný geredet«, sagte sie. »Er ist auf dem Weg hierher.«

»Hast du dein Messer vergessen?«, sagte ihr Mann und tat verwundert, während er um sich blickte. »Unter dem Kissen vielleicht? Sollen wir es holen? Du hast mich damit ein bisschen aus dem Tritt gebracht, das muss ich zugeben. Aber das kommt nicht wieder vor. Nie wieder.«

»Er kann jeden Moment hier sein«, sagte Elísa und stellte den Teller mit dem Käsebrot ab.

»Was findest du eigentlich an Benóný?«, fragte ihr Mann und versperrte ihr den Weg zur Kellertreppe. »Ist er etwa besser als ich? Ein Nichts ist er. Ein Verlierer, schon immer gewesen. Und dann sein Freundeskreis, diese Typen. Wie viele von denen waren schon mal im Knast? Dem vertraust du? Glaubst du wirklich, dass dich das weiterbringt? Du bist ein bisschen blöd, Elísa, das wissen alle. Aber dass du so was von saudumm bist, hätte ich nicht geahnt.«

Er hatte kaum zu Ende gesprochen, da machte er einen Schritt auf sie zu und schlug ihr mit der geballten Faust ins Gesicht. Elísa fiel hintenüber und landete auf der Waschmaschine. Stan drehte sie um, packte ihren Kopf und schlug ihn wieder und wieder auf die Waschmaschine, während er darüber schimpfte, wie dumm und wertlos und verlogen sie sei. Elísa hörte davon nicht mehr viel. Es rauschte nur noch in ihren Ohren, sie spürte nichts als Schmerz in ihrem Kopf. Sie versuchte sich zu wehren, als er ihr die Kleidung herunterriss, doch ohne Erfolg. Er schlug ihren Kopf abermals auf die Waschmaschine, und als er sie vergewaltigte, hielt er ihr mit der Hand den Mund zu, damit sie nicht laut aufschrie.

Schlampe.

Schlampe.

Schlampe.

Sie wusste nicht, wie viel Zeit vergangen war, bis er endlich fertig war. Als er sich erschöpft von dem Gewaltausbruch die Hose zumachte, witterte Elísa eine Chance. Sie machte einen Satz zur Tür, packte die Klinke, doch weiter kam sie nicht. Sie spürte noch, wie jemand so heftig an ihren Haaren riss, dass sie dachte, es würde ihr den Hals brechen. Ihr Kopf schlug mit voller Wucht auf der Waschmaschine auf, die Kopfhaut platzte auf, Blut überall. Dann prallte ihr Hinterkopf auf den nackten Steinfußboden. Als er immer wieder auf sie eintrat, reagierte Elísa schon nicht mehr.

Vierundfünfzig

Konráð hatte sich ein wenig beruhigt, nachdem er sich auf dem Parkplatz vor dem Gefängnis von Litla-Hraun in sein Auto gesetzt hatte. Er beschloss, noch einmal Pálmi anzurufen. Konráð war noch immer wütend auf ihn. Er hatte ihn nach all den Jahren als Freund angesehen, als jemanden, dem er vertrauen konnte. Dieses Vertrauen hatte Pálmi missbraucht. Und doch hatte Pálmi auf seine Weise recht: Das eigentliche Problem hatte Konráð selbst verursacht, weil er Pálmi nicht die Wahrheit gesagt hatte. Aber er hatte seine Gründe dafür gehabt. Ob es gute Gründe waren, blieb dahingestellt.

Und während er sich nun von dem Besuch bei Gústaf erholte, zweifelte er langsam daran, das Richtige getan zu haben. Sollte er nicht besser der Gefängnisverwaltung mitteilen, dass Gústaf offenbar unerlaubte Medikamente besaß? Er könnte anonym anrufen, dann würden sie seine Zelle durchsuchen, ihm die Tabletten abnehmen und sehen, um was es sich handelte. Konráð empfand kein Mitleid mit Leuten wie Gústaf. Und sein Verhalten, nachdem er die Tabletten von Konráð bekommen hatte, war alles andere als fair gewesen.

Er wollte nicht zu lange darüber nachdenken. Was geschehen war, war geschehen. Stattdessen überlegte er abermals, ob er Pálmi anrufen sollte oder nicht, und griff schließlich zum Telefon – er würde es tun. Es klingelte lange, und er wollte schon auflegen, da ging Pálmi endlich ran.

»Als ich gesehen habe, wer da anruft, musste ich erst mal überlegen, ob ich rangehen soll«, sagte Pálmi.

»Nett, dass du es getan hast«, sagte Konráð. »Ich bin grad in Litla-Hraun.«

»Haben sie dich gleich eingebuchtet?«, fragte Pálmi.

Konráð lachte, merkte jedoch bald, dass Pálmi es offenbar ernst gemeint hatte, und erzählte ihm, dass er noch auf freiem Fuß sei und sich weiterhin mit dem Fall seines Vaters beschäftige. Die Sache habe ja eine gewisse Dringlichkeit bekommen, nachdem Pálmi die Polizei informiert habe. Dadurch sei er auf neue Ideen gekommen. Konráð erzählte Pálmi von den Fotografien. Er habe erfahren, dass sein Vater Anton J. Heilman mit kompromittierenden Fotos erpresst habe, die von dem Arzt selbst aufgenommen und entwickelt worden waren. Konráð wisse zwar nicht, was auf den Fotografien zu sehen sei, es gebe aber offenbar eine Verbindung zu Nanna, dem Mädchen, das damals tot im Tjörnin aufgefunden wurde. Anton habe Nanna vergewaltigt, das sei erwiesen. Ob er davon Fotos gemacht habe, die Seppi später in die Hände gefallen seien, könne Konráð zwar nicht sicher sagen, doch Anton sei auf jeden Fall Freimaurer gewesen und …

»… in einem der Räucheröfen des Schlachthofs wurde später ein Freimaurerabzeichen gefunden«, beendete Pálmi den Satz.

»Richtig.«

»Und du denkst jetzt, dieser Anton war es? Hat er Seppi vor dem Schlachthof aufgelauert, um die Bilder zurückzubekommen?«

»Das ist auf jeden Fall sehr wahrscheinlich«, sagte Konráð. »Oder er hat jemanden beauftragt. Ich wollte dir nur sagen, dass ich Fortschritte mache.«

»Ich habe nie behauptet, dass du Seppi ermordet hast, Konráð. Ich habe nur gesagt, dass du uns belogen hast.«

»Gab es damals welche von unseren guten Bekannten, die öfter mal in Einbrüche verwickelt waren? So um 1960? Oder vielleicht sogar deswegen im Gefängnis saßen? Von denen vielleicht sogar noch jemand am Leben ist?«

Pálmi überlegte. Sein Gedächtnis war gut. Damals gab es nur wenige Leute, die regemäßig mit dem Gesetz in Konflikt kamen.

»Irgendwer saß natürlich immer wegen Einbruchs oder wegen Körperverletzung, kam wieder raus und machte sofort da weiter, wo er aufgehört hatte. Da fällt mir besonders einer ein. Ólafur, ziemlich mieser Typ, die meisten haben ihn Óli Bunsen genannt. Der hat damals immer wieder so was gemacht. Dein Vater hat ihn bestimmt gekannt.«

»Meinst du den Schwarzbrenner?«, fragte Konráð, der sich dunkel an einen Mann mit diesem Spitznamen erinnerte, der für seinen schwarzgebrannten Schnaps bekannt gewesen war, in der Zeit, als Konráð bei der Polizei anfing.

»Ja. Er hat auch geschmuggelt und so. Vielleicht redet er ja mit dir«, sagte Pálmi. »Wenn er noch am Leben ist. Ich würde es bezweifeln. Ich … ich habe mich übrigens mal im Präsidium umgehört. Die wollen die Sache offenbar weiterverfolgen. Die Ermittlungen wieder aufnehmen und mit den Zeugen sprechen, die noch leben.«

»Mach dir keine Sorgen«, sagte Konráð.

»Vielleicht meldest du dich mal und sagst denen, was du mir gesagt hast. Über den Arzt und so.«

»Alles zu seiner Zeit.«

»Irgendwie bereue ich das jetzt«, sagte Pálmi. »Ich hätte unser Gespräch nicht aufnehmen sollen. Dieser Fall ist einfach ... Ich hatte eh nie ganz damit abgeschlossen, dann kommst du und rollst alles wieder auf...«

»Ich weiß. So geht das nicht weiter. Wir müssen irgendwie damit abschließen.«

Als Konráð wieder bei sich in Árbær war, rief er Húgó an, doch ohne Erfolg. Auch seine Schwester in Ost-Island ging nicht ans Telefon.

Dann fand er in seiner Tasche den Zettel mit dem Code für die Alarmanlage in Gústafs Haus. 19609. Er legte ihn auf den Tisch und stellte wenig später verwundert fest, dass man ihn auch auf dem Kopf lesen konnte und die Zahl dann 60961 lautete. Auch diese Zahlenfolge kam ihm bekannt vor.

Dann wählte er Svanhildurs Nummer – vielleicht nahm sie ja seinen Anruf an. Während es klingelte und klingelte, dachte er weiter an den Zahlencode, der ihm nicht aus dem Kopf ging. Es dauerte lange, aber schließlich nahm Svanhildur seinen Anruf doch noch an.

»Svanhildur?«, fragte Konráð sofort.

»Warum rufst du an?«, sagte sie. Sie war merklich um einen neutralen Ton bemüht, der weder freundlich noch unfreundlich klang, und doch bekam Konráð das Gefühl, dass seine Anrufe unerwünscht waren.

»Du hättest Húgó nicht von uns erzählen dürfen«, sagte Konráð. »Du hättest das mir überlassen sollen.«

Svanhildur schwieg.

»Er redet seitdem nicht mehr mit mir«, sagte Konráð. »Das ist ihm sehr nahegegangen. Erna und er standen sich so nahe.«

»Ich weiß«, sagte Svanhildur. »Ich fand trotzdem, dass er es wissen sollte.«

»Sollten wir uns nicht treffen?«, fragte Konráð. »So darf das doch nicht enden. Ich habe so viel falsch gemacht. Besonders an dem Abend, als wir uns das letzte Mal gesehen haben. Ich möchte dich wiedersehen.«

»Wir sollten es dabei belassen.«

»Da bin ich anderer Meinung.«

»Und Húgó?«

Konráð wurde erneut abgelenkt von dem Zettel, der vor ihm auf dem Tisch lag, und hörte nicht, was Svanhildur sagte.

»Entschuldige, was …?«

»Wie würde Húgó das finden?«, fragte Svanhildur.

»Warte mal ganz kurz …«

Konráð legte das Telefon auf den Tisch und nahm den Zettel zur Hand.

»Dieser Mistkerl«, rief er dann. »Will der mich verarschen?!« Er nahm einen Bleistift vom Tisch und setzte zwei Punkte in die Zahlenfolge ein: 6.09.61. Er las sie einige Male laut, als Datumsangabe. Der sechste Neunte einundsechzig. Der sechste Tag des Monats September im Jahre neunzehnhunderteinundsechzig. Dann las er noch einmal: 6. 09. 61.

»Das ist der Tag«, sagte Konráð leise für sich. »Dieser verdammte Drecksack! Wie kann man nur?«

Er nahm den Zettel in die Hand und besah sich das Datum ein weiteres Mal. Er kannte es nur zu gut – das war der Tag, an dem Nanna im Tjörnin ertrunken war.

Das konnte kein Zufall sein. Konráð musste davon ausgehen, dass Gústaf die ganze Zeit mit ihm gespielt hatte, um das zu bekommen, was er wollte. Er kannte die

Geschichte von Nanna und ihrem Vater, auch wenn er das Gegenteil behauptete. Gústaf, der seinen Vater so oft belauscht hatte. Der alles hörte. Alles sah. Alles wusste.

»Dann lass sie dir schmecken«, flüsterte Konráð, als er an die Tabletten dachte, die er ihm ins Gefängnis geschmuggelt hatte. Vier Tabletten, von denen Gústaf sagte, sie würden ihm reichen, um einzuschlafen.

Erst dann fiel ihm Svanhildur wieder ein. Er griff nach dem Telefon und legte es gleich wieder hin. Sie hatte aufgelegt.

Fünfundfünfzig

Benóný rannte die Ægisíða entlang, so schnell er konnte. Er befürchtete, dass sein Freund Mikki gerade dabei war, in der Fischerhütte eine furchtbare Dummheit zu begehen, doch er hatte wichtigere Sorgen. In Mikki schlummerte etwas Ungezähmtes, fast Tierisches. Wenn er die Kontrolle über sich verlor, konnte er so wild werden, wie man es werden musste, um sich so zu verteidigen, wie er es eben getan hatte. Doch Mikki konnte auch Mitgefühl mit den Schwachen empfinden. Er verstand den Schmerz derer, die sich nicht verteidigen konnten, aber Benóný hielt es nicht für sehr wahrscheinlich, dass dieses Mitgefühl auch für Leute wie Luther galt. Seine einzige Hoffnung war, dass Mikkis Zorn zumindest etwas verraucht war, bevor er wieder in die Hütte ging.

Die meiste Zeit jedoch dachte Benóný an Elísa, während er Straße um Straße zu ihrem Haus rannte. Er wusste nicht, was Stan vorhatte, und wollte sie nicht zu lange allein lassen, er wollte für sie da sein, wenn sie ihn brauchte.

Als er sich dem Haus näherte, sah er ein Licht im Schlafzimmerfenster. Es war ziemlich spät geworden. Er ging davon aus, dass Elísa gerade ins Bett ging. Stans Auto war nirgendwo zu sehen. Benóný betrat das Haus, völlig außer Atem von dem langen Lauf. Er wollte gerade die Treppe ins Obergeschoss hinaufsteigen, da sah er Stan dort oben aus dem Badezimmer kommen, nackt, mit einem Handtuch um die Taille.

Benóný blieb sofort stehen und musterte den Mann, der einmal sein Freund gewesen war und ihm nun an der Treppe gegenüberstand.

»Wo ist Elísa?«, fragte er.

»Was geht dich das an?«, fragte Stan zurück. »Was willst du? Mach, dass du wegkommst. Du hast hier nichts verloren.«

»Wo ist sie?«, fragte Benóný. »Ich muss mit ihr reden.«

»Du haust jetzt ab, und zwar sofort. Sonst rufe ich die Polizei«, befahl Stan und verschwand im Schlafzimmer.

Benóný lief die Treppe hinauf und folgte ihm. Auf dem Fußboden lag seine stark verschmutzte Kleidung.

»Was hast du gemacht?«, fragte Benóný. »Hast du im Keller gearbeitet?«

»Auf dich kann ich ja nicht mehr zählen.«

»Können wir nicht …?«

»Du hast hier nichts mehr zu suchen«, sagte Stan. »Nicht in diesem Haus. Und nicht bei meiner Frau. Das ist vorbei. Hast du verstanden? Gehst du jetzt freiwillig, oder muss ich nachhelfen?«

»Können wir nicht wie vernünftige Leute miteinander reden?«, sagte Benóný. »Du brauchst Hilfe. Du kannst sie nicht so behandeln. Deine Tochter. Elísa. Das muss dir doch klar sein. Elísa ist vollkommen im Recht, wenn sie das beenden will. Sie macht nur, was für sie und die Kleine am besten ist. Für euch alle.«

»Willst du damit sagen, sie ist im Recht, wenn sie ihren Mann mit dessen Freund betrügt? Ist das so? Das wäre ja echt praktisch für dich. Dann hättest du das, was du von Anfang an wolltest, oder?«

»Wo ist sie?«, fragte Benóný abermals.

»Warum fragst du mich? Ich dachte, sie wäre bei dir. Was hast du mit ihr gemacht?«

»Sie war hier, als ich sie das letzte Mal gesehen habe«, sagte Benóný. »War sie nicht zu Hause, als du gekommen bist?«

Stan schüttelte den Kopf und sah ihn vorwurfsvoll an.

»Wenn du dich nicht eingemischt hättest, wäre alles längst in Ordnung gekommen, Ben«, sagte er. »Dann wäre so vieles nicht passiert. Elísa und ich hätten über alles gesprochen und unsere Probleme gelöst, aber du musstest dich ja unbedingt einmischen. Sie mir wegnehmen. Ich habe ihr gesagt, dass sie unsere Tochter nie wiedersehen würde, wenn sie mich verlässt. Ich könnte jederzeit sagen, dass sie mich betrogen hat, direkt vor meinen Augen. In meinem eigenen Haus. Dass sie durchgedreht ist und diese ganzen Geschichten darüber, wie ich sie und unsere Tochter behandele, erstunken und erlogen sind. Lügengeschichten, die sie erfindet, um davon abzulenken, dass sie mit anderen Männern herumhurt. Vielleicht gab es da noch andere außer dir? Was weiß ich denn schon? Es hat sie sehr getroffen. Als sie einsehen musste, wie dumm das von ihr war. Was sie für einen Mist gemacht hat. Ich habe ihr gesagt, sie soll nicht zu streng mit sich sein. Schließlich liegt die Schuld ja eigentlich bei dir, Ben. Du hast dich in unser Leben gedrängt. Du hast sie verführt. Und durcheinandergebracht. Das ist alles deine Schuld. Alles, was passiert ist. Und du weißt das, Ben. Du hattest ja schon lange ein Auge auf sie geworfen.«

»Wo ist sie?«

»Es würde mich nicht wundern, wenn sie einfach aufgegeben hat.«

»Was soll das heißen?«

»Ich weiß es nicht. Sie war so traurig darüber, wie alles gekommen ist. Ich hoffe, sie macht jetzt keine Dummheiten. Aber du kennst sie natürlich besser als ich. Was glaubst du denn, wo sie ist? Kannst du mir das sagen? Kannst du mir sagen, wo sie steckt?«

Benóný sah ein, dass das alles keinen Sinn hatte. Er ging aus dem Schlafzimmer, lief die Treppe hinunter und rief Elísas Namen. Ging in die Küche, suchte im Erdgeschoss nach ihr, rief nach ihr in allen Ecken des Hauses. Stan stand oben am Treppenabsatz, sah ihm zu und befahl ihm erneut, sein Haus zu verlassen. Er habe hier nichts zu suchen und solle sich nie wieder blicken lassen.

Benóný öffnete die Tür zum Keller und rief erneut nach ihr, bekam jedoch keine Antwort. Er lief die Kellertreppe hinab, machte Licht, und als er in die Waschküche kam, sah er, dass Stan das Loch in der Wand zugemauert hatte. Er hatte die Mauerreste benutzt, die auf dem Boden herumgelegen hatten, um das Loch notdürftig zu verschließen. Die Mauer war noch feucht. Auf dem Tisch stand ein Eimer mit Zement, daneben lag ein Spachtel und eine Bürste, die ebenfalls noch feucht war.

»Ich habe das selbst zu Ende gebracht. Und jetzt raus mit dir!«, rief Stan, der inzwischen oben an der Kellertreppe stand. »Lass uns in Frieden. Lass uns einfach in Frieden!«

Mikki kam aus der Hütte an der Grímsstaðavör und wischte sich mit dem Ärmel einige Blutstropfen von der Stirn. Er sah sich mit finsterem Blick um und entdeckte ein Ruderboot, das umgedreht am Strand lag. Dann sah er ein schweres Brecheisen, das jemand gegen eine der

Fischerhütten gelehnt hatte. Er sah zur Ægisíða, sie war noch immer menschenleer. Niemandem war aufgefallen, was hier vor sich ging. Luthers Kumpan war auf und davon und würde wohl auch nicht zurückkommen. Selbst der Mond, sein einziger Zeuge, verschwand nun hinter einem dichten Wolkenband. Dunkelheit legte sich über die Hütten und war Mikki sehr willkommen.

Er ging zu dem Boot, drehte es um und schob es mit einiger Mühe hinunter zum Meer. Dann nahm er die Ruder, die zum Boot gehörten, und steckte sie in die Dollen, nahm das Brecheisen und legte es auf das Sitzbrett. Dass im Schuppen ein Seil war, wusste er ja bereits.

Dann stand er eine Weile da und horchte. Blickte sich um. Und verschwand dann wieder in dem Wellblechschuppen.

Es war vollkommen windstill, als das Boot wenig später von der Grímsstaðavör auf den spiegelglatten Skerjafjörður glitt, lautlos und unsichtbar wie das finstere Geheimnis, das es mit sich führte.

Sechsundfünfzig

Der Schnapsbrenner, den alle Óli Bunsen nannten, war Anfang der Achtzigerjahre verstorben. Er hatte drei Söhne mit ebenso vielen Frauen gehabt. Einer von ihnen, Þorbjörn, auch Toggi genannt, hatte eine harmlose, kriminelle Vergangenheit. Er hatte vor etlichen Jahren einmal wegen Diebstahls und Schmuggel im Gefängnis gesessen, war aber danach nie wieder polizeilich in Erscheinung getreten. Konráð, der sich daran erinnerte, ihn einmal wegen Schmuggels verhaftet zu haben, fand heraus, dass er heute im Gewerbegebiet Höfði Gebrauchtwagen verkaufte.

Konráð machte sich direkt nach dem Morgenkaffee auf den Weg dorthin und kam an, als die Autohändler gerade öffneten. Es gab inzwischen so viele, dass er einige Mühe hatte, den richtigen zu finden. Überall standen Gebrauchtwagen herum, es waren so viele, dass es Konráð zuerst fast anwiderte. Er selbst fuhr einen alten Jeep, der so klapprig war, dass er ohnehin nichts mehr dafür bekommen würde, und daher beschlossen hatte, ihn zu fahren, bis er endgültig auseinanderfiel. Außerdem erinnerte er Konráð an Erna und hatte daher einen beträchtlichen emotionalen Wert für ihn, sodass er nie ernsthaft darüber nachgedacht hatte, ihn loszuwerden.

Dann sah er sich doch aus reiner Neugier einige der

Gebrauchtwagen an. Er verglich Preise, Ausstattung und Kilometerstand, begutachtete Lack und Reifen. Es dauerte nicht lange, bis ein Verkäufer auf ihn zukam und fragte, ob er ihm helfen könne. Konráð erkundigte sich nach ein, zwei Autos, die sein Interesse geweckt hatten, und sagte dann, er sei mit einem Händler namens Þorbjörn verabredet.

»Toggi? Der ist da drüben«, sagte der Mann. »Wenn er schon da ist.«

Der Mann zeigte auf ein Büro im Nachbargebäude, Konráð bedankte sich. Dann fragte der Verkäufer noch, ob er ihm nicht auch weiterhelfen könne, doch Konráð sagte, er wolle erst einmal mit Toggi reden, und verabschiedete sich. Dann ging er auf das Büro zu, auf das der Händler gezeigt hatte. Die Tür stand offen. Drinnen stand ein älterer Mann, der gerade eine unappetitlich aussehende Kaffeemaschine in Betrieb nahm. Er stand mit dem Rücken zu Konráð, war ziemlich füllig und mühte sich mit einer Kaffeepackung ab, die er schließlich mit so viel Kraft aufriss, dass sich Kaffeepulver auf dem Tisch und auf dem Boden verteilte. Er fluchte, dann sah er Konráð in der offenen Tür, wünschte ihm einen guten Morgen und fragte, was er für ihn tun könne.

»Eine Tasse Kaffee würde ich nehmen«, sagte Konráð.

»Wenn ich das Ding in Gang kriege, sehr gern«, sagte der Mann. Er hatte ein grobschlächtiges Gesicht und einen runden Rücken. Als er sich umdrehte, erkannte er Konráð sofort, auch wenn seine kriminelle Vergangenheit schon lange zurücklag.

»Du?«, fragte er und konnte seine Verwunderung nicht verbergen. »Was machst du denn hier?«

Amüsiert von Toggis Reaktion erklärte Konráð ihm

rasch, dass er nicht mehr bei der Polizei arbeite und lediglich einige Informationen brauche. Der Gebrauchtwagenhändler reagierte misstrauisch. Die mit Wasser gefüllte Kaffeekanne in einer Hand, fragte er, was für Informationen das denn seien, und klang dabei so, als wollte er ohnehin nichts preisgeben. Konráð fragte Toggi, ob er nicht erst einmal den Kaffee aufsetzen wolle. Der Mann nickte und machte sich weiter an der Maschine zu schaffen, bis sie sich röchelnd und fauchend in Gang setzte.

Konráð ging zwar nicht darauf ein, fand Toggis Reaktion auf seinen Besuch allerdings bemerkenswert. Toggi hatte noch keinen Moment daran gedacht, dass Konráð vielleicht nur gekommen war, um sich seine Gebrauchtwagen anzusehen, was schließlich die naheliegendste Erklärung für seinen Besuch gewesen wäre. Auch Polizisten brauchten ab und zu mal ein neues Auto. Was machst du denn hier?, war wohl die merkwürdigste Frage, die man jemandem stellen konnte, der zu einem Gebrauchtwagenhändler kam. Aber das galt vielleicht nicht für einen Händler, der mal ein guter Bekannter der Polizei gewesen war.

»Wie laufen die Geschäfte? Gut?«, fragte Konráð.

»Viel zu viele Autos«, sagte Toggi. »Man bekommt gar nichts mehr dafür. Um was für Informationen geht es denn? Ich wüsste nicht, wie ich dir da helfen könnte.«

Konráð erklärte ihm, dass er sich mit einem Kriminalfall beschäftige, der länger als ein halbes Jahrhundert zurückreiche. Mit einem Einbruch, bei dem sein Vater Óli vielleicht eine Rolle gespielt habe. Und auch einige andere Ganoven, die damals mit den Einbrechern gemeinsame Sache gemacht hätten, auch wenn die Polizei ihnen nicht immer etwas habe nachweisen können.

»War dein Vater nicht einer von denen?«, fragte Toggi vorsichtig, als wollte er niemanden beleidigen.

»Ich kann ihn leider nicht mehr fragen«, sagte Konráð. »Und ich will mich auch nicht ewig durch irgendwelche alten Akten wühlen. Die erzählen eh immer nur die halbe Wahrheit, also dachte ich, ich frage einfach dich.«

»Sonst nichts?«

»Sonst nichts«, sagte Konráð.

»Ich bin ja auch zwei- oder dreimal irgendwo eingebrochen«, räumte Toggi ein, als würde ihn das erleichtern. »Als ich ganz unten war.«

»Die Einbrecher, die mich interessieren, sind aus der Generation deines Vaters«, sagte Konráð. »Jedes kleine Detail könnte helfen. Vielleicht erinnerst du dich ja an ein paar Namen. Die meisten sind wahrscheinlich längst tot. Ich bin in Rente und beschäftigte mich aus rein privaten Gründen damit, das bleibt also alles unter uns.«

»So spontan kann ich mich nicht an die Namen von irgendwelchen Einbrechern erinnern«, sagte Toggi. »Mein Vater hat das ein paarmal gemacht, und ich, wie gesagt, auch. Aber wir waren keine organisierte Einbrecherbande, weißt du? Der, mit dem ich damals unterwegs war, ist schon tot und … nein, sonst fällt mir da niemand ein.«

»Ist dabei was rumgekommen?«

»Bei mir nicht. Ein bisschen Silberbesteck vielleicht. Fotoapparate. Mein Vater hat einmal damit angegeben, dass er richtig Beute gemacht hat. Schmuck. Für den hat er gutes Geld bekommen.«

Sie standen an einem Fenster und sahen hinaus auf das Meer von Gebrauchtwagen. Es war ein stark bewölkter Tag, es war kaum Kundschaft unterwegs. Auch auf der Straße war kaum Verkehr, doch das würde sich wahrscheinlich um die Mittagszeit ändern. Die Kaffeemaschine gab ein letztes langgezogenes Röcheln von sich.

»Wie ist er den Schmuck denn losgeworden?«, fragte Konráð.

»Wie meinst du das?«, fragte Toggi, der etwas entspannter war, seit er wusste, dass Konráðs Anliegen nicht direkt mit ihm zu tun hatte und eine lange zurückliegende Zeit betraf.

»Wem hat er den Schmuck verkauft? Weißt du das noch? Einfach so diesem und jenem?«

»Ja. Wenn ich mich recht erinnere. Und dann gab es einen Goldschmied, Bragi hieß der, glaube ich. Der hat solche Sachen gekauft. Als mein Vater seine erste Ausrüstung zum Schnapsbrennen gekauft hat, sagte er, das Geld käme von Bragi. Daher weiß ich den Namen noch.«

Konráð hatte noch immer nichts von Marta gehört und machte sich langsam Sorgen. Er hatte sie zwei- oder dreimal angerufen, doch sie nahm den Anruf nicht an. Eigentlich wollte er bei ihr vorbeifahren, war aber bisher nicht dazu gekommen. Als er nach dem Besuch bei dem Gebrauchtwagenhändler wieder im Auto saß, wählte er erneut ihre Nummer. Nach dem vierten Klingeln nahm sie ab.

»Hallo Marta. Man hört ja gar nichts mehr von dir. Wie geht's dir denn?«

»Bestens. Warum rufst du an?«, fragte sie und sprach dabei ziemlich undeutlich.

»Ich wollte nur …«

»Nur was?«

»Nur mal hören, wie es dir geht. Wenn ich darf?«

»Ja, natürlich. Schön, dich zu hören. Ich muss … wir müssen … mal reden …«

Der Satz endete im Nirgendwo.

»Warum bist du nicht auf der Arbeit?«, fragte Konráð.

»Ich hatte noch Urlaub, der wäre sonst verfallen«, antwortete Marta.

»Trinkst du?«

»Nein, ich trinke nicht.«

»Das denken die offenbar im Präsidium.«

»Das sind ja auch Idioten. Ich hatte noch Urlaub.«

»Wollen wir uns treffen?«

»Später vielleicht. Ich ... ja, vielleicht später.«

»Okay. Das heißt, man hat dich nicht beurlaubt?«

»Ach, Konráð, lass mich doch in Ruhe«, sagte Marta und legte auf.

Siebenundfünfzig

Als er gerade losfahren wollte, klingelte sein Handy. Es war Eygló. Er hatte ihr erzählt, dass er im Haus von Anton J. Heilman gewesen war, woraufhin sie sich gewünscht hatte, noch einmal gemeinsam mit ihm dorthin zu fahren. Konráð hatte gezögert, doch sie hatte nicht nachgegeben und es letztendlich geradezu eingefordert. Zuerst wollte er einfach sagen, er hätte keine Zeit, doch dann entschied er sich dagegen. Bei Eygló kam er mit seinen üblichen Ausflüchten nicht durch. Also versprach Konráð, sie so bald wie möglich abzuholen und ihr das Haus zu zeigen.

Er fuhr nach Fossvogur. Eygló musste die Straße beobachtet haben, denn in dem Moment, als er vor dem Haus hielt, kam sie auch schon heraus, schloss sorgfältig hinter sich zu und setzte sich zum ihm ins Auto.

»Das ist echt nett von dir«, sagte sie, als er losgefahren war. »Hoffentlich bringe ich deinen Tag nicht völlig durcheinander.«

»Was willst du eigentlich da?«, fragte Konráð. Er hatte noch immer die Schlüssel zu dem Haus. Gústaf hatte nicht gesagt, was er damit machen sollte.

»Ich will sehen, wie er gelebt hat«, sagte Eygló. »Wo du schon mal in das Haus reinkommst.«

»Wie wer gelebt hat? Gústaf?«

»Nein, sein Vater. Anton.«

Bald hatten sie das Wohnviertel erreicht, in dem das Haus stand. Nachdem Konráð geparkt hatte, blieben sie noch eine Weile im Auto sitzen. Eyglós Anliegen überraschte ihn nicht. Sie war schweigsam. Konráð sah, dass sie tief in Gedanken versunken war, und wollte sie nicht stören. Sie kannten sich noch nicht besonders lange, und die Betrügereien ihrer Väter Seppi und Engilbert, die sie miteinander verbanden, waren nichts, worauf man stolz sein konnte. Aber die gemeinsame Vergangenheit ihrer Väter band sie nun einmal aneinander – ob es ihnen gefiel oder nicht. Und merkwürdigerweise schweißte es sie eher zusammen, anstatt sie zu entzweien. Vielleicht lag es daran, dass sie von Anfang an ehrlich miteinander gewesen waren. Obwohl sie sehr unterschiedlich waren und über viele Dinge unterschiedlich dachten, hatten sie einander doch immer respektiert, ohne viele Worte darum zu machen.

»Sollen wir dann mal?«, fragte Konráð schließlich. »Oder willst du doch nicht?«

»Ich weiß es nicht«, sagte Eygló.

»Du hast mich doch darum gebeten«, sagte Konráð.

»Das ist mir klar.«

»Was hält dich dann plötzlich zurück?«

»Ich habe irgendwie ein ungutes Gefühl«, sagte Eygló.

»Warum?«

»Ich weiß es nicht«, sagte Eygló. »Ich weiß nur, dass es kein gutes Gefühl ist. Ich bin mir nicht sicher, ob ich das genauer herausfinden will.«

»Hast du etwas gesehen? Oder geträumt? Oder eine Vision gehabt?«

»Versuch am besten gar nicht erst, das zu verstehen, Konráð«, sagte Eygló.

»Ich glaube, Gústaf hat die ganze Zeit von Nanna

und seinem Vater gewusst«, sagte Konráð und erzählte ihr von seinem letzten Zusammentreffen mit Gústaf in Litla-Hraun. Er zeigte ihr den Alarmanlagen-Code, der auf Nannas Todestag verwies. »Er hat immer bestritten, irgendwas darüber zu wissen, dann benutzt er diese Zahlen, als ob das alles ein einziger Witz wäre. Das kann kein Zufall sein. Er weiß mehr, als er vorgibt.«

Eygló besah sich den Code.

»Wie alt war Gústaf, als man Nanna tot im Tjörnin fand?«

»So um die siebzehn. Sein Bruder war ein Jahr älter.«

»Warum gibt es diese Alarmanlage überhaupt noch?«, sagte Eygló leise. »Warum hat er das Haus behalten? Warum hat er es nicht verkauft? Was versteckt er hier?«

Konráð wusste keine Antwort.

»Komm«, sagte Eygló und gab ihm den Code zurück. »Los geht's.«

Konráð führte sie durch den Garten hinter das Haus und zur Terrassentür. Das Schloss war seit Konráðs letztem Besuch nicht ausgewechselt worden. Merkwürdigerweise wollte Gústaf nicht verhindern, dass Konráð bei ihm ein und aus ging.

Konráð gab den Code ein, wie beim letzten Mal. Eygló betrat vorsichtig das Haus. Nach einigen langsamen Schritten blieb sie stehen, atmete tief ein und sah sich um. Sie stand jetzt im Wohnzimmer mit den vielen schweren Möbeln. Die Gardinen waren zugezogen, was die gespenstische Stimmung noch verstärkte, die dort ohnehin herrschte. Nach einer Weile hatten sich ihre Augen an die Dunkelheit gewöhnt. Eygló konnte mehr erkennen, Bilder an den Wänden, Nippes auf den Tischen, Bücher in Bücherschränken. Eygló hatte eine starke Abneigung verspürt, als sie sich dem Haus genähert hatte – sie wusste ja schließlich, was der Vater und sein Sohn getan hatten. Als sie nun dort drinnen stand, überkamen sie im Wechsel Wut und Trauer.

Konráð folgte ihr von einem Zimmer in das nächste. Bald hatte sie das ganze Haus gesehen. Schließlich standen sie im Keller. Er war geräumig, mit einem Abstellraum und einer Waschküche, es gab sogar ein kleines WC und ein fensterloses Zimmer, das eingerichtet war wie ein altmodisches Mädchenzimmer, alles in rosa, mit Spielzeug und Puppen und einem Einzelbett. Die Tür stand offen, doch es war offensichtlich, dass schon lange niemand mehr dieses Zimmer betreten hatte. Auf dem Boden lag eine dicke Staubschicht. Eygló überkam ein starkes Unwohlsein, als sie auch nur in das Zimmer hineinsah. Sie blieb im Türrahmen stehen.

»Was ist?«, fragte Konráð.

Eygló antwortete nicht. Konráð erinnerte sich, dass Gústaf damals zu diesem Zimmer befragt worden war. Auf die Frage, wofür es benutzt worden sei, gab er an, seine Nichte Danní habe dort übernachtet, wenn sie bei ihnen war. Einige der Übergriffe waren dort erfolgt.

Eygló schloss die Tür zu dem Zimmer, ohne ein Wort zu sagen. Dann ging sie wieder ins Erdgeschoss. Konráð folgte ihr, bald standen sie wieder im Wohnzimmer. Eygló sah sich jetzt gründlicher um, fasste den einen oder anderen Gegenstand an, bis sie schließlich vor der alten Bornholmer Standuhr stehen blieb. Eygló war nicht besonders groß. Die Standuhr überragte ihre zierliche Erscheinung in all ihrer stillen Pracht. Eygló stand so lange Zeit direkt vor der Uhr, als wollte sie die Zeit höchstselbst zum Duell herausfordern.

»Waren es mehrere?«, flüsterte sie und berührte die Uhr.

»Mehrere?«, fragte Konráð.

»Waren es mehrere«, sagte Eygló abermals. Dieses Mal sagte sie es lauter und gab der Uhr einen kleinen Schubs.

»Mehrere? Wie meinst du das?«

Konráð sah verwundert zu, wie seine Freundin die Arme um die Standuhr legte und sie hin und her bewegte, als wollte sie sie umwerfen.

»Vorsicht! Was machst du denn da?«, rief er. »Was soll das?!«

Eygló war völlig in ihrer eigenen Welt. Sie bewegte die Uhr, schüttelte sie, bis die schwere Standuhr schwankte wie ein Turm bei einem Erdbeben. Bevor Konráð einschreiten konnte, hatte Eygló die Standuhr zu Fall gebracht. Das Uhrwerk gab ein tief dröhnendes Rasseln von sich, als die Uhr auf dem Boden aufschlug. Das Gehäuse aus trockenem Holz brach auseinander. Das runde Glas, unter dem sich das Zifferblatt befand, zersprang in tausend Stücke.

Es war Mitternacht. Gústaf saß im Dunkeln auf dem Rand seines Bettes, die vier Tabletten in der Hand. Er hörte ein Rufen von draußen, vom Gang, Schritte vor seiner verschlossenen Tür, die sich bald entfernten, dann kehrte die nächtliche Stille zurück.

Am Morgen hatte es wieder einen Vorfall gegeben. Einer der anderen Häftlinge hatte ihm ins Gesicht geschlagen und sogar noch auf ihn eintreten können, bevor die Justizbeamten einschreiten konnten und ihn wieder in seine Zelle brachten.

Er überlegte, ob er einen Abschiedsbrief hinterlassen sollte, nur ein paar Worte. Doch dann fiel ihm nichts ein, was er schreiben könnte. Oder wem.

Zwei Tabletten wären auf jeden Fall genug. Er steckte sich trotzdem alle vier in den Mund und griff nach einem Glas mit Wasser, das er schon bereitgestellt hatte, trank es aus und spürte, wie es die Tabletten in seinen Magen spülte.

Er stellte das Glas ab und legte sich auf das Bett, faltete die Hände über seinem Brustkorb, schloss die Augen und wartete darauf, dass der Schlaf sich seiner erbarmte.

Achtundfünfzig

Es dauerte lange, bis Elísa wieder zu Bewusstsein kam. Sie konnte kaum einen klaren Gedanken fassen. Erinnerungsfetzen schwirrten ihr durch den Kopf und verschwanden sofort wieder. Sie in der Küche. Ein Lied im Radio. Sie öffnet die Messerschublade. Ein Mann im Keller, dessen Namen sie einmal gewusst, aber nun vergessen hatte. Sie hatte mit ihm gesprochen.

Ein anderer Mann im Keller.

Die Kopfschmerzen waren kaum auszuhalten. Ein dumpfer Schmerz am Hinterkopf und ein furchtbares Brennen über dem rechten Ohr und auf der Stirn, der ganze Körper tat ihr weh.

Sie wusste nicht, warum.

Tommi hieß er. Der Mann im Keller. Er hatte seine Freunde gesucht. Irgendwas gefragt. Irgendwas gesucht. Er war völlig verwahrlost.

Irgendwas mit einem Plattenspieler.

Das Lied im Radio. Es lief, als er in ihr Zimmer gekommen war. Er war so hilfsbereit gewesen. So liebevoll. Er war zu ihr gekommen, im Radio lief das Lied, er hatte sich zu ihr gesetzt, sie hatten sich geküsst. Sie vermisste ihn. Wünschte, er wäre bei ihr. Benóný.

Ein anderer Mann im Keller. Unerträgliche Kopfschmerzen. Übelkeit.

Sie kam wieder zu sich. War eine halbe Minute vergangen? Eine Stunde? Ein Tag? Ihre Gedanken waren nicht klarer als zuvor. Sie konnte sich nicht bewegen. Und immer noch diese Kopfschmerzen. Die Fetzen von Erinnerungen in ihrem Kopf. Der Pastor, wie er sie begrapscht. Was hatte sie von ihm gewollt? Ihre Tochter war auf dem Land. Sie hatte sie zum Bus gebracht, gesagt, sie solle auf sich aufpassen. Und dass sie sie immer lieben würde und bald käme, um sie zu besuchen. Sie wünschte, ihre Tochter wäre jetzt bei ihr. Vermisste sie wie nie zuvor. Doch offenbar waren sie in Gefahr. Sie beide. Elísa hatte sie in Sicherheit gebracht.

Elísa fiel es schwer zu atmen, etwas blockierte ihre Atemwege. Ihre Arme hingen an den Seiten herab. Sie konnte sie nicht anheben. Sie öffnete die Augen und sah nichts. Auch ihr Kopf schien wie festgeklemmt, verdreht, sie konnte ihn nicht bewegen, als wäre er an eine raue Wand gedrückt, sie konnte ihn nicht einen Zentimeter bewegen, überall war diese Wand. Ihr war übel, sie wollte sich übergeben.

Offenbar hatte sie wieder das Bewusstsein verloren. Wieder dauerte es eine lange Zeit, bis sie einigermaßen zu sich kam und zumindest die unzusammenhängenden Erinnerungen an die Ereignisse der vergangenen Tage zurückkehrten. Der Kopfschmerz war noch schlimmer geworden, sie wusste nicht, woher er kam. Sie musste gestürzt sein. Oder war es ein Autounfall gewesen?

Da war jemand mit ihr im Keller gewesen. Nicht Benóný. Nicht Tommi.

Jemand, vor dem sie Angst hatte.

Jemand, dem sie entkommen wollte.

Ihr war, als könnte sie ihn keuchen hören, ganz nah.

Ihren Mann.

Sie bekam kaum Luft. Sie gab keinen Laut von sich. Traute sich nicht. Sie traute sich auch nicht, die Augen zu öffnen.

Erinnerte … dunkel … wie sie auf den Boden aufschlug.

Stan …

Dann verlor sie wieder das Bewusstsein.

Neunundfünfzig

Spät am Abend des 23. Dezember war Konráð einmal auf der Suche nach einem Weihnachtsgeschenk für Erna gewesen. Dass er das erst in letzter Minute erledigte, kam durchaus vor. Einige Tage zuvor hatten sie ein großes rotes Feuerwehrauto gekauft, über das Húgó sich bestimmt freuen würde, doch ein Geschenk für Erna zu finden war Konráð schwergefallen, und nun eilte er von einem Geschäft ins nächste. Er hatte ohne die kleinste Pause an einem Vermisstenfall in der Nähe des Waldes von Öskjuhlíð ermittelt. Damals wusste er noch nicht, dass dieser Fall für drei Jahrzehnte ungelöst bleiben sollte und dann am Ufer der Ölfusá so ein tragisches Ende finden würde. Die Kolleginnen und Kollegen, die schon Weihnachtsferien hatten, veranstalteten im Präsidium eine feucht-fröhliche Weihnachtsfeier, daher war Konráð etwas angetrunken, als er nun in der Innenstadt unterwegs war. Schneeflocken wirbelten durch die Luft, die Stadt war voller Menschen, die wegen der schönen Weihnachtsstimmung gekommen waren.

Schließlich landete er in einem unscheinbaren Schmuckladen. Der Goldschmied, der ihn führte, wollte eigentlich gerade Feierabend machen, verkaufte ihm aber noch einen schönen Goldring mit Stein, den Erna sehr mochte. Seitdem war er nie wieder hier gewesen und hatte auch den Goldschmied nie wieder gesehen. Doch an den damaligen Einkauf erinnerte er sich noch gut und gern, schließlich hatte der Goldschmied ihm einen großzügigen Rabatt gegeben, weil er der letzte Kunde an einem langen Arbeitstag gewesen war.

All das fiel Konráð nun wieder ein, als sich im ersten Stockwerk einer Wohnanlage für Senioren eine Tür öffnete und der Goldschmied, der ihm damals vor Weihnachten den Ring verkauft hatte, nach all den Jahren wieder vor ihm stand. Der Mann schien ihn nicht wiederzuerkennen. Man konnte ja auch kaum damit rechnen, dass er sich an jeden einzelnen Kunden erinnerte, der im Laufe seines langen Arbeitslebens seinen Laden betreten hatte. Konráð hingegen hatte beschlossen, seinen lange zurückliegenden Weihnachtseinkauf als Eintrittskarte zu nutzen, und fragte, ob er Bragi, der Goldschmied sei, was der Mann sofort bejahte. Konráð erzählte ihm von dem Ring, den er vor vielen Jahren für seine Frau gekauft habe, und dass seine Frau damit so glücklich gewesen sei, dass sie ihn mehr getragen hätte als all ihre anderen Ringe. Der Mann hörte ihm aufmerksam zu. Er war schon ziemlich betagt, aber noch rüstig. Zumindest war nirgendwo ein Rollator zu sehen, ein Gehstock oder ein Sauerstoffgerät. Er war kahl geworden und war kleiner, als Konráð ihn in Erinnerung hatte, die Haut wirkte blasser. Doch sein Kopf schien noch bestens zu funktionieren. Der Kaufmann in ihm erwachte sofort wieder zum Leben, als er Konráðs Geschichte von dem guten Geschäft erfreut zur Kenntnis nahm, auch wenn das alles lange her war und er sich natürlich nicht mehr daran erinnern konnte.

Konráð hatte das Eis gebrochen und traute sich nun zu fragen, ob er Bragi wegen einer Kleinigkeit stören dürfte, die mit dem Schmuckhandel in Reykjavík zu tun hatte. Schließlich habe er hier doch jahrzehntelang als Goldschmied gearbeitet. Bragi hatte nichts dagegen, bat Konráð herein, und wenig später saßen sie auch schon in seinem geräumigen Wohnzimmer. Konráð bekam sofort den Eindruck, dass er nicht gerade arm war. Und verwitwet. Auf einem Tisch stand die Fotografie von einer Frau, an die sich Konráð dunkel erinnerte, weil er sie im Laden gesehen hatte. Vor dem Foto brannte eine Kerze. Daneben stand ein Bild von ihrer Tochter und deren Familie, wie Konráð annahm, eine jüngere Frau mit einem etwas gockelhaft wirkenden Mann und zwei niedlichen Kindern.

Bragi warf sich sofort in die Pose des intimen Kenners des Reykjavíker Juwelier- und Goldschmiedegewerbes, als wollte Konráð für eine angesehene Zeitschrift ein Porträt über ihn schreiben. Umso mehr Mühe musste er sich geben, seinen Schrecken zu verbergen, als Konráð sofort zur Sache kam und fragte, ob er sich an einen Kriminellen namens Óli Bunsen erinnerte. Oder Ólafur Finnbogason, wie er eigentlich hieß.

Bragi dachte kurz nach.

»Wie meinst du das?«

»Sagt dir der Name etwas?«

»Nein.«

»Bist du dir sicher? Ólafur Finnbogason?«

»Was hast du noch mal gesagt? Du bist wer?«

»Ich habe gehört, du hast mit Diebesgut gehandelt«, sagte Konráð ganz direkt und fügte eilig hinzu: »Das geht mich ja auch gar nichts an, es stört mich auch nicht weiter, ich bin nur auf der Suche nach Informationen über ein paar Leute, die vielleicht aus diesem Grund mit dir in Kontakt standen. Wie zum Beispiel dieser Ólafur.«

»Was hast du noch mal gesagt, wer du bist?«, fragte Bragi erneut.

»Ich war bei der Polizei«, sagte Konráð. »Und beschäftige mich jetzt mit einem alten Fall, in dem es um den Arzt Anton J. Heilman geht. Du kennst den Namen vielleicht aus den Nachrichten. Man hat vor nicht allzu langer Zeit festgestellt, dass er mit dem Tod eines Mädchens in Verbindung steht, die 1961 im Tjörnin gefunden wurde.«

Auf Konráðs Worte folgte eine lange Stille.

»Und ... was geht mich das an?«, fragte Bragi zögerlich. Von seiner eben noch so selbstzufriedenen Art war nichts mehr zu spüren.

»Etwas später, also Anfang 1963, wurde bei Anton eingebrochen«, sagte Konráð. »Ich habe mit seinem Sohn gesprochen, Gústaf, der im Gefängnis sitzt, weil er ein ganz ähnliches Verbrechen begangen hat wie sein Vater. Er hat mir von diesem Einbruch erzählt und dass sein Vater einen Teil des Schmucks, der da gestohlen wurde, zurückbekommen hat. Als hätte er Kontakt mit den Einbrechern aufgenommen. Oder als hätte er jemanden gekannt, der das für ihn übernommen hat.«

»Und wer sagt, ich hätte mit gestohlenen Sachen gehandelt?«

»Ich habe den Sohn von Ólafur getroffen. Der hat das gesagt.«

»Das ist doch alles gelogen!«

»Wie gesagt, es interessiert mich nicht. Ich will dich wirklich nicht in Schwierigkeiten bringen. Du müsstest mir einfach nur sagen, was du über diese Angelegenheit weißt, dann verschwinde ich und du siehst mich nie wieder.«

»Das machst du lieber auf der Stelle. Jetzt sofort«, sagte

Bragi kühl und erhob sich. »Ich möchte dich bitten zu gehen. Ich weiß gar nichts darüber. Ich ... ich dachte, du wärest aus einem anderen Grund hier, daher ... du gehst jetzt wirklich besser.«

Konráð rührte sich nicht und tat nun das, von dem er bis zuletzt gehofft hatte, er würde es nicht tun müssen. Er wollte den Mann nicht nötigen, sah aber jetzt keine andere Möglichkeit mehr.

»Wenn mich nicht alles täuscht, hat deine Tochter dein Geschäft übernommen«, sagte er und sah auf das Foto, von dem er annahm, dass sie darauf zu sehen war. »Sie hat sogar inzwischen zwei Läden, habe ich gehört. Ein tüchtiges Mädchen, wie alle sagen.«

»Meine Tochter? Was hat die damit zu tun?«

»Ich kann ja auch sie fragen«, sagte Konráð. »Ihr von meinem Verdacht erzählen. Vielleicht sogar gleich zusammen mit der Polizei, dann können die Kollegen einen Blick in eure Bücher werfen, aus der damaligen Zeit. Sie könnten sie fragen, ob es vielleicht eine doppelte Buchführung gegeben hat, eine für die normalen Geschäfte und eine für die Geschäfte mit Hehlerware. Vielleicht taucht da ja der Name von Anton auf.«

Der alte Goldschmied sank in sich zusammen.

»Weißt du, wer bei Anton eingebrochen hat?«, fragte Konráð.

»Bin ich dich dann endlich los?«, fragte Bragi.

»Dann bist du mich los.«

»Versprichst du es mir?«

»Versprochen.«

»Mikki haben ihn alle genannt. Der hat da eingebrochen«, sagte Bragi. »Dann ist er zu mir gekommen und wollte mir verkaufen, was er gestohlen hat. Ich habe den

Schmuck sofort erkannt. Manche von den Schmuckstücken habe ich sogar selbst hergestellt. Ich habe dann mit Anton geredet, ihm von Mikki und seinen Komplizen erzählt. Benóný hieß einer von ihnen, der war dabei, als ich Mikki getroffen habe, unten am Hafen, bei den Trockendocks. Anton hat mir eine Belohnung dafür gezahlt. Und ab dann bei niemand anderem gekauft, nur noch bei mir.«

»Aber wichtiger als der Schmuck war Anton etwas anderes, oder?«

»Das weißt du auch?«

»Die Fotografien. Darum ging es eigentlich.«

»Er dachte, Mikki hätte irgendwelche Fotografien«, sagte Bragi. »Ich habe nie erfahren, was für Fotos das waren, aber Anton war unglaublich darauf erpicht, sie zurückzubekommen. Und als ich Mikki dann an der Nauthólsvík noch einmal getroffen habe, hat er zwei Männer mitgeschickt, da gab es dann eine Auseinandersetzung über diese Bilder.«

»Eine Auseinandersetzung?«

»Sie haben ihn geschlagen, glaube ich. Aber Mikki hatte die nicht. Er kam später zu mir in den Laden und war stocksauer und wollte alles Mögliche über diese Fotos wissen. Er war so wütend, da würde es mich nicht wundern, wenn der sich die beiden noch mal vorgeknöpft hätte.«

»Und wer waren die beiden?«

»Einer von ihnen hieß Luther. Anton hat mich mit ihm zusammengebracht, dann sind wir zusammen zu dem Treffen mit Mikki. Da war noch ein anderer dabei, aber von dem kannte ich den Namen nicht. Das ist alles. Mehr weiß ich nicht.

»Hast du Mikki noch einmal wiedergesehen?«

»Nein. Ich weiß nicht, was aus ihm geworden ist. Ich habe nur gehört, dass er jemanden umgebracht hat und ins Ausland geflohen ist. Aber ich weiß nicht, ob das stimmt. Ich habe ihn auf jeden Fall nie wiedergesehen.«

»Wen soll er umgebracht haben?«

»Ich weiß es nicht«, sagte der alte Goldschmied. »Das habe ich nur mal gehört und hatte es längst vergessen, bis du dir hier mit deinen Lügengeschichten Zugang zu meiner Wohnung erschlichen hast, um mich zu erpressen und zu bedrohen. Du solltest dich schämen! Und so was nennt sich Polizist!«

»Ehemaliger. Ist irgendwann in diesem Zusammenhang mal der Name Jósep gefallen?«, fragte Konráð, als hätte er die Verärgerung des alten Hehlers gar nicht bemerkt.

Bragi schüttelte den Kopf.

»Jósep P. Grímsson? Seppi genannt. Haben diese Männer mal einen Seppi erwähnt?«

»Nicht dass ich wüsste«, sagte Bragi. »Aber vielleicht habe ich das auch vergessen.«

»Hast du damals diese Bilder zu Gesicht bekommen?«

»Nein. Nie. Kannst du jetzt bitte gehen und mich endlich in Frieden lassen?«

Gústaf brauchte eine Weile, um zu sich zu kommen. Das Erste, was er spürte, als er wieder zu Bewusstsein kam, war ein merkwürdig flaues Gefühl im Magen, gefolgt von Krämpfen im ganzen Unterleib. Er öffnete einen Spaltbreit die Augen und verspürte noch größere Schmerzen im Unterleib, gefolgt von einem überraschend lauten Grummeln in seinen Eingeweiden. Es dauerte eine Weile, dann begriff er, dass ihn so etwas eigentlich nicht hätte aufwecken dürfen.

Eigentlich hätte ihn überhaupt nichts aufwecken dürfen.

Irgendetwas war schiefgegangen.

Er war noch immer desorientiert, dann grub er all sein Fachwissen über die Wirkungsweise des Medikaments aus, das Konráð auf sein Verlangen zu ihm ins Gefängnis geschmuggelt hatte. Von Darmbeschwerden war ihm nichts bekannt.

Im Schritt war alles unangenehm feucht, als hätte er sich eingenässt. Auch das Laken unter ihm war nass, ebenso wie die Bettdecke, die er über sich gebreitet hatte.

Dann nahm er den Gestank wahr, der unter der Bettdecke aufstieg, und als er sie anhob, merkte er, dass er seine Notdurft im Bett verrichtet hatte.

Die Darmkrämpfe wurden immer stärker. Plötzlich war ihm, als würde sein Bauch platzen. Gústaf sprang aus dem Bett, schaffte es aber nicht mehr rechtzeitig zum Klo.

Sechzig

Benóný sah Stan wutentbrannt an. Der Hass und der Zorn, die er im Zaum halten wollte, seit Elísa ihm alles erzählt hatte, brachen sich Bahn. Er ließ seiner Wut freien Lauf und sagte Stan, was er von ihm hielt. Stan habe doch überhaupt nicht mehr das Recht, mit Elísa und ihrer Tochter unter einem Dach zu leben. Das habe er mit seinen Gewaltexzessen und Übergriffen längst verwirkt. Wenn er nur noch ein Quäntchen Selbstachtung hätte, müsste er das einsehen, fortgehen und Elísa in Ruhe lassen.

»Damit du hier freie Bahn hast?«, sagte Stan, der Benóný inzwischen in den Keller gefolgt war.

»Darum geht es mir überhaupt nicht.«

»Ach, darum geht es dir also nicht?«

»Du verstehst das nicht«, rief Benóný. »Du wirst das nie verstehen, weil du zu dumm bist. Du bist ein dummer Schlägertyp, der seine Familie misshandelt. Seine eigene Familie!«

»Halt die Fresse!«

»Halt selber die Fresse!«

»Mach dir doch nichts vor, du hast doch keine Chance. Hast du das etwa noch nicht gemerkt?«

Benóný schüttelte den Kopf.

»Was willst du denn machen? Mich anzeigen?«, sagte Stan und lachte. »Als ob dir das was bringt! In meinem eigenen Haus darf ich noch immer tun und lassen, was ich will. Die lachen dich doch aus. Alle lachen darüber. Das interessiert hier keine Sau. Niemand gibt etwas auf solches Gerede. Ich sage einfach, dass ihr euch das ausdenkt, weil du mir meine Frau wegnehmen willst. Wie wäre das? Und jetzt raus mit dir, mein Freund! Lass dich hier nie wieder blicken!«

»Gut«, sagte Benóný. Es war einfach unmöglich, mit Stan zu reden. So viel war nun klar. »Mach, was du willst. Aber so schnell wirst du mich nicht los. Ich komme morgen wieder. Es ist aus zwischen euch. Ein für alle Mal.«

»Tu, was du nicht lassen kannst, du Schwächling«, sagte Stan und grinste. »Elísa geht jedenfalls nirgendwohin. Da kannst du sicher sein.«

Benóný hatte keine Lust, ihm zu antworten. Er sah sich in der Waschküche um, sein Blick blieb an dem zugemauerten Loch in der Wand hängen. Er hatte das Loch selber zumauern wollen, doch dazu war er nicht gekommen. Nun hatte Stan es getan. Er ging zu der Wand und strich über den Putz, den Stan auf die Wand aufgetragen hatte. Er war noch nicht ganz trocken.

»Finger weg!«, rief Stan, der noch immer in der Tür zur Waschküche stand und Benóný beobachtete.

»Ich bin nicht dazu gekommen, das fertig zu machen«, sagte Benóný nachdenklich, als er sah, dass Stan nicht besonders sorgfältig gearbeitet hatte. Es wirkte, als wäre Stan in Eile gewesen. Als hätte er das Loch in großer Hast zugemauert. »Willst du das etwa so lassen?«, fragte er.

»Raus.«

»Warum hast du mich das nicht machen lassen?«

»Raus mit dir!«

Benóný trat wütend gegen die Wand. Der Tritt war so

heftig, dass einer der Steine zur Hälfte in der Wand verschwand.

»Wo ist Elísa?«, fragte er. »Du weißt es doch!«

»Ich weiß es nicht«, sagte Stan. »Ich weiß nicht, wo sie ist. Und es geht dich auch nichts an. Du hast das mit der Wand ja nicht hinbekommen, ich musste mich selber darum kümmern. Jetzt mach zumindest nicht alles wieder kaputt.«

»Zum Teufel mit dir!«, rief Benóný und trat noch einmal gegen die Wand, bevor er aus dem Keller nach draußen stürmte. Als er auf der Straße war, raste er noch immer vor Wut. Vor Wut auf sich selbst, weil er nicht mehr getan hatte. Weil er nun nichts mehr tun konnte. Weil er nie das Richtige tun würde. Immer nur abhauen. Wenn er auch nur ein bisschen mutiger gewesen wäre, hätte er das Brecheisen genommen, das dort im Keller lag, und Stan damit aus dem Haus geprügelt. Doch er hatte es nicht getan, weil er feige war, nicht für sich einstehen konnte und jeder Konfrontation aus dem Weg ging. Da war es doch kein Wunder, dass alle über ihn hinwegtrampelten und taten, was sie wollten! So war es immer gewesen, und es würde niemals anders sein!

Niemals!

Als er die Straße hinunterging, sah er Mikki auf sich zukommen. Mikki war nervös und blickte andauernd über die Schulter, als würde ihn jemand verfolgen. So kannte Benóný ihn gar nicht. Mikki packte ihn am Arm und zog ihn aus dem Licht der Straßenlaternen in eine dunkle Ecke.

»Ich hatte gehofft, dich hier zu finden«, sagte er. »Ich werde für eine Weile verschwinden. Ein Freund von mir bringt Fisch nach Norwegen, der nimmt mich mit.«

»Warum? Ist was passiert?«, fragte Benóný. »Alles okay?«

»Er hat mir gesagt, wer das Mädchen war«, flüsterte Mikki. »Er hat mir gesagt, was Anton mit ihr gemacht hat und wie sie sie zum Schweigen gebracht haben. Das Mädchen auf den Bildern. Er hat mir das alles erzählt.«

»Wer?«

»Luther.«

»Der Mann im Schuppen?«

»Ja, der Mann im Schuppen. Deswegen wollen sie die Fotos zurück, die wir gestohlen haben. Also, dieser Anton. Man sieht ihn ja auf manchen Bildern mit dem Mädchen. Sie war schwanger von ihm. Diese verdammten Dreckskerle!«

»Und dann haben sie sie einfach zum Schweigen gebracht?«

»Ja.«

»Das hat er selbst zugegeben?«

Mikki nickte.

»Er sagt, er hat sie da am Ufer des Tjörnin gesehen … die haben sich das ausgedacht, der Arzt und er. Dass sie sie loswerden wollen, sobald sich eine Chance bietet …«

»Müssen wir nicht zur Polizei gehen? Denen das erzählen? Natürlich müssen wir das! Wo ist Luther?«

»Ich befürchte, ich habe ein bisschen die Kontrolle verloren«, sagte Mikki. »Als er mir das alles gestanden hat. Ich glaube, ich bin ein bisschen zu weit gegangen.«

»Wie meinst du das?«

»Ich habe gedacht, er wäre nur ohnmächtig geworden«, sagte Mikki, »aber dann habe ich gemerkt, dass … Er hat nicht mehr geatmet. Ich habe die Kontrolle verloren, Benóný. Vollkommen verloren.«

»Wie meinst du das … er hat nicht mehr geatmet? Willst du etwa sagen, er ist … ist er …?«

Am anderen Ende der Straße erschienen zwei Autoscheinwerfer und kamen näher, begleitet von einem immer lauter werdenden Motorengeräusch. Wenig später fuhr dröhnend ein Jeep an ihnen vorbei und bog um die Ecke.

»Ist er tot?«, fragte Benóný.

Mikki nickte.

»Ich habe die Kontrolle verloren.«

»Bist du dir sicher?«

»Ich bin mir sicher.«

»Was willst du denn jetzt machen, Mikki? Wie konntest du …? Wie konntest du das tun?!«

»Ich habe alles geregelt«, sagte Mikki. »Das ist erledigt. Wenn jemand nach mir fragt, bin ich aufs Land gefahren. Aber es wird eh niemand nach mir fragen. Keiner wird ihn vermissen. Und mich auch nicht.«

»Und was ist mit dem anderen Typen? Der auch da war?«

»Deswegen will ich ja weg. Zumindest für die nächste Zeit. Für den Fall, dass der Ärger macht. Er hat dich nicht gesehen und weiß nicht, wer du bist. Das ist es, was ich dir sagen will, Benóný. Du hast nichts gemacht. Nichts, womit du nicht leben kannst. Das ist mein Problem. Nicht deins. Vergiss das nicht.«

»Aber Mikki … was … was ist mit dir? Kannst du damit leben?«

»Ich weiß es nicht«, sagte Mikki. »Das wird sich zeigen …«

Einundsechzig

Benóný stand reglos da und sah Mikki hinterher. Die furchtbare Geschichte von dem Mädchen und dem Arzt hatte ihn noch wütender gemacht, als er es nach dem Besuch bei Stan ohnehin schon war. Er wünschte, Mikki hätte ihm das alles nie erzählt. Was aus dem Mädchen geworden war. Was er mit Luther gemacht hatte. Aber das war nicht zu ändern. Und das Schicksal einer Person, die ihm viel näher stand, beschäftigte ihn noch mehr. Es dauerte nicht lange, da war er vor allem auf sich selber wütend.

Benóný drehte sich um und ging wieder in die Richtung von Elísas Haus. Er ließ sich nicht mehr von Stan herumschubsen. Dieser Mistkerl! Er würde warten, bis Elísa nach Hause käme, und mit ihr zusammen fortgehen, da konnte Stan herumtoben, so viel er wollte. Ab jetzt würde sie nie wieder unter seiner Gewalt zu leiden haben.

Er stieg die Außentreppe zum Keller hinab. Die Tür zum Keller stand halb offen, er sah Stan, der sich noch immer an der Wand zu schaffen machte. Als er Benóný bemerkte, hielt er inne. Es war, als hätte Stan einen Schreck bekommen, als er ihn sah, doch im nächsten Moment hatte er sich gefangen und fragte, was zum Teufel Benóný jetzt noch wolle. Er trug Hosen und ein Unterhemd und hatte eine Maurerkelle in der Hand, vor ihm stand ein Eimer mit frisch angerührtem Zement.

»Ich werde hier auf Elísa warten«, sagte Benóný. »Sie zieht heute Abend hier aus.«

»Bist du jetzt vollkommen verrückt geworden?«, sagte Stan und legte die Maurerkelle hin.

»Nein, das bin ich nicht. Du wirst ihr nie mehr etwas antun.«

»Es geht dich einen Scheißdreck an, was hier ...«

»Wo ist sie?«, fragte Benóný. »Wo ist Elísa? Ich war mit ihr heute Abend hier verabredet. Da würde sie doch nicht einfach abhauen.«

»Ich bitte dich ein letztes Mal im Guten: Verlass mein Haus«, sagte Stan, der nun plötzlich ganz ruhig geworden war. Er nahm das Brecheisen, das neben ihm auf einem Tisch lag, und sah Benóný hasserfüllt an.

»Ich warte auf sie«, sagte Benóný und ließ das Brecheisen nicht aus den Augen.

Stan tat einen Schritt auf ihn zu.

»Das ist alles deine Schuld, Ben«, sagte er. »Wenn du das nicht verstehst, bist du noch dümmer, als ich dachte. Und jetzt raus!«

»Weißt du, wo sie ist?«, fragte Benóný. »Warum sagst du es mir nicht einfach? Wo ist Elísa? War sie hier, als du heute Abend gekommen bist? Hast du mit ihr geredet? Hast du sie rausgeschmissen?! Oder was hast du mit ihr gemacht?! Wo ist sie?! Warum sagst du mir nicht einfach, was ...?«

Er schrie Stan an, doch dann verstummte er plötzlich. Die neu gemauerte Wand geriet in Bewegung. Sie schien sich regelrecht nach vorn zu wölben, und im nächsten Moment sah er, wie zwei Mauersteine sich langsam nach vorn schoben. Er hielt es für eine Halluzination. Doch dann bewegten sich immer mehr Mauersteine. Der Putz platzte ab.

Er sah zu Stan, der reglos dastand und die Wand anstarrte, und bevor Benóný begriff, was vor sich ging, stürzte die frisch gemauerte Wand wie ein Kartenhaus in sich zusammen und Elísa fiel auf den Boden.

Benóný wurde schwarz vor Augen. Jetzt war ihm klar, was Stan getan hatte. Er rief Elísas Namen, lief zu ihr, nahm ihren blutigen Kopf in seine Hände. Als sie die Augen öffnete, wusste er, dass sie am Leben war. Und als er an ihrem Blick sah, welche Schmerzen sie haben musste, vergaß er sich. Er ging auf ihren Mann los, entwand ihm das Brecheisen und schlug es ihm mit voller Wucht auf den Kopf. Zweimal. Stan bewegte sich nicht mehr.

Benóný warf das Brecheisen von sich und beugte sich erneut über Elísa. Er versuchte sie zu trösten, sagte, dass nun alles in Ordnung komme. Es sei vorbei. Er merkte, dass sie etwas sagen wollte, und bat sie, sich keine Sorgen zu machen. Er werde jetzt die Polizei rufen. Er wollte sich schon erheben und nach oben gehen, da hielt sie ihn fest. Benóný sah, dass sie den Kopf schüttelte.

»Nicht…«

»Was?«

»Ich … habe gesehen … was du gemacht hast«, stammelte sie.

Benóný wollte protestieren, da schüttelte sie abermals den Kopf.

»Hilf mir… hoch«, sagte sie leise.

Er legte die Arme um sie, half ihr auf die Beine und führte sie aus der Waschküche. Als sie an ihrem Mann vorbeigingen, der dort reglos in einer Blutlache lag, tat sie so, als würde sie ihn gar nicht sehen.

Er nahm sie auf die Arme und trug sie ins Erdgeschoss hinauf, dann ins Badezimmer, wo er ihr half, sich auszuziehen und sich zu waschen, so lange, bis das Wasser sich nicht mehr rot färbte, bevor es in den Abfluss lief. Sie wollte nicht zum Arzt und verbot ihm weiterhin, die Polizei zu rufen.

»Was sollen wir denn machen?«, fragte Benóný, als Elísa sich ins Bett gelegt hatte. »Was sollen wir tun?«

»Nichts«, flüsterte sie.

»Und was machen wir dann mit ihm?«

Elísa sah Benóný an. Sie musste gar nichts sagen, Benóný kannte ihre Antwort. Sie wollte nicht, dass Stan ihr Leben noch weiter vergiftete.

»Bist du dir sicher?«, fragte er.

»Ja«, sagte sie.

Wenig später ging Benóný erneut in den Keller. Er vergewisserte sich, dass der Mann auch wirklich tot war, und brachte ihn an dem Ort unter, den er für Elísa als Grab vorgesehen hatte. Dann mauerte er das Loch in der Wand zu, was er eigentlich schon längst hätte erledigen sollen.

Zweiundsechzig

Es war kalt an diesem Nachmittag, doch Benóný hatte sich trotzdem nach draußen auf die Terrasse gesetzt. Da sah er ein Auto, das in die Stichstraße fuhr, die zu ihrem Haus führte. Es fuhr langsam, als würde der Fahrer eine Hausnummer suchen, dann hielt das Auto an. Es war eine besonders ruhige Wohngegend am Rand des Städtchens Mosfellsbær, nicht weit vom Sanatorium Reykjalundur. Die Sonne schien, aber Benóný hatte sich trotzdem eine dicke Jacke und eine Mütze anziehen müssen. Er hatte eine Tasse Kaffee mit nach draußen genommen, die Tür hatte er angelehnt. Er rauchte noch immer, versuchte aber, es zu reduzieren. Es waren nur noch einige Zigarillos am Tag. Der Kaffee war frisch gebrüht, heiß und stark, so wie es ihm gefiel. Er sah zu, wie das Auto anhielt, ein Mann ausstieg und in seine Richtung sah. Benóný war schon einige Male nach dem Weg gefragt worden und rechnete damit, dass es auch dieses Mal wieder darum ging, doch dann stellte sich heraus, dass der Mann mit ihm über etwas ganz anderes reden wollte.

»Bist du Benóný?«, fragte der Mann, während er näher kam. »Oder habe ich schon wieder das falsche Haus erwischt?«

»Nein«, sagte er. »Ich heiße Benóný.«

Normalerweise hätte er den unbekannten Gast anständig begrüßt und guten Tag gesagt, doch die letzten Tage waren schwer für ihn gewesen, also war er vorsichtig.

»Guten Tag. Ich habe jetzt schon einige mit diesem Namen gesprochen«, sagte der Mann, kam zu ihm auf die Terrasse und gab ihm die Hand. »Es gibt doch einige Männer in deinem Alter, die Benóný heißen.«

»Ist das so?«, sagte Benóný. »Ich habe nie darüber nachgedacht.«

»Ich will dich gar nicht lange beim Kaffeetrinken stören«, sagte der Mann. »Mein Name ist Konráð. Ich suche nach Informationen über einen Mann namens Mikki. Der hat früher hier und da mal einen Einbruch gemacht.«

Benóný konnte seine Verwunderung kaum verbergen. Seit Jahrzehnten hatte niemand mehr seinen damaligen Freund erwähnt. Umso mehr überraschte es ihn, Mikkis Namen jetzt aus dem Mund eines Unbekannten zu hören, der hier auf seiner Terrasse stand. Er bemerkte, dass der Mann sehr genau auf seine Reaktion achtete, und hatte sofort das Gefühl, er wäre ein Profi.

»Mikki?«, sagte Benóný.

»Hast du ihn gekannt?«

»Doch, ja, ich glaube schon«, sagte Benóný, ohne lange nachzudenken.

»Ich würde gern Kontakt zu ihm aufnehmen«, sagte Konráð. »Es geht um einen sehr lange zurückliegenden Einbruch, der auf bestimmte Weise etwas mit meinem Vater zu tun hat.«

»Einbruch?«

»Ja. Ein Einbruch, von dem kaum jemand etwas weiß. Er ist nie bei der Polizei aktenkundig geworden.«

»Wer war denn dein Vater?«

»Seppi haben ihn alle genannt«, sagte Konráð. »Jósep P. Grímsson eigentlich. Er wurde 1963 erstochen.«

»Und was ... denkst du, das war Mikki?«, fragte Benóný, ebenso zögerlich wie verwundert.

»Aber nein, absolut nicht«, sagte Konráð und lächelte. »Also, es weist zumindest nichts darauf hin. Ich weiß nicht, wer das war. Der Fall wurde nie aufgeklärt. Ich beschäftige mich jetzt wieder ein bisschen damit. Ich war lange bei der Polizei. Kriminalpolizei.«

Benóný nahm einen Schluck Kaffee. Sein Zigarillo war ausgegangen, er lag auf einem umgedrehten Blumentopf mit einem Loch in der Mitte, der auf einem Teller stand. Er diente ihm als Aschenbecher. Dann entschied Benóný sich für den einfachsten Weg.

»Ich habe Mikki nicht gekannt«, sagte er. »Ich habe nur mal seinen Namen gehört, weiß aber nicht mehr, wo das war. Wahrscheinlich von irgendwelchen Leuten, auf einer Feier oder so. Reykjavík war damals sehr viel kleiner als heute. Aber ich weiß nicht, ob das derselbe Mikki ist, nach dem du suchst.«

»Das war es in der Tat«, stimmte Konráð ihm zu. »Viel kleiner. Und es war viel weniger los, da haben sich doch eigentlich alle irgendwie gekannt. Erinnerst du dich an einen Goldschmied namens Bragi? Er hatte einen Laden in der Innenstadt.«

»Bragi?«, sagte Benóný und überlegte, wie er sich am besten aus der Affäre ziehen konnte.

Natürlich erinnerte er sich an den Goldschmied, der Mikki damals hintergangen hatte. Gut sogar. Im Laufe der Jahre war er immer wieder an seinem Laden vorbeigekommen, jedes Mal waren Erinnerungen wachgeworden, die er lieber vergessen hätte. So war es lange Zeit gewesen, und auch heute war es eigentlich noch so – es tat nur nicht mehr so weh wie früher. Und doch reichte auch heute eine Kleinigkeit in den Nachrichten, im Fernsehen oder in einem Gespräch, um ihn mit Schmerz und Reue zu erfüllen. Offenbar ging das nie richtig vorbei.

»Du bist dir nicht ganz sicher, oder? Das sehe ich dir an«, sagte Konráð.

»Nein, ich ... ich glaube nicht ..., dass ich dir da weiterhelfen kann«, sagte Benóný. »Tut mir leid. Daher ...«

»Und wenn ich dir sage, dass dieser Bragi sich mal mit Mikki und dir getroffen hat, als ihr Diebesgut aus diesem Einbruch verkaufen wolltet?«, fragte Konráð.

»Mit Mikki und mir?«

»Ja. Unten, am Hafen. Bei den Trockendocks.«

»Das muss ein Missverständnis sein. Eine falsche Erinnerung.«

»Du weißt das sicher am besten«, sagte Konráð.

Benóný wusste nicht, was er antworten sollte. Sein Gast blieb hartnäckig, ohne dabei direkt unhöflich zu sein.

»Erinnerst du dich vielleicht an einen Mann namens Luther?«, fragte Konráð, ohne Benóný eine Pause zu gönnen.

»Luther?«

»Muss ein ziemlich unangenehmer Kerl gewesen sein. Der ist ungefähr zu derselben Zeit spurlos verschwunden. Anfang der Sechzigerjahre.«

»Der Name sagt mir nichts.«

»Es geht um den Einbruch bei einem Arzt namens Anton J. Heilman. Sagt dir der Name was?«

Benóný hielt es für das Beste, den Kopf zu schütteln.

»Der war vor einiger Zeit noch mal in den Nachrichten, im Zusammenhang mit dem Mädchen, das 1961 ertrunken im Tjörnin aufgefunden wurde. Der Arzt hatte sie vergewaltigt, wie man heute weiß. Und es gibt den Verdacht, dass er sie auch umgebracht hat. Das haben wir ihm allerdings nie nachweisen können. Alle Zeugen sind längst unter der Erde, das macht die Ermittlungen nicht einfacher. Aber es gilt als wahrscheinlich, dass dieser Luther an dem Abend am Tjörnin war, als das Mädchen starb.«

Benóný verzog keine Miene.

»Offenbar hat Luther für diesen Arzt ab und zu Dinge geregelt«, fuhr Konráð fort. »Wenn ich es richtig verstehe, war er sein Mann fürs Grobe. So hat Luther zum Beispiel einen Teil der Sachen aufgetrieben, die bei dem Einbruch gestohlen wurden, darunter einige Fotografien, die den Arzt belastet hätten. Ich vermute, das waren Fotos von diesem Mädchen. Nanna. So hieß sie. Nanna.«

Wie die meisten Menschen hatte Benóný die Nachrichten von dem im Tjörnin ertrunkenen Mädchen verfolgt und dabei auch immer wieder an Mikki gedacht. Alles, was Benóný in den Nachrichten gesehen hatte, und alles, was Konráð nun darüber sagte, war wie ein Echo von Mikkis Worten. Als die ersten Nachrichten über den Fall bekannt wurden, war Benóný sofort klar gewesen, dass es dabei um Anton gehen musste und um seinen Freund Luther. Und dass Mikki damals, in der Fischerhütte an der Grímsstaðavör, die Wahrheit aus Luther herausbekommen hatte.

Wenn Benóný nun zugeben würde, Mikki zu kennen, könnte er alles bestätigen, was der Mann hier sagte. Aber dann könnte auch ans Licht kommen, dass es eine Verbindung zu einem ganz anderen Fall gab, der ihn persönlich sehr viel direkter betraf.

Daher beschloss er zu schweigen, so wie er es seit den damaligen Geschehnissen immer getan hatte.

Eine Frau mittleren Alters näherte sich durch den Garten dem Haus und kam auf die Terrasse. Sie begrüßte Konráð kurz, ohne sich vorzustellen. Dann fragte sie Benóný, ob Mama wach sei. Benóný antwortete, sie würde noch schlafen. Die Frau fragte, ob sie ihre Medikamente genommen habe, was Benóný bejahte. Daraufhin sagte die Frau, sie müsse ihren Sohn zum Zahnarzt bringen und würde sich danach noch einmal melden. Sie küsste Benóný auf die Wange und ging.

»Deine Tochter?«, fragte Konráð, als sie gegangen war.

»Ja. Stieftochter«, sagte Benóný. »Sie wohnt hier in der Straße, ein Stück weiter unten. Ich glaube, ich muss jetzt rein. Es tut mir leid, dass ich dir nicht helfen kann.«

»Ich glaube schon, dass du das kannst. Ich glaube, du warst damals mit Mikki am Hafen. Bei den Trockendocks«, sagte Konráð. »Warum sollte Bragi sich das ausdenken? Er sagt, ihr hattet Diebesgut aus dem Einbruch dabei. Er hat dich namentlich erwähnt.«

»Ja, das ... wie gesagt, da muss er sich getäuscht haben. Ich glaube, du ...«

Sie hörten Schritte im Haus. Wenig später öffnete sich langsam die Terrassentür, und eine ältere Frau im Morgenmantel erschien. Ihr graues Haar hing lose auf die Schultern herab, sie wirkte erschöpft und ausgezehrt, als würde sie an einer schweren Krankheit leiden.

»Ich dachte, ich hätte Lóla gehört«, sagte sie mit schwacher Stimme und warf Konráð einen ernsten, misstrauischen Blick zu.

»Wer ist dieser Mann?«, fragte sie.

»Du sollst doch nicht aufstehen«, sagte Benóný liebevoll zu ihr und brachte seine Frau zurück ins Warme. »Komm, mein Schatz. Ich bringe dich wieder ins Bett. Dir wird sonst noch ganz kalt.«

Dreiundsechzig

Der Arzt räumte die letzten Zweifel aus. Elísa fragte, wie viel Zeit ihr noch bliebe. Der Arzt konnte es nicht genau sagen. »Auf jeden Fall nicht mehr viel«, hatte er gemeint.

Die Diagnose hatte sie nicht überrascht. Ihr war es in letzter Zeit nicht gut gegangen, sie war schlapp gewesen, antriebslos, auch wenn sie die ganze Nacht durchgeschlafen hatte, wachte sie am nächsten Morgen müde auf. Sie schob es vor sich her, zum Arzt zu gehen, doch dann wurden die Rückenschmerzen unerträglich. Sie konnte sie nicht mehr vor Benóný verbergen.

Sie hatte schon lange gespürt, dass mit ihr etwas nicht stimmte. Die körperlichen Schmerzen markierten nur den Eintritt in eine neue Phase. Ihr Leben war ein ständiger Versuch gewesen, mit dem zu leben, was damals im Keller passiert war. Sie konnte das durchaus für eine gewisse Zeit verdrängen, doch richtig vergessen konnte sie es nie. Das Schuldgefühl war mal stärker ausgeprägt, mal schwächer, doch es war immer da. Manchmal überkam Elísa eine Wut, die sie kaum im Zaum halten konnte. An den besseren Tagen konnte sie vor sich rechtfertigen, was sie damals getan hatten, und die Wogen glätteten sich. Mit der Zeit wurden die Wellen kleiner, doch auch kleine Wellen schlugen irgendwann am Strand auf und ließen Erinnerungen an die furchtbaren Ereignisse hochkommen. Selbst die banalsten Dinge konnten es auslösen, eine Zeitungsnachricht über irgendein Verbrechen reichte.

Benóný war stärker und sprach ihr Mut zu, wenn ihr alles hoffnungslos erschien, und half ihr oft durch dunkle Zeiten.

Und er hielt auch jetzt ihre Hand, als der Arzt von den Untersuchungsergebnissen berichtete. Dann gingen sie in die Cafeteria des Domus Medica und saßen lange schweigend dort.

»Es musste ja so kommen«, sagte Elísa schließlich leise.

»Was musste so kommen?«

»Hat man denn etwas anderes verdient?«

»Das ist doch Unsinn«, sagte Benóný. »Das eine hat mit dem anderen nichts zu tun. Das darfst du nicht denken. Vergiss nicht, was er dir angetan hat.«

Am Klang von Benónýs Stimme war deutlich zu hören, dass er ihr so etwas nicht zum ersten Mal sagte.

»Ich will das nicht mit ins Grab nehmen«, sagte Elísa.

Benóný schwieg.

»Benóný? Ich will das nicht.«

»Ich weiß«, sagte er. »Und ich kann es gut verstehen. Aber wir müssen jetzt erst einmal an dich denken. Daran, was für dich am besten ist. Wenn wir uns jetzt der Polizei stellen, hätte das Konsequenzen, von denen ich nicht weiß, ob du sie dir in deinem Zustand zumuten willst.«

»Ich glaube, ich muss es trotzdem tun«, sagte Elísa. »Allein schon wegen ... Lóla.«

»Ja. Natürlich.«

»Wir hätten das schon vor langer Zeit machen sollen.«

»Vielleicht. Wahrscheinlich. Wir haben ja oft genug darüber diskutiert.«

Sie hatten sich im Laufe der Jahre wieder und wieder über diese Frage gestritten, doch Benóný hatte letztendlich immer seine Meinung durchgesetzt.

»Das hat mich krank gemacht«, sagte Elísa. »Natürlich ist mir klar, was er mir angetan hat, aber … trotzdem … hat es mich krank gemacht.«

»Lass mich darüber nachdenken«, sagte Benóný.

Sie bekam eine heftigen Schmerzattacke, doch es gelang ihr, sich nichts anmerken zu lassen. Dann sagte sie, sie wolle nach Hause. Die Wirkung der Schmerzmittel ließ nach. Benóný half ihr beim Aufstehen, dann verließen sie das Ärztehaus.

Sie hatte mit diesem Urteil gerechnet und nahm ihre Strafe an.

Eines Abends, ungefähr ein halbes Jahr später, setzte Benóný sich an seinen Computer und ging noch einmal ins Internet, wie er es manchmal vor dem Schlafengehen tat. Die Schlagzeile traf ihn mit voller Wucht. Er starrte auf den Bildschirm. Man hatte die sterblichen Überreste von Stanley gefunden. Er bekam einen solchen Schock, dass er sofort aufsprang und in Richtung ihres Schlafzimmers blickte. Er musste das Elísa erzählen. Sofort. Im Wohnzimmer blieb er noch einen Moment stehen, schenkte sich ein Glas ein und überlegte, wie er es ihr einigermaßen schonend beibringen könnte. Dann ging er zu ihr.

Elísa wachte davon auf, dass er sich auf die Bettkante setzte und ihre Nachttischlampe anknipste.

»Was ist?«, fragte sie. Und als er nicht sofort antwortete, sondern einfach dasaß, ahnte sie, dass etwas nicht stimmte.

»Ich muss dir etwas sagen.«

»Bist du … hast du getrunken?«

Benóný nickte.

»Was ist los?«

»Ich weiß nicht, wie …«

»So schlimm, dass du erst mal einen Schnaps gebraucht hast?«

»Ja.«

»Was ist passiert?«

»Sie haben ihn gefunden«, sagte Benóný leise und strich Elísa durchs Haar. Sie wusste sofort, was er meinte.

»Wie?«

»Die Wäscheleine wurde aus der Wand gerissen. Irgendwie so. Genaueres weiß ich nicht.«

»Nach all den Jahren.«

»Ja. Nach all den Jahren.«

»Mein Gott …«

»Irgendwann musste es ja so kommen.«

Sie schwiegen eine Weile. Benóný hielt ihre Hand.

»Das ist doch gut«, flüsterte sie. »Ist das nicht gut, Benóný? Gut für uns?«

Er nickte und sagte dann:

»Ich hatte gehofft, du müsstest das nicht …«

»Dass ich das nicht mehr erleben würde?«

Benóný gab ihr keine Antwort.

»Aber nein. Ich bin doch froh. Heilfroh!«, sagte sie.

»Ich weiß«.

»Meinst du, sie trennen uns voneinander?«, fragte Elísa.

Benóný schüttelte den Kopf und versuchte sie zu trösten.

»Du darfst mich nicht allein lassen«, sagte sie. »Nicht jetzt.«

»Macht dir keine Sorgen«, sagte Benóný und strich ihr abermals durchs Haar. »Das kommt schon in Ordnung. Keine Sorge.«

»Wir müssen ihr sagen, wie das damals war«, sagte Elísa. »Ich mache das.«

»Ja, natürlich«, sagte er und wusste, dass Elísa ihre Tochter meinte.

Elísa schlief kurz darauf ein, er nahm eine Tablette, und der Schlaf befreite auch ihn für einige Stunden von seinen Gedanken. Doch sobald er am nächsten Morgen erwachte, waren die Sorgen wieder da. Die Angst, die der Fund der Gebeine ausgelöst hatte. Der Zeitpunkt hätte kaum schlechter sein können. Elísa kämpfte gegen eine furchtbare Krankheit, der sie nun wahrscheinlich bald erliegen würde. Zur Polizei zu gehen kam momentan nicht in Frage. Er wollte so lange wie möglich bei Elísa bleiben.

Er setzte sich im Bett auf, vorsichtig darauf bedacht, seine Frau nicht zu wecken. Er hatte inzwischen einige Erfahrung darin. Er zog sich an und kochte Kaffee, und als er gerade den ersten Schluck trinken wollte, hörte er Schritte auf der Terrasse und wusste, dass Lóla zu ihrem allmorgendlichen Besuch gekommen war. Sie war deutlich nervöser und gehetzter als sonst. Und wütender.

»Sag mir nicht, dass er das ist!«, rief sie, kaum dass sie zur Tür herein war.

Benóný sah sie schweigend an.

»Stan ist nie nach Amerika gezogen, oder?«, sagte sie und sah in Richtung des Schlafzimmers, in dem ihre totkranke Mutter lag. »Er hat gar keine andere Frau kennengelernt und ist auch nie zurück nach Pennsylvania!«

»Dann hast du auch schon die Nachrichten gesehen?«, fragte Benóný.

»Was habt ihr getan?«, fragte sie. »Was ist passiert?«

Sie ging zum Computer ihrer Eltern, der auf einem Tisch in der Küche stand, schaltete ihn an und rief eine Nachrichtenseite auf.

»Was ist das?«, fragte sie. »Was ist da passiert?«

»Er hatte deine Mutter halb totgeschlagen und sie dort eingemauert. Er hätte sie einfach sterben lassen. Und nur weil sie so stark war, ist es nicht so gekommen«, sagte Benóný.

»Das glaube ich dir nicht!«

»Meine liebe ...«

»Ich will das nicht glauben!«

»Das muss für dich jetzt sehr ...«

»Warum habt ihr mir das nie gesagt, Benóný? Ihr habt mich die ganze Zeit belogen. All die Jahre!«

»Wir haben nicht gewusst, wie wir es dir sagen sollten. Wir wollten es machen, jetzt, wo deine Mutter krank geworden ist, aber ...«

»Er hat es für mich getan«, sagte Elísa, die aus dem Schlafzimmer zu ihnen gekommen war und nun mit langsamen Schritten auf ihre Tochter zuging. »Benóný hat es für mich getan.«

»Aber Mama ...?«

»Ich weiß, mein Schatz, wir hätten es dir sagen müssen. Wir hätten auch zur Polizei gehen müssen und vieles, vieles andere, aber wir haben es eben so gemacht und mussten damit leben. Wir hatten uns entschieden zu schweigen. Wir wollten es darauf ankommen lassen. Wir wollten nicht, dass er unser Leben noch mehr zerstört, als er es ohnehin schon getan hat.«

»Die Polizei wird euch finden«, sagte ihre Tochter. »Die werden kommen und ... euch verhaften, oder was? Was macht ihr denn dann? Was dann?!«

»Nichts«, sagte Benóný und nahm Elísa in den Arm, nachdem er gesehen hatte, wie geschwächt sie war. »Wir können überhaupt nichts machen. Nur warten.«

Vierundsechzig

Konráð wusste sofort, dass die Frau erst zurück ins Haus gehen würde, wenn sie erfahren hatte, wer da gekommen war und warum. Er hatte Erfahrung im Umgang mit Schwerkranken, die so starke Medikamente bekamen, dass sie nicht mehr sie selbst waren.

»Wer ist dieser Mann?«, fragte sie erneut mit erschöpfter Stimme und weigerte sich weiterhin, wieder ins Haus zu gehen.

»Ich war früher einmal bei der Polizei«, sagte Konráð freundlich und sah ihren Mann an.

»Polizei? Jetzt schon? Das ging ja schnell«, sagte die Frau.

»Aber, aber«, unterbrach Benóný sie. »Du solltest dich wieder hinlegen, mein Schatz, du bist ja ganz durcheinander.«

Die Frau ließ Konráð nicht aus den Augen. Er vermutete, dass sie Krebs im Endstadium hatte. Nun war es ihm noch unangenehmer, das Ehepaar zu belästigen.

»Ich muss dich bitten zu gehen«, sagte Benóný und wandte sich ihr zu. »Sie ist schwer krank, die Medikamente beeinträchtigen sie … ihre Wahrnehmung … Manchmal weiß sie kaum noch, wer sie ist. Geschweige denn, was sie sagt.«

Konráð stand auf der Terrasse und sah erst ihn an, dann sie, dann wieder ihn.

»Ja, natürlich. Ich verstehe«, sagte er. »Vielleicht können wir ja ein andermal sprechen.«

Er wollte sich schon verabschieden, da war seine Neugierde stärker als sein Mitgefühl.

»Warum sollte die Polizei denn kommen?«, fragte er die Frau im Morgenmantel.

»Na, wegen dem, was wir getan haben«, sagte sie. »Ich habe Benóný schon so lange gesagt, er soll selbst zu euch gehen. Er sollte das machen, damit ich es noch erlebe. Ich will das nicht mit ins Grab nehmen.«

»Elísa ...!«

»Nachdem ihr den Mann gefunden habt, war es ja eigentlich nur eine Frage der Zeit, bis ihr hierherkommt«, fuhr die Frau fort. »Er hat es für mich getan. Benóný hat mir das Leben gerettet, müsst ihr wissen. Nichts davon war seine Schuld. Der Mann hat versucht, mich umzubringen.«

Benóný schüttelte resigniert den Kopf.

»Wer?«, fragte Konráð.

»Stanley. Der Mann in der Wand«, sagte Elísa und sah Benóný an. »Hast du ihm das etwa nicht gesagt?«

»Das wollte ich gerade tun«, sagte Benóný und wandte sich verständnissuchend an Konráð. »Aber ich wollte dich in diesen letzten Tagen nicht allein lassen ...«

Benóný und Elísa blickten zur Straße. Ein Polizeiwagen hatte ihre Auffahrt erreicht.

»Hast du die gerufen?«, fragte Benóný.

»Nein«, sagte Konráð verwundert und überlegte, ob die Polizei aus demselben Grund gekommen war wie er.

»Wir sollten reingehen«, sagte Benóný. »Ich wäre dir dankbar, wenn wir noch ein bisschen Zeit zu zweit haben könnten.«

Sie sahen Konráð an. Die Frau lächelte, als wäre eine schwere Last von ihr genommen. Benóný legte vorsichtig den Arm um sie und führte sie zurück ins Haus.

Er brachte Elísa ins Bett, setzte sich zu ihr und hielt ihre Hand, strich ihr die Haare aus der Stirn. Sie hörten Schritte auf der Terrasse, hörten, wie Konráð mit den Polizisten sprach, und die Schritte schienen sich zu entfernen. Und dann entfernte sich auch das Auto.

»Hat er die Polizei weggeschickt?«

»Die kommen wieder«, sagte Benóný.

»Habe ich irgendwas falsch gemacht?«, fragte sie voller Sorge.

»Nein, mein Schatz.«

»Sind sie weg?«

»Ich glaube, ja«, sagte Benóný. »Er hat mit ihnen geredet. Die sind wieder gefahren.«

Elísa verzog vor Schmerzen das Gesicht.

»Benóný«, flüsterte sie und hielt seine Hand fester. »Verlass mich nicht.«

»Natürlich nicht. Ich bleibe bei dir.«

»Mein liebster Benóný ...«

»Mach dir um mich keine Sorgen«, sagte Benóný. »Versuch, ein bisschen zu schlafen. Ich werde hier sein, wenn du aufwachst. Versuch zu schlafen.«

»Benóný ...«

»Ja? Ich bin hier.«

»Ich bereue nichts von dem, was wir getan haben ... du und ich«, flüsterte Elísa.

Er hatte oft die Kraft bewundert, mit der sie ihre Krankheit ertrug, aber nun merkte er, dass sie nicht mehr konnte. Er küsste ihre Hand und dachte daran, wie stark sie einmal gewesen war, wie sie ihn ermutigt hatte, als er es am nötigsten brauchte. Er hatte versucht, dasselbe für sie zu tun, als es ihr schlecht ging und sie mit Angst und Depressionen zu kämpfen hatte. So hatten sie die ersten Jahre nach den Ereignissen im Keller überstanden und langsam gelernt, mit ihrer Tat zu leben. Er wusste nicht wie, aber es war ihnen gelungen. Und ihre Krankheit hatte sie in den letzten Monaten noch einmal mehr zusammengeschweißt, so furchtbar sie auch war. Sie hatten oft darüber geredet, zur Polizei zu gehen. Doch er hatte es immer wieder aufgeschoben. Er hatte zu viel Angst, verhaftet zu werden und an ihren letzten Tagen nicht bei ihr zu sein.

Benóný strich ihr noch einmal über die Stirn. Ihm war klar, dass sie ihren gemeinsamen Weg zu Ende gegangen waren.

»Ich bereue auch nichts, Elísa.«

»Nichts«, flüsterte sie und sah ihm in die Augen.

»Ich weiß, Elísa. Ich weiß.«

Er hielt weiterhin ihre Hand und wollte ihr gerade sagen, dass er sie immer lieben werde, da spürte er, wie das Leben aus ihr wich, und wusste, dass sie ihn nicht mehr hören konnte.

Fünfundsechzig

Als Konráð sich in das Lokal setzte, waren nur wenige andere Gäste dort. Er bestellte ein Bier und behielt die Eingangstür im Blick. Jetzt hieß es warten.

Er hatte es endlich geschafft, mit Svanhildur zu reden und sich für sein Benehmen zu entschuldigen. Die Situation war dieselbe wie zuvor, aber zumindest sprachen sie jetzt wieder miteinander. Er war froh darüber. Er wollte sie nicht als Freundin verlieren, auch wenn er Verständnis dafür hätte, wenn sie das anders sah. Er hatte ihr erzählt, dass die Polizei wegen einer mutmaßlichen Beteiligung an dem Mord an seinem Vater gegen ihn ermittelte. Es sei herausgekommen, dass er damals im Verhör gelogen hatte. So etwas würde sehr ernst genommen, ganz gleich, wie lange das Verbrechen her sei. Sie wollte wissen, ob er es getan habe. Eine naheliegende Frage. Die er verneinte.

Eigentlich wollte er seinen Freund Óliver bei der Kriminaltechnik anrufen, um sich bei ihm zu bedanken, doch dann entschied er sich dagegen. Konráð hatte sich von ihm ein paar Tipps geholt, es ging um Tabletten, die eine bestimmte Form und Farbe haben sollten. Und eine bestimmte Wirkung. Konráð hatte keinen Grund für seine Anfrage genannt. Óliver gab ihm ein paar nützliche Ratschläge. Danach hatte er die Sache offensichtlich so schnell vergessen, dass er gar nicht mehr daran dachte, als er hörte, dass einem Häftling im Gefängnis von Litla-Hraun ein Abführmittel untergejubelt worden war, an dem der Häftling fast gestorben wäre. Wie alle anderen, vermutete auch Óliver, dass die anderen Häftlinge dafür verantwortlich waren, schließlich hatte es schon mehrere Übergriffe auf ihn gegeben.

Konráð hatte sein Bier zur Hälfte ausgetrunken und sah auf die Uhr seines Handys. Es würde nichts werden. Er hatte weiterhin die Tür im Blick und war jedes Mal enttäuscht, wenn sie sich öffnete und es nicht Húgó war.

Nachdem Benóný ausgesagt hatte, suchte man den Skerjafjörður nach den sterblichen Überresten von Luther ab, fand dort aber nichts. Nach Mikki wurde ebenfalls gesucht, ohne Erfolg. Seine Spur verlor sich in Kopenhagen, in Christiania, Mitte der Siebzigerjahre. Benóný gab an, nie wieder etwas von ihm gehört zu haben und nicht zu wissen, ob er noch am Leben war. Ihr Freund Tommi war als Obdachloser im Winter nach dem Einbruch in Reykjavík verstorben. Benóný berichtete, was Mikki ihm über den Arzt und Luther und das Mädchen namens Nanna erzählt hatte. Konráð hatte nun einen guten Eindruck davon, was am Ufer des Tjörnin passiert war, als Nanna starb.

Benóný kam in Untersuchungshaft, nachdem er gestanden hatte, Stanley erschlagen zu haben. Er bekam Freigang, um zusammen mit seiner Stieftochter und deren Kindern zur Beerdigung von Elísa zu gehen. Konráð war auch dort, ansonsten kaum jemand. Es stellte sich heraus, dass die Polizei Elísa und ihre Tochter zum Kreis der Verdächtigen gezählt hatte, weil sie einst in dem Haus wohnten. Daher hatte sie an dem Tag, an dem Elísa starb, zwei Beamte geschickt, um einige Fragen zu stellen.

Elísa war aus dem Haus ausgezogen, bevor ihre Tochter um Ostern von den Verwandten auf dem Land zurückkam. Über den Verbleib ihres Vaters erfuhr das Mädchen nur das, was ihre Mutter ihr gesagt hatte: Er hätte sie verlassen und wäre zurück in die USA gegangen. Eine Vermisstenanzeige wurde nie aufgegeben. Als einige von Stanleys Kollegen sich nach ihm erkundigten, gab Elísa sich wortkarg und sagte, er sei aufgrund einer Familienangelegenheit nach Hause gereist und habe sie seit seiner Abreise zweimal angerufen. Im ersten Telefongespräch habe er nur gesagt, er würde länger bleiben als ursprünglich geplant. Im zweiten dann, dass er eine alte Jugendliebe wiedergetroffen habe und nicht mehr zurückkomme.

Konráð trank sein Bier aus und überlegte, ob er noch eins bestellen oder nach Hause fahren sollte.

Benóný hatte damals nur einen kurzen Blick auf die Fotografien aus Antons Besitz geworfen und konnte nicht mit Sicherheit sagen, ob es sich um dasselbe Mädchen handelte, das 1961 im Tjörnin ertrunken war. Das Foto, das die Polizei ihm von ihr zeigte, war nicht mehr als eine unscharfe Ausschnitt-Vergrößerung eines Klassenfotos.

Er ging nun fest davon aus, dass Mikki die Fotos an Seppi weitergegeben hatte. Mehr jedoch wusste er nicht.

Konráðs Telefon klingelte. Es war Eygló.

»Ist er gekommen?«, fragte sie.

»Nein«, sagte Konráð matt. »Ist er nicht.«

»Lass dich nicht entmutigen.«

»Nein. Ich versuche es weiter.«

Konráð legte das Telefon zur Seite und sah sein leeres Bierglas an. Blickte zur Tür, als jemand hereinkam, doch es war wieder nicht sein Sohn. Dann bestellte er ein zweites Bier. Er hatte nichts Besseres zu tun.

Die Tür öffnete sich ein weiteres Mal. Und wenig später erneut.